FUNÈBRES – 1

Boulot mortel

Rachel Caine

FUNÈBRES – 1

Boulot mortel

Traduit de l'anglais (États-Unis)
par Paola Appelius

J'AI LU

Titre original :
WORKING STIFF

Published by Roc, an imprint of New American Library,
a division of Penguin Group (USA) Inc.

Je voulais dédier ce roman à ma mère, mais tout compte fait, je ne crois pas qu'elle apprécierait que son nom soit cité dans un livre qui flirte (souvent) avec le macabre. Mais je l'aime quand même.

Je vais donc plutôt remercier Kelley W. Je ne divulguerai pas son patronyme pour la bonne raison que mon choix se porte sur elle parce que je crois que ce livre est assez sanglant (elle kiffe à mort l'hémoglobine). Vous comprenez pourquoi je préfère taire son nom ? Kelvis, je t'adore.

Je le dédie aussi à Sarah Weiss, sur qui je n'ai rien d'embarrassant à dire, et dont je pense beaucoup de bien, parce qu'elle est fantastique.

Et à Cat, pour m'avoir trouvé un super titre (une fois de plus) !

Remerciements

Si je savais par où commencer… Bref, je remercie en vrac : Kenneth McKenzie et Todd Harra, les auteurs de *Mortuary Confidential : Undertakers Spill the Dirt*, Amber Leonore Winckler, auteur de *The Final Bath*, et Tom Jokinen, auteur de *Curtains*. Ces livres m'ont indiqué la marche à suivre. Et toutes les libertés étranges et délirantes que j'ai pu prendre par la suite ne sont imputables qu'à moi seule.

Je voudrais aussi saluer les héros de l'ombre, ces âmes dévouées qui se consacrent aux métiers des pompes funèbres. Leur travail est essentiel et ce sont les dernières personnes que nous côtoierons en ce bas monde. On ne les remercie jamais, c'est maintenant chose faite.

Chapitre 1

Le premier instructeur en thanatopraxie de Bryn lui avait dit d'emblée qu'il y avait deux sortes de gens qui entraient dans le marché de la mort : les pervers morbides et les âmes dévouées. Bryn Davis ne pensait appartenir à aucune de ces deux catégories. À ses yeux, c'était surtout une opportunité professionnelle de premier choix et un véritable *métier*.

Oh, elle avait bien décroché quelques fiches de paie quand elle était à l'université comme secrétaire intérimaire ou promeneuse de chiens, et même un mémorable après-midi dans une usine de transformation de volaille, mais aucun de ces boulots ne lui avait paru en être un *pour de vrai*. S'enrôler dans l'armée lui avait semblé une bonne idée après la fac (emploi assuré, solde correcte), mais quatre années de service en Irak lui avaient fait passer l'envie de devenir militaire de carrière. Cette expérience lui avait cependant permis de comprendre que la vie humaine ne tenait qu'à un fil. Après ça, les cadavres ne lui faisaient plus peur et ne la dégoûtaient plus.

Ces années dans l'armée l'avaient au moins conduite là où elle était aujourd'hui, et à ce nouveau job… un bon boulot, où le travail ne manquait pas, et mieux encore, un boulot *important*.

L'idée fit sourire Bryn. Elle faisait peut-être bien partie des exaltés, après tout.

Elle lissa les plis de sa blouse blanche de laboratoire – un écusson portant son nom était cousu sur le sein gauche – avec l'impression gratifiante d'être parvenue à un certain accomplissement. *Bryn Davis, Conseillère funéraire, pompes funèbres Fairview.* Ses cartes de visite étaient rangées dans une petite boîte en carton sur son nouveau bureau flambant neuf, imprimées sobrement à l'encre noire avec des lettres en relief et le logo de Fairview frappé dans un coin. Mais elles n'y resteraient pas longtemps ; Fairview lui avait également fourni de jolis accessoires en bois, dont un présentoir à cartes, et Bryn entendait bien s'approprier ce lieu le plus rapidement possible. Elle n'avait encore jamais eu de bureau à elle.

Ses cartes et sa table de travail étaient très élégantes, comme tout ce qu'il y avait ici. La pièce elle-même était sobre et dépouillée, mobilier ancien, tissu sombre et doux sur les murs. Tapis moelleux. Parfums subtils. Pas trop de fleurs pour ne pas saturer les sens déjà à vif de ceux qui venaient de perdre un être cher.

Bryn se sentait un peu nerveuse, mais également fière et heureuse. En vérité, elle se sentait *opérationnelle*. Elle s'efforça cependant de ne pas paraître *trop* heureuse, car il lui semblait déplacé de manifester autant d'enthousiasme à démarrer un nouveau job qui touchait essentiellement aux malheurs des autres. Le miroir mural lui confirma qu'un sourire dont elle n'arrivait pas à se défaire flottait encore sur son visage, et elle s'inquiéta un instant de la couleur de son rouge à lèvres. Elle l'avait choisi rose clair, mais peut-être était-il trop clair ? Un peu trop festif ? Toutes ces années en uniforme l'avaient déconnectée du monde merveilleux de Gemey-Maybelline.

On frappa à la porte de son bureau et celle-ci s'ouvrit sur son patron avant qu'elle ait eu le temps de répondre. Lincoln Fairview, quatrième du nom à diriger l'entreprise de pompes funèbres familiale, avait le physique de l'emploi, de son costume austère parfaitement coupé et ses cheveux gris impeccables à son visage discret et compréhensif.

Une décharge d'adrénaline s'engouffra dans les veines de Bryn. C'était l'homme qu'elle devait impressionner par ses compétences professionnelles. *On ne rigole plus.* Encore une fois, elle s'inquiéta de la couleur de son rouge à lèvres.

Il vint à sa rencontre d'une démarche décidée et lui serra la main.

— Bonjour, Bryn. Vous êtes bien installée ?

Elle déboutonna sa blouse de laboratoire et la suspendit sur un cintre dans le petit placard prévu à cet effet. Même les cintres étaient en bois massif ici, bien plus jolis que ceux qui étaient accrochés dans sa propre penderie.

— Je suis très bien, monsieur, répondit-elle, en jetant un coup d'œil à sa tenue pour s'assurer que tout était nickel.

Elle portait un tailleur tout neuf, certes encore un peu raide, mais d'un gris souris de bon aloi auquel s'accordait parfaitement un chemisier rose pâle. Ses nouveaux escarpins, également gris, lui comprimaient les orteils et elle allait devoir endurer les ampoules qui ne manqueraient pas de se former, mais dans l'ensemble… elle se trouva très présentable. Sauf peut-être son rouge à lèvres.

— Ma tenue est-elle appropriée ?

Il la détailla de la tête aux pieds, puis hocha la tête en signe d'assentiment.

— Vous êtes parfaite, répondit M. Fairview. Rassurante, professionnelle, tout ce que j'attends de vous.

Ayez juste la main un peu plus légère sur le rouge à lèvres la prochaine fois. Une jolie fille comme vous n'a vraiment pas besoin d'en rajouter pour souligner sa jeunesse et sa beauté. Je vous en prie, asseyez-vous, Bryn.

Voilà, elle le *savait*, le rouge à lèvres était une erreur. Bryn s'efforça de cacher sa nervosité alors qu'elle prenait place à son bureau dans son fauteuil de cuir, en face de lui. M. Fairview resta debout. Il l'observa quelques secondes avant de reprendre la parole :

— Je suppose que vous avez pratiqué des mises en situation sur la gestion des clients difficiles pendant votre formation.

— Euh... oui, monsieur.

Drôle de façon de démarrer... Elle s'était attendue à ce qu'il lui fasse faire le tour du propriétaire, peut-être qu'il la présente aux autres employés. Et qu'il lui montre au moins où se trouvaient les toilettes et la machine à café. *Comporte-toi comme s'il s'agissait de ton nouveau commandant*, s'intima Bryn, et cette pensée la rasséréna. Elle était déjà passée par là plusieurs fois et connaissait le topo. Il fallait les impressionner le plus tôt possible et frapper un grand coup ; après ça, ils vous fichaient une paix royale. Bryn sentit sa colonne vertébrale se redresser pour se mettre au garde-à-vous.

— Est-ce que je serai...

— Vous serez vous-même, et je serai votre client. Je vais sortir et entrer de nouveau, et nous pourrons commencer.

Elle s'arma de courage comme il quittait la pièce et se hâta de tamponner son rouge à lèvres avec un mouchoir en papier. Sa blouse blanche lui manquait. Elle lui procurait une apparence de... détachement scientifique, et il était toujours réconfortant de porter un uniforme.

Cette fois-ci, lorsqu'il frappa, Bryn se leva et fit le tour de son bureau pour aller l'accueillir. Elle lui serra la main et le regarda dans les yeux, comme en zone de conflit armé, pour établir sa bonne foi. Une poignée de main ferme, mais pas trop ; tête haute, le regard franc et droit. Montrer qu'elle était compétente et digne de confiance.

— Merci d'avoir choisi Fairview, monsieur. Je vous en prie, prenez un siège. En quoi puis-je vous être utile ?

Elle lui indiqua le canapé et les fauteuils disposés dans un coin de la pièce. M. Fairview s'assit sur le canapé, regarda autour de lui, puis se pencha en avant tandis qu'elle s'installait sur un fauteuil dans une posture attentive et polie – proche de lui, mais sans empiéter sur son espace vital.

— Je suis certaine que c'est une journée très éprouvante pour vous, dit-elle de sa voix la plus apaisante. (C'était au moins une chose avec laquelle elle se sentait à l'aise, même pour son premier jour de travail.) Que puis-je faire pour vous ?

Sans même lui accorder un hochement de tête d'approbation, il enchaîna, les yeux fixés au-dessus de l'épaule de Bryn.

— C'est mon frère, débita-t-il. Il est décédé hier.

— Vous m'en voyez navrée. (Jusqu'ici la conversation demeurait dans les rails. Bryn avait suivi la formation et se garda bien d'entrer tout de suite dans le vif du sujet.) Puis-je vous offrir un café, un thé, ou...

Le regard de Fairview se posa sur elle.

— Il s'est fait percuter par un camion.

Bryn eut instantanément un flash-back saisissant d'un véhicule blindé de transport de troupes, d'un visage hurlant par la vitre maculée de poussière, d'un craquement sourd sous les chenilles. Du corps dans la terre battue, du sang noir sur la route, du crâne fracassé qui n'avait plus forme humaine.

Elle respira un grand coup pour chasser ces images. *Reste concentrée*, s'exhorta-t-elle intérieurement. *Il y aura du boulot de restauration.* Un travail onéreux, une aubaine pour les affaires.

— Cela a dû être un choc terrible, répondit-elle.

— Pour lui, très certainement.

Oh, bon Dieu, est-ce qu'il essayait de faire de *l'humour* ? Bryn n'avait pas du tout la tête à ça ; le souvenir de ce corps sur la route lui avait fait passer toute envie de rire. Elle lui répondit d'une voix un poil trop froide :

— Je voulais dire pour vous, monsieur.

— Je ne l'ai jamais porté dans mon cœur de toute façon. Et maintenant, il me laisse régler la note. Ce sombre crétin a toujours conduit comme un pied. Je veux ce qu'il y a de moins cher, c'est clair ? Je ne débourserai pas un centime de plus que nécessaire pour le cadavre de cet ivrogne.

Bryn ouvrit la bouche pour lui répondre, mais aucun son ne franchit ses lèvres. Une partie de sa formation avait concerné la gestion des clients agressifs, mais les cellules correspondantes de son cerveau étaient en grève et refusaient de coopérer. M. Fairview jouait un frère en colère plus vrai que nature et l'instinct de Bryn la poussait à lui rabattre son caquet – ce qui était inenvisageable en l'occurrence.

Elle s'obligea à respirer à fond.

— Je suis certaine que nous saurons trouver une solution adaptée à votre budget, monsieur, dit-elle. *(Bouh, que c'était nul.)* Permettez-moi de vous montrer quelques options…

Elle voulut prendre les brochures et s'aperçut qu'elle les avait laissées sur son bureau à l'autre bout de la pièce. Évidemment. Elle sentit ses joues s'empourprer, et tenta de rattraper son erreur en se levant calmement pour aller les récupérer, tout en poursuivant son argumentaire.

— Je pense que notre formule Paradis correspond à ce que vous cherchez, monsieur. C'est un bon rapport qualité/prix. Nous pouvons également travailler sur des compositions florales qui vous permettront de réaliser des économies significatives.

Elle lui tendit la brochure tandis qu'elle regagnait sa place.

Il ne la prit pas.

Fairview la laissa mariner quelques instants dans le doute, puis il se cala en arrière dans une posture décontractée, bras écartés sur le dossier du canapé.

— Bien, dit-il avec un hochement de tête et un sourire chaleureux. Très bien. Vous m'avez accueilli, mis en confiance, vous avez fait la preuve de vos compétences, vous avez établi un lien humain ; vous m'avez fait asseoir là où vous le désiriez et vous m'avez offert un rafraîchissement. Vous ne vous êtes pas laissé déstabiliser par mes sarcasmes et ma colère. Ce qui est toujours le plus difficile, à mon avis.

— Ai-je oublié quelque chose ?

— Des mouchoirs, répondit-il. Vous devez en garder une boîte près du canapé, facilement accessible. Assurez-vous aussi que la corbeille à papier soit visible, tout en restant discrète, pour qu'ils puissent les jeter après usage. Et, bien sûr, vous avez déjà compris l'importance de conserver les documents commerciaux à portée de main, sans que cela soit ostentatoire. Nous ne sommes pas dans un magasin de meubles. Si vous n'êtes pas capable de faire les opérations de tête, gardez une calculette près de vous afin de pouvoir actualiser vos devis. Les clients veulent toujours aménager les formules standards, ce qui implique des changements de prix.

Bryn acquiesça.

— Autre chose ?

— Pratiquez la montée en gamme, ma chère. Systématiquement proposer un produit plus cher. Les options haut de gamme ne rentrent peut-être pas dans le budget de nos clients, mais ils font à coup sûr partie du mien. (M. Fairview se leva et lui tendit la main.) Je vous présenterai à Lucy dès qu'elle sera arrivée, et vous devrez bien sûr aussi faire la connaissance de Freddy au sous-sol, mais ce sera pour plus tard. Dans l'immédiat, je pense que vous êtes prête à prendre en charge votre premier client. Ne vous inquiétez pas, je resterai avec vous ; si vous êtes perdue, je serai là pour vous aiguiller.

Bryn n'était pas dupe : il n'était pas là pour l'aider, mais pour l'évaluer. Fairview avait la réputation d'être un homme exigeant, très à cheval sur la réglementation, et celui qui faisait les meilleures marges dans le métier. On disait aussi de lui qu'il consommait les conseillers funéraires à un rythme effréné.

Respirant à fond, elle se plaqua un sourire sur les lèvres et se leva tandis que M. Fairview allait chercher ses premiers vrais clients.

Monter en gamme. Ça ne devrait pas être trop compliqué !

C'était parti.

Le premier rendez-vous se présentait plutôt bien. Il s'agissait d'une femme d'une quarantaine d'années qui prenait ses dispositions pour les funérailles de son père. Elle semblait savoir ce qu'elle voulait sans se laisser déborder par ses émotions ; c'est du moins l'impression qu'en eut Bryn avant de se rendre compte que les yeux apparemment limpides de la femme étaient obscurcis d'un voile d'horreur et de tristesse. Pourtant, pas de larmes, pas de cris, une négociation sans histoires ; elle repartit avec un cercueil relativement modeste, une formule d'obsèques milieu de gamme, mais une composition florale un peu au-dessus de la moyenne ainsi que des avis de décès publiés par voie de presse et sur Internet au prix fort.

M. Fairview était resté assis à l'écart sans rien dire de substantiel, se contentant d'une présence solide et obligeante. Une fois que tout fut fini, il raccompagna la cliente dehors. Bryn l'observa par la fenêtre tandis qu'il la reconduisait à sa voiture, tête baissée, comme pour mieux écouter. À mi-chemin du jardin, dans l'adorable petite grotte gardée par la très belle statue d'un ange, la femme... s'effondra comme si elle venait de recevoir un coup en pleine poitrine. M. Fairview ne parut pas surpris. Il la guida jusqu'à un banc, où il s'assit à côté d'elle. Bryn n'en perdait pas une miette, fascinée par le drame silencieux qui se déroulait sous ses yeux. Le langage corporel de son patron se suffisait à lui-même, exprimant la chaleur, la compassion et la compréhension. Au bout de quelques minutes, la femme avait suffisamment récupéré pour se lever et regagner sa voiture, et M. Fairview rentra dans le bâtiment.

— Waouh.

Bryn poussa un soupir, à la fois plein d'admiration et de dépit. Elle n'avait pas su lire les signes de détresse de la femme prête à craquer, mais M. Fairview avait visiblement plus d'expérience en ce domaine. Elle avait tant de choses à apprendre.

Dire qu'elle avait espéré *l'impressionner*.

Pendant son absence, elle avait commencé à renseigner les formulaires et ouvert un nouveau dossier au nom du défunt. Ils en étaient encore au tout papier... Bryn songea qu'elle pouvait leur enseigner une chose ou deux sur la façon d'informatiser le processus. Par exemple, ils pourraient s'équiper de tablettes et boucler tout ça dès le premier rendez-vous... Tellement plus simple que d'avoir à remplir toute cette paperasse après coup... ils auraient la possibilité de montrer aux clients des photos des cercueils et des compositions florales ici même, de zoomer sur les détails...

M. Fairview était revenu et s'assit dans le fauteuil en face de Bryn. Elle releva la tête, et haussa les sourcils d'un air interrogateur. Elle mourait d'envie de le questionner, mais redoutait, un peu honteuse, ce qu'il allait lui dire.

— Détendez-vous, la rassura-t-il.

Elle ne s'était pas rendu compte de son anxiété, mais elle sentit une boule bien cachée au creux de son estomac se dénouer lentement. *Ahhh*. Ça faisait du bien.

— Vous ne vous en êtes pas trop mal tirée, Bryn. Ce n'était pas parfait, bien sûr, mais c'est un très bon début. Si vous continuez comme ça, vous avez un brillant avenir dans le métier. Est-ce que vous savez ce que vous avez raté ?

— Eh bien, je n'ai manifestement pas vu qu'elle était sur le point de s'effondrer, répondit Bryn en se mordant les lèvres. Heureusement que vous étiez là.

— J'ai une longue expérience qui me permet de déchiffrer les attitudes de ceux qui viennent de perdre un être cher. Vous n'avez rien à vous reprocher.

Il lui sourit, et le gris frappant de ses yeux lui évoqua soudain davantage la couleur des cendres que celle du métal argenté. Impression fugitive. Sans doute son imagination. Encore. Son imagination lui avait toujours joué des tours, et c'était même l'une des raisons qui l'avaient paradoxalement poussée à travailler dans les pompes funèbres… alors que les cadavres et la mort n'attirent généralement pas les gens à l'imagination fertile. Les corps ne lui faisaient pas peur, mais elle ne pouvait pas s'empêcher de penser à ce qu'ils avaient enduré avant que la mort vienne mettre un terme à leurs tourments. Contrairement à la plupart des conseillers funéraires, elle avait non seulement vu la mort de près, mais également des gens *mourir*, et de bien des façons – vite, lentement, dans d'atroces souffrances, sans douleur. Et c'était justement les émotions violentes liées à ce passage de vie à trépas qu'elle avait voulu éviter.

Les morts n'éprouvent pas d'émotions.

— Merci de vous être occupé d'elle, dit Bryn. Elle avait l'air... d'une brave femme.

— Vous trouvez ? (Il la regardait curieusement, comme si elle s'était soudain mise à parler une langue étrangère.) Eh bien, nous aurons certainement le temps de faire plus ample connaissance avec elle dans les jours qui viennent et nous verrons ce que vaut votre jugement. Elle reviendra pour régler les détails de la cérémonie. Je présume que vous serez capable de gérer tout ça.

— Oh, oui, monsieur.

— Cela comprend le choix de la musique, de ceux qui prendront la parole, de la chambre funéraire, les relations avec le ministre du culte – je crois qu'il s'agit d'une famille luthérienne – et aussi de vous occuper de l'habillage et du maquillage du défunt.

Que de détails à régler quand on est mort, médita Bryn. Elle n'avait jamais eu à organiser d'obsèques en tant que cliente, mais cela lui paraissait presque aussi compliqué que l'achat d'une maison, et tout aussi propice aux arnaques. *OK, petite note à moi-même : ne jamais tenir assez à quelqu'un pour devoir m'occuper de ses funérailles. Oh, et ne pas mourir.* Deux pensées éminemment stupides, mais qui lui firent le plus grand bien.

M. Fairview avait l'air content d'elle, car il consulta sa Rolex hors de prix et lui lança :

— Ah, c'est l'heure du déjeuner. Vous avez prévu quelque chose, Bryn ?

— Je... Non, monsieur.

Elle avait apporté un casse-croûte. Sandwich au beurre de cacahuète et à la confiture, comme au temps du lycée et de l'université. Après les rations individuelles de combat, les casse-croûte de sa jeunesse constituaient un vrai régal. Bryn avait des goûts très simples, mais elle ne tenait pas à ce que M. Fairview le sache, lui qui semblait plutôt du genre steak chateaubriand. Elle aurait même parié qu'il buvait du Perrier.

— Bien, dans ce cas je vous invite pour fêter votre premier jour chez nous. Vous aimez la cuisine française ?

Elle n'en avait pas la moindre idée, alors, bien sûr, elle acquiesça dans un sourire en s'efforçant de ne pas paraître aussi déphasée qu'elle l'était. Elle se félicita d'avoir finalement opté pour son plus joli tailleur. *Autre note à moi-même : acheter de nouvelles fringues pour le boulot.* Bryn n'avait pas pensé à ça lors de sa démobilisation, mais elle voyait bien à présent combien ce serait lassant de porter les deux mêmes tailleurs cinq jours sur sept – pas seulement pour elle, mais vis-à-vis de ses collègues, qui s'imagineraient qu'elle était bonne pour les services sociaux. C'était un aspect des choses qui ne lui était pas venu à l'esprit, parce qu'elle était habituée à porter l'uniforme – les mêmes vêtements tous les jours, toujours parfaitement propres et repassés, mais rien de personnel.

Sa carte de crédit supporterait bien deux ou trois achats supplémentaires... enfin, c'était vite dit. Sa dernière virée chez Crate & Barrel (un magasin de meubles et de décoration) n'avait pas été strictement nécessaire. C'était quand, le jour de paie ? Hum, pas avant au moins deux semaines. *Merde.* Pourvu que son compte ne soit pas débité d'ici là. *Quelle galère.*

— Juste le temps de prendre mon sac, dit-elle en sortant ce dernier – une petite chose bon marché en similicuir, elle ne pouvait rien s'offrir de mieux – du tiroir de son bureau.

Bryn espérait que son patron n'y regarderait pas de trop près, ou ne ferait pas la fine bouche. Il avait l'air *très* raffiné, le genre de type à avoir l'œil pour repérer les marques de créateur et les détails. Et elle n'avait jamais été ce genre de fille. Ses chaussures étaient fabriquées en Chine, et alors ? Qui s'en souciait... mais elle sentait déjà qu'elle allait devoir changer d'attitude. Et pour de bon. Elle qui pensait avoir laissé derrière elle toutes ces strictes exigences sur sa tenue vestimentaire... Mais elle aurait dû s'en douter. Armée un jour, armée toujours. Disons qu'elle venait d'intégrer une nouvelle unité où l'on portait le tailleur en guise d'uniforme, et son nouveau commandant serait très certainement une vraie plaie.

Ils étaient (presque) tous pareils.

En quittant le funérarium, Bryn éprouva un choc esthétique. Elle ne s'était pas encore habituée à la beauté du retour au pays. Enfin, pas tout à fait, puisque sa famille était originaire de l'insipide ville de Clovis, dans le Nouveau-Mexique, mais rentrer aux États-Unis lui avait permis de redécouvrir le charme de l'Amérique.

Et surtout du sud de la Californie. C'était une terre de contrastes, entre les froides eaux bleues du Pacifique roulant ses vagues dans le lointain, les nappes de brouillard voilant l'horizon, et les pâles collines arides parsemées de cactus et d'arbres solitaires. Austère et magnifique.

Elle n'arrivait pas à croire que c'était ici qu'elle habitait. Que c'était désormais chez elle. Elle avait encore l'impression de vivre dans un rêve et s'attendait à se réveiller d'une seconde à l'autre dans son lit de camp inconfortable, trempée de sueur, avant d'entamer une autre journée à jouer à la roulette russe avec des bombes artisanales.

Non, je ne rêve pas, se dit-elle. *C'est la réalité.* Elle ferma les yeux et inspira profondément l'air pur et doux – il était chaud et sec, mais cela n'avait rien à voir avec la fournaise torride et oppressante de l'Irak.

— Bryn ?

M. Fairview se tenait près de sa Lincoln Town Car, dont il avait ouvert pour elle la portière côté passager.

— Pardon, monsieur, s'excusa-t-elle. J'admirais le paysage. C'est vraiment très beau.

Fairview eut un petit sourire, que Bryn jugea cynique.

— Un gouffre financier, dit-il. Quand mon arrière-grand-père a fondé cette maison, je suis persuadé qu'il a choisi le site à cause des terrains bon marché ; aujourd'hui, rien que les taxes foncières nous mettent sur la paille. (Elle lui lança un regard étonné.) C'est une façon de parler, Bryn, ce n'est pas l'argent qui nous manque. Les morts présentent un avantage incontestable : il y en aura toujours.

C'était la chose la plus troublante – et aussi étrangement rassurante – que Bryn ait jamais entendue.

Il ne leur fallut que dix minutes sur la route en lacets pour gagner le restaurant dans La Jolla, mais le temps lui parut long parce qu'ils n'échangèrent pas un mot de tout le trajet. Fairview, découvrit Bryn, n'était pas du genre bavard. Ce qui lui convenait très bien ; le silence ne la gênait pas – bien au contraire. La vie de famille dans son enfance et son adolescence n'avait été que cris et hurlements, et ses souvenirs d'université étaient émaillés de soirées étudiantes et de concerts aux amplis saturés plutôt que de bibliothèques à l'ambiance feutrée. Et ce n'était rien à côté de l'armée, où elle avait découvert le bruit à une tout autre échelle avec le fracas des bombes et des obus.

Elle avait appris à dormir n'importe où, chaque fois qu'elle le pouvait ; elle avait également appris à savourer les moments de silence apaisant.

Silence qui était descendu dans la voiture comme le brouillard sur l'océan.

— Nous y voilà, annonça finalement Fairview en s'engageant dans la rue principale de La Jolla, bordée de boutiques colorées, de restaurants et d'hôtels de luxe.

C'était superbe ; les autres quartiers commerciaux qu'elle connaissait n'arrivaient pas à la cheville de celui-ci. C'était sans doute la vue sur la mer, car la colline plongeait directement dans les rochers où se brisaient doucement les vagues dans des rouleaux d'écume. Fairview gara habilement sa grosse berline dans le petit parking et coupa le moteur.

Alors qu'il tendait la main vers la poignée de la portière, Bryn sortit de son mutisme :

— Monsieur, puis-je vous poser une question ?

Il se retourna vers elle et la regarda avec surprise.

— Bien sûr.

— Vous employez relativement peu de personnel, monsieur. Je veux dire, nous ne sommes que quatre à ma connaissance, n'est-ce pas ? La réceptionniste, vous, moi et...

— Freddy, acheva-t-il. Notre thanatopracteur. Oui.

— C'est une équipe très resserrée, même pour une petite entreprise de pompes funèbres. Je m'inquiète un peu de notre capacité à assurer...

— Ne vous en faites pas, nous nous en sortons très bien, répondit-il. Nous employions à une époque jusqu'à six conseillers, mais le fait est que notre activité a beaucoup décliné, même si les gens continuent de mourir. De plus en plus de personnes choisissent les entreprises de services funéraires à prix réduit gérées par des multinationales ; vous savez ce que c'est. Mais nous ne manquons pas de travail pour autant. Il y aura des jours très chargés, mais je suis sûr que vous serez capable de vous en débrouiller. Je sous-traite le transport des corps. C'est la moitié du boulot ici.

Il la guida jusqu'à la porte du restaurant, qu'il ouvrit galamment pour elle, et le maître d'hôtel les conduisit à une table. Aux yeux de Bryn, c'était le grand luxe : de vraies nappes en tissu, des verres en cristal, des couverts en argent et des assiettes en porcelaine. Les chaussures de la serveuse étaient plus jolies que les siennes.

Une fois les premiers plats servis, elle considéra d'un air méfiant son bol rempli de ce qui ressemblait à de l'herbe baignant dans la vinaigrette, qu'elle tourna avec sa fourchette. Elle décida que cette verdure était comestible, et en goûta prudemment une bouchée. C'était une sorte de laitue, relevée d'un goût épicé. Pas mauvais. *Maman aurait appelé ça une salade de mauvaises herbes*, songea Bryn, et elle faillit avaler de travers en étouffant un rire. *J'en ai fait du chemin, non ?*

— Comment est votre entrée, Bryn ? demanda M. Fairview.

Il remuait le sucre de son café avec un geste des plus distingués, faisant tourner régulièrement sa petite cuillère en cercles parfaits dans la tasse de porcelaine, sans un bruit malvenu.

Elle fit un sort à sa bouchée et lui sourit.

— C'est très bon, monsieur, merci.

Elle l'avait laissé commander pour elle et, au vu de l'étrangeté de sa salade, elle se demandait à quoi elle allait avoir droit comme plat de résistance – mais elle en avait vu d'autres dans les pays où elle avait été déployée. C'était même en partie pour cela qu'elle avait gardé des goûts aussi simples.

— Je dois reconnaître que vous êtes la première femme que j'engage à avoir servi dans l'armée, poursuivit-il avec un hochement de tête à l'intention du serveur élégant qui attendait pour remplir leurs verres.

Tout dans ce restaurant respirait un luxe raffiné qui rappelait cruellement à Bryn qu'elle portait des vêtements et des chaussures bon marché. Il y avait là des femmes dont les bijoux valaient plus que son salaire annuel.

— Je serais curieux que vous me racontiez ça. Je crois que vous avez été déployée en Irak ?

Bagdad était si loin, à des années-lumière de ce restaurant, et Bryn trouvait quelque peu irréel d'en parler en un tel lieu.

— Je crains que ce ne soit guère passionnant, répondit-elle, espérant qu'il comprendrait à demi-mot ses réticences.

Elle s'empressa d'enfourner une seconde bouchée de sa salade. Pas mauvais du tout. Elle pourrait s'y habituer. On finissait par se faire à tout.

— Je trouve au contraire fascinant que quelqu'un comme vous ait choisi de s'engager dans l'armée en temps de guerre, reprit M. Fairview. Cela en dit long sur votre tempérament, vous savez.

Moins sur son tempérament que sur son éducation, songea Bryn. Mais elle ne voyait pas la nécessité de lui parler de son enfance pauvre dans une famille de sept frères et sœurs, dont les parents gagnaient le salaire minimum, et qui vivait dans une zone semi-rurale où l'on se méfiait de ceux qui rêvaient des universités de l'Ivy League comme d'une forme d'élitisme. S'engager dans l'armée était somme toute une bonne solution – même pour les filles de nos jours – et si ça permettait de payer les frais exorbitants d'inscription à l'université, tout était pour le mieux dans le meilleur des mondes. Son jeune frère Tate avait suivi ses traces et portait également l'uniforme. C'était un gamin intelligent, le seul de la famille à vrai dire. Elle fondait de grands espoirs sur lui.

Elle avait tardé à répondre, se rendit-elle compte, et se rattrapa avec un sourire timide.

— Vous me flattez, monsieur Fairview, esquiva-t-elle. L'armée était pour moi la meilleure solution pour rembourser mes emprunts étudiants. J'ai reçu une formation, j'ai vu du pays et ça m'a mis le pied à l'étrier pour le reste de ma vie professionnelle.

On aurait cru que ces mots sortaient tout droit des brochures de recrutement, et ils ne disaient rien de l'enfer pur et simple qu'elle avait vécu : le bizutage incessant et brutal, la discrimination éhontée, les conditions de vie extrêmes et la peur permanente de son environnement, y compris de ses compagnons d'armes. Pour sûr, elle avait beaucoup appris.

Ce qu'elle avait surtout appris, c'est qu'elle ne voulait plus jamais voir la guerre de près et qu'elle avait la ferme intention d'éviter ceux qui voulaient la faire.

Et elle avait aussi appris à rester muette comme une tombe.

— Vous êtes quelqu'un de très secret, n'est-ce pas, Bryn ? commenta son patron, et elle eut droit une fois de plus au regard laser de ses étranges yeux gris et froids. Cela ne me gêne pas du tout. C'est évidemment une bonne chose de demeurer professionnelle jusqu'au bout des ongles au bureau. Mais je voudrais vous poser une dernière question : cela ne vous dérange pas de travailler au contact des morts et de ceux qui les pleurent ? Car il se trouve que de nombreux candidats aux métiers du funéraire ne sont pas armés émotionnellement pour faire face à leurs exigences.

Plutôt curieux de lui demander ça maintenant, alors qu'il l'avait *déjà* engagée. Mais elle se rappela que Fairview était connu pour user rapidement ses conseillers funéraires – c'était même sa spécialité. Elle avait le sentiment que toute discussion avec lui, si innocente soit-elle, était une évaluation.

Bref, rien de mieux pour se détendre. Bryn s'efforça de respirer et de manger sa salade sans laisser transparaître son malaise.

— Les morts ne me dérangent pas, répondit-elle après avoir avalé sa bouchée d'herbes mystérieuses. Les corps ne sont que des coquilles faites de muscles et d'os. Ils dégagent des odeurs et ne sont pas toujours soignés –

qu'ils soient morts ou vivants. Mais un corps n'a rien d'effrayant une fois qu'on a assimilé l'idée que... (elle ne savait pas trop comment formuler sa pensée, et puis soudain, tout s'éclaira dans son esprit)... une fois qu'on a assimilé l'idée que nous sommes exactement comme eux. Et que nous serons à leur place, tôt ou tard.

— Ah, dit-il.

Elle l'avait manifestement surpris, ou ce fut du moins ainsi qu'elle interpréta le bref haussement de ses sourcils parfaitement disciplinés.

Baissant les yeux sur sa salade, elle poursuivit à voix plus basse :

— On ne devrait jamais l'oublier, par respect pour eux.

— En effet, approuva-t-il sur le même ton. Vous avez raison.

Le serveur arriva et la débarrassa de son entrée, qu'elle n'avait pas terminée, pour déposer devant elle son plat principal. Au grand soulagement de Bryn, il s'agissait d'une volaille en sauce. Et c'était délicieux. Elle ne regrettait pas du tout son sandwich au beurre de cacahuète et à la confiture, et quand M. Fairview lui versa un verre de vin, elle s'autorisa à le déguster et profita du reste du repas.

Elle rechignait presque à retourner travailler.

On prend vite de mauvaises habitudes, songea-t-elle.

Surtout quand ce n'était pas elle qui devait payer la note, follement onéreuse.

Un second rendez-vous l'attendait deux heures plus tard au milieu de l'après-midi. Curieusement, c'était exactement comme le rôle que M. Fairview avait interprété pour elle le matin même... un homme qui venait prendre ses dispositions pour les obsèques de son frère. Sauf qu'il était beaucoup plus jeune que M. Fairview – Bryn lui donnait la trentaine –, mais son visage fermé n'exprimait rien et son regard alerte ne lui paraissait pas accablé de chagrin.

M. Fairview avait apparemment d'autres chats à fouetter, car il se contenta de faire les présentations avant de s'éclipser. *Je travaille sans filet*, comprit Bryn, ce qui, loin de la rendre nerveuse, sembla au contraire la stimuler.

— Monsieur Fideli, l'accueillit-elle avec une poignée de main. En quoi puis-je vous être utile ?

— Je suis là pour mon frère, répondit-il. Il vient de décéder et je cherche une entreprise qui puisse prendre en charge ses funérailles et s'occuper de tout.

M. Fideli dégageait quelque chose qui lui était familier. Pas lui personnellement, mais le genre d'homme qu'il était. Ses cheveux coupés ras, sa manière directe de l'évaluer, sa posture attentive sur le canapé... un militaire, ou récemment démobilisé. Il ne portait pas l'uniforme, mais ce n'était pas l'habit qui faisait le moine. Il l'avait sans doute repéré chez elle aussi ; elle savait que son passé de soldat transparaissait dans le maintien rigide de son dos et sa façon de se tenir. Mais s'il s'en était aperçu, il n'en laissa rien voir.

— Je compatis à votre perte, monsieur, l'assura-t-elle.

Elle vérifia d'un rapide coup d'œil que tout son matériel était à portée de main. C'était le cas, mais M. Fideli n'avait pas l'air du genre à avoir besoin de mouchoirs en papier.

— Voulez-vous boire quelque chose ? Café ? Thé ?

— Non merci.

Bryn s'éclaircit la voix.

— Puis-je vous demander de quoi votre frère est décédé... ?

— En quoi est-ce important ?

— Cela va influer sur les options que je pourrais vous proposer, répondit-elle. S'il s'agit d'un accident, monsieur Fideli...

— Appelez-moi Joe, l'interrompit-il avec un sourire. (Agréable et sincère. Elle trouva cela... étrange. La plupart des gens n'étaient pas aussi cordiaux.) Il est décédé à l'hôpital. D'un cancer.

— Je vois. (Pas de travail de restauration, donc. *Zut.*) Songez-vous à une inhumation, ou...

— Plutôt une crémation.

Une crémation ne coûtait pas vraiment moins cher au bout du compte, et elle pensa immédiatement à la possibilité de monter en gamme au niveau des urnes. Quand les gens découvraient que les cendres de leur défunt leur étaient rendues dans une boîte en carton et un sac en plastique, même les plus radins optaient dans la plupart des cas pour quelque chose de mieux.

Elle tendait la main vers ses brochures quand M. Fideli fit quelque chose d'inhabituel – du moins à son avis.

— Avant d'entrer dans les détails, est-ce que je peux visiter les installations ?

— Visiter, répéta-t-elle. Oh, vous voulez voir les chambres funéraires ?

— Certainement, pour commencer.

Elle avait prévu de le faire, mais les gens préféraient généralement choisir en premier lieu les produits et les prestations. L'ordre des choses n'avait finalement que peu d'importance, aussi l'escorta-t-elle dans le corridor aux tapis moelleux jusqu'aux salons de présentation. Deux d'entre eux étaient occupés et ils jetèrent un coup d'œil depuis la porte aux compositions florales, aux cercueils qui trônaient au milieu et aux invités qui se recueillaient – ou s'ennuyaient ou n'étaient venus que par curiosité. Elle prit son temps pour lui faire visiter la chambre vide, lui détaillant toutes les options et les prestations proposées. M. Fideli écouta tout cela en silence, sans aucun signe d'impatience. Pas une seule fois il ne regarda sa montre.

Quand elle fut à court d'arguments, elle lui montra les cercueils et l'informa qu'il devait en choisir un, même dans le cas d'une crémation. Elle se dirigeait vers les urnes lorsque M. Fideli lui demanda à l'improviste :

— Est-il possible de voir la salle de préparation ?

Bryn cligna les yeux et s'immobilisa.

— Excusez-moi ?

— Vous savez bien, le laboratoire. Je suppose que vous pratiquez les soins de conservation dans vos locaux ?

Il s'était exprimé sans la moindre émotion. Bryn fut désarçonnée l'espace d'une seconde, puis décida qu'il voulait seulement s'assurer que le corps de son frère ne serait pas baladé à travers toute la ville.

— Absolument, répondit-elle. Nous disposons d'un local technique très bien équipé au sous-sol. Ce qui se fait de mieux.

Même si elle ne l'avait toujours pas constaté par elle-même.

— C'est ce qu'on m'a dit, oui. (Les yeux de Fideli se plantèrent dans les siens et n'en bougèrent plus.) Est-ce que je peux le voir, s'il vous plaît ?

On ne refuse jamais rien à un client, et elle cherchait un moyen détourné de l'en dissuader quand elle repéra M. Fairview qui sortait de son bureau. Il dut comprendre qu'elle avait besoin d'aide, car il les rejoignit de sa démarche décidée, souriant de toutes ses dents. Il échangea une poignée de main cordiale avec M. Fideli. Comme s'ils étaient les meilleurs amis du monde. Bryn eut du mal à garder le sourire lorsqu'elle lui expliqua la situation :

— M. Fideli souhaiterait voir le laboratoire, monsieur.

M. Fairview lui lança un rapide coup d'œil avant de reconduire M. Fideli vers le bureau de Bryn, une main posée avec décontraction sur l'épaule de leur hôte.

— Oh, je suis vraiment navré, mais j'ai bien peur que ce ne soit impossible, dit-il d'une voix qui laissait entendre qu'il aurait *adoré* pouvoir faire visiter à quelqu'un qui venait de perdre un proche le seul endroit où il n'était pas le bienvenu. Le laboratoire est strictement réservé au personnel habilité pour des raisons sanitaires. Et nous tenons bien évidemment à traiter ceux qui nous sont confiés avec le plus grand soin. Cela inclut le respect de leur intimité à tout instant.

Une étrange expression traversa le visage de M. Fideli. Bryn n'en était pas sûre, mais il lui sembla presque que c'était de... l'amusement ?

— Bien entendu, accepta-t-il. Excusez-moi. Simple curiosité. Je voulais vérifier que mon frère serait bien traité.

— C'est tout à fait compréhensible, l'assura Bryn, même si ça ne l'était pas. Voyons maintenant quel type d'urne vous désirez...

Elle n'avait pas l'impression de gérer tout ça très bien, mais M. Fairview n'intervint plus pendant le reste du rendez-vous, et M. Fideli n'y trouva rien à redire non plus. Ils se serrèrent la main à la fin de l'entretien – il était plus grand qu'elle, et sa poignée de main était très ferme – et M. Fideli repartit bien informé, mais sans avoir rien signé ni s'être engagé sur quoi que ce soit.

— Ne vous inquiétez pas, ma chère, la réconforta M. Fairview alors qu'elle refermait la porte et le regardait piteusement sans prononcer un mot. Il arrive qu'il soit impossible de conclure une transaction. M. Fideli fait partie de ces gens qui aiment comparer avant d'acheter. Il finira par revenir. En général, ce type de clientèle en revient toujours à son premier choix. Il veut seulement être certain de ne pas se faire arnaquer. Je suis prêt à parier que son frère n'est même pas encore décédé.

— Oh, dit Bryn. Waouh. C'était... bizarre. Ils sont généralement plus abattus, n'est-ce pas ?

— M. Fideli semblait en effet particulièrement maître de ses émotions. Mais d'après son maintien, je dirais que c'est un ancien militaire, comme vous. Ceci explique peut-être cela. (M. Fairview consulta sa montre.) J'ai un rendez-vous à 16 h 30 avec une certaine Mme Granberry, et j'aimerais que vous vous en occupiez également, si ce n'est pas trop vous demander.

— Bien entendu, monsieur.

Il était 16 h 15. Bryn se précipita dans les toilettes où elle se recoiffa rapidement et appliqua une touche de rouge à lèvres. Elle pratiqua des exercices de respiration et s'adressa un sourire professionnel dans le miroir.

Elle avait les joues un tout petit peu trop roses. Il fallait vraiment qu'elle fasse un effort pour avoir l'air moins *heureux*.

Bryn se tenait juste à côté de M. Fairview quand le carillon de la boutique fit entendre sa note funèbre, et Mme Granberry – une femme tirée à quatre épingles dont les yeux secs exprimaient une froideur métallique – fit son entrée, suivie d'une adolescente attristée qui gardait la tête obstinément baissée.

M. Fairview se pencha à l'oreille de Bryn.

— C'est parti, lui dit-il. Souvenez-vous de rester concentrée sur ce que vous avez à faire. Ne vous laissez pas emporter par l'émotion.

Bryn ne voyait pas ce qui lui permettait de différencier une Mme Granberry d'un M. Fideli à cette distance, mais il semblait savoir à quoi s'attendre.

Bah, pas de problème. Bryn était prête à tout.

Prête à tout, mais pas à ça. Pas au chagrin brut et palpable de quelqu'un qui n'avait que quelques années de moins qu'elle. La jeune fille qui lui faisait face avait dix-huit ans, à peine sortie du lycée. Elle avait finalement relevé la tête et ne quittait pas Bryn des yeux comme si elle pouvait tout arranger. Et que l'univers retrouverait son ordre. *Ce n'est pas comme cela que ça marche*, avait envie de lui dire Bryn, qui dut refréner l'impulsion de lui prendre la main. Elle avait travaillé un temps dans un service de soutien psychologique aux personnes en deuil, mais par téléphone, ce qui changeait tout. Elle n'avait pas ressenti personnellement l'impact de leur chagrin. Ses parents étaient encore vivants tous les deux, Dieu merci ; elle n'avait jamais perdu d'être cher – enfin, à part sa sœur Sharon, mais ce n'était pas pareil.

Cette fille était comme un miroir où elle contemplait l'affliction qui nous guettait tous au bout du compte.

La mère était plus facile à gérer d'une certaine façon, et plus difficile par ailleurs : la quarantaine imposante, impassible le plus souvent sauf quand elle se tamponnait les yeux, plus concernée par son mascara qui coulait que par le décès de son époux.

— Mon mari désirait des funérailles sans chichis, annonça-t-elle d'emblée. (Bien que M. Fairview lui ait présenté Bryn comme son interlocutrice de référence, elle l'ignorait et s'adressait directement à lui.) Je veux un cercueil très simple, sans fioritures. Et pas d'exposition en chambre funéraire. Ni de soins de conservation.

Bryn se racla la gorge. Les yeux de Mme Granberry se posèrent un instant sur elle avant de revenir à M. Fairview.

— Dans quelles circonstances votre mari est-il décédé ? demanda Bryn en lui proposant la boîte de Kleenex, que la femme refusa d'un geste impatient de la main.

— Il est mort dans son sommeil, répondit-elle. Il avait le cœur fragile. Je lui ai toujours dit que c'était son point faible, mais il ne m'écoutait jamais. (Elle dévisagea alors sa fille, comme si c'était sa faute.) Mais je ne vois pas en quoi cela vous intéresse.

— C'est une bonne chose pour la famille et les amis de pouvoir se recueillir en présence du défunt ; c'est l'occasion de lui faire leurs derniers adieux. Cela facilite le processus de deuil, expliqua Bryn. Nous ferons bien sûr en sorte de redonner à votre mari l'apparence sous laquelle vous souhaitez vous souvenir de lui. Cela fait partie de notre service complet...

Mme Granberry tourna vivement la tête, les yeux étrécis de colère.

— J'ai dit : pas de soins de conservation !

Bryn respira un grand coup.

— Madame Granberry, je suis consciente que vous êtes actuellement très éprouvée, mais vous devez savoir que les soins de conservation sont requis par l'État de Californie, à moins que vous n'optiez pour la crémation.

— C'est vrai ? demanda la femme à M. Fairview, qui acquiesça sobrement.

— J'en ai peur, répondit-il. Mlle Davis vous a bien informée. La seule dérogation à cette exigence serait que votre religion l'interdise.

— Oh. (La mère fronça les sourcils à l'intention de Bryn, comme si elle était à l'origine de cette loi.) Eh bien, nous sommes méthodistes, ce qui ne signifie plus rien de nos jours. Très bien. Si nous devons engager ces frais, je suppose que l'on peut aussi bien prendre le salon funéraire. Combien ça coûte ?

— Maman, intervint la fille d'une voix faible. Je t'en prie. C'est de *Papa* qu'on parle. Tu n'es pas en train d'acheter une voiture.

— Je sais qu'on parle de ton précieux papounet, mais si tu veux aller dans cette école privée à la rentrée prochaine et avoir des vêtements à te mettre sur le dos, laisse-moi gérer les choses à ma façon, Melissa !

Il y avait de la colère dans sa voix tranchante et brutale. Bryn s'en sentit éclaboussée même depuis sa position.

Melissa tremblait de tous ses membres. Bryn dut se retenir pour ne pas renvoyer à la mère une remarque qui n'avait rien à faire dans la bouche d'un conseiller funéraire. Malgré ses efforts pour demeurer impassible, le ton qu'elle employa pour lui répondre était nettement plus froid.

— Nous ferons en sorte de ne pas dépasser votre budget, l'assura-t-elle. Examinons ensemble les possibilités.

Quand Bryn ouvrit le classeur pour lui présenter le choix de cercueils et posa la question délicate : « Est-ce que votre mari était un homme corpulent ? », Melissa Granberry éclata en sanglots hystériques et quitta la pièce en courant. Pendant quelques secondes, Bryn resta sous le choc, puis elle regarda Mme Granberry, dont le visage était de marbre et les yeux toujours secs.

— Mon mari était un gros porc obèse, répondit cette dernière. Ne vous occupez pas de ma fille. Elle lui a apporté une coupe de glace hier soir, alors que ça lui était interdit. Elle pense que c'est elle qui l'a tué. Et c'est sans doute la vérité. Elle n'a jamais rien pu lui refuser.

La main de Bryn la démangeait d'en coller une à cette veuve, mais elle lui sourit du mieux qu'elle put.

— Je suis certaine que vous saurez la raisonner, dit-elle. Ce n'était bien évidemment pas sa faute.

— Vous croyez ? (Mme Granberry la foudroya d'un regard noir et Bryn eut l'impression qu'elle lui enfonçait des pics à glace dans la tête, puis la femme reporta son attention sur les cercueils.) J'aime bien celui-ci.

Heureusement, c'était l'un des modèles extra-larges parmi les plus coûteux. *Montée en gamme.*

Ce fut un très long rendez-vous.

Tandis que M. Fairview rassemblait la paperasse, Bryn tentait de refréner son envie de rabattre son caquet de veuve pas vraiment éplorée à Mme Granberry. Elle s'excusa pour aller se laver les mains et se calmer dans les toilettes des dames... où elle trouva Melissa.

À dire vrai, elle ne la trouva pas tout de suite – elle vit d'abord la tache rouge qui s'écoulait en minces rigoles vers le trou d'évacuation au milieu du sol. *Du vernis à ongles*, pensa-t-elle tout d'abord, un peu irrationnellement, avant que son esprit militaire ne la rappelle à l'ordre. *Du sang. Encore frais.*

Elle fut frappée d'horreur avec la sensation physique d'une décharge électrique à travers tous ses nerfs.

Bryn tambourina contre le battant de la dernière cabine.

— Melissa !

Pas de réponse.

Elle donna un coup d'épaule dans la porte métallique, qui demeura close. Elle essaya une nouvelle fois, puis elle prit son élan et balança un grand coup de pied.

La serrure céda, et la porte s'ouvrit en grand. Melissa Granberry était assise sur les toilettes, soutenue par le mur. Ses yeux étaient ouverts, encore humides, et des larmes fraîches mouillaient ses joues. Sa peau avait l'horrible aspect cendreux des corps gisant dans la salle de préparation à l'étage en dessous.

Elle s'était profondément entaillé l'intérieur des deux bras, et le poignet gauche pour faire bonne mesure. Elle avait été dans l'incapacité de se trancher le poignet droit, décrypta Bryn avec une précision froide et lucide, parce qu'elle s'était sectionné les tendons de la main gauche. Peu importait, elle ne s'était pas ratée. Le couteau – un canif de poche masculin dont la lame se repliait dans le manche orné d'un cerf – était tombé dans la flaque de sang qui miroitait entre les pieds de Melissa.

Bryn plongea en avant, saisit la fille par les épaules et l'allongea par terre. Elle fit pression sur les plaies de ses deux mains à la fois.

— Doc ! hurla-t-elle avant de se souvenir où elle était. Au secours ! J'ai besoin d'aide !

Les pupilles de Melissa étaient déjà dilatées et elle ne réagissait pas. Bryn ne sentit pas son pouls, même en profondeur.

Elle eut l'impression qu'une éternité s'était écoulée avant que quelqu'un ne vienne, mais ce n'était sans doute pas le cas. La réceptionniste déboula en courant, suivie de M. Fairview. Le calme olympien de Mme Granberry vola finalement en éclats. Elle se mit à hurler et on dut l'emmener. Une ambulance finit par arriver, ainsi que des policiers en uniforme. Bryn fut écartée et les regarda, impuissante, charger Melissa sur un brancard et emporter son corps sans vie.

C'était un cauchemar, complètement irréel. Et pourtant, étrangement familier. Ce n'était pas la première fois qu'elle voyait un cadavre évacué sur un brancard, après tout.

Lucy, la réceptionniste, l'aida à se nettoyer dans les toilettes pour hommes, sans cesser de babiller. Elle lui raconta qu'une fois elle avait trouvé un homme qui s'était tiré une balle dans la tête dans l'un des salons funéraires, et que ça l'étonnait même que ce genre de choses ne soit pas plus fréquent dans ce métier, où les gens sont à cran à cause de l'adrénaline et du chagrin.

Bryn n'éprouvait plus rien. C'était sans doute le choc. Elle avait vu mourir beaucoup de gens, mais jamais de cette façon. Pas dans un lieu aseptisé. Quelqu'un – M. Fairview ? – l'enveloppa d'une jolie couverture tricotée, lui fourra un verre de whisky dans la main, puis la laissa seule.

Impossible de se sortir la scène de la tête : les yeux sombres et implorants de la fille, ses sanglots, sa culpabilité. Bryn but le whisky sans en sentir le goût, alors qu'elle détestait ça, et la vérité crue s'imposa à elle avec une grande netteté.

Ils avaient emmené Melissa Granberry à la morgue et elle finirait au sous-sol dans la salle de préparation, comme son père.

J'aurais pu faire quelque chose. J'aurais pu l'en empêcher. Ce n'était qu'une gamine.

Reposant son verre sur la table basse, Bryn se mit à pleurer, secouée de longs sanglots silencieux.

M. Fairview avait raison. Les mouchoirs en papier étaient exactement à la bonne place quand elle en eut besoin.

Chapitre 2

— Je vais devoir vous laisser la maison, ma chérie, dit Lucy plusieurs heures plus tard.

Tout le monde avait été interrogé par la police, quelqu'un avait escorté Bryn jusqu'aux vestiaires pour qu'elle puisse prendre une douche et se changer, et elle avait avalé un second whisky, Lucy ayant décrété que c'était ce qu'il lui fallait. Bryn voulait bien croire que l'alcool rendait les choses plus faciles ; en tous les cas, ça la déconnectait au moins de ses sensations.

— Pas vraiment l'idéal pour un premier jour de boulot, reconnut Lucy. Le pire que j'aie jamais vu. La bonne nouvelle, c'est que ça ne peut que s'arranger, pas vrai ?

— Oui, répondit Bryn machinalement.

Elle se sentait confortablement cotonneuse à présent – pas apaisée, mais elle n'éprouvait plus grand-chose. Et surtout pas l'espoir de lendemains meilleurs.

— Alors, je crois qu'il est temps de rentrer chez vous. Un bain chaud, un verre de vin et peut-être un massage.

Lucy recula son fauteuil à roulettes du comptoir de la réception et sortit un sac Givenchy du dernier tiroir. C'était une femme superbe à la peau sans défaut couleur cacao, avec des courbes plus que généreuses qui n'auraient pas dû être aussi séduisantes, mais qui lui seyaient pourtant à merveille, surtout qu'elle savait s'habiller. Bryn se demanda combien de temps elle passait chaque matin à faire son brushing soigneusement laqué. Sans doute davantage qu'elle n'en consacrait elle-même à ses cheveux dans toute une semaine.

— Ça va aller de vous retrouver toute seule ce soir ?

— Je... Bien sûr. (En réalité, Bryn était loin d'en être certaine, mais elle en avait la ferme intention.) Je dois parler à M. Fairview, et j'ai quelques papiers à finir. Et je suis censée me présenter à M. Watson dans la salle de prépa.

— Oh, faites attention que M. Fairview ne vous entende jamais dire ça. C'est la salle de *préparation*, en toutes circonstances. (Le visage amical de Lucy se durcit.) Et laissez-moi vous donner un bon conseil : si vous devez aller voir Freddy la Foudre, gardez ça pour demain. Et chaque fois que vous descendrez au sous-sol, restez sur vos gardes. Ce type est un fauteur de troubles. Je l'ai dit à M. Fairview le jour même où il l'a engagé. Avant lui, nous avions un thanato extra, un véritable artiste. Vikesh, il s'appelait. Mais il est parti dans l'Arizona. Et maintenant, on a Freddy la Foudre. Et je peux vous le dire : ce gars-là ne m'impressionne pas. J'ai assisté à la présentation de Mme Salzman la semaine dernière... Parole, on aurait cru qu'elle allait faire le tapin sur les quais. Ce type n'a aucune classe.

Bryn tenta de sourire.

— Je suis presque sûre que j'ai vu pire.

— C'est ce que vous croyez, mais c'est un sale crétin de lèche-bottes, je n'ai pas peur de le dire. (Lucy la contempla un moment en silence, visiblement hésitante.) Vous êtes en voiture, ma chérie ?

— Non, je suis venue en bus. Mais ça va aller. Le dernier passe dans deux heures. Je n'ai pas envie de rentrer chez moi tout de suite, de toute façon. J'ai besoin d'éliminer l'alcool que j'ai absorbé.

— Très bien, comme vous voudrez. Et ne vous en faites pas pour demain. S'il y a un truc dans ce boulot, c'est qu'il est sans surprises. Tous les jours des gens différents, mais toujours la même triste histoire. Tôt ou tard, on finit par s'y habituer. (Lucy lui tapota la main d'un petit geste rapide et impersonnel.) Faites attention à vous, Bryn. Je vous aime bien. J'espère que vous allez rester.

Les locaux lui semblèrent vraiment très vides après le départ de Lucy. Bryn remonta le couloir lambrissé silencieux jusqu'à son bureau, où elle trouva le dossier Granberry que M. Fairview avait posé au milieu de sa table. Elle signa tous les formulaires, remplit toutes les fiches de production et griffonna une liste de ce qu'elle devait faire avant de le repousser.

Fairview lui avait également laissé un Post-it sur la couverture : *N'oubliez pas de briefer Freddy sur les dispositions à prendre pour l'enterrement de M. Granberry. Le plus tôt sera le mieux.*

C'était sa dernière tâche pour la journée. Elle aurait pu aussi bien décrocher son téléphone – il y avait une ligne dédiée estampillée « salle de préparation » – mais elle sentait qu'il était préférable de descendre tâter le terrain. Elle venait déjà de passer le pire jour de sa vie... autant se débarrasser de ce M. Watson le lèche-bottes dans la foulée.

Et comme ça, elle n'aurait plus rien à appréhender pour le lendemain.

Il y a toujours deux univers dans une entreprise de pompes funèbres : l'espace réservé au public douillettement meublé et décoré, paisible et rassurant, et le local technique, froid, médical et aseptisé. L'escalier reliant les deux offrait une sorte de transition – encore moquetté, mais doté d'une rampe métallique de style industriel et d'un éclairage au néon. Le sous-sol était tout en Formica, facile à nettoyer. Il y avait un monte-charge au fond, et des plates-formes de chargement dont les rideaux de fer étaient tirés. Bryn s'arrêta devant la porte en verre dépoli de la salle de préparation en respirant par petites bouffées superficielles ; l'odeur du formol lui soulevait toujours le cœur au début et il lui fallait un temps d'adaptation. Quant à la puanteur prégnante de la chair en décomposition, c'était la cerise sur le gâteau. Elle frappa du bout des phalanges. Elle distinguait des ombres qui se déplaçaient à l'intérieur.

— Entrez, répondit une voix, et Bryn s'exécuta.

Il y avait quatre postes de travail impeccablement propres équipés de tables en acier inoxydable ainsi que des pompes à injection et des tuyaux de raccordement nécessaires aux soins de conservation des défunts. Une seule table était actuellement occupée… par M. Granberry, le « gros porc obèse » d'après sa femme. Il n'était pas si gros que ça, songea Bryn. Et il avait un visage sympathique. Elle était vaguement croyante, et espérait, où qu'il soit à présent, que M. Granberry pourrait réconforter sa fille. Pauvre Melissa.

Penché sur le cadavre, en train de masser les tissus pour faire pénétrer les fluides, se tenait un bel homme à peine plus vieux que Bryn… des cheveux dorés, une peau laiteuse, de grands yeux bleus et un sourire ravageur. Si l'on exceptait son occupation, c'était un vrai canon.

Mais son sourire tira chez Bryn une sonnette d'alarme. Un peu trop carnassier à son goût.

— Salut, lui lança-t-il avec un mouvement de menton en guise de bienvenue. Bryn, c'est ça ? Juste une seconde. Je dois terminer ça ; j'y suis presque. Il reprend de jolies couleurs, vous ne trouvez pas ?

Elle hocha la tête, ne sachant pas trop quoi lui répondre hormis un : « Vous êtes M. Watson ? »

— Freddy la Foudre, pour vous servir, acquiesça-t-il en ponctuant sa réponse d'un clin d'œil. Tout le monde a un surnom dans ce métier, pas vrai ?

— Ah bon ? Je n'en suis pas certaine, riposta-t-elle.

Elle était légèrement nauséeuse, et n'était plus si sûre que c'était une bonne idée d'être descendue au sous-sol après la journée qu'elle venait de passer. Elle avait la tête qui tournait un peu à cause de l'alcool.

— Vous avez gagné le vôtre aujourd'hui, répliqua-t-il. Davis Double Peine.

— Oh. Vous êtes au courant ?

— Pour la fille ? Évidemment que je suis au courant. C'est peut-être souterrain, ici, mais je ne vis pas dans une grotte. (Il secoua la tête, et Bryn s'attendait à ce qu'il débite les platitudes habituelles – *c'est terrible*, ou *elle devait être complètement effondrée*.) Quelle pauvre conne.

Bryn cligna les yeux.

— Pardon ?

— Il ne faut pas être très bien dans sa tête pour mettre fin à ses jours dans une mare de sang dans les toilettes d'un funérarium. Qu'elle ait décidé d'en finir, c'est une chose, ce n'est pas moi qui vais l'en empêcher, mais elle aurait au moins pu faire ça chez elle et pas dans nos locaux. En nous laissant tout son bordel à nettoyer. Vous pouvez me croire, c'était une sale petite garce égoïste.

Ce n'était pas tant ce qu'il disait que la *façon* dont il le disait qui pétrifia Bryn. Freddy ressemblait peut-être à un beau fruit mûr, mais il y avait quelque chose de franchement nauséabond dans le plaisir malsain qu'il prenait à se payer la tête de cette pauvre fille morte. C'était comme de croquer dans une appétissante pomme rouge et de se retrouver la bouche pleine de vers.

— Elle s'appelait Melissa. Et elle n'avait que dix-huit ans.

— En âge de voter, de baiser et de réfléchir, répliqua Freddy en haussant les épaules. Je maintiens ce que j'ai dit, une sale petite garce égoïste. Fin de l'histoire. Alors, vous avez des instructions à me donner concernant M. Granberry ici présent ?

L'insensibilité de Freddy rappelait à Bryn certains soldats de son régiment, ceux qui avaient perdu leur humanité, surtout vis-à-vis des Irakiens qu'ils voyaient comme des cadavres en sursis qui n'attendaient que la housse mortuaire.

Le genre de types qu'elle essayait d'éviter. Sans toujours y parvenir. Comme celui qu'elle avait devant elle en ce moment même.

— Oui, dit-elle, heureuse de pouvoir lui donner les papiers et décamper.

Elle lui tendit le dossier, qu'il prit de sa main gauche gantée de latex tout en continuant à faire pénétrer le formaldéhyde dans les muscles pectoraux de M. Granberry de la main droite.

— Merci. À demain.

— J'y crois pas, vous allez vous tirer et me laisser en rade ? Pas cool, Double Peine. Vous pourriez au moins me filer un coup de main. Je suis enfermé tout seul dans la morgue depuis des jours ; je ne cracherais pas sur la compagnie d'une jolie fille. (Il lui balança de nouveau son sourire étincelant.) Je parie que vous avez votre dose de toute cette merde, vous aussi. Je vais vous dire un truc : au lieu de vous faire faire la tournée des frigos, on pourrait aller boire un verre tous les deux, et même plusieurs. Vous pourriez tirer le gros lot, ce soir.

Après un dernier massage du biceps bouffi de M. Granberry, Freddy fit un pas en arrière et retira ses gants bleus qu'il jeta négligemment dans une poubelle pour matières infectieuses. Son tablier de plastique suivit le même chemin, révélant une blouse de laboratoire sur un jean soigneusement repassé et des chaussures que Bryn reconnut comme des Kenneth Cole, ou en tout cas ce genre de pompes de luxe.

— À moins que vous ne préfériez passer la soirée avec ce cher M. Gran. Il n'est pas très bavard, mais il présente une belle érection *post mortem*. Vous voulez voir ?

— Non. (Bryn s'efforça de conserver une voix égale et de ne pas détourner les yeux. Elle avait la sinistre impression que Freddy faisait partie de ces types qui guettaient les moindres signes de faiblesse.) Je vais y aller.

— Vous ne bossez donc pas dans le funéraire parce que vous aimez la viande froide ? Il y en a qui viennent pour ça, vous savez. Alors, c'est votre jour de chance. Moi, je suis un corps chaud. (Il lui fit un clin d'œil lubrique, et Bryn eut envie de vomir.) D'accord, on boit d'abord un verre. Et on verra après.

Bryn recula d'un pas tandis que Freddy contournait la table de thanatopraxie, soudain consciente de chaque détail – la température glaciale de la pièce, les locaux déserts, l'intuition que l'alcool l'avait poussée à prendre ce qui risquait de s'avérer une *très* mauvaise décision.

— Non. Merci. Vraiment, je... j'étais sur le point de rentrer chez moi.

— Pour vous réchauffer un plat congelé en portion individuelle et vous coucher dans votre lit tout froid ? Vous n'avez pas l'air d'avoir de petit ami – du moins, pas de petit ami qui vous baise bien, j'ai toujours l'œil pour ça. Alors, on va le prendre ce verre ? Vous pourrez me raconter combien vous vous sentez seule.

Bryn était secouée, mais il était hors de question de le lui laisser voir.

— Il faut savoir accepter un refus, Freddy. Mais vous devez être habitué. Je suis certaine que ce n'est pas la première fois.

— Touché. (Il paraissait plus amusé que réellement blessé par sa remarque.) Écoutez, je ne tiens pas non plus à ce qu'on me voie en public avec vous ; vous n'êtes pas tout à fait à la hauteur de mes standards habituels. Que diriez-vous d'un coup vite fait dans le sous-sol ? Il n'y a personne d'autre que M. Granberry, et je ne pense pas qu'il trouvera à y redire. On fera péter les bières aromatisées que je garde au frigo.

— Si vous vous approchez de moi avec une bouteille, j'espère pour vous que vous êtes bi, parce que je vous l'enfoncerai bien profond dans le cul.

Sur ces mots, Bryn se dirigea vers la porte, s'attendant à ce qu'il se jette sur elle et la fasse tomber par terre, mais quand elle se retourna, Freddy était toujours planté au même endroit et lui souriait.

— Vous ne savez pas ce que vous perdez, dit-il. Quand vous aurez envie de vous amuser un peu, vous savez où me trouver, ma belle. Vous serez toujours la bienvenue.

Et il lui souffla un baiser.

Bryn n'eut même pas conscience de remonter l'escalier ni de regagner son bureau – elle entendit seulement claquer la porte et sut alors qu'une épaisseur de chêne massif la séparait de Freddy la Foudre. Frissonnante, elle s'enferma à clé et se laissa tomber dans son fauteuil.

— Quelle merde, soupira-t-elle en se prenant la tête entre les mains. Maintenant, j'ai *vraiment* besoin d'une douche.

Elle avait déjà rencontré des types de cet acabit, bien sûr. C'était les risques du métier quand on bossait dans un secteur traditionnellement masculin. Et elle avait appris à s'en débarrasser. Mais elle ne s'était pas attendue à devoir le faire *ici*, à présent qu'elle avait regagné le monde *civilisé*.

Et surtout pas à la fin d'une première journée de boulot vraiment pourrie.

Elle pratiqua une dizaine d'exercices de respiration profonde pour se calmer, puis ôta sa blouse de laboratoire avant de prendre son sac dans le tiroir de son bureau. C'était l'heure de rentrer à la maison. Lucy avait raison, un verre de vin et un massage – elle pouvait faire une croix sur le massage, mais ce serait un verre de vin et un film, n'importe quoi pour lui changer les idées.

Bryn sursauta lorsqu'on cogna à sa porte.

— Hé, minette ? Vous êtes encore là ? Allez ouste, on y va !

Elle n'avait pas allumé les néons de son bureau et Freddy ne pouvait pas savoir qu'elle était là si elle ne faisait aucun bruit. En tous les cas, elle l'espérait.

Elle l'entendait respirer. Et c'était vraiment *très* flippant.

Il finit par marmonner un : « Si vous voulez jouer les saintes-nitouches », et ses pas s'éloignèrent. Elle retint sa respiration jusqu'à ce qu'elle entende claquer la porte de la boutique, et se glissa à la fenêtre pour jeter un coup d'œil discret.

Freddy conduisait une voiture de sport couleur argent ; elle le regarda s'y installer et démarrer en faisant crisser ses pneus. *Dieu merci.*

Il n'y avait enfin plus qu'elle. Elle et feu M. Granberry au sous-sol.

Elle aurait parié que Freddy n'avait pas pris la peine de le mettre en cellule réfrigérée. C'était bien le genre de truc bâclé que ce crétin pouvait faire.

Bryn déverrouilla la porte de la salle de prépa, alluma les lumières et oui, elle avait vu juste : Freddy avait laissé ce pauvre M. Granberry tout nu sur la table. Il faisait froid dans la pièce, mais la température n'était pas suffisamment basse pour ralentir le processus de décomposition… et puis, c'était lui manquer de respect que de laisser ce pauvre homme tout seul, exposé ainsi.

Bryn s'approcha de lui et examina son visage. Les corps ne l'effrayaient pas – ne l'avaient jamais effrayée, à vrai dire. Ils n'étaient que la dépouille d'une vie qui n'existait plus – un souvenir ô combien périssable, qui se délitait comme le papier dans l'eau. Et chacun avait son histoire. Celle de M. Granberry était plutôt tragique, vu la femme qu'il avait et ce qui était arrivé à sa fille, mais son cadavre n'avait rien de terrible… il avait l'air seulement absent.

— Je suis désolée, lui dit-elle en lui posant une main sur la joue. (Il était froid et inerte, telle une poupée de caoutchouc qu'on aurait laissée dehors en hiver.) Prenez soin de Melissa, où que vous soyez tous les deux. Je ne crois pas que son intention était de blesser quiconque. Elle ne pouvait pas vivre avec son chagrin. Je suis sûre qu'elle vous aimait beaucoup.

Parler aux morts était parfaitement inutile. M. Granberry ne pouvait pas l'entendre, ne ressentait plus rien et se fichait pas mal de ce qu'elle lui disait. Mais Bryn se sentit mieux après ce petit discours, et c'était ce qui comptait, après tout.

— C'est l'heure d'aller au dodo. (Bryn le recouvrit d'un drap blanc tout propre, puis desserra les freins de la table de thanatopraxie qu'elle fit rouler jusqu'à la chambre froide.) Dormez bien, monsieur G. Je vous promets qu'on s'occupera bien de vous. Oh, regardez, vous avez de la compagnie.

Il y avait en effet un autre corps, encore zippé dans sa housse de plastique. Bryn supposa que c'était une livraison tardive en provenance d'un hôpital ou du bureau du légiste.

Alors qu'elle refermait la porte de la chambre froide, elle aurait juré avoir entendu un bruit. Elle s'immobilisa, retenant son souffle, mais ne perçut rien d'autre que le ronronnement des appareils électriques. Elle ne put s'empêcher d'imaginer ce pauvre M. Granberry se redressant sur sa table. Cela arrivait parfois. Rien à voir avec les zombies, ce n'était qu'une contraction mécanique des muscles des cadavres. Ça avait l'air flippant, mais c'était seulement... biologique.

Même si la biologie pouvait être sacrément flippante toutes choses considérées.

Elle jeta un coup d'œil à l'intérieur, mais rien n'avait bougé. Tandis qu'elle refermait la lourde porte, elle entendit de nouveau le même bruit. Faible, mais très net.

Comme une sorte de grattement.

— Des rats, murmura-t-elle avec un frisson.

Il faudrait qu'elle en parle à M. Fairview. Un problème de rongeurs était bien la dernière chose dont une entreprise de pompes funèbres avait besoin. Cela leur vaudrait une fermeture sanitaire pour défaut d'hygiène et entacherait leur réputation à jamais.

Bryn éteignit les lumières et quitta le laboratoire, verrouillant les portes derrière elle.

Elle était à mi-chemin dans l'escalier quand elle entendit la porte du rez-de-chaussée s'ouvrir. Elle était prise au piège – elle n'avait aucune issue. Elle ne pouvait que rester là où elle était, l'inquiétude déformant ses traits. Freddy la Foudre était revenu... et cette fois, il ferait d'elle ce qu'il voulait.

Non... Au fur et à mesure qu'elle se calmait et que ses yeux s'habituaient à l'obscurité, elle s'aperçut que la silhouette masculine qui se tenait en haut des marches n'était pas Freddy la Foudre, ni Lincoln Fairview. Pendant quelques secondes, elle eut du mal à le remettre, puis elle le reconnut.

C'était l'homme qui était venu dans la matinée pour les funérailles de son frère. Joe. Joe Fideli.

Il posa un doigt sur ses lèvres, lui intimant clairement de se taire, et Bryn recula lentement dans l'escalier.

M. Fideli braqua alors sur elle une arme de poing. Et pas un pistolet d'amateur – non, cette arme avait toutes les apparences du semi-automatique d'un pro de la gâchette. Pas une arme militaire, mais un modèle très similaire et tout aussi efficace. Sans un mot, Bryn leva les mains. M. Fideli lui fit signe de descendre. Elle obtempéra lentement, tâtant chaque marche du bout du pied à reculons.

Une fois arrivée au sous-sol, elle n'avait toujours guère d'options. Les accès au monte-charge et aux plates-formes de chargement étaient fermés, et elle ne connaissait pas assez bien le dédale de la zone de stockage du sous-sol pour espérer y trouver une autre issue. Son instinct lui intimait pourtant de fuir… mais l'idée de courir dans le noir la paralysa.

Et elle était pratiquement sûre que M. Fideli était un tireur d'élite.

— Mademoiselle Davis, c'est bien ça ? Je ne m'attendais pas à vous trouver ici, dit M. Fideli. Désolé. Je ne veux pas vous effrayer, mais vous allez devoir faire exactement ce que je vous dis.

Il ne plaisantait pas. Et il ne ressemblait plus en rien au type guindé, curieux et inexpressif qu'elle avait eu en face d'elle le matin même. Il semblait très à l'aise, un pro dans l'exercice de ses fonctions qui savait qu'il était un crack dans son domaine.

Et Bryn imaginait très bien qu'une conseillère funéraire désarmée toute nouvelle dans son job ne représentait pas une grande menace pour lui.

— Que faites-vous ici ? lui demanda-t-elle.

Elle s'était exprimée d'une voix tremblante, ce qui avait gâché son effet. M. Fideli se contenta de hausser les sourcils sans répondre à sa question.

— Est-ce qu'il y a quelqu'un d'autre ici ? Fairview ? Freddy Watson ? Lucy ?

Il connaissait tout le monde nominativement. Bryn trouva ça pour le moins… étrange. Elle secoua la tête.

— Bien. (Il la dévisagea pendant une longue seconde, et elle comprit qu'il venait de prendre une décision – et c'était sans doute pour elle une question de vie ou de mort.) Remontons. On va aller dans votre bureau et avoir une petite discussion. Autant nous mettre à l'aise.

Elle passa la première, terriblement consciente de l'arme qu'il pointait dans son dos. Dans les films d'action, le héros aurait sans doute désarmé l'intrus d'un coup de pied retourné puis l'aurait immobilisé d'une prise de karaté. Mais elle avait suivi de longs entraînements de combat à mains nues et elle savait que ce n'était pas une bonne idée.

Ce n'était pas un film, et dans la vraie vie, on obéissait aux instructions d'un homme armé et on attendait une occasion où on ne risquait plus de se faire tirer dessus.

Une fois dans son bureau, M. Fideli verrouilla la porte derrière eux et se laissa tomber dans le fauteuil réservé aux clients en face de sa table de travail avec un soupir de soulagement. Voyant qu'elle hésitait, il lui fit signe de sa main libre de s'asseoir à son tour. Elle obtempéra, prenant soin de ne pas faire de gestes brusques.

— La journée a été longue, dit-il, et elle acquiesça. (*Vous n'avez pas idée, monsieur.*) Bon. Vous n'étiez pas sur ma liste. J'imagine que vous êtes nouvelle ?

— C'est mon premier jour, répondit-elle.

— Eh bien, vous n'avez pas de chance, Bryn. Ça ne vous ennuie pas que je vous appelle Bryn ?

— Et je peux vous appeler Joe ? Si c'est bien votre nom.

Elle se sentait un peu mieux, assise à son bureau. Un peu moins vulnérable.

— Bien sûr. Eh oui, c'est bien mon nom.

— Est-ce que vous avez vraiment un frère ?

— J'en avais un, dit-il en inclinant la tête, l'observant toujours. Quel âge avez-vous donc, Bryn ?

— Vingt-six ans.

— Eh bien, vous devriez être actrice. Vous pourriez jouer dans toutes ces séries pour ados. Vous avez l'air d'en avoir seize.

Bryn serra les dents sans répondre. Elle en avait assez que les gens la prennent pour une gamine. À quarante ans, elle serait sans doute ravie de faire plus jeune que son âge, mais jusqu'à présent ce n'était certainement pas un avantage.

Mais il y avait des choses plus graves en l'occurrence.

— Peu importe, reprit Joe Fideli. Je suis ici en mission de reconnaissance. Vous savez ce que cela signifie ?

Il ne connaissait manifestement pas son passé de militaire.

— Observer le terrain et recueillir des informations.

— Bingo. Je ne m'attendais pas à trouver quelqu'un. Où est votre voiture ?

— Je n'en ai pas. Je me déplace en bus.

— Sans rire. C'est un de ces trucs d'écolo pour sauver la planète, ou vous n'avez pas les moyens de vous offrir une bagnole ?

— Les deux. Surtout la deuxième raison, pour être honnête.

Hélas.

— Bon, ce sont vos affaires. Mais ça n'arrange pas les miennes. Je vais avoir plus de mal à vous exfiltrer.

Il n'ajouta rien d'autre, se contentant de la fixer des yeux.

Bryn se sentit obligée de dire quelque chose.

— Que voulez-vous ? Nous n'avons pas beaucoup d'objets de valeur, si c'est ce que vous cherchez. Je veux dire, à part le mobilier, mais...

— Je ne suis pas un cambrioleur.

— Ah. L'industrie funéraire n'est pas non plus propice à l'espionnage industriel, riposta-t-elle.

Elle essayait de plaisanter, mais ne lui arracha pas un sourire. Son regard était mortellement sérieux.

— Que veniez-vous faire dans la salle de prépa ?

La salle de préparation, se rappela-t-elle à retardement. *Fairview veut toujours qu'on reste professionnel avec les clients*. Mais M. Fideli n'était plus un client, après tout.

— Je cherche à découvrir si M. Fairview et Freddy la Foudre font du trafic de médicaments, l'informa-t-il. De médicaments vendus sur ordonnance. Des produits volés.

— *Quoi* ? Bien sûr que non !

— Sans vouloir vous offenser, vous n'êtes ici que depuis aujourd'hui. Qu'est-ce que vous en savez ?

— C'est une entreprise qui marche. Pourquoi feraient-ils un truc aussi stupide ? (D'un autre côté, maintenant qu'elle connaissait Freddy, rien ne l'aurait étonné de sa part.) À moins... Peut-être que M. Fairview n'a rien à y voir ? Que c'est seulement Freddy ?

Fideli redressa la tête, et son corps se raidit.

— Vous savez quelque chose sur lui ?

— Pas vraiment. Juste... que c'est un connard. Si vous voyez ce que je veux dire.

— Expliquez-moi.

— Il m'a fait des avances. Dans le laboratoire.

— Un romantique.

— Exactement. (Elle s'éclaircit la voix.) Écoutez, je ne suis pas Wonder Woman... Vous ne pouvez pas poser votre arme ?

— Quoi ? (Il parut sincèrement surpris, puis lui sourit.) Oui, bien sûr. J'ai déjà fouillé les tiroirs de votre bureau. Au cas où vous y planqueriez un calibre trente-huit. Je suppose donc que je n'ai rien à craindre.

Bryn s'en étonna.

— Quand avez-vous fait ça ?

— Quand vous étiez en bas. (Il détourna soudain les yeux et son attitude amicale s'effaça instantanément.) Attendez. Ne bougez pas. (Elle obéit. Il se leva et alla à la fenêtre, regardant à travers les stores.) Y a-t-il une raison pour que votre patron et Freddy reviennent ici après la fermeture ce soir ?

— Non.

— Eh bien, ils sont en train de se garer. (Fideli revint vers elle ; son pistolet était de nouveau dans sa main.) Pas un mot, mademoiselle Davis.

— Vous n'allez pas me tuer, si ?

— Pourquoi je ferais ça ?

— Parce que vous êtes armé ?

Il baissa les yeux sur son pistolet.

— Ce vieux machin ? Un souvenir de famille. Je ne tue presque jamais personne avec.

Il mentait, mais il le faisait avec style et un certain sens de l'humour et, malgré elle, Bryn se sentit un peu mieux en dépit de son statut d'otage.

— Vous serez sage ?

— Promis juré.

Il lui adressa un clin d'œil impertinent, bien moins flippant que celui de Freddy.

— C'est bien.

Fideli se rapprocha de la porte close et écouta attentivement – sans quitter Bryn des yeux pour autant. Elle ne fit pas un geste. Tendant l'oreille, elle reconnut le timbre étouffé du carillon tandis que quelqu'un ouvrait la porte de la boutique. Puis plus rien. L'insonorisation n'avait pas que des avantages.

Fideli, quant à lui, avait entendu quelque chose qu'elle n'avait pas perçu.

— Ils descendent au sous-sol, dit-il. OK, c'est le moment de dégager, jeune fille.

— Pardon ?

— Vous n'avez rien à faire ici, répondit-il. Levez-vous et fichez le camp.

La perspective d'attendre le bus dans le noir ne lui disait rien qui vaille.

— Je ne peux pas rester là ? J'attendrai que vous ayez, euh, fini votre truc ?

Quoi que cela puisse être.

— Non, refusa-t-il. Prenez vos affaires, Bryn.

Joe Fideli le gentil était de nouveau aux abonnés absents, remplacé par le pro concentré sur sa mission. Bryn ramassa son sac et son manteau et le suivit alors qu'il remontait le couloir à pas de loup en direction de la réception.

Elle lui agrippa soudain le bras.

— Le carillon ! chuchota-t-elle. Ils vont l'entendre.

— Vous avez une bonne raison d'être ici, et une bonne raison de partir, répondit-il sur le même ton. Restez naturelle, quoi qu'il arrive. Faites comme si tout était normal et sortez d'ici. Allez prendre votre bus.

Ils ouvrirent donc la porte, le carillon retentit et Fideli se dissimula dans les ombres, se déplaçant si vite que Bryn resta plantée sur le seuil, bouche bée, et la porte se referma derrière elle.

Sa seule issue était à présent le jardin.

Mais Bryn n'alla pas bien loin. Elle n'était qu'à quelques mètres de la porte lorsque le carillon fit entendre de nouveau sa plainte étouffée. Tournant la tête pour regarder par-dessus son épaule, elle reconnut M. Fairview.

— Bryn, dit-il de la même voix lénifiante qu'il employait avec les clients. Eh bien. Quelle surprise. Nous pensions que vous étiez partie, surtout après la journée que vous avez eue.

— Je potassais la documentation et je n'ai pas vu le temps passer. J'ai tellement de choses à apprendre. Je suis désolée si j'ai enfreint le règlement... Je ne vous compterai pas mon temps en heures supplémentaires, je vous le promets.

Elle se sentait nerveuse, et elle était consciente qu'il s'en apercevait – mais elle espérait qu'il mettrait cela sur le compte de l'inquiétude d'une nouvelle employée surprise à faire quelque chose d'un peu bizarre. *Bon sang,* comment s'était-elle fourrée dans cette merde ? Travailler dans le funéraire était censé être un boulot *tranquille*. C'était pour ça qu'elle avait signé.

Le silence parut s'éterniser. La sueur coulait sous les aisselles de Bryn. Elle avait une décision à prendre : soit elle informait Fairview de la présence silencieuse de Joe Fideli, soit elle se taisait et prenait le risque de s'être trompée sur son compte. *Il est armé et il s'est introduit par effraction dans l'établissement en pleine nuit. Tu ferais mieux de prévenir Fairview.*

Elle était sur le point de le faire... mais il ne lui en laissa pas le temps.

— Êtes-vous descendue dans la salle de préparation après le départ de M. Watson, Bryn ?

— Pourquoi ?

— Nous avons un système d'alarme silencieux qui se met automatiquement en marche en notre absence. Pour éviter, euh, qu'on ne touche les corps sans permission. Nous l'avons débranché à présent, puisque nous sommes là.

Les yeux de Fairview étaient dans l'ombre, et son visage ressemblait à un masque blanc dans la lumière crue du parking. Sa voix ne laissait rien transparaître non plus, mais l'instinct de Bryn lui hurlait que quelque chose ne tournait pas rond. Il y avait un problème.

— Je me suis rendu compte que Freddy avait laissé M. Granberry sur la table, dit-elle. Je suis redescendue pour le mettre dans la chambre mortuaire. J'espère que je n'ai rien fait de mal. Vous m'aviez donné les clés. Et personne ne m'a prévenue que la zone était interdite.

— Oh, elle ne l'est pas – en temps normal, bien sûr. Je me suis inquiété à cause de l'alarme. (Fairview lui sourit.) Rentrez donc à l'intérieur, ma chère. Les nuits sont fraîches par ici, et le brouillard descend vite.

Il avait raison. Elle tremblait comme une feuille et une brume grisâtre avait recouvert la côte et voilait les lumières de la ville dans le lointain. Même l'éclairage de l'arrêt de bus semblait flouté.

— Je dois rentrer chez moi, refusa-t-elle. Le dernier bus va passer d'un moment à l'autre.

— Oh, ne vous en faites pas pour ça, répliqua Fairview. Je vous raccompagnerai chez vous, Bryn. Mais rentrez donc. Venez prendre un café. Je voudrais d'abord vous parler de quelque chose.

Elle déglutit. Il faisait maintenant nuit noire ; l'arrêt de bus n'était qu'à une quinzaine de mètres, mais il était désert à cette heure-là. Il y avait bien quelques voitures qui passaient sur la route, mais personne ne prêterait attention à ce qui se tramait ici. Et s'enfuir en courant serait complètement stupide. Au mieux, cela l'informerait qu'elle se doutait qu'il se passait quelque chose d'anormal à l'intérieur ; au pire... il y avait toujours Joe Fideli dans les parages, avec son pistolet.

Sans trop savoir pourquoi, elle faisait davantage confiance à Fideli qu'à l'homme qui l'avait engagée. Celui qu'elle admirait tellement pour sa compassion et son sang-froid pas plus tard que ce matin. Pourtant, en contemplant son visage dans la nuit glaciale, Bryn songeait que le plus dangereux des deux n'était pas forcément celui qui était armé.

La seule idée qu'elle pourrait se retrouver refroidie sur l'une de ces tables lui ôta toute envie de courir – elle n'avait nulle part où aller de toute façon ; le bus n'était même pas en vue. Elle resta donc où elle était tandis que M. Fairview descendait les marches du perron et s'avançait vers elle. Il la prit par le bras et la ramena dans le funérarium.

— Vous n'avez pas de raison de vous en faire, la rassura-t-il du même ton apaisant. Je veux seulement vous expliquer quelques-unes de nos procédures, Bryn. Vous n'aurez pas d'ennuis, je vous le promets. Attendez-moi dans votre bureau, j'ai quelqu'un d'autre à voir avant. Je n'en aurai pas pour longtemps, et après notre petite conversation, je vous ramènerai chez vous en voiture. Je n'aime pas l'idée que vous attendiez dehors dans le noir. Ce n'est pas sûr.

— D'accord.

C'était vraiment une très mauvaise idée, mais elle ne voyait pas ce qu'elle pouvait faire d'autre sans éveiller ses soupçons. M. Fairview la fit passer devant lui, la poussant doucement sans qu'elle puisse résister. Ils regagnèrent le bâtiment, puis longèrent le couloir jusqu'au bureau de Bryn. Elle se débattit avec ses clés afin d'ouvrir la porte pendant que M. Fairview la gratifiait d'un sourire rassurant.

— Je n'en ai que pour quelques minutes, promit-il en refermant la porte sur elle.

Elle eut beau écouter, elle n'entendait rien du tout... puis elle reconnut le bruit de ses pas descendant l'escalier qui menait au sous-sol.

Il faut que je me tire. Quoi qu'il se passe ici, ce n'était pas ses affaires. Absolument pas. En vérité, Bryn venait de prendre la décision de démissionner. Elle trouverait un autre poste dans une entreprise de pompes funèbres d'une grande ville où il y aurait beaucoup de gens.

Un endroit moins flippant.

Elle se dirigeait vers la sortie lorsque le carillon retentit, signalant la présence de nouveaux arrivants. Bryn se dissimula dans l'ombre, retenant son souffle. Un homme et une femme qu'elle n'avait jamais vus pénétrèrent dans le hall. La femme n'avait pas l'air bien du tout ; elle tremblait, couverte de sueur, et l'homme devait la soutenir. *Malade au stade terminal ? Peut-être une consultation nocturne ?*

Le couple se dirigea tout droit vers l'escalier qui menait au sous-sol. Bryn fronça les sourcils tout en les observant, puis se tourna vers la porte d'entrée. C'était un véritable hall de gare ici ; personne ne prêterait attention au carillon, pas vrai ? Elle n'aurait qu'à courir. Prendre ses jambes à son cou, arrêter une voiture et se tirer d'ici...

Sauf que sa curiosité était piquée. Et pas qu'un peu. Fideli avait-il raison ? Est-ce qu'ils avaient un laboratoire clandestin au sous-sol ? Fairview lui avait bien dit que le marché n'était plus ce qu'il était. Et elle imaginait très bien qu'il soit prêt à tout pour maintenir à flot l'entreprise familiale.

Elle s'approcha de la porte et l'entrouvrit. Juste pour écouter. Elle distinguait bien des éclats de voix, mais ils ne parlaient pas assez fort et elle ne comprenait que la moitié de leurs échanges.

Elle s'avança sur le palier.

Descendit quelques marches, tout doucement.

Puis jusqu'en bas de l'escalier, comme attirée par un aimant.

— ... en avons besoin ! implora une voix masculine.

Ce n'était pas celle de Freddy, ni de M. Fairview, ni même de Joe Fideli... C'était l'homme qui était arrivé en compagnie de la femme malade, devina Bryn.

— Je sais que ce n'est pas le montant sur lequel nous nous étions entendus, mais c'est tout ce que nous avons ; je vous en prie, elle a besoin de son injection tout de suite...

— Nous ne sommes pas les petits frères des Pauvres, monsieur Jones, prononça la voix de M. Fairview, empreinte de regret et de compassion. J'ai bien peur que les miracles ne soient quelque chose de très rare, par définition – et tout ce qui est rare est cher. Les termes de notre accord étaient parfaitement clairs, n'est-ce pas ? Dix mille pour l'adhésion, puis cinq cents dollars en liquide pour chaque injection.

— Je les aurai ; mais cela représente… trois mille cinq cents dollars par semaine…

— Trois mille cinq cents dollars par semaine pour maintenir en vie votre épouse bien aimée, souligna M. Fairview. Je suis certain que sa vie compte pour vous davantage que l'argent, monsieur. Et je vous incite à agir rapidement. Elle a sauté au moins une dose, peut-être deux, et elle a l'air très mal en point. Au bout de quatre jours, la peau commence à se détacher ; les muscles se distendent. Ce n'est pas beau à voir.

Bryn n'en croyait pas ses oreilles. Joe Fideli avait raison : son patron faisait bel et bien du trafic de médicaments – et pas des moindres. Ils extorquaient de l'argent à des gens malades et désespérés.

C'était immonde.

— Je suis profondément navré, poursuivit M. Fairview. Mais je dois absolument encaisser le paiement avant de lui faire son injection. Tout cela vous a été expliqué très clairement dès le début.

— J'ai perdu mon emploi, avoua l'homme, au bord des larmes. Je ne peux pas… Nous avons déjà dû renoncer à notre maison. Je n'ai pas les moyens de vous payer cette somme. Je vous en prie. S'il vous plaît, ne la laissez pas mourir ! Nous avons des enfants !

Une seconde de silence.

— Je crains fort qu'en dépit de nos conversations, vous n'ayez toujours pas compris. Elle est déjà morte, monsieur Jones. Nous ne l'avons pas ressuscitée. Je vous ai expliqué que ce n'était qu'une façon de retarder son inévitable déliquescence, et il semble qu'aujourd'hui vous allez devoir l'affronter.

Non seulement ils vendaient des drogues qui rendaient dépendants, mais ils filoutaient aussi leurs clients. Comment Fairview pouvait-il prétendre ramener les morts à la vie ? Qui allait croire ça ? Sans doute que le produit plongeait ceux qui le prenaient dans une sorte de coma, dont ils se réveillaient ensuite... Peu importait au fond. Bryn était profondément dégoûtée. La formation qu'elle avait reçue avait pour but d'aider les gens dans les moments les plus sombres de leur vie, et tout ceci était une horrible et obscène perversion de ce en quoi elle avait cru. Une trahison de la pire espèce.

Elle fit demi-tour vers l'escalier, mais une ombre lui barrait la route en haut des marches. Elle eut une impression de déjà-vu, mais cette fois-ci il ne s'agissait pas de Joe Fideli.

Malheureusement pour elle, c'était Freddy Watson.

Il descendit plus vite qu'elle ne put reculer en trébuchant et l'agrippa brutalement par le bras. Elle tenta de se dégager en lui balançant un coup de genou dans l'entrejambe, mais il était visiblement rompu à cette attaque. La rotule de Bryn entra en contact avec la chair de sa cuisse et il la déséquilibra, la retourna et l'immobilisa en passant un bras autour de sa gorge. Elle essaya de lui écraser le pied, mais les talons de ses chaussures bon marché n'étaient pas assez solides pour lui faire bien mal. Il éclata de rire dans son oreille et l'entraîna avec lui dans la salle de préparation.

— Nous avons une visite surprise, annonça-t-il, et c'était effectivement le cas pour les trois personnes présentes.

M. et Mme Jones ainsi que M. Fairview.

Ce dernier affichait une expression lasse et désabusée.

— Je l'avais laissée au rez-de-chaussée. Et je croyais que tu devais lui faire peur pour qu'elle ne vienne plus rôder au sous-sol.

— C'est ce que j'ai fait, protesta Freddy. J'ai joué au grand méchant loup, mais elle est plus coriace qu'elle n'en a l'air. Je l'ai surprise en train d'écouter aux portes dans l'escalier.

— Vraiment ? Et qu'avez-vous donc entendu, Bryn ? s'enquit Fairview.

— Rien du tout, répondit-elle en s'efforçant de se libérer de Freddy d'un coup de coude dans les côtes.

Elle lui fit suffisamment mal pour qu'il desserre son étreinte ; elle put lui échapper et se glisser de l'autre côté de la table de thanatopraxie.

— Il m'a agressée !

— Je dois bien reconnaître qu'il a du mal à contrôler son impulsivité. C'est pour cela que je ne peux pas le laisser s'occuper de l'accueil des familles. Il n'inspire pas confiance. Et je ne vous crois pas, Bryn.

— Mais vous avez bien vu…

— Je ne parle pas du fait qu'il vous ait agressée, mais de ce que vous avez entendu. Je suis certain que vous avez entendu quelque chose. La question est de savoir quoi, et ce que vous avez compris.

Sur la seconde table de thanato, M. Fairview avait posé une mallette en cuir dont l'intérieur capitonné abritait un flacon de produit ainsi qu'une seringue.

M. Jones avait profité de l'intrusion de Bryn pour s'en rapprocher. Il s'empara de la mallette et déchira l'emballage de la seringue qu'il remplit en toute hâte avec le contenu du flacon.

M. Fairview l'obligea à lâcher prise en lui frappant la main. La seringue rebondit par terre, où le patron de Bryn la brisa sous son pied, laissant une traînée humide sur le sol.

Puis il sortit une arme d'un tiroir près de lui, la braqua sur la poitrine de M. Jones et fit feu à trois reprises. Les détonations résonnèrent affreusement dans la pièce entièrement carrelée.

Avant que M. Jones ne touche terre, Bryn avait bondi vers la porte. Freddy l'intercepta et la projeta contre le mur au moment où M. Jones heurtait le sol de céramique, la vie quittant déjà ses yeux écarquillés de surprise.

Sa femme poussa un cri et se laissa tomber à côté de lui. Elle le contempla avec horreur pendant une seconde, puis chercha maladroitement à s'emparer du flacon de produit qu'il tenait encore à la main.

M. Fairview le prit résolument avant qu'elle ne puisse l'atteindre.

— Freddy, ordonna-t-il. Cesse de jouer avec la nouvelle et nettoie-moi tout ce bazar, je te prie.

— Oui, patron.

Freddy relâcha Bryn et la frappa. Violemment. Sa vision s'obscurcit et elle vit des étoiles tandis que le sol venait à sa rencontre.

Elle heurta les carreaux glacés.

Le temps qu'elle ouvre de nouveau les yeux, Freddy avait gagné les rayonnages. Il sortit deux housses mortuaires d'un tiroir. Il jeta un coup d'œil à Bryn, puis en prit une troisième.

Déroulant la première par terre, il tira le corps de M. Jones pour le placer dedans et l'enfermer à l'intérieur.

Bryn se releva avec difficulté et se dirigea vers la porte d'une démarche chancelante, mais M. Fairview s'interposa. La vue de l'arme qu'il braquait sur elle la força à ralentir, puis à s'immobiliser. Elle savait qu'il n'hésiterait pas à tirer.

Elle l'avait vu en action.

— Que savez-vous ? questionna-t-il. Pour qui travaillez-vous ?

— Je ne sais pas de quoi vous parlez ! *Laissez-moi partir !*

Son cœur tambourinait dans sa poitrine. La peur lui intimait de ne pas bouger, mais elle était consciente qu'elle allait mourir si elle ne tentait rien. Elle devait s'en remettre à son entraînement. Faire marcher ses neurones. Elle n'avait pas la moindre idée de ce qui était arrivé à Joe Fideli, mais s'il ne s'était pas déjà pointé, elle n'avait aucune raison de penser qu'il interviendrait à temps pour la sauver.

Freddy acheva de zipper la housse mortuaire de M. Jones, puis en déroula une deuxième. Bryn retint son souffle comme il saisissait Mme Jones par le bras pour la tirer sur le plastique. La femme se débattit faiblement, mais elle n'avait plus assez de forces.

Il entreprit de l'enfermer dans le sac, *encore vivante.*

— Non ! s'écria Bryn en plongeant en avant pour la libérer.

Freddy la frappa de nouveau, sans retenir son coup. Un voile noir, froid et poisseux, passa de nouveau devant les yeux de Bryn. Elle parvint à rester debout sans trop savoir comment et porta ses doigts à ses lèvres. Elle les ramena ensanglantés.

Et d'un seul coup, sans transition, tout son entraînement lui revint, tel un fantôme reprenant possession de son corps. La peur disparut et la douleur reflua. Elle se stabilisa sur ses pieds, regrettant de ne pas disposer de ses protections, de ses bottes de combat, d'un couteau, d'un fusil et de tout l'équipement qui lui faisait défaut. Puis elle se fit une raison.

Elle se débrouillerait sans.

Le regard de Freddy était à la fois glacial et enflammé.

— Vous vous êtes trompé sur son compte. Regardez-la. C'est une guerrière.

— Je vois cela, Freddy.

— Je vais devoir la tuer.

Fairview soupira.

— Je ne peux pas remplacer mes employés à ce rythme. Ça me coûte une fortune en frais de recrutement, tu n'as pas idée.

— Vous n'aurez pas besoin de la remplacer, riposta Freddy. Tuez-la et faites-lui une injection. Elle sera aussi fiable que moi. Et en bonus, vous pourrez vous amuser avec elle.

M. Fairview sourit, un sourire amer et crispé.

— J'ai à peine assez de produit pour te garder alerte et assurer notre stock, tu le sais. Et je dois encore m'occuper du problème de M. Garcia, ce qui est entièrement de ta faute.

Garcia. Ce nom lui disait quelque chose, elle l'avait entendu récemment… Ils l'avaient évoqué pendant sa formation. Elle remplaçait un certain César Garcia, qui avait quitté la ville.

Il n'était peut-être pas allé bien loin.

— Son cas est pratiquement réglé, répondit Freddy avec un haussement d'épaules. Cela fait maintenant cinq jours qu'il n'a pas eu d'injection. Il ne passera pas la nuit.

— Va vérifier, lui intima M. Fairview. Je ne veux pas de mauvaise surprise.

Freddy ouvrit la chambre froide et en sortit le second corps allongé dans une cellule réfrigérante, celui qui était enfermé dans la housse mortuaire. Avec horreur, Bryn reconnut le bruit qu'elle avait entendu plus tôt.

Cette sorte de grattement.

Ce n'était pas des rats. Elle voyait le plastique bouger, très faiblement.

— Oh, mon Dieu, murmura-t-elle.

Elle fut incapable de réagir quand Freddy dézippa la housse.

L'odeur se répandit dans la pièce, douceâtre et nauséabonde à soulever le cœur. D'après son état, le corps qui se trouvait là était mort depuis plusieurs semaines et en état de décomposition avancée. Bryn était habituée à la puanteur, mais que cette *chose* putréfiée puisse *encore bouger* lui fit écarquiller les yeux tandis que sa gorge se nouait. Et ce n'étaient pas des contractions musculaires involontaires. Il s'agissait de vrais mouvements, commandés par un cerveau.

La bouche dépourvue de lèvres s'ouvrit et de l'air en sortit – ce n'était pas un cri, car les cordes vocales étaient détériorées, mais elle comprit.

Tout au fond de son être, Bryn savait que cet homme poussait un hurlement d'horreur pure et simple.

— Bordel, commenta Freddy d'un air dégoûté. Il s'accroche plus longtemps que je ne le pensais. Je vais peut-être bien devoir le décapiter.

— Non, décréta M. Fairview, qui vint se placer à côté de Freddy pour contempler les restes de M. Garcia… le prédécesseur de Bryn. Ça va aller comme ça. Nous pourrons consigner l'évolution du processus jusqu'à ce qu'il ne soit plus d'aucune utilité. Cinq jours entiers, c'est le plus longtemps que personne ait jamais tenu, n'est-ce pas ? Il ira peut-être jusqu'à six. Ou Mme Jones. Car je suppose qu'on ne peut plus espérer de paiement pour elle non plus.

— Mais…

Bryn ne s'était même pas rendu compte qu'elle le prononçait que le mot avait déjà franchi ses lèvres, et elle ne put le ravaler. Elle avait attiré leur attention.

Elle s'empara d'un scalpel dans le plateau de stérilisation des instruments et en menaça Freddy qui s'avançait vers elle.

— Arrière ! hurla-t-elle. Je vais te tuer, espèce d'ordure.

Il éclata de rire.

— Tu arrives trop tard, Double Peine. Fairview m'a eu le premier.

Elle était rapide, mais Freddy l'était plus encore. Il lui fit lâcher le scalpel et la projeta contre le mur tête la première. Tout devint flou autour de Bryn, excepté la douleur qui mordait dans sa chair, et elle s'effondra comme une masse, regardant son propre sang s'écouler sur le sol carrelé. *Comme Melissa.*

Les voix de Freddy et de M. Fairview lui parvenaient de manière ouatée et désincarnée, comme si elles arrivaient de très loin.

— Vous voulez la régénérer ?

— Je ne sais pas trop. Peut-être bien. C'est compliqué de mettre en scène sa disparition. Fais-le et on la garde au frais. Je déciderai plus tard de son sort, une fois que nous serons débarrassés de M. Jones.

Bryn sentit qu'on la soulevait pour la placer sur une surface dure et froide.

Une table de thanatopraxie.

— Non, souffla-t-elle.

M. Fairview baissa sur elle ce regard lointain empreint d'une compassion tout artificielle qu'elle avait trouvée tellement admirable un peu plus tôt. Une bouffée d'adrénaline parcourut ses veines et elle tenta désespérément de se redresser. Mais il avait de la force et il la maintint allongée.

— Je suis navré que ça n'ait pas marché, dit-il. Vous étiez pourtant pleine de promesses, Bryn. J'espère que vous ne prenez pas ça personnellement.

Il fit un signe à Freddy, qui s'équipa d'une paire de gants en latex et attrapa un sac de plastique transparent. Il le lui enfila sur la tête.

Bryn eut un hoquet involontaire, mais le plastique lui emplit le nez et la bouche, l'empêchant de respirer. Ce dont s'assura Freddy en maintenant le sac plaqué sur son visage. Elle eut beau se débattre, rien n'y fit. Cela lui parut durer un temps infini et la panique qui l'envahit était si grande que c'en était douloureux, comme des aiguilles qui lui perçaient la peau. Elle hurlait, mais aucun son ne franchissait ses lèvres. Ses poumons lui faisaient mal, puis cela devint intolérable. *Bon Dieu.* C'était vraiment atroce.

Les contours des objets autour d'elle commencèrent à s'effacer, puis tout devint flou, comme enveloppé d'un brouillard ; elle ne savait même plus pourquoi elle se débattait, il ne restait que la douleur. Elle aurait cru que c'était plus facile de mourir.

Soudain, une déflagration retentit dans la pièce, assez fort pour parvenir à son ouïe défaillante, mais cela n'avait aucun sens. Plus rien n'avait de sens. Tout le monde se mit à crier. Il y eut de la fumée, des flammes, des coups de feu. La poitrine de Freddy explosa dans une bouillie rouge et il s'effondra. Du sang éclaboussa le sac devant les yeux de Bryn, et elle ne vit plus rien.

Et cela n'avait plus d'importance ; elle cherchait désespérément à aspirer de l'air, et le goût du plastique dans sa bouche fut la dernière chose dont elle eut conscience tandis que l'obscurité se refermait sur elle et l'enveloppait entièrement.

Mais la douleur était toujours là, présente jusqu'à l'ultime hurlement de l'ultime terminaison nerveuse.

— Merde, merde, merde, murmura une voix lointaine. Bordel de merde. Revenez, Bryn. Revenez parmi nous.

Quelqu'un lui caressait le visage, qui était moite de transpiration. Elle se sentait... léthargique. Glacée jusqu'aux os. Et curieusement déconnectée, comme si elle n'était pas vraiment à l'intérieur de son corps.

Et puis soudain, dans un claquement discordant comme une décharge électrique, elle revint à elle et s'éveilla complètement.

Le corps de Bryn se cambra et un hurlement rauque monta de l'intérieur de ses entrailles, lui transperça la gorge et explosa dans sa bouche avec tant de force qu'elle sentit quelque chose céder en elle. Ce n'était même pas humain. Elle ne se serait jamais crue capable de pousser un tel cri.

Puis une vague de douleur monstrueuse la submergea tout entière, et elle sut pourquoi elle hurlait ainsi.

Elle perçut un murmure de voix, puis la forme d'un visage dans un halo de lumières aveuglantes.

Joe Fideli. Son expression était sombre et triste et il lui tenait la main.

— Détendez-vous, lui dit-il. Je sais que ça fait mal. Décontractez vos muscles. Ça va aller.

Elle voulut le toucher, mais c'était trop dur, trop loin, et le liquide qu'on lui injectait dans le bras la fit sombrer, très vite, dans une obscurité brûlante dépourvue d'air.

La seconde fois qu'elle ouvrit les yeux, ce fut en même temps plus facile et encore pire. Plus facile parce que l'horreur et la douleur étaient parties ; pire parce qu'elle ne savait pas où elle était. Elle se trouvait dans une pièce impersonnelle et parfaitement aseptisée. Allongée sur un lit étroit muni d'une barrière, elle reconnut des moniteurs médicaux portables, des meubles de rangement et tout l'équipement habituel d'un hôpital. Une odeur d'antiseptique flottait dans l'air.

Alors qu'elle s'asseyait pour regarder autour d'elle, une porte s'ouvrit à l'autre bout de la pièce, et Joe Fideli entra. Il était suivi d'un autre homme que Bryn n'avait jamais vu – plus jeune que Joe, des cheveux noirs et des yeux bruns, la peau nettement plus mate que celle de Bryn. Il portait un costume noir bien coupé et une cravate très sobre ; un badge nominatif était épinglé sur sa poitrine, comme sur celle de Fideli.

Le visage de Joe était extrêmement calme, vide de toute expression et légèrement gris. Dès qu'elle posa les yeux sur lui, Bryn comprit qu'elle avait des ennuis.

Mais elle ne savait pas encore lesquels ni ce qu'il s'était passé.

— Bonjour, les salua Bryn. (Les deux hommes ne dirent pas un mot. Elle humecta ses lèvres desséchées.) Où suis-je ? Que m'est-il arrivé ?

Joe échangea un regard avec l'inconnu avant de lui répondre :

— Vous êtes en lieu sûr.

— Sûr…

Ce mot n'avait plus aucun sens pour elle. Aucun lieu n'était sûr. Plus maintenant.

L'autre homme, celui qu'elle ne connaissait pas, s'avança vers son lit, tira une chaise en aluminium, et s'assit à son chevet. Vu de près, il était beau dans le genre taciturne, et un peu plus âgé qu'elle n'aurait cru – la trentaine passée. Au moins cinq ans de plus qu'elle.

— Vous vous appelez Bryn Davis, énonça-t-il. (Elle acquiesça, s'attendant à ce qu'il se présente à son tour, ce qu'il ne fit pas.) De quoi vous souvenez-vous ?

— Je…

Elle s'interrompit, parce qu'un épais rideau noir la séparait de ses souvenirs, qu'elle n'avait aucune envie de franchir. Elle sut d'instinct qu'il était là pour une raison précise.

— Je n'en suis pas vraiment sûre. Je me souviens d'être allée au boulot ; d'une fille qui s'est suicidée…

— Oui, confirma l'homme d'une voix sans émotion. Continuez.

— J'ai travaillé très tard. Je suis tombée sur M. Fideli… (Bryn tourna les yeux vers Joe, qui était adossé au mur près de la porte, le visage toujours neutre et distant. Il lui fit un signe de tête.) J'ai voulu m'en aller, mais M. Fairview m'a obligée à rentrer à l'intérieur…

Sa voix s'éteignit. Quoi qu'il se soit passé à partir de là et jusqu'à ce que Joe Fideli la réveille à coups de gifles, elle n'en avait pas le souvenir. Ou refusait de s'en rappeler. Cette seule pensée lui tordait l'estomac d'anxiété.

— Quelque chose de terrible est arrivé, chuchota-t-elle. Quelque chose...

L'homme ne broncha pas.

— Oui, confirma-t-il une nouvelle fois. Bryn, j'ai besoin que vous me disiez ce que vous savez des activités de MM. Fairview et Watson au sous-sol.

— Les soins de conservation ?

— Non. Pas les soins de conservation.

— Je ne comprends pas.

C'était la vérité, et sa tête lui faisait mal. Elle avait la bouche sèche, un goût de métal sur la langue, et elle mourait de soif.

— Puis-je avoir un verre d'eau, s'il vous plaît ?

— Pas encore. Vous devez me dire ce que vous avez vu, Bryn.

— Je ne peux pas.

C'était la pure vérité. Elle tremblait de tous ses membres, complètement transie à l'idée ne serait-ce que d'essayer de faire appel à ces souvenirs-là.

Il l'observa quelques instants, puis recula sa chaise, se leva pour rejoindre Joe Fideli au fond de la salle, avec qui il échangea quelques mots à voix basse. Ils argumentèrent sans bruit, mais avec passion, et Joe finit par se détourner et par quitter la pièce. Il n'avait pas l'air très content.

L'homme en costume regarda Bryn, qui se sentit soudain vulnérable, fragile et glacée.

— Je crains de devoir vous annoncer une très mauvaise nouvelle, déclara-t-il. S'il vous plaît, je veux que vous restiez calme.

Bryn serra les poings autour du drap qui recouvrait son corps.

— Je suis calme.

— Vous avez subi une agression, poursuivit-il. Malheureusement, vous n'y avez pas survécu.

Elle cligna les yeux. Qu'est-ce que ce type venait de dire ?

— Je vous demande pardon ?

— Vous êtes morte, Bryn. On vous a enfilé un sac en plastique sur la tête et vous êtes morte asphyxiée.

— Je ne suis pas morte. (Les paroles de cet homme agitaient pourtant le rideau noir dans sa tête qui menaçait de se déchirer et de laisser surgir ces horribles souvenirs.) Je ne peux pas être morte ; je suis en train de vous parler. Vous dites n'importe quoi.

— Je suis navré, mais je n'ai pas d'autre choix que de vous expliquer certaines choses. On vous a administré un produit expérimental capable de ramener une personne de la mort pour une période de temps limité.

— Limité, répéta-t-elle faiblement. Que voulez-vous dire par « limité » ?

— Sans une autre injection, les nanites présents dans votre organisme cesseront d'être opérationnels au bout de vingt-quatre heures. Ce sont eux qui maintiennent vos systèmes vitaux en état de fonctionnement, Bryn. Ils sont capables de réparer les dégâts causés à votre corps et de le conserver à un certain niveau, mais ils ne vous rendent pas la vie de façon permanente. C'est un fac-similé de vie, qui n'est pas viable par lui-même. (Il croisa les mains derrière son dos et la regarda dans les yeux sans faiblir.) Vous êtes un problème, Bryn. Vous êtes *mon* problème. J'ai demandé qu'on vous régénère dans l'espoir que vous puissiez nous fournir des informations sur les activités des pompes funèbres Fairview, et la façon dont ces gens-là se procuraient les produits volés à notre entreprise.

Elle ne comprenait pas. Elle *refusait* de comprendre. Son cœur battait la chamade – si elle était morte, son cœur ne battrait plus, pas vrai ? Mais elle le sentait. Et tout le reste aussi. Elle avait soif, pour l'amour de Dieu.

Elle était *vivante*.

— Vous m'avez ramenée, dit-elle. D'entre les morts. (Il demeura silencieux.) Pour me poser des questions.

— Des questions auxquelles vous n'avez pas été capable d'apporter de réponses, reprit-il. Ce qui nous pose problème à tous les deux, voyez-vous. J'ai misé sur vous un gros investissement qui s'avère ne pas être payant. Dans l'état actuel des choses, je n'ai aucune raison de vous administrer une seconde injection. Malheureusement, cela signifie que vous allez devoir affronter cinq ou six jours très difficiles le temps que les nanites soient éliminés de votre organisme. Cinq ou six jours pendant lesquels vous... continuerez de subir le processus naturel de thanatomorphose. Nous ne sommes pas certains que vous resterez consciente durant ce processus, mais j'ai bien peur que ce ne soit pas le cas au moins pendant un temps. Nous ferons notre possible pour vous rendre les choses plus confortables.

Les souvenirs firent soudain irruption en elle comme une lumière fulgurante. M. et Mme Jones. Le médicament. M. Fairview qui exigeait tout cet argent.

Le corps en décomposition de M. Garcia qui remuait faiblement dans la housse.

Cela ne m'arrivera pas.

— Non ! hurla-t-elle. Non, vous ne pouvez pas me faire ça ! Espèce d'enfoiré, vous ne pouvez pas me laisser pourrir !

— Alors, dites-moi quelque chose qui me fournira une raison de vous garder en vie, répliqua-t-il. (L'espace d'une seconde, sa carapace se fissura.) Je vous en prie, mademoiselle Davis. Donnez-moi quelque chose d'utile. N'importe quoi.

Elle déglutit, ferma très fort les yeux, puis les rouvrit.

— M. Fairview leur facturait la prestation dix mille dollars, plus cinq cents dollars pour chaque injection. Je l'ai vu avec quelqu'un du nom de M. Jones. Sa femme avait besoin d'une dose. Et... il avait perdu son emploi.

Il a tenté de s'emparer du produit, mais M. Fairview lui a tiré dessus. (Tous les objets autour de Bryn semblèrent soudain saturés de couleurs et leurs contours se mirent à trembloter. Elle respira un grand coup pour se ressaisir avant de poursuivre.) Ils ont placé Mme Jones à l'intérieur d'une housse mortuaire. Elle était encore vivante. Du moins, elle bougeait encore.

Un éclair horrifié traversa les yeux de l'homme, le faisant paraître un instant humain.

— Je suis désolé, dit-il, mais cela ne nous est d'aucune utilité. Avez-vous entendu M. Fairview mentionner la façon dont il se procurait les produits… ?

— Non, répondit-elle. Je ne sais rien du tout à ce sujet.

Elle comprit alors, avec l'impression de sombrer, qu'elle venait de sceller son destin. Elle n'avait rien d'autre à lui dire. Rien qu'il ne sache déjà.

Il semblait l'avoir compris également. Il la considéra pendant un long moment en silence, puis il fit demi-tour et se dirigea vers la porte.

— Attendez, le rappela-t-elle. Dites-moi au moins votre nom.

Elle ne pensait pas qu'il allait le lui donner. C'était sans doute plus facile pour lui de rester anonyme. Mais il la surprit :

— Je m'appelle Patrick McCallister, lui apprit-il. Je suis le chef de la sécurité de *Pharmadene*.

— Qu'est-ce que c'est que *Pharmadene* ?

— Le laboratoire pharmaceutique qui a créé l'Athanax, l'informa-t-il. Le produit que nous vous avons administré pour vous ramener à la vie.

— Vous voulez dire le produit qui mettra cinq jours à me tuer une nouvelle fois, le corrigea-t-elle.

Il retira son badge pour l'introduire dans un lecteur à côté de la porte, qui se déverrouilla avec un « clic ».

— À moins que je ne trouve une bonne raison de vous administrer la prochaine injection, répliqua-t-il, ce sera en effet le cas.

Bryn contempla la porte qui se refermait lentement derrière lui, puis reposa sa tête sur l'oreiller immaculé.

Je suis vivante, songea-t-elle. *Putain, je suis vivante.*

Pendant encore cinq jours, en tout cas.

Chapitre 3

Rien dans la chambre stérile où elle était enfermée ne permettait à Bryn de se faire une idée de l'heure. Au moins, ils ne l'avaient pas ligotée, c'était déjà ça. Elle se rendait régulièrement aux toilettes, un petit espace impersonnel adjacent à la pièce principale. Le retour à la vie, ou à ce qui y ressemblait, s'accompagnait manifestement de celui des besoins naturels. Elle continuait à se demander s'ils lui avaient menti et si, après tout, elle n'était pas dans un état parfaitement normal. Elle se sentait exactement comme avant. Elle se sentait bien.

Elle était vivante. Au diable ce que lui avait dit McCallister. Ce n'étaient que des foutaises pour lui faire peur, voilà tout. Elle avait tout bonnement perdu connaissance quand Freddy l'avait étouffée dans le sac en plastique. Quelqu'un avait retiré le sac avant qu'il ne soit trop tard, elle était restée dans les vapes un bon moment, et maintenant elle allait bien. Tout s'expliquait parfaitement.

En fait, elle n'était même plus sûre d'avoir vu ce qu'elle avait en mémoire. Mme Jones n'était probablement qu'une droguée en manque. Quant au corps dans la housse... Non, c'était certainement le cadavre en décomposition d'une victime de meurtre. Rien d'anormal. Et le cadavre n'avait pas bougé.

C'était impossible.

Bryn replia ses doigts et observa attentivement sa main. Même peau lisse. Mêmes ongles, même vernis rose perlé écaillé. Même fléchisseurs, mêmes extenseurs, mêmes muscles et mêmes os. Même cicatrice à son poignet, là où elle avait reçu un éclat provenant d'un EEI[1]. Son unique blessure de guerre.

Elle n'était *pas* morte.

Une caméra était perchée dans un coin de la pièce. Bryn sortit du lit et se planta devant l'appareil, visage levé. Elle avait froid, mais elle n'avait pas l'intention de se laisser faire.

— McCallister, appela-t-elle, je ne suis pas morte. Ce n'est pas vrai. Alors, vous pouvez remballer vos salades. Je ne marche pas, vous entendez ? Laissez-moi partir. Je signerai tous les documents que vous voudrez. Promesses de confidentialité et tout le tintouin. Ça m'est égal.

Pas de réponse. Ni le moindre clignotement sur la caméra.

Elle trouva dans un placard des vêtements simples, mais portables. Un chemisier, un pantalon, des chaussettes et même de la lingerie à sa taille, le tout soigneusement plié. Bryn les emporta dans la salle de bains pour se changer. Elle se sentit mieux dès que le tissu raide des habits neufs glissa sur sa peau. Même si elle savait que c'était illusoire, elle avait l'impression de maîtriser un peu plus la situation.

La pièce exiguë lui parut plus petite encore tandis qu'elle l'arpentait de long en large, bras croisés, s'arrêtant pour fixer la caméra. Elle n'ajouta pas un mot. Cela ne servait visiblement à rien.

1. Engin explosif improvisé. (*N.d.T.*)

Il avait dit vingt-quatre heures. Même si cette histoire était complètement dingue, elle ne put s'empêcher de se demander combien de temps s'était écoulé. Sans doute plusieurs heures. Est-ce qu'il comptait la garder enfermée sans même lui offrir un repas ? Guerre psychologique ?

Pas de problème. Ce cadre de direction robotisé au cerveau ramolli ne lui faisait pas peur, et s'ils cherchaient à la traumatiser, ils auraient mieux fait de la laisser à poil au lieu de lui fournir des fringues et des pompes neuves. (Elle devait d'ailleurs reconnaître que ses nouvelles chaussures étaient de meilleure qualité que celles qu'elle portait avec son tailleur. Mais elle regrettait son chemisier rose.)

Ils lui avaient retiré sa montre et bien sûr son téléphone portable. Elle n'avait rien à lire ou à consulter, rien pour s'occuper les mains. Elle fouilla méthodiquement tous les placards et les tiroirs sans trouver quoi que ce soit d'utile, puis finit par régler le débit du robinet de façon que l'eau s'écoule à un rythme aussi proche que possible d'une goutte par seconde. Elle plaça en dessous un gobelet en plastique et tua le temps en comptant les minutes. Cinq minutes, dix, trente, une heure.

Voilà comment on confectionnait une horloge à eau avec les moyens du bord.

Cela faisait deux heures qu'elle était occupée à ce manège quand elle entendit le bourdonnement d'une serrure sécurisée provenant de la chambre. Elle abandonna sa clepsydre et vit la porte s'ouvrir. *Fonce !* lui intima une petite voix intérieure, et Bryn s'élança vers la sortie de toute la vitesse de ses jambes.

Elle s'arrêta tout net à la vue du pistolet que Joe Fideli pointait sur elle. Il haussa les épaules en signe d'excuse, mais ses yeux bleus demeurèrent imperturbables.

— Désolé, mademoiselle Davis.

— C'est de nouveau « mademoiselle Davis », Joe ?

— Bryn. Asseyez-vous sur le lit, s'il vous plaît. Et pas d'entourloupe.

Elle recula docilement et obtempéra. Elle n'était clairement pas en position de force. Le lit d'hôpital était surélevé et ses pieds pendouillaient dans le vide. Pas l'idéal pour tenter quelque chose.

Bryn croisa les bras, s'efforçant d'offrir une image aussi inoffensive que possible. Joe Fideli lui avait déjà fait remarquer combien elle paraissait jeune, ce qui, dans une situation comme celle-ci, ne pouvait être qu'un atout. Elle rechignait à utiliser ce genre d'avantages, mais, en l'occurrence, tout était bon à prendre.

Joe s'adossa tranquillement contre le mur, l'arme toujours braquée sur elle.

— C'est bon, Pat, lança-t-il, tu peux entrer.

Toutes ces précautions l'inquiétaient, d'autant plus que Patrick McCallister inspecta encore une fois la pièce avant d'y pénétrer. Elle aurait mis sa main au feu que, comme Fideli, il avait suivi un entraînement militaire. De mercenaire peut-être, sinon de l'armée régulière. Il vérifiait les coins comme un vrai pro.

Il verrouilla également la porte, lui supprimant toute voie de sortie, puis tira à lui une chaise sur laquelle il s'installa, face à elle. Bryn nota qu'il avait pris soin de laisser dégagée la ligne de tir de Fideli.

De près, sans l'adrénaline et la peur pour lui brouiller l'esprit, elle remarqua certains détails intéressants chez M. McCallister. Son costume d'abord. Ce n'était pas du tout-venant ; il était coupé sur mesure, complété d'une cravate en soie, et rivalisait de chic avec les tenues de travail de feu M. Lincoln Fairview. Les traits de McCallister étaient tirés par la fatigue, comme s'il avait passé une nuit blanche, mais il était plus beau que dans son souvenir. La chaleur de ses yeux sombres lui avait, par exemple, totalement échappé.

— Mademoiselle Davis, la salua-t-il. Comment vous sentez-vous ?

— Pas comme si j'étais morte.

— Vous croyez que je vous mens.

— C'est évident. C'est la seule explication.

Il secoua lentement la tête et se laissa aller en arrière contre le dossier inconfortable de sa chaise en aluminium.

— Joe, montre-lui la vidéo.

Une télévision à écran plat était encastrée dans le mur en hauteur, hors de portée de Bryn. Fideli sortit de sa poche une télécommande dont il pressa les touches. Un *jingle* accompagnant les titres de présentation retentit puis le logo de l'entreprise apparut, formant le nom des *Laboratoires Pharmadene*. Une production institutionnelle bien léchée et de grande qualité.

La suite était nettement plus froide et crue. Sur une table de la morgue, un corps était étendu. Il s'agissait sans aucun doute d'un cadavre : la peau revêtait une couleur bleu violacé et une légère vapeur flottait au-dessus du corps tout juste sorti des cellules réfrigérées. Les yeux étaient fermés. C'était un homme, sans signe particulier sinon qu'il était mort, probablement de blessures par balles au vu des deux trous noircis dont sa poitrine était perforée.

Une équipe médicale pénétra dans la pièce, brancha le corps à des moniteurs qui restèrent muets. Pas de battements cardiaques, pas de respiration, rien.

Puis, l'injection.

Au bout de longues minutes, Bryn vit un tremblement convulsif traverser le corps. Elle vit les paupières violacées frémir. La bouche s'ouvrit, puis elle entendit…

Elle entendit le hurlement.

Elle le connaissait, ce hurlement. Elle l'avait senti monter de sa propre gorge, telle une vague irrépressible d'agonie, d'horreur et de terreur. Le premier cri du nouveau-né... vagi par la voix d'un adulte.

Les yeux vitreux du cadavre s'ouvrirent, cillèrent, puis le film opaque qui les recouvrait disparut peu à peu. La couleur de la peau se réchauffa progressivement, passant de ce gris cendreux si caractéristique au rose... de la vie.

Les perforations provoquées par les balles se refermèrent – après avoir laissé s'échapper un filet de sang vermeil qui ruissela sur la poitrine soulevée par une respiration haletante.

Les appareils de *monitoring* émirent soudain une série de bips. Battements cardiaques. Saturation en oxygène. Pression artérielle.

Le type était vivant.

Il cessa de hurler et se tourna vers les médecins.

— Est-ce que ça a marché ? demanda-t-il finalement d'une voix rauque et éraillée.

Personne ne prit la peine de lui répondre. Ils étaient tous affairés à coucher des notes, à marmonner des instructions ou à effectuer des prélèvements.

Comme si l'homme vivant qui venait de remplacer le corps inanimé n'existait qu'en tant que phénomène clinique.

Bryn sentit un frisson glacé parcourir sa colonne vertébrale, mais elle fit bonne figure.

— Super les effets spéciaux. Vraiment bien...

Elle s'interrompit alors qu'une seconde vidéo débutait sans transition.

Cette fois, c'était *elle*. Le teint grisâtre, gisant sans vie sur un lit d'hôpital. Ses yeux étaient bouffis, injectés de sang, sans expression, les pupilles fixes et dilatées. Elle s'était mordu la lèvre et le sang avait séché sur son visage. Sa tête était mollement renversée sur l'oreiller. Ils découpèrent ses vêtements, faisant d'elle une autre coquille, une autre pauvre enveloppe inanimée, froide et nue. Bryn était paralysée, incapable de bouger ou même de prononcer un mot pour leur demander d'arrêter la vidéo.

Fideli ne s'intéressait pas à l'écran. Tout comme McCallister, c'était elle qu'ils observaient. Elle était consciente de leur regard, mais ne pouvait pas détacher ses yeux épouvantés de l'image.

— Bien, injectez-lui une dose complète, entendit-on un médecin prononcer d'une voix froide. Lancez le chrono… maintenant.

Plusieurs longues, insupportables minutes s'écoulèrent… et soudain… le corps de Bryn remua. Hoqueta. Se convulsa.

Puis plus rien.

— Signes vitaux, reprit le médecin. Veuillez noter l'heure dans le compte rendu d'intervention.

Une infirmière étendit un drap sur le corps nu. Ils semblaient attendre quelque chose, et Bryn s'aperçut que la Bryn de la vidéo n'avait pas ouvert les yeux ni pris une autre respiration depuis ce premier spasme convulsif.

Le médecin consulta l'horloge murale.

— Pas de réactions. Je vais devoir en rester là.

— Attendez.

Joe Fideli sortit de l'ombre et apparut à l'écran. Il toucha le visage de Bryn.

— Revenez, dit-il. Allez, Bryn, ne nous faites pas ça. Venez. Revenez. Revenez.

Il la gifla à la volée et Bryn vit ses paupières se mettre enfin à papillonner, très lentement, sur son regard vide.

Et soudain elle hurla.

Le même cri.

Fideli lui tenait la main jusqu'au bout. Bryn n'entendait plus rien, tout était couvert par l'afflux de sang qui lui bourdonnait aux oreilles. La tête lui tournait, elle avait la nausée et se sentait très, très bizarre.

Elle dévisagea Fideli, qui détourna les yeux. Elle dirigea alors son regard muet sur McCallister, le cadre froid comme un robot, qui se pencha vers elle pour lui prendre la main. Il la lui serra en silence et attendit que la vidéo s'achève.

Fideli éteignit la télé. Dans l'esprit de Bryn, la voix de la raison perçait le silence et lui hurlait : *C'est du bidon, rien que du bidon, des effets spéciaux. Ce n'est pas vrai ; ce n'est pas possible.*

Le seul problème, c'est qu'elle savait que c'était bien la réalité. Elle l'avait vue de ses propres yeux et elle y croyait intimement, dans toute son horreur.

Levant la tête vers Patrick McCallister, elle lut une émotion sur son visage, vite réprimée. De la pitié peut-être.

Il lui tenait toujours la main. Il ne l'avait pas lâchée tout le temps de cette épreuve, même si elle avait oublié jusqu'à sa présence.

— Joe, dit-il. Je crois que le pistolet n'est plus nécessaire.

Sans un mot, Fideli rangea son arme. Bryn prit conscience qu'il fallait qu'elle dise quelque chose, qu'elle réagisse, mais, en cet instant, elle ne pouvait que demeurer assise, immobile, et s'agripper à la chaleur rassurante d'un autre être humain. Elle avait l'impression que le monde autour d'elle n'était plus qu'un tourbillon noir qui aspirait tout et elle redoutait d'être engloutie et de se noyer si elle lâchait, ne serait-ce qu'une seconde, ce point d'ancrage.

Elle redoutait de redevenir… cette *chose*. Cette enveloppe grisâtre gisant sur un lit d'hôpital.

Oui, elle y croyait sans réserve. Et cette pensée la terrifia.

— Qu'est-ce que vous m'avez fait ? chuchota-t-elle dans un souffle.

Elle plongea son regard dans celui de McCallister, cherchant à y retrouver cette étincelle d'une connexion, en vain. Il s'était refermé. Il n'avait sans doute pas le choix pour résister à la force de l'émotion qui émanait d'elle en cet instant. Jamais elle ne s'était sentie si effrayée, si seule. Si vide.

— Il y a des côtés positifs, prononça-t-il d'une voix lénifiante qui lui rappela désagréablement Lincoln Fairview, son costume bien coupé, son palais de fin gourmet et ses mensonges pourris. Vous avez besoin d'une injection quotidienne, poursuivit-il, mais hormis cette unique contrainte, vous êtes en meilleure forme que vous ne l'avez jamais été. Pas de maladie, pas de vieillissement. Les nanites vous ont restaurée dans l'état exact qui était le vôtre au moment où votre vie s'est arrêtée et vous y maintiennent. Aucune dégénérescence.

— Je suis en train de mourir. Je suis *déjà* morte.

— Bien moins que nous tous, continua-il, vous êtes… *en stase*, pourrait-on dire. Et cela présente des avantages, croyez-moi.

— Des avantages ! (Incapable de maîtriser le rire amer et grinçant qui la secouait, elle plaqua une main sur sa bouche pour l'étouffer.) Merde.

Il ne tenta pas de la rassurer, se contentant de la laisser cogiter pendant quelques minutes.

Elle finit par s'humecter les lèvres avant de reprendre la parole.

— Comment est-ce qu'une putain d'entreprise peut décider de créer… une telle monstruosité ?

— Elle ne l'a pas décidé, expliqua McCallister. L'Athanax est un accident de parcours, un effet secondaire d'un produit expérimental pour le traitement du cancer. Ce médicament aurait valu un prix Nobel à Mercer et Sams s'il avait fonctionné comme prévu. Ou s'ils pouvaient un jour évoquer le sujet, mais, vous vous en doutez, tout cela est maintenant classé top secret.

Cette remarque déclencha un nouveau rire chez Bryn, un rire qu'elle ne reconnaissait pas. Sauvage, mauvais, un rire qui ne lui ressemblait pas. Mais bon, elle n'était plus celle qu'elle avait été, pas vrai ? La Bryn d'avant avait toute la vie devant elle. Une carrière, l'amour, une famille, voilà ce à quoi elle aspirait. Mais cette Bryn-là était morte.

Alors, qui était la nouvelle Bryn ? Non, pas *qui*, mais plutôt *quoi*. Quelle chose était la nouvelle Bryn ?

Parce qu'elle n'était plus un être humain. Elle avait la sensation d'en être un, et elle en avait toujours l'apparence, mais ce qu'il lui avait montré l'avait dépouillée de sa condition humaine.

Elle bougeait, elle respirait, mais elle n'était plus désormais qu'un simulacre de la vie.

— Bryn, appela McCallister, et elle lui consacra de nouveau son attention. (Elle n'avait même pas eu conscience d'avoir replongé dans ses pensées.) Bryn, je vous en prie, écoutez-moi. Vous venez d'entrer dans la zone rouge. Il ne s'agit pas seulement de la survie de votre corps ; *vous* devez aussi vivre avec lui. Si vous vous repliez en vous-même, si vous sombrez dans un état catatonique, je ne peux rien faire pour vous. Restez avec moi.

Elle prit une profonde inspiration.

— Ai-je vraiment le choix ?

— À tout instant. Mais je préférerais que vous n'optiez pas pour l'autre solution.

— La décomposition ?

Ignorant sa remarque, il la regarda droit dans les yeux, sans ciller.

— Je vais vous faire une proposition.

Elle s'esclaffa de nouveau. Toujours de ce rire mauvais.

— La nécrophilie est passible de prison dans cet État.

— *Bryn*. Écoutez-moi attentivement. Ce que j'ai à vous dire est crucial pour la suite de votre existence. *Pharmadene* espérait obtenir de vous des réponses que je n'ai pas été en mesure de leur fournir. Mais si nous unissons nos forces, nous pouvons leur offrir quelque chose d'autre. Peut-être même quelque chose de mieux.

Elle ne répondit pas tant cela lui semblait futile. Elle entendait ce qu'il disait, mais elle ne voyait pas où il voulait en venir. Cela n'avait aucun sens.

Ils ne la laisseraient jamais sortir de cette pièce. Sa clepsydre allait se remplir d'eau et déborder tandis qu'elle pourrirait sur pied, assise sur ce lit. Littéralement. Elle imaginait que ce serait douloureux.

— Bryn.

— Je vous écoute, répondit-elle.

En dépit de sa volonté, la voix de McCallister se frayait un chemin jusqu'à son cerveau. Sa propre voix lui paraissait lointaine, bizarrement déconnectée de son corps, mais il eut l'air rassuré de l'entendre.

— Je vais vous ramener aux pompes funèbres Fairview.

Elle avait presque envie d'éclater de rire encore une fois, mais elle n'en eut pas la force.

— En tant que cadavre dans la salle de prépa ?

— Non. En tant que nouvelle propriétaire des lieux, que M. Fairview vous a légués. Vous êtes sa nièce.

— C'est faux.

— C'est maintenant officiellement la vérité. Il n'avait pas d'autre héritier. Vous allez reprendre le boulot, superviser les travaux de reconstruction et rouvrir l'entreprise. Faites savoir autour de vous que vous poursuivrez toutes les activités de votre oncle, sans exception. (McCallister lança un coup d'œil à Fideli.) Vous engagerez Joe comme conseiller funéraire. Il vous aidera en cas de problème et s'assurera que vous ayez vos injections en temps et en heure. Votre mission consistera à éplucher les dossiers de Fairview et à essayer d'entrer en contact avec la personne qui lui fournissait l'Athanax pour la démasquer. Nous nous chargerons alors de colmater la fuite au plus vite et en toute discrétion.

— Et après ? demanda Bryn. Je retourne à la case cadavre ?

— Bryn... traitons les problèmes un par un, vous voulez bien ? Je fais tout mon possible pour vous aider. Ce plan vous permet de revenir dans le monde et à une vie à peu près normale. Faites du bon boulot et je me battrai pour que vous ayez vos injections, marché conclu ?

Elle ne répondit pas. Elle se contenta de le fixer sans un mot, avec l'impression que des parties d'elle étaient en train de... s'éteindre. De disparaître à tout jamais. Des parties essentielles, qui n'existaient plus.

L'espoir, pour commencer. Et la capacité de savoir qui elle était.

Tout cela était mort.

— D'accord, murmura-t-elle. Marché conclu. Mais à une condition.

L'air hésitant, McCallister fronça légèrement les sourcils. Peut-être avait-il senti son pouls s'accélérer sous ses doigts ?

— Quelle condition ?

— C'est moi qui serai armée. Pas Fideli.

— Joe est entraîné...

— Moi aussi, l'interrompit-elle. Quatre années dans l'enfer de Bagdad. Je veux une arme, McCallister. Sinon, vous pouvez vous asseoir et me regarder pourrir.

Il eut un mouvement de recul, perplexe, les sourcils carrément froncés cette fois.

— Pourquoi voulez-vous une arme ?

Fideli répondit pour elle, le visage de marbre :

— Parce qu'elle veut pouvoir en finir. Se faire sauter la cervelle. Provoquer des dégâts que les nanites seront incapables de réparer. C'est bien ça, Bryn ?

Elle demeura muette, mais l'idée était séduisante.

Un silence, puis McCallister soupira.

— Ce n'est pas idiot, mais ça ne marcherait pas. Pour en finir définitivement, il n'y a que le feu, la dissolution ou la décapitation et je vous vois mal vous trancher la tête. Vous avez beau être coriace, personne ne peut faire une chose pareille. (McCallister ébaucha un sourire, et y réussit presque.) Si vous vous tirez une balle dans le crâne, vous hurlerez de douleur et gâcherez des munitions, rien de plus.

Elle sentit ses lèvres s'étirer en une mimique qui n'avait rien d'humoristique.

— Et si c'est sur vous que je tire ? Est-ce que j'arriverai à quelque chose ?

— Vous voulez savoir si je suis comme vous ? Si j'ai été régénéré ?

— Régénéré, répéta-t-elle pour voir comment cela sonnait. (Le mot semblait si innocent, comme s'il évoquait simplement une longue sieste.) Oui. Est-ce que vous êtes régénéré ?

— Non. Je ne suis jamais mort.

— Et lui ? poursuivit-elle en regardant Fideli.

— Non plus. Il s'agit encore d'un produit top secret, dans ses premières phases d'expérimentation, sans parler de son prix exorbitant. Vous garantir un état stable et durable sous Athanax relève de mesures exceptionnelles. (Il planta ses yeux sombres dans ceux de Bryn, exigeant une réponse sans détour.) Si je vous fournis une arme, la retournerez-vous contre vous ? Ou contre d'autres personnes ?

Elle se visualisa en train de passer à l'acte. Porter le pistolet à sa tempe... S'il disait vrai, ce serait seulement douloureux et très pénible. Pour un résultat temporaire. Et il y aurait du sang partout.

Et Fideli, serait-elle capable de le descendre ? C'était lui qui l'avait ramenée à toute cette merde après tout. Il le mériterait probablement. Ou McCallister... Lui loger une balle en plein cœur, s'il en avait un, ce dont elle doutait. Certes, elle s'imaginait sans problème en train de le faire, mais elle n'en retirait aucune consolation.

Elle ne ferait que semer le malheur autour d'elle.

— Non, répondit-elle. (Pour la première fois, elle reconnut sa propre voix.) Non, je ne ferai pas ça. Je veux seulement pouvoir me défendre. J'aurai l'impression d'être plus… en sécurité.

— Eh bien, merci, déclara sèchement Fideli. C'est toujours agréable de se sentir utile, bordel.

— Joe, lâcha McCallister.

Ce simple mot suffit à le rappeler à l'ordre, et Fideli retrouva son impassibilité.

— Très bien, vous aurez une arme. Et un salaire, Bryn. Vous serez la nouvelle directrice des pompes funèbres Fairview et vous ferez en sorte que tout le monde soit au courant que vous reprenez la *totalité* des activités de votre oncle, y compris celles du sous-sol. Je vais vous fournir un stock d'Athanax, pour vous-même et pour les malheureux qui en auraient encore besoin, mais vous devrez repérer très vite le fournisseur. Je ne peux pas vous promettre un stock illimité.

— Il m'en faut plus, déclara Bryn.

— Plus de quoi ?

— D'argent. Si je dois diriger les pompes funèbres Fairview, il me faut une nouvelle garde-robe. Et de bonnes chaussures. Un budget de fonctionnement, quoi.

— Accordé. L'argent sera versé sur un compte à votre nom dont Joe vous transmettra les coordonnées. Les fonds transiteront par un réseau de sociétés écrans, sous la forme d'une rente. Léguée par votre grand-tante Tabitha.

— Tabitha ? Sans blague ?

— Tabitha Quick. Elle a réellement appartenu à la famille Fairview, tout comme vous.

McCallister se leva, la dévisagea un instant puis se dirigea vers la porte qui s'ouvrit dans un bourdonnement. Il ne s'absenta que quelques secondes et la referma aussitôt en rentrant.

Il tenait à la main un pistolet à injection hypodermique chargé d'une ampoule pleine... d'un liquide transparent.

— Votre bras, je vous prie, dit-il.

Elle lui présenta son épaule, mais il se racla la gorge.

— L'aiguille ne traverse pas les vêtements.

Oh... Au bout du compte, elle aurait sans doute mieux fait de ne pas s'habiller parce qu'elle allait à présent devoir ôter le chemisier dont les manches étroites ne remonteraient pas si haut. Elle déboutonna donc son corsage.

— De toute façon, je suppose que vous m'avez déjà vue nue tous les deux.

Fideli se plongea aussitôt dans la contemplation de ses chaussures. McCallister s'efforça de garder les yeux sur son visage tandis qu'elle faisait glisser sa chemise pour dénuder son bras.

— C'est un corps que nous avons vu. Ce n'était pas vous. Mieux que quiconque, vous devriez être à même de comprendre la différence, dit McCallister à mi-voix tout en appliquant l'aiguille contre sa peau

Il appuya sur la gâchette et elle ressentit une douleur fulgurante suivie d'une chaleur engourdissante autour du point d'injection.

— C'est fini.

Elle remonta son chemisier et attendit qu'il se soit détourné pour refermer promptement les boutons entre ses doigts tremblants.

— Combien d'autres personnes en sont passées par là ? questionna-t-elle. Comme l'homme sur la vidéo ?

— C'était le numéro quatre des essais.

— Quatre personnes donc.

— Non, répliqua McCallister. Il a été le premier à revenir. Depuis, il y en a eu six autres. Sans vous compter, ni tous ceux que Fairview a pu régénérer. Comme je vous l'ai dit, il s'agit d'un projet top secret et encore expérimental.

Plantant ses yeux dans les siens, elle s'enquit d'une voix blanche :

— Pourquoi moi, alors ? Pourquoi avoir pris cette peine ?

Les deux hommes échangèrent un regard et Fideli haussa les épaules, l'air coupable.

— J'ai pensé qu'il y avait peut-être une petite chance pour que...

— Vous saviez que je n'étais au courant de rien. Que je venais tout juste d'être embauchée.

De toute évidence, McCallister tombait des nues. Il raidit encore sa posture, pourtant déjà plus que rigide, gratifiant Fideli d'une attention soutenue. Celui-ci haussa de nouveau les épaules.

— Je n'ai pas d'excuse, monsieur. C'était une gentille fille et j'ai pensé qu'elle pourrait peut-être nous être utile. Et puis c'est à cause de moi qu'elle est morte. J'aurais dû intervenir plus vite.

— Notre boulot n'est pas de blanchir ta conscience, trancha McCallister en secouant la tête. Ce qui est fait est fait, mais nous aurons une petite conversation plus tard.

— Je sens qu'on va s'amuser.

Bryn profita de la diversion pour poser à McCallister la question qu'elle avait sur le cœur :

— Vous ne m'auriez donc pas ranimée si je n'avais pas représenté une utilité potentielle ? Alors que vous étiez responsable de ma mort ?

Pour la première fois, elle obtint de Patrick McCallister une réaction spontanée. Celle-ci s'épanouit sur ses traits l'espace d'une seconde, puis le cadre de direction robotisé reprit le dessus, stoïque et sans aspérité.

— Nous aurions bien sûr essayé, répondit-il.

Menteur. Mais ce que Bryn trouva intéressant, c'était que l'émotion qu'elle avait fugitivement lue sur son visage ne correspondait pas à ce mensonge. Ce n'était ni de l'impatience, ni du dégoût, ni du mépris. Ce qu'elle avait entraperçu était de la culpabilité, une authentique et profonde culpabilité.

Elle songea que Patrick McCallister n'aimait pas vraiment son boulot. Mais combien de cadres se passionnaient-ils pour ce qu'ils faisaient ? *Brillante analyse, Bryn*, se morigéna-t-elle. *Tu pourrais obtenir une bourse fédérale pour une thèse sur le sujet.*

Quoi qu'il en soit, cela le rendit légèrement plus humain à ses yeux.

— Quand pourrai-je partir d'ici ? demanda-t-elle en se massant le bras à l'endroit où l'aiguille s'était enfoncée.

Le point d'injection était encore chaud et légèrement sensible.

— Bientôt, répondit-il.

Il se dirigea vers la porte, qu'il ouvrit de nouveau. Il resta plus longtemps dans le couloir cette fois-ci, et Bryn en profita pour inspirer goulûment une grande bouffée de l'air frais qui était entré dans la pièce. Enfin, pas vraiment frais à proprement parler, mais un air renouvelé. Elle avait l'impression d'étouffer dans cette chambre. Ce qu'elle aperçut du couloir n'était pourtant guère différent : mêmes murs blancs carrelés, même propreté stérile. Pas de lumière naturelle, mais un éclairage aux néons. On aurait dit un souterrain, mais ils auraient aussi bien pu se trouver au cinquantième étage d'une tour, entièrement isolés du monde extérieur.

McCallister réapparut, tenant à la main ce qui ressemblait à une tablette tactile. Il l'effleura à plusieurs reprises avant de la tendre à Joe Fideli qui l'examina et hocha la tête.

— Qu'est-ce que c'est ? demanda Bryn.

— Beaucoup de choses, dont un enregistreur audio et vidéo, un détecteur infrarouge, une connexion Internet sécurisée et un programme de pistage.

— Sans oublier un black-jack, ajouta Fideli, pince-sans-rire.

Il toucha l'écran, puis le tourna vers elle pour lui montrer une carte sur laquelle clignotait un point bleu.

— C'est vous. Grâce à ceci, je peux connaître votre position où que vous soyez. Il y a bien des applications pour tout, à ce qu'on dirait.

— Est-ce que c'est censé me rassurer ?

— Les nanites qui circulent dans vos veines valent une petite fortune, expliqua McCallister. C'est pourquoi nous préférons savoir où vous êtes en permanence. Sans compter que nous devons pouvoir vous localiser pour vous administrer votre injection.

La première partie de sa réponse la hérissa, mais la seconde était plus acceptable.

— Où se trouve le traceur ?

— À l'intérieur de votre corps, lui expliqua Fideli. Il s'agit d'une puce intelligente introduite dans votre organisme en même temps que les nanites. À l'heure qu'il est, elle s'est solidarisée à vos os. Difficile de s'en débarrasser. Et elle est équipée d'une pile longue durée.

— Nous ne pourrions pas employer une telle technologie sur une personne vivante, précisa McCallister. La pile dégage des toxines susceptibles de provoquer des maladies osseuses métaboliques, mais les nanites n'auront aucun mal à gérer ce problème.

— Vous êtes complètement dingues dans cette boîte !

— *Cette boîte*, comme vous dites, est également la vôtre, rétorqua McCallister en lui tendant une liasse de documents. Vous faites maintenant officiellement partie de la maison.

Elle baissa les yeux sur les papiers qu'il venait de lui remettre. Un dossier d'embauche au grand complet dûment rempli, incluant, entre autres incongruités, une lettre de motivation et un formulaire de vérification d'autorisation de travailler aux États-Unis émanant des services de l'immigration...

Il haussa les épaules.

— Vous devrez également me présenter une pièce d'identité. Bienvenue dans le monde de l'entreprise. Ne cherchez pas à comprendre.

Six heures plus tard, Fideli la reconduisait chez elle, à bord d'un gros SUV noir aux vitres teintées, particulièrement évocateur aux yeux de Bryn d'une opération des services secrets. Légèrement nauséeuse, elle ouvrit la fenêtre pour sentir la fraîcheur de l'air sur son visage. La nuit était tombée. Cela faisait donc au moins vingt-quatre heures qu'elle était morte.

Le premier jour du reste de ton simulacre de vie. Cette pensée lui tira presque un sourire. Presque.

— Un petit creux ? interrogea Fideli. Moi, je tuerais un bœuf à mains nues pour un hamburger !

Simple réaction physiologique ou parce qu'elle était déprimée, Bryn n'avait pas faim.

— Est-ce que je dois me nourrir ?

— Bien sûr. Comme avant.

— Oh. Très bien. Alors, va pour un hamburger. Ça m'est égal.

Elle ferma les yeux et se reposa contre l'appui-tête. Une odeur de cuir et d'eau de Cologne flottait dans l'air. Une voiture de mec, pas de doute là-dessus. Comme elle cherchait une position plus confortable, un objet rigide s'enfonça douloureusement dans sa hanche. Elle plongea la main derrière elle et en ramena un jouet en plastique aux couleurs vives : un pistolet jaune et orange fluo qui brillait dans le noir.

Fideli considéra brièvement son butin, leva les yeux au ciel et le lui prit pour le balancer sur la banquette arrière.

— Alors... qu'est-ce que c'est que ça ? Un genre d'arme furtive secrète, ou...

— Mes gamins, la coupa-t-il. Impossible de leur faire ranger leur bazar. Désolé.

Des gamins ? Elle examina l'intérieur du véhicule avec un regard neuf, et cette fois, sans a priori. L'habitacle était propre, mais elle repéra plusieurs indices qui lui avaient échappé à première vue... à commencer par le siège bébé qui trônait derrière elle.

Sans pouvoir se retenir, elle éclata de rire, un long rire libérateur. Une crise d'hilarité pure qui s'abattit sur elle comme un orage d'été et la laissa détendue, mais hors d'haleine.

Fideli bifurqua sur la droite pour s'engager sur le parking d'un fast-food et lui lança un regard amusé.

— Qu'est-ce qu'il y a de si drôle ?

— Je vous avais pris pour une espèce de James Bond privé, expliqua-t-elle en secouant la tête. Permis de tuer, voiture blindée bourrée de haute technologie et équipée de lance-roquettes et... vous avez un siège bébé !

— Pas question de transporter ma petite dernière sans ça, déclara-t-il. J'ai trois enfants. Mon fils aîné s'appelle Jeff, il a sept ans ; sa sœur Harry en a cinq et Juliet est encore un bébé.

— Je présume que vous avez également une femme ?

— Kylie, acquiesça-t-il. La meilleure épouse du monde. Et aussi la meilleure maman, déclara-t-il avec fierté. Tenez, regardez.

Il ouvrit la boîte à gants et en sortit un album photo des plus banals dans lequel figuraient d'adorables bambins et une jolie femme. Sur ces scènes de la vie quotidienne, Fideli semblait être un autre homme, détendu, heureux, voire un peu niais. C'était... attendrissant.

Bryn prit alors conscience dans un sursaut glacé qu'elle n'aurait jamais ce genre de vie. Plus maintenant. Elle contempla la photo de Juliet, ce bébé heureux qui riait dans les bras de sa mère, et ses yeux s'emplirent de larmes.

— Je ne pourrai plus avoir d'enfants, n'est-ce pas ?

Fideli ne dit rien. Quand elle se tourna vers lui, ses lèvres crispées formaient une ligne dure et il serrait si fort les mains sur le volant que ses phalanges avaient blanchi. Elle referma l'album et le replaça dans la boîte à gants.

Le silence pesant se prolongea. Enfin, ce fut leur tour d'avancer sous l'auvent brillamment éclairé du *drive-in* où était offert un choix de plats tous plus diététiquement incorrects les uns que les autres.

— Je voudrais un *Monster Burger* avec des frites et un Coca, dit-il dans le micro avant de la regarder. Et vous ?

— Pareil, répondit-elle en tâchant de sourire alors qu'elle essuyait ses larmes. J'imagine que je n'ai plus à m'en faire pour le cholestérol, hein ?

— C'est un des avantages, confirma-t-il avant de passer commande. Vous pouvez même demander un supplément de fromage.

L'odeur de la nourriture envahit l'habitacle tandis que la voiture quittait le guichet de paiement et Bryn se rendit compte que son estomac gargouillait. Curieusement, elle ne s'était pas attendue à éprouver la faim. Des sensations, d'accord, mais des besoins physiologiques ? C'était quand même bizarre.

Le goût des frites n'avait pas changé, toujours aussi délicieusement salé. Elle les dévora à belles dents pendant les deux derniers kilomètres jusqu'à chez elle.

L'immeuble était modeste, situé dans un quartier où les classes laborieuses travaillaient dur. Construits à moindre coût, les appartements étaient tous identiques et leur prix était raisonnable. Elle n'eut pas besoin d'indiquer son bâtiment à Fideli, ce qui témoignait d'une connaissance de sa vie privée dont l'étendue commençait à la gêner.

Il gara l'imposant véhicule le long du trottoir.

— Ça vous dérange si je file ? J'aime bien dîner en famille dès que c'est possible.

— Non, allez-y.

Tout à coup, elle fut saisie d'une drôle d'impression, comme si l'immeuble qui se dressait devant elle lui était étranger et qu'elle s'apprêtait à passer la soirée en tête à tête avec une parfaite inconnue. Elle prit son Coca et le sac de nourriture, mais ne fit pas mine de descendre du SUV dont le moteur tournait au ralenti. Fideli l'observa sans rien dire.

— Hé ! finit-il par s'exclamer. J'ai une meilleure idée. Vous n'avez qu'à venir avec moi.

Elle sursauta légèrement sous l'effet de la surprise ; elle ne s'était pas attendue à ça.

— Pardon ?

— Venez à la maison. J'ai comme l'impression que ça ne vous dit rien de rester assise ici à regarder refroidir votre hamburger, Bryn. Je dois reconnaître que ces dernières heures ont dû être particulièrement éprouvantes pour vous.

Il s'abstenait de dire qu'il percevait sa peur. La peur d'affronter seule la vie de celle qu'elle était devenue. Quoi qu'elle fût devenue.

— Joe... (Elle n'avait pas eu l'intention de l'appeler par son prénom ; c'était sorti d'un coup. Elle se mordit la lèvre.) Monsieur Fideli..., se reprit-elle. Je ne suis pas... contagieuse, n'est-ce pas ? Je ne voudrais pas mettre votre famille en danger...

Il secoua la tête.

— Les nanites ne se transmettent pas... même par une plaie ouverte. Ils s'adaptent à votre ADN et ne fonctionnent qu'à l'intérieur de votre organisme. Vous pouvez me croire, je ne vous laisserais pas vous approcher de mes gosses s'il y avait le moindre risque.

— Et il n'y a pas de danger que j'aie des envies subites de cervelle humaine ou ce genre de trucs ?

Cette fois, il éclata carrément de rire.

— Prévenez-moi si ça vous prend. Mais non. Vous n'êtes pas encore transformée en zombie de l'apocalypse. Vous êtes juste... vous-même. Avec un système de survie intégré.

Cette précision les ramena à la réalité et le rire de Joe s'éteignit. Il engagea la marche arrière.

— Pas de discussion : vous dînez avec nous. Nous avons aussi une chambre d'amis. Et Kylie doit avoir des vêtements qui vous iront.

Bryn ne se sentait pas la force de résister, surtout pas ce soir. Tout au fond d'elle, elle lui était misérablement reconnaissante de sa gentillesse. Si elle avait dû affronter les murs nus et impersonnels de son appartement... Dieu seul sait ce qu'elle aurait fait.

— Est-ce que... mon chien peut venir aussi ?

Fideli haussa les sourcils.

— Pas de problème.

Bryn n'avait aucune envie de s'occuper des déjections que son chien avait laissées un peu partout, mais elle se fit violence pour nettoyer le plus gros. Après tout, ce n'était pas la faute de Mister French si elle s'était absentée presque vingt-quatre heures, le temps de se faire tuer et régénérer. Son bouledogue savait se tenir, même dans le véhicule de Fideli, qu'il trouva fort intéressant. Il se contenta de renifler l'intérieur des portières avant de passer la tête par la fenêtre ouverte de Bryn, la langue sortie et les oreilles claquant au vent.

La famille Fideli habitait un pavillon de plain-pied en forme de « L » dans une banlieue résidentielle. Rien ne le distinguait du voisinage hormis les vieux arbres qui semblaient le dissimuler à l'abri de leurs frondaisons. Alors qu'ils s'approchaient, Bryn repéra tout de suite d'autres signes de la présence d'enfants : le break de la maman garé dans l'allée, le vélo d'un petit garçon couché dans l'herbe, un tricycle de couleur vive. Une cabane en plastique de petite fille aux couleurs acidulées.

Une lumière chaleureuse brillait au travers des fenêtres.

Elle attacha Mister French à sa laisse, prit le sac contenant son dîner et suivit Fideli dans l'allée jusqu'à une porte latérale – celle de la cuisine, qui grouillait d'activité. Deux enfants, un garçon et une fille, déboulèrent comme des fusées, l'obligeant à se plaquer contre un mur pour les éviter. La petite fille s'arrêta pour caresser maladroitement Mister French avant de repartir à toutes jambes.

Le bouledogue jappa et éternua avant de s'asseoir, la tête penchée sur le côté, comme pour évaluer cette nouvelle situation.

— Jeff, Harry, je vous préviens, vous refaites ça encore une fois et…

La femme de l'album photo venait d'apparaître au coin de la cuisine, une pile d'assiettes sales à la main. Elle s'immobilisa, ses yeux passant de Joe à Bryn pour revenir finalement sur Joe. Son hésitation ne dura qu'une brève seconde, puis son visage s'éclaira d'un large sourire, presque sincère.

— Salut, chéri ! Qui nous amènes-tu ?

Joe la débarrassa de la vaisselle qu'il posa dans l'évier avant de l'embrasser. Un baiser chaleureux et naturel, pas du tout pour la galerie. Puis les enfants firent de nouveau irruption dans la pièce avec des cris de joie et se jetèrent dans les jambes de leur père qui les serra contre lui.

Bryn resta plantée là, agrippée à la laisse de Mister French, à son Coca et au sac en papier qui contenait son hamburger, avec l'impression d'avoir fait une erreur colossale. Elle se sentait plus isolée que jamais… jusqu'à ce que Kylie s'approche d'elle en s'essuyant les mains dans un torchon, et la débarrasse de sa boisson et de son hamburger, qu'elle déposa sur le comptoir.

— Mon mari n'a jamais été doué pour les présentations, alors je vais m'en charger. Je suis Kylie et voici Jeff et Harry. En fait, c'est Harriet, mais tout le monde l'appelle Harry.

Les deux enfants, une tête blonde, une tête brune, la saluèrent de la main.

— La petite est toujours dans sa chaise haute à la salle à manger… chéri, tu veux bien t'en occuper, s'il te plaît ?

— Ouaip, répondit Joe en quittant la cuisine, les enfants dans son sillage.

Le silence retomba et le malaise de Bryn redoubla.

— Bonjour, dit-elle à Kylie en lui tendant la main. Je m'appelle Bryn. Bryn Davis. Je, euh… (Qu'était-elle censée raconter pour justifier sa présence ? Dans quelle mesure était-ce top secret ?) Je travaille avec Joe, poursuivit-elle. Oh, et lui, c'est Mister French. Ne vous en faites pas, il est propre.

Kylie regarda le chien en souriant puis serra la main de Bryn. Elle avait de magnifiques yeux bleus, derrière lesquels brillait un esprit vif, devina Bryn.

— Il n'a jamais parlé de vous.

Joe apparut dans l'embrasure de la porte, le bébé calé sur une hanche, confortablement maintenu contre son bras puissant.

— Elle est nouvelle, expliqua-t-il. Chérie, tu peux prendre la petite une seconde, le temps que je me débarrasse de mes joujoux.

— Mon Dieu, Joe, tu ne les as pas enlevés avant ?

Kylie lui retira le bébé des bras en levant les yeux au ciel. L'enfant gazouilla et se nicha contre sa mère avec une confiance absolue.

— Allez ouste, fiche le camp. Et ne reparais pas avant d'être inoffensif.

— Impossible, chérie, plaisanta Joe. Je suis une arme fatale à moi tout seul.

— Arrête ton char !

Il lui souffla un baiser dans les airs et quitta de nouveau la pièce. Kylie chatouilla le bébé – Juliet – installé sur sa hanche et échangea un sourire avec Bryn.

— Alors, il a réussi à vous entraîner au temple de la malbouffe, hein ? Je ne le laisse pratiquement jamais avaler ces cochonneries, ce qui explique sans doute pourquoi il rentre tard. Tenez, je vais vous donner une assiette. Et vous irez vous installer dans la salle à manger. (Sa voix monta de plusieurs décibels.) Jeff, viens rincer les assiettes !

— Mais Mamaaan, ça va commencer !

— C'est enregistré, trésor. Tu mets sur pause et tu obéis.

Kylie donna donc une assiette à Bryn, s'empara du Coca et du sac en papier, et lui emboîta le pas en direction de la salle à manger. C'était une pièce très chaleureuse, bois et tonalités naturelles, avec des photos de famille accrochées au mur. Bryn se sentit un peu gênée avec son hamburger dans ce cadre, mais Joe les rejoignit bientôt, posa son propre menu sur la table et se mit tout naturellement à manger. Kylie prit place en face de lui.

Bryn s'aperçut très vite qu'elle n'avait pas seulement un petit creux. Elle mourait littéralement de faim et engloutit son sandwich. Le pétillement sucré de son Coca la plongea dans un tel ravissement qu'elle en aurait presque pleuré.

Elle commençait à se sentir de nouveau vivante, surtout lorsque Mister French vint s'allonger de tout son long sur ses pieds, lui communiquant sa chaleur.

Kylie et Joe discutèrent de problèmes domestiques, lui posant une ou deux questions à l'occasion. L'ambiance était détendue et sans manières, et Joe finit par annoncer à sa femme qu'il avait invité Bryn à passer la nuit chez eux. Un nouvel instant d'hésitation, comme si elle essayait de comprendre ses motivations, puis elle hocha la tête en signe d'assentiment. Elle se leva pour aller préparer la chambre tandis que Joe sirotait les dernières gouttes de son soda.

— Est-ce qu'ils sont au courant ? demanda Bryn à voix basse. Je veux dire : pour vos activités.

Quelles qu'elles soient.

— Ils savent que je travaille dans le domaine de la sécurité d'entreprise, répondit Joe. Et que mon boulot est top secret. Elle ne vous posera aucune question. Elle va seulement supposer que vous êtes sous ma protection. Ce qui est la stricte vérité.

— Est-ce que vous amenez souvent chez vous les gens que vous protégez ?

— C'est la première fois. J'espère que vous êtes flattée.

Il fit mine de se lever de table, mais Bryn l'arrêta d'une main sur le bras.

— Joe. (Elle avait toute son attention.) Merci. Vous êtes certain que ma présence ici ne met personne en danger ?

Il lui sourit, mais ses yeux restèrent froids.

— Vous croyez vraiment que je vous autoriserais à approcher mes gosses à moins d'un kilomètre si je pensais qu'il y avait le plus petit risque ? Bryn, vous êtes une chic fille et, je l'admets, j'ai demandé à Patrick de vous régénérer parce que j'avais le sentiment de vous avoir laissée tomber. Mais si vous faisiez peser la moindre menace sur ma famille, je vous ferais disparaître définitivement sans une seconde d'hésitation.

Elle le crut sur parole et lui lâcha le bras. Joe ramassa les reliefs de leur dîner et nettoya la table, comme un type ordinaire.

— Si je devais un jour représenter une menace pour eux, j'espère bien que vous le ferez, déclara-t-elle. Votre famille est adorable.

— Vous dites ça maintenant, mais attendez d'avoir passé quelques heures avec ces petits monstres. Venez, j'ai promis à Jeff de faire une ou deux parties de jeux vidéo.

Le quotidien d'une vie ordinaire.

Bryn se demanda si elle retrouverait jamais cet ordinaire elle aussi, un avenir, une vie, une famille.

Bah, songea-t-elle avec fatalisme, *si c'est tout ce qu'il me reste, autant ne pas bouder mon plaisir.*

Chapitre 4

Le lendemain matin, après le petit déjeuner familial, Joe emmena Bryn en voiture pour déposer Mister French chez elle, et aller voir ce qui restait des pompes funèbres Fairview.

Quel sinistre spectacle. Le plus gros du bâtiment était encore debout, mais une partie était complètement noircie et s'était effondrée sur elle-même. Le joli et paisible jardin sur le devant avait été réduit en une bouillie boueuse par les piétinements des pompiers et des équipes d'intervention d'urgence.

— Quand vous organisez un sauvetage, vous ne faites pas les choses à moitié, à ce qu'on dirait, commenta-t-elle.

Joe haussa les épaules.

— J'ai fait ce que j'ai pu. Fairview avait fait installer des portes blindées. La seule façon d'entrer, c'était de défoncer le mur des plates-formes de chargement, et j'ai dû le faire sauter aux explosifs.

— Que vous avez toujours sur vous.

— Il se trouve que oui, répondit-il. Dans mon boulot, mieux vaut avoir tout son matériel sous la main et être toujours prêt.

— Un vrai boy-scout.

— Avec du C-4.

Il y avait un nombre impressionnant de camions garés dans l'allée, qui déchargeaient du matériel. L'équipe de reconstruction était déjà au travail, apparemment, et des types avec des casques de chantier grouillaient autour du bâtiment d'un air affairé. Bryn descendit du SUV et se dirigea vers l'immeuble, puis se figea. Elle se retourna vers Joe.

— Et les corps ? demanda-t-elle.

— Quels corps ?

— Fairview, Freddy la Foudre, M. et Mme Jones, M. Garcia...

— Les corps du sous-sol. On les a évacués. (Joe se racla la gorge.) Mme Jones et M. Garcia nous ont causé quelques soucis particuliers. Nous avons dû... hum... nous en occuper séparément.

Il voulait dire qu'ils avaient été décapités. Ou incinérés. Voire les deux. Bryn fut saisie d'une sensation de vertige et dut se retenir au bras de Fideli pendant une seconde. Il ne fit aucune réflexion, ce dont elle lui fut reconnaissante. Une fois qu'elle eut repris son équilibre, elle se remit en marche – avant de s'arrêter de nouveau, clouée sur place. Elle regarda Fideli.

— Seulement ces deux-là ?

— Oui, répondit-il. (Ses sourcils s'affaissèrent, montrant son inquiétude.) Pourquoi ?

— Parce que Freddy la Foudre était pareil. Comme moi, je veux dire. Régénéré.

— Merde, jura-t-il en sortant son téléphone portable.

Il fit demi-tour et s'éloigna, parlant d'une voix étouffée, mais la discussion était animée. Bryn patienta. Il mit fin à sa conversation et revint vers elle, la mine encore plus sombre.

— On aurait dû faire des tests sanguins. Putain de merde. On s'est déjà occupé de lui et il a été évacué vers le crématorium.

— Alors... tout va bien, non ?

— Ça aurait dû. Sauf que personne ne s'attendait à ce que ce bon vieux Freddy puisse récupérer de ses blessures, se lever et leur fausser compagnie. Ce qu'il a fait. Il s'est évaporé dans la nature. (Il secoua la tête.) Écoutez, Bryn, il faut que je retourne...

— Bien sûr. Ça va aller, Joe. Merci pour... pour tout.

Y compris pour la tenue qu'elle avait sur le dos, songea-t-elle... un cadeau de Kylie qui consistait en un sweat brun clair tout doux et un jean qui lui allait comme une seconde peau. Même les chaussures – des mocassins – lui convenaient plus ou moins. Kylie lui avait demandé sa taille de vêtements et sa pointure et était partie en virée shopping de minuit. Cette femme avait carrément l'œil pour les fringues, ça ne faisait pas un pli.

— Je suis désolée. J'aurais dû vous prévenir pour Freddy.

— Vous aviez d'autres choses en tête, et je ne vous ai pas posé la question. C'est ma faute, répondit-il. (Il grimpa dans son véhicule, mit le contact, puis se pencha par la fenêtre.) J'ai oublié de vous dire : votre carrosse est dans le parking. C'est la noire.

Il lui lança un jeu de clés qu'elle attrapa machinalement, sans comprendre. Il lui sourit et exécuta une marche arrière, puis quitta la zone de stationnement en faisant rugir son moteur et fila sur la route.

Bryn le suivit des yeux jusqu'à ce qu'il disparaisse, puis regarda de nouveau autour d'elle. Elle n'était pas très sûre de ce qu'on attendait d'elle ici, vu l'état des locaux – du moins avant de repérer une grosse Cadillac qui remontait l'allée et s'arrêta juste à côté d'elle.

Lucy, la réceptionniste, en descendit et contempla le bâtiment dévasté.

— Mon Dieu ! s'exclama-t-elle. On m'avait prévenue, mais je n'y croyais pas. C'est donc vrai ? M. Fairview est mort ?

— Freddy aussi, précisa Bryn.

Lucy détourna les yeux de l'immeuble éventré et la dévisagea, un sourcil levé.

— Celui-là, je ne le pleurerai pas. Oh, mais vous ne l'aviez pas rencontré, n'est-ce pas ?

— Non, mentit Bryn. Je suis rentrée chez moi. Après... après ce qui est arrivé à Melissa. (Telle était la version officielle, l'avait informée Joe, et ça tenait debout. Bien mieux que ce qu'elle avait fait en réalité.) Je suppose que M. Fairview et Freddy étaient restés faire des heures sup. Il paraît que c'est une explosion qui a provoqué l'incendie.

— Certains de ces produits chimiques sont vraiment des saloperies, acquiesça Lucy. C'est horrible. Et j'imagine que vous et moi nous retrouvons au chômage.

— Non. (Bryn prit une profonde inspiration.) Je... M. Fairview était mon oncle.

— *Quoi* ? Pourquoi est-ce que personne ne m'a mise au courant ?

— Il voulait que je me débrouille toute seule. Pas de traitement de faveur. Vous voyez le truc.

— Ah, c'est lui tout craché, toujours équitable, dit Lucy. C'était un homme bien. Mais tout de même... (Elle laissa sa phrase en suspens.) J'imagine que vous allez hériter de l'affaire ? Je sais qu'il n'était pas marié et n'avait pas d'enfants.

— Oui, confirma Bryn. Je vais tout remettre en état et rouvrir le plus rapidement possible. Vous n'êtes pas au chômage, Lucy – enfin, si vous acceptez de travailler pour moi. J'ai vraiment besoin de vous. Vous connaissez cette boîte mieux que personne, et j'ai tellement à apprendre.

— Vous êtes bien de la famille de M. Fairview. Vous savez amadouer les gens, tout comme lui. (Lucy inclina légèrement la tête d'un air calculateur.) C'est plutôt une assistante de direction qu'il vous faut.

— Bien sûr, vous aurez une augmentation, dit Bryn.
— Combien ?
— Combien voulez-vous ?
Lucy sembla surprise, mais ne se laissa pas démonter.
— Trente pour cent, suggéra-t-elle. Ce n'est pas du vol. Ce n'est pas la même chose de faire tourner l'entreprise que de se cantonner à répondre au téléphone et à offrir des mouchoirs en papier aux endeuillés.
— Je commence à m'en rendre compte. Oui, ça me paraît honnête. Nous sommes d'accord ?
Bryn lui tendit la main et Lucy la serra brièvement en guise d'acceptation.
— Je ne crois pas que nous pourrons faire grand-chose aujourd'hui. Nous devrions sans doute établir une liste de ce qui est le plus urgent.
— La première chose à faire, c'est de recruter un bon thanato pour le labo ; ce n'est pas si facile à trouver. On n'aurait jamais dû laisser partir Vikesh. Il faut aussi nous assurer que les gars du chantier sont informés des autorisations et des permis qu'ils doivent obtenir.
— Vous croyez que vous pouvez régler ça ?
Lucy sourit.
— C'est pour ça que vous me payez, mademoiselle Bryn.
— Qu'est-ce qu'on avait de prévu pour cette semaine ?
— On avait M. Granberry au frais dans le frigo – bon sang, je vous parie qu'on va se retrouver avec un procès aux fesses. Je vais contacter notre avocat pour voir s'il ne peut pas prendre les devants et proposer à la famille un arrangement à l'amiable. À part ça, il y a vos rendez-vous d'hier ; je m'en occupe. (Lucy réfléchit une seconde.) Mmmm… je crois que M. Fairview avait aussi quelques clients privés. Je suis au courant parce que j'ai fait des heures sup une ou deux fois le soir, et des gens l'ont demandé.

— Vous souvenez-vous de leurs noms ? Je peux peut-être les contacter.

Lucy s'adossa contre sa voiture et tapota ses cheveux soigneusement laqués tandis qu'un vent cinglant s'engouffrait dans le parking, faisant tourbillonner des cendres et des débris autour de leurs chevilles.

— Vous croyez qu'il avait des activités illégales ?

— Et vous ?

Lucy demeura silencieuse pendant quelques secondes, puis elle croisa les bras sur son opulente poitrine et son regard dériva vers le bâtiment en ruine.

— Je n'en sais rien. M. Fairview était un homme bien, mais il avait son côté sombre, ça, c'est certain. Ces gens qui venaient le soir… ils semblaient avoir peur de quelque chose. Et désespérés. Mais je crois qu'il les aidait.

— Lucy, est-ce que vous vous souvenez de leurs noms ? C'est peut-être important.

Elle secoua la tête.

— Il était toujours là dès leur arrivée. Je n'ai jamais eu le temps de le leur demander. Il y avait un couple ; la femme me semblait familière. Je les ai vus deux fois. Elle n'était pas très en forme la seconde. Vous croyez qu'il faisait du trafic de médicaments ?

— Possible, répliqua Bryn. Nous devons découvrir ce qui se passait. Pouvez-vous me dire quoi que ce soit qui pourrait nous y aider ?

Lucy hésita si longtemps que Bryn pensa qu'elle ne mordait pas à l'hameçon, mais elle finit par lui répondre :

— Vous allez me prendre pour une folle.

— Non, je vous le promets.

— Je crois… (Elle respira un grand coup.) Je vous ai dit que la femme me rappelait quelqu'un. Elle ressemblait à une de nos patientes. Quant à l'homme… je *sais* que c'était un client. Le mari endeuillé.

— Par patiente, vous voulez dire…

— Un cadavre, lâcha Lucy. Une défunte. Partie pour un monde meilleur. C'était sans doute sa sœur.

— C'est probable, oui. (Bryn se demanda ce que savait vraiment Lucy, ou ce qu'elle avait deviné, ou ce qu'elle ne *voulait* pas conjecturer.) Et l'autre personne que vous avez vue ? Est-ce que ça aurait pu être... un client ? Ou un patient ?

— Nos patients ne se promènent pas dans la nature.

— Lucy.

Ça n'avait pas l'air de beaucoup lui plaire, mais elle finit par lâcher du bout des lèvres :

— Peut-être bien que l'un d'eux m'était familier, lui aussi. Bryn, qu'est-ce qui se passait donc ici, merde ?

— Qu'est-ce qui se passe encore, répondit doucement Bryn. Ce n'est pas terminé. Je ne sais pas, mais nous allons le découvrir. Est-ce que le téléphone fonctionne toujours ?

— J'ai appelé ce matin pour voir, et je suis tombée directement sur le répondeur. J'ai modifié le texte d'accueil pour dire que nous étions fermés pour travaux.

— Vous avez bien fait. Est-ce qu'il y avait des messages ?

— Je ne suis pas censée écouter les messages. M. Fairview préférait s'en charger lui-même.

— Lucy, la relança Bryn en souriant. Allons. Vous les avez écoutés, n'est-ce pas ?

— Eh bien... seulement à cause de l'explosion. Il y en avait deux ou trois de l'hôpital pour nous demander de venir prendre des corps, mais je m'en suis occupée.

— Autre chose ?

— Deux autres qui étaient bizarres, reconnut Lucy. Mais ce n'est pas exceptionnel pour une entreprise de pompes funèbres. La moitié des appels que l'on reçoit dans la journée émanent de mauvais plaisantins. Et je n'ose pas imaginer combien atterrissent sur le répondeur aux heures où les gens ont un coup dans le nez.

— Est-ce que je peux les entendre ?

Lucy composa un numéro sur son téléphone portable et le lui tendit. Bryn écouta attentivement les enregistrements. Le premier était clairement une blague d'étudiants, accompagnée de rires et d'encouragements alcoolisés. Elle l'effaça. Le second, en revanche, était intéressant. Après un long silence, une voix tremblante se lançait : « C'est un message pour M. Fairview. Je... il faut que je vous voie ce soir ; c'est important. J'ai l'argent. » Suivait un numéro de téléphone, et Bryn fouilla hâtivement son sac dont elle extirpa du papier et un crayon pour le noter.

— Qu'est-ce que vous allez faire ? s'enquit Lucy.

— Tâcher de savoir ce qu'il voulait, répondit Bryn. Attendez, il y en a un troisième.

Cette voix-ci ne tremblait absolument pas. Une voix masculine, tranchante et pressée. « Je vous ai attendu. Ne me reposez jamais un lapin. Même endroit. Ce soir, 21 heures. » Et c'était tout. En d'autres circonstances, Bryn aurait supposé qu'il s'agissait d'un faux numéro, mais pas cette fois. *C'est lui,* songea-t-elle aussitôt. *Le fournisseur. La fuite de chez* Pharmadene. Il n'avait pas donné son nom, ni laissé de téléphone ou de lieu de rendez-vous. Fairview devait savoir tout ça.

Mais Fairview avait emporté son secret dans la tombe. Néanmoins, c'était toujours une piste. Et s'ils pouvaient tracer le numéro, ils obtiendraient peut-être un nom.

Si vite ? Bryn se sentit soudain mal à l'aise. Si c'était aussi simple, pourquoi McCallister aurait-il pris la peine de la régénérer ? Et si elle lui apportait la solution sur un plateau dès le second jour, quelle raison aurait-il de la garder en vie ?

— Du nouveau ? demanda Lucy, dont la curiosité était maintenant pleinement éveillée. Ça vient sûrement juste d'arriver. Je n'ai entendu que la blague et cet étrange appel pour M. Fairview où le type disait qu'il avait l'argent.

— Un faux numéro, mentit Bryn, qui s'empressa d'effacer le dernier message avant de rendre son téléphone à Lucy. Merci. Écoutez, vous n'avez qu'à prendre le reste de votre journée. On ne peut rien faire de concret ici. Demain, nous inspecterons les lieux pour voir ce qui peut être sauvé. Portez une tenue que vous ne craignez pas de salir ; je ne sais pas trop quels dégâts a causé l'incendie.

— Très bien. À demain, Bryn.

— Au revoir.

Lucy remonta dans sa Cadillac et démarra. Bryn la regarda partir, puis jeta un coup d'œil autour d'elle dans le parking.

La voiture de M. Fairview était toujours là. C'était bien le genre à avoir un GPS dans son véhicule personnel, et les GPS conservaient l'historique des destinations consultées.

La voiture était verrouillée, comme de bien entendu. Bryn essaya les clés que Fideli lui avait données, sans succès. Scrutant l'intérieur de l'habitacle à travers les vitres teintées, elle vit qu'il y avait effectivement un GPS. Parfait. Restait à y accéder. Le voyant d'un système d'alarme clignotait par intermittence sur le tableau de bord, et elle ne voulait pas attirer l'attention de l'équipe du chantier.

Si Joe Fideli avait été là, il aurait probablement su comment faire sauter la serrure avec une pince à cheveux en deux temps trois mouvements. Bryn n'était pas une experte en vol à la roulotte.

Quoi qu'il en soit, elle reviendrait plus tard quand il n'y aurait plus personne.

Elle n'avait donc plus rien à faire ici. Elle examina les clés que lui avait remises Fideli et regarda autour d'elle.

Le parking était presque vide, à l'exception des corbillards et des limousines de Fairview, mais dans un petit coin tout au fond, à côté de la voiture de sport de Freddy la Foudre, était garée une longue berline aux lignes élancées. Bryn la déverrouilla à l'aide de sa télécommande et se glissa au volant. Intérieur en cuir souple et chaleureux. Vitesses automatiques, ce qui était un soulagement, et en fouillant la boîte à gants, elle découvrit que le véhicule faisait partie de la flotte des pompes funèbres Fairview et que son propre nom figurait en tant que conductrice principale. Cette voiture n'avait visiblement jamais servi.

Elle démarra au quart de tour dans un ronronnement à peine audible, qui se transforma en feulement sourd tandis que Bryn manœuvrait pour sortir du parking. Après une accélération dangereusement fulgurante, elle dut écraser la pédale de frein en toute hâte pour s'arrêter au stop en haut de la côte qui menait à la route. S'insérer dans la circulation se révéla un jeu d'enfant – presque *effrayant*. Elle ne s'était pas attendue à tant de... puissance.

Quelque part, la sonnerie d'un téléphone retentit. Un portable posé sur le siège passager. Elle voulut décrocher, mais ce ne fut pas la peine ; un haut-parleur intégré s'en chargea pour elle et le son résonna dans l'habitacle.

— Euh... Allô ?

— Bryn, c'est McCallister. Tout se passe bien ? Comment vous vous sentez ?

— Ça va, je crois. (Elle jeta un coup d'œil à l'horloge sur le tableau de bord.) Euh, j'imagine que je dois venir pour mon injection ?

— Oui. Vous avez jusqu'à 15 heures. Nous avons programmé l'adresse de *Pharmadene* dans votre GPS. Vous n'avez qu'à suivre les instructions de votre système de navigation. J'ai plusieurs choses à vous montrer, et un objet à vous remettre contre une signature.

— Quoi ?

— Votre arme, dit-il. Vous m'en avez bien demandé une, non ?

Sans prendre congé, il lui raccrocha au nez. Bryn mitrailla l'appareil d'un regard noir, puis se rangea sur le bas-côté pour actionner les touches du GPS. « DOCTEUR » devait être le nom de code de *Pharmadene*, devina-t-elle ; et c'était la seule destination programmée. Elle constata avec surprise que ce n'était pas très loin, et si ça avait été le cas, piloter cette voiture était un vrai plaisir. C'était même étonnamment facile et zen d'oublier tout le reste et de ne penser qu'à la route, au paysage, à la conduite.

Du moins jusqu'à ce que son téléphone sonne à nouveau et qu'elle reconnaisse la voix de sa sœur Annalie.

— Bryn ? Bryn, j'ai des problèmes. Bryn ?

On avait beau mourir asphyxiée dans un sac en plastique, être ramenée à la vie par des robots futuristes de cauchemar injectés dans vos veines, certaines choses ne changeaient jamais.

— Qu'est-ce qu'il y a encore, Annie ?

Question purement rhétorique, parce que Bryn connaissait par cœur tous les problèmes de sa benjamine. Les situations d'urgence d'Annalie avaient toujours trois causes : les mecs, le fric, ou une combinaison des deux. Le seul truc cool, c'est qu'Annalie ne buvait pas et ne se droguait pas, ce qui aurait compliqué les choses.

D'après l'affolement dans la voix d'Annie, Bryn devina qu'il s'agissait d'argent, et elle avait mis dans le mille.

— Je ne sais pas ce qui s'est passé ; j'ai pourtant fait très attention, mais je suis dans le rouge, quelqu'un a peut-être volé de l'argent sur mon compte…

— De combien es-tu à découvert ?

— Environ cent dollars, pas plus.

Annie avait rarement plus de deux cents dollars en tout et pour tout sur son compte en banque, quoi qu'il arrive. Bryn secoua la tête, et répondit comme à chaque fois :

— Je vais t'envoyer de l'argent.

— Tu l'envoies aujourd'hui ? Tu sais, le loyer à payer et tout ça.

— Walter ne peut pas te faire une avance ?

Walter était le patron d'Annie, et un ami de la famille.

— Il l'a déjà fait, dit Annie. Euh... la semaine dernière. Je te jure, je ne sais pas où j'ai merdé cette fois.

C'était bien là le problème. Annalie était à côté de la plaque question finances et naviguait à vue entre les dates de valeur et les prêts bancaires – une vieille habitude. Si elle n'avait pas été sa sœur et une bonne pâte indécrottable, Bryn lui aurait raccroché au nez, mais Annie était une brave fille. Elle avait un boulot de serveuse à l'*Auberge des Vandales*, et Walter était plutôt tolérant tant qu'elle ne faisait pas d'erreurs de caisse. Il n'y en avait jamais eu, curieusement. Pendant ses heures de service, Annie comptait comme une reine.

— Je te l'envoie aujourd'hui, promit Bryn. Je le poste ce soir pour que tu l'aies demain. Ça te va ?

— Ça me va. Tu es un amour, Brynnie. Je t'aime.

— Je t'aime aussi. Hé, tu as eu des nouvelles de Tate ?

— Pas depuis son dernier mail crypté. J'imagine qu'il est toujours là-bas.

Leur frère Tate, qui n'avait qu'un an de plus qu'Annalie, était déployé en Afghanistan, où il avait déjà accompli la moitié de sa mission. Ils gardaient tous un œil sur la liste des pertes américaines, juste au cas où, mais la chance légendaire de Tate ne lui avait jamais fait défaut. On pouvait parachuter ce garçon en plein cœur des zones de combat, il s'en tirait toujours sans une égratignure.

Pas comme Bryn, qui avait réussi à se faire refroidir dans une *morgue*.

— Bon, dis aux parents que je les aime, d'accord ?

— Dacodac.

Cool et sans fioritures, c'était du Annie tout craché. Elle ne papotait jamais quand elle appelait pour demander de l'argent ; Bryn supposait que ça devait la gêner de mélanger les genres. À son prochain coup de fil, elle lui parlerait de son dernier petit ami, de ce qu'elle avait acheté avec l'argent que Bryn lui avait prêté et de ses nuits de folie au bar... la vie, quoi.

Bryn se demanda ce qu'elle pourrait bien lui dire de son côté. Parce que sa vie à elle en ce moment était plutôt du genre... inracontable. Les réunions de famille allaient être carrément bizarres à l'avenir. Sa mère voudrait savoir quand elle comptait se décider à lui donner un petit-fils ou une petite-fille, ce qui avait toujours été un peu embarrassant. À présent, ce serait douloureux, et pas qu'un peu, pour des raisons que Bryn devrait garder secrètes. Sa sœur aînée aurait comme d'habitude des tonnes de conseils à lui donner sur le sujet ; c'était la pondeuse de la famille. Bryn ne voyait jamais George ni Kyle, et c'était tant mieux ; Kyle était un criminel et George un beau connard, même si c'était son frère. C'était encore d'Annalie que Bryn se sentait la plus proche, en dépit de tous ses problèmes, et de Tate, même s'il n'était jamais là.

Hé, vous voulez savoir la dernière, les gars ? Je suis morte. Apparemment, c'est irréversible. Mais bon, je m'accroche et je suis toujours là. C'est cool, non ?

Pas facile à caser entre deux bières autour du barbecue.

Étrangement, avoir eu des nouvelles des problèmes superbement ordinaires d'Annalie lui avait fait du bien et l'avait remise d'aplomb, comme si elle était davantage elle-même. *La vie continue. Bryn est revenue d'entre les morts, mais Annalie est toujours à découvert.*

Elle se prit à sourire tandis qu'elle s'engageait sur la voie menant aux bâtiments de *Pharmadene* en suivant la ligne verte de son système de navigation. Ils étaient partis en pleine nuit hier soir, et elle n'avait pas fait attention à *l'immensité* des lieux. L'allée faisait bien cinq cents mètres, avec deux postes de contrôle à passer où des agents de sécurité armés devaient obtenir l'aval de McCallister via des écrans vidéo avant qu'elle soit autorisée à continuer. On examina sa voiture. Elle fut fouillée au corps comme dans un aéroport. On lui permit finalement d'entrer dans une zone de stationnement couverte qui avait la taille d'un immeuble de bureaux à elle toute seule.

On la conduisit au sous-sol – curieusement, ça ne l'étonna pas – et un autre agent de sécurité armé l'accompagna dans l'ascenseur. On ne lui laissa aucune liberté de mouvement, mais on lui fournit un badge avec sa photo dessus – ce qui était vraiment flippant parce qu'elle était sûre et certaine de n'avoir jamais posé pour eux. *Bon Dieu,* lui avaient-ils tiré le portrait pendant qu'elle était morte ? Non, plutôt une caméra cachée qui l'avait photographiée à distance. Son badge arborait une bande rouge et une sorte d'image holographique en surimpression. Le logo de *Pharmadene,* devina-t-elle.

— Mademoiselle Davis, l'apostropha l'agent de sécurité qui l'escortait. (Il portait un blazer bleu frappé sur la poitrine du logo de l'entreprise, et son badge s'ornait d'une bande verte.) Permettez-moi de vous informer des règles de sécurité. Vous n'êtes pas autorisée à quitter cette zone, mais autant que vous les connaissiez dans tous les cas. Vous êtes uniquement habilitée à vous rendre à l'étage qui vous est désigné, et vous ne verrez que la personne avec laquelle vous avez rendez-vous. Vos autorisations vous permettent l'accès au bureau de cette personne, aux salles de repos et aux toilettes. Vous ne devez aller nulle part ailleurs sous aucun prétexte. C'est compris ?

— Qu'arrivera-t-il si je pénètre par erreur dans une zone non autorisée ?

— Des alarmes se déclencheront, et nous passerons en Code Rouge. Pas bon du tout. Faites en sorte de respecter les consignes.

Toujours utile à savoir. Leur Code Rouge n'était sûrement pas une partie de plaisir, du moins pour elle.

— Je ferai attention, promit-elle.

L'ascenseur s'ouvrit et le garde la guida le long d'un interminable couloir au sol recouvert de moquette jusqu'à une porte sans numéro, seulement une étiquette dans une glissière qui affichait : « MCCALLISTER, P. DIRECTEUR DE LA SÉCURITÉ ».

L'agent frappa, attendit une réponse, puis la fit entrer. Il ne la suivit pas, et lorsque Bryn se retourna, la porte s'était déjà refermée.

Patrick McCallister, vêtu d'un nouveau costume cravate (toujours aussi bien coupé), fit le tour de son grand bureau moderne pour venir l'accueillir et lui tendit la main. Elle la serra, se demandant pourquoi soudain tant de manières, et prit place dans le fauteuil carré capitonné destiné aux visiteurs qu'il lui indiqua.

— Vous avez meilleure mine aujourd'hui, lui dit-il, ce qui pouvait au mieux être pris pour un compliment équivoque. Vous avez passé une bonne nuit ?

— Oui, répondit-elle. (Elle ne savait pas s'il était au courant que Joe Fideli l'avait invitée chez lui et ne le mentionna pas au cas où ce serait en violation des règles.) J'ai étonnamment bien dormi. Peut-être que vos nanites font le même effet qu'un Valium.

Il fut assez surpris de sa réponse pour lui sourire – un sourire authentique. Cela le changea du tout au tout et la déstabilisa. Elle détourna les yeux. Quand elle le regarda de nouveau, il était redevenu le cadre de la sécurité intransigeant qu'elle connaissait et son sourire s'était effacé.

— Débarrassons-nous de ce pour quoi vous êtes venue, dit-il en ouvrant son tiroir.

Elle s'attendait à voir l'arme qu'il lui avait promise, mais il en sortit une seringue. *Ça va vite devenir très lassant*, songea-t-elle, mais elle releva néanmoins sa manche et reçut l'injection sans se plaindre.

— Bien. Voici les formulaires que vous devez signer.

— Génial.

Bryn prit le stylo et l'écritoire qu'il lui tendait et feuilleta rapidement les documents, tâchant de glaner des informations sur ce qu'on attendait d'elle. Les habituelles décharges de responsabilité. *Nous ne serons en aucun cas tenus pour responsable dans le cas où le dépositaire ferait feu sur une tierce personne.* S'ils y tenaient. Elle signa les papiers.

— J'aurais pensé qu'il y avait moins de paperasse une fois qu'on était mort.

— Pas chez nous.

— Je suis donc réellement employée par *Pharmadene* ?

— Non seulement vous faites officiellement partie des nôtres, mais je suis également votre supérieur hiérarchique.

Il ouvrit de nouveau le tiroir de son bureau et en sortit un coffret qu'il poussa vers elle. Elle retira le couvercle. Belle bête. Un Beretta 92FS, pratiquement le même qu'elle avait à l'armée. Il y avait ajouté deux boîtes de munitions.

— Il est enregistré à votre nom, dit-il. Aucun lien direct avec *Pharmadene*, à titre de mesure de sécurité.

— Pour pouvoir nier toute implication ?

— Exactement. Si vous faites un carnage en ville un samedi soir, la société ne sera pas inquiétée.

— Suis-je susceptible de faire ce genre de choses ? demanda Bryn tout en faisant coulisser la glissière du pistolet.

Fluide comme de la soie.

— Vous voulez savoir si le produit peut induire des crises de folie ? Non. Cela n'est apparu dans aucun de nos essais cliniques.

— Bonne nouvelle.

— Et je crois que nous avons déjà établi qu'il ne rend pas non plus accro à la viande crue ou à la cervelle humaine.

— De mieux en mieux. (Bryn replaça le pistolet dans le coffret.) C'est quand même une marque de confiance, tout bien considéré.

McCallister inclina légèrement la tête, l'examinant de ses yeux sombres qui n'exprimaient rien, hormis une vague mélancolie.

— Pas vraiment, répondit-il. Vous appartenez dorénavant à *Pharmadene*, Bryn. Nous contrôlons votre accès au produit, ce qui nous garantit une loyauté et une obéissance absolues. Non ?

C'était une façon brutale de dire les choses, et elle sentit une bouffée de colère monter en elle.

— Ou mon désir de vous en faire payer les conséquences, répliqua-t-elle.

— Je ne vous le conseille pas.

— Parce que vous m'arrêteriez ?

— Oui, répondit simplement McCallister, et Bryn prit subitement conscience de son immobilité.

Il y avait quelque chose d'inhumain dans cette manière qu'il avait de se fermer subitement. Et l'expression de son regard... Elle avait servi dans l'armée, et savait reconnaître un tueur de sang-froid quand elle en voyait un.

— C'est pour ça qu'on me paie.

Ça, elle pouvait comprendre ; ce n'était pas différent quand on était un soldat de première classe à Bagdad. Quoi que vous pensiez des ordres que vous aviez reçus, vous les exécutiez, sauf si c'était illégal ou immoral. Et même quelquefois dans ces cas-là, dut-elle admettre, parce que les zones de flou demeuraient assez larges.

— Toujours bon à savoir, dit-elle à voix basse.

McCallister se détendit dans son fauteuil, autant qu'il en était capable.

— Je suis heureux que les choses soient claires entre nous, dit-il. J'ai cru comprendre que vous aviez parlé à votre sœur en venant ici.

Un autre petit choc très désagréable, et Bryn lui signifia que ça ne lui plaisait pas sans qu'un mot soit échangé. McCallister la gratifia d'un de ces demi-sourires qui n'en était pas un.

— Vous êtes la propriété de *Pharmadene* à présent, Bryn. Vous n'aurez plus de vie privée. Je suis navré que ça vous gêne, mais vous êtes dépositaire d'informations top secrètes et nous ne pouvons pas nous permettre de vous laisser dans la nature sans surveiller ce que vous dites.

— Et j'ai dit quoi ?

— Rien de particulier, ce qui est exactement ce que nous attendons de vous. Vous ne devez rien raconter à personne. Votre famille vit assez loin, ce qui est une bonne chose ; nous aimerions que vous limitiez vos interactions avec eux à de simples contacts téléphoniques pendant un temps et que vous les dissuadiez de vous rendre visite. Si votre sœur venait à poser des questions sur cet oncle inconnu sorti de nulle part, ce serait... ennuyeux.

— Nous n'avons pas de réunion de famille prévue avant les vacances, répondit froidement Bryn. Est-ce que Big Brother surveillera aussi ma vie amoureuse ?

— Probablement, dit McCallister. Nous ferons pour le moins une enquête poussée sur vos petits amis. Ou petites amies, selon vos préférences.

Il arqua un sourcil, comme s'il était légèrement curieux.

— Je pensais que vous seriez au courant, puisque vous semblez tout savoir sur moi.

Il haussa les épaules.

— Je m'efforce de limiter mes enquêtes au strict nécessaire.

C'était tellement ridicule qu'elle eut envie de le frapper, voire de lui loger une balle entre les deux yeux.

— Vous vouliez me montrer quelque chose ? Ou cette convocation n'était qu'une occasion de m'humilier et de m'effrayer un peu plus ?

— Et de vous remettre une arme et des munitions.

— Aussi, oui.

McCallister se leva et fit le tour de sa table, passa devant Bryn et ouvrit la porte de son bureau.

— Suivez-moi, indiqua-t-il avant de disparaître dans le couloir.

Elle se dépêcha, parce qu'il ne l'attendait pas.

— Quelle délicatesse, marmonna-t-elle entre ses dents en pressant le pas pour revenir à sa hauteur. Vous savez que si je me trouve dans une zone non autorisée, mon badge va déclencher l'alarme ?

— Bien sûr. C'est moi qui ai conçu le système. Si vous restez à proximité de quelqu'un en possession d'un badge vert, vous serez enregistrée comme étant escortée. Mais si vous tentez d'ouvrir une porte, alors vous déclencherez un Code Rouge.

— Et que se passe-t-il exactement en cas de Code Rouge ?

— Vous serez plaquée au sol, menottée et neutralisée au Taser. Si vous avez de la chance. (Il lui jeta un regard mi-amusé.) Oh, et n'allez pas vous imaginer que vous pouvez suivre un possesseur de badge vert à son insu. Nous sommes tous entraînés et capables de maîtriser un intrus jusqu'à l'arrivée de la sécurité. Vous n'iriez pas loin.

Ils bifurquèrent dans un second couloir – qui ressemblait très exactement à celui qu'ils venaient de quitter, songea Bryn. Ils n'étaient pas très portés sur la déco, chez *Pharmadene*. Et maintenant qu'elle y pensait, le bureau de McCallister n'était rien d'autre qu'un entassement de trucs modernes et impersonnels, lui aussi. Pas de photos, pas de plantes, pas de jouets de bureau, aucune de ces choses dont les gens s'entourent habituellement. Pas même un presse-papiers un peu original. Ce qui correspondait peut-être à sa personnalité, après tout ; il n'avait pas l'air d'être du genre à avoir des Rubik's cubes ou des posters de chatons.

Mais en jetant un coup d'œil dans les pièces qu'ils dépassaient, Bryn comprit que c'était sans doute la politique de l'entreprise, parce qu'elle n'avait jamais vu de bureaux aussi aseptisés. Tout était assorti, tout était pareil, tout appartenait à la compagnie.

Comme elle.

— C'est ici, dit McCallister, qui fit glisser son badge magnétique dans un lecteur pour ouvrir une porte.

Pas de plaque nominative, remarqua-t-elle, mais elle n'eut pas le temps de lui demander ce qu'ils allaient faire là. Il la poussa à l'intérieur d'une pression légère en bas du dos. Le plafonnier au néon s'anima automatiquement, révélant… une pièce vide. Complètement nue, à l'exception de la même table de travail en verre chromé que celle de McCallister, sauf qu'elle était dépourvue d'accessoires ou d'ordinateur et qu'il n'y avait rien d'autre qu'un fauteuil de bureau enveloppé d'une housse pour le protéger de la poussière.

Et Joe Fideli assis dessus. Il fouilla dans sa poche et en sortit un petit appareil. Ça ressemblait à une pyramide de plastique noir. Il appuya sur le sommet, et une lumière rouge se mit à clignoter en lentes pulsations hypnotiques.

— Qu'est-ce que c'est que ce..., voulut demander Bryn, mais McCallister posa un doigt sur ses lèvres.

Elle obtempéra et patienta jusqu'à ce que Fideli vérifie quelque chose sur son smartphone avant de hocher la tête.

— On est bons, dit-il. Parlez seulement à voix basse. Je ne peux pas faire grand-chose côté isolation, ici.

— Qu'est-ce qui se passe, bon sang ? questionna Bryn.

— Je voulais vous dire quelque chose, répondit McCallister. Quelque chose qui ne doit pas figurer sur les enregistrements de *Pharmadene*.

— Vous n'avez qu'à me parler après le boulot.

Si vous arrêtez jamais de bosser, ajouta-t-elle intérieurement. Elle avait beaucoup de mal à imaginer McCallister sans son costume cravate. C'était le genre de type qui restait en mode entreprise quoi qu'il arrive.

Fideli et lui secouèrent la tête de concert.

— Ce n'est pas comme ça que ça marche, ma chérie, dit Fideli. Vous savez déjà que vous êtes surveillée en permanence. Le truc, c'est que nous sommes tous suivis, écoutés, pistés, appelez ça comme vous voulez. Vous travaillez pour *Pharmadene*, vous leur appartenez, vingt-quatre heures sur vingt-quatre. Avoir une conversation privée relève de l'exploit. (Fideli regarda la lumière rouge de son gadget.) Assez bavardé. Nous avons deux minutes avant que je sois obligé de l'éteindre. Ne perdez pas de temps.

McCallister se tourna vers Bryn.

— Quand vous aurez obtenu le nom de la personne qui fournit le produit à Fairview, je veux que vous appeliez Joe pour lui dire que vous devez voir votre sœur Sharon.

Sharon. La seule mention de ce prénom envoya une décharge électrique à travers tout le corps de Bryn, et elle eut un mouvement de recul.

— Vous savez quelque chose à propos de Sharon ?

Sharon avait quitté le domicile familial à l'âge de dix-neuf ans et ils ne l'avaient jamais revue. Elle avait peut-être fugué. Elle était peut-être... Non. Tout au fond d'elle, Bryn avait toujours pensé que quelque chose de terrible était arrivé, quelque chose qu'ils ne comprendraient jamais entièrement, mais le reste de la famille continuait de parler de Sharon comme si elle était encore de ce monde, qu'elle s'était simplement absentée.

— Non, répondit McCallister. Ce n'est qu'un signal pour signifier à Joe que nous devons nous voir incognito pour échanger des informations. C'est pour votre propre sécurité, Bryn.

Elle cligna les yeux et se tourna vers Fideli. À lui, elle sentait qu'elle pouvait faire confiance.

— Joe ?

— Il joue franc-jeu avec vous. Écoutez ce qu'il a à dire.

— Pourquoi est-ce que je ne ferais pas ce que vous m'avez demandé ? Trouver le revendeur et le dénoncer ?

— Parce que si vous faites ça, déclara McCallister, *Pharmadene* n'a plus besoin de vous, et ils ne gâcheront pas une dose supplémentaire d'Athanax pour une affaire classée. Suis-je suffisamment clair ? Si vous menez votre mission à terme, vous êtes morte.

La bouche de Bryn s'ouvrit et se referma, mais elle ne trouva rien à répondre. L'expression tendue de McCallister acheva de la convaincre. Sa vie – quoi qu'elle fût – ne tenait qu'à un fil très mince, et les financiers anonymes de *Pharmadene* possédaient les ciseaux.

— Je suis un capital, dit-elle. Une fois que je ne rapporterai plus rien...

— Exactement. Ils laisseront mûrir un investissement, mais un outil devenu inutile... ils s'en débarrassent. Vous devez gagner du temps. Donnez-moi une chance de trouver un moyen de vous garder en vie après que cet objectif sera atteint.

Fideli leva un doigt, les yeux sur la pyramide dont le clignotement s'était accéléré.

— Trente secondes, les gars.

McCallister le considéra, puis ramena son regard sur Bryn.

— Je vous en prie, dit-il. Faites ce que je vous dis. Et soyez prudente.

— Pourquoi faites-vous ça ? demanda-t-elle, perplexe.

Il hésita, puis secoua la tête.

— Je ne crois pas que vous comprendriez, même si je vous l'expliquais. (Son portable se mit à bourdonner et il consulta son écran.) Je suis attendu en réunion dans un quart d'heure. Nous devons conclure.

Les flashs de lumière rouge du petit appareil s'accélérèrent encore, leur signifiant très clairement que c'était terminé. Bryn jeta un rapide coup d'œil en direction de Fideli.

— Une dernière chose : avez-vous retrouvé Freddy la Foudre ?

— Pas encore. Mais ce n'est qu'une question de temps. (Il baissa les yeux.) Fin du match.

Joe donna un petit coup sur le sommet de la pyramide, qui n'était à nouveau qu'un simple objet de plastique noir inanimé. Il les chassa d'un geste de la main. McCallister hocha la tête, ouvrit la porte et fit sortir Bryn dans le couloir. Ils laissèrent derrière eux le bureau vide comme si rien ne s'était passé.

— Vous avez bien compris ce qu'on attend de vous, Bryn ? demanda McCallister, redevenu le cadre d'entreprise plein d'assurance et de sang-froid.

Elle n'eut pas d'autre choix que d'acquiescer.

— Excellent. Si vous avez la moindre question, mon numéro est programmé dans votre téléphone, ainsi que celui de Joe. Si vous avez besoin de me voir, appelez-moi pour qu'on sorte ensemble quelque part.

— Pardon ?

— Je n'ai pas été clair ? Invitez-moi à prendre un café. Ou à dîner. Ce qui sera le plus pratique pour vous. Il s'agit simplement d'assurer votre couverture sur le terrain.

— Vous êtes incroyable.

Il lui servit de nouveau ce semblant de petit sourire, crispé et sous contrôle, qui ne voulait rien dire.

— Il m'arrive de sortir avec des filles, Bryn. À l'occasion.

Oui, en planifiant tout au cordeau. 19 heures-20 heures : dîner. 21 heures-21 h 15 : raccompagner la fille chez elle. 21 h 15-21 h 30 : sexe. 21 h 35 : douche et baiser d'adieu. 21 h 40 : retour à la maison.

— Je ne sors pas avec des crétins, répondit-elle. Juste pour que les choses soient limpides entre nous.

Si elle avait espéré le blesser, elle en fut pour ses frais.

— Vous êtes parfaitement explicite, répondit-il, comme si cela ne lui importait pas le moins du monde.

Ils étaient revenus devant son bureau, dont il ouvrit la porte pour se glisser à l'intérieur. Quand elle voulut le suivre, il étendit une main pour la retenir dehors.

— Votre escorte sera là dans un instant.

— Et… euh… le Code Rouge ?

Elle parlait déjà au bois de la porte, qu'il venait de lui refermer résolument au nez.

Mais elle n'aurait pas dû s'en faire. Le temps qu'elle ait fini sa phrase, un homme en blazer *Pharmadene* porteur d'un badge vert était à son côté, et lui faisait poliment signe de se diriger vers l'ascenseur.

— Crétin, marmotta-t-elle à l'attention du mur avant de s'exécuter.

Elle avait comme l'impression qu'elle allait souvent devoir obéir dans un proche avenir, et que ça n'allait pas lui plaire.

Du tout.

N'ayant rien de mieux à faire que d'attendre que le chantier avance, Bryn retourna chez elle. Elle trouva très étrange de garer la grosse berline étincelante dans un des petits box du parking de ce quartier prolétaire ; elle ne se sentait pas à sa place. Les commérages iraient bon train et ses voisins voudraient savoir d'où lui venait cette manne tombée du ciel. Elle avait intérêt à préparer une histoire solide.

Bon. Un oncle plein aux as qui venait de mourir, elle avait hérité de son affaire, bla-bla-bla.

Bryn grimpa les marches jusqu'au premier et déverrouilla sa porte, l'esprit loin de tout ça. Elle était concentrée sur le poids dans ses bras du coffret que lui avait remis McCallister. *Je vais devoir me procurer un étui pour ce machin*, songeait-elle. Elle ne se voyait pas trimbaler une arme de poing de cette taille dans son sac à main, ni dans la ceinture de son jean comme les types des gangs.

Elle poussa la porte d'un coup de hanche et s'apprêtait à enclencher l'interrupteur quand elle hésita ; son instinct soudain en alerte lui cria de se méfier. Elle ne sut d'abord pas pourquoi, puis entendit le bruit sourd d'une respiration dans l'obscurité.

Merde. Freddy la Foudre. Il est ici !

Pas le temps d'ouvrir le coffret et de charger l'arme.

Bryn laissa tomber son sac par terre, alluma la lumière et projeta la lourde boîte en un arc de cercle court et puissant qui entra en contact avec... le vide.

Le coffret ne rencontra rien parce que ce n'était pas un humain qu'elle avait entendu et qu'aucune tête ne se trouvait sur sa trajectoire. Son bouledogue, Mister French, la regardait de ses yeux endormis un peu déçus, grogna et s'ébroua dans des vagues de peau et de poils. Il tourna trois fois sur lui-même et se coucha par terre à côté de sa gamelle vide.

— Putain de merde, le chien, tu m'as fichu une de ces trouilles ! hoqueta Bryn.

Elle se dirigea en chancelant vers la petite table de jeu qui lui servait de table à manger. Elle posa le coffret dessus, ramassa son sac et ferma sa porte à double tour avant de revenir vers Mister French, qu'elle fusilla du regard.

— Qu'est-ce qu'il y a, hein ? Tu rôdes dans le noir, tu me fais une peur bleue et tu crois que je vais te donner à manger ? C'est ça ?

Mister French enfouit sa tête dans sa gamelle et lui fit ses yeux de chien battu complètement craquants. Avec un grognement, Bryn céda. Elle envoya valdinguer ses chaussures et ouvrit le garde-manger, dont elle sortit une boîte de nourriture pour chien ; Mister French se recula obligeamment pour la laisser verser les croquettes, puis vint renifler son écuelle. C'était son habitude, comme s'il n'était pas certain de la qualité de ce qu'elle lui donnait, mais cette fois encore le dîner gagna l'approbation du jury canin et il se mit à manger avec des petits bruits de mastication. Elle remplit également son bol d'eau fraîche et vérifia le papier journal au fond de l'appartement. Rien n'était souillé. Mister French avait de bonnes manières, mais à présent qu'il était rassasié, il releva la tête et agita son arrière-train pour lui signifier qu'il était prêt. En soupirant, elle attrapa la laisse et il se présenta à elle de sa démarche claudicante d'un air digne afin de se faire harnacher pour son tour dehors.

Une fois qu'il eut fait son affaire, il retourna à sa gamelle en quête de rab. Bryn le regarda manger, l'esprit vidé et apaisé par la vue de ce bonheur tout simple. Une fois son repas terminé, Mister French se dandina jusqu'à elle et sauta sur ses genoux, où il se blottit, petite boule de muscles et de fourrure. Bryn le caressa et lui gratta le crâne là où il aimait, lui parlant de tout et de rien, quand un flot de larmes se mit soudain à couler sur ses joues. Mister French releva la tête pour la regarder de son air de vieux monsieur inquiet, tâchant de la consoler d'un coup de langue. Elle le serra contre elle. Il avait une haleine de chacal et il avait besoin d'un bain, mais c'était bon, si bon, d'avoir un être qui l'aimait en cet instant précis.

— Je suis désolée, bébé, dit-elle en déposant un baiser sur le sommet de son crâne poilu. J'espère que tu as passé une meilleure journée que moi ?

Mister French jappa, juste une fois. Il savait quand elle lui posait une question, et même s'il n'avait pas un QI de 130, elle avait l'impression que sur ce coup-là, il avait parfaitement saisi.

C'était si bon de se retrouver chez soi, avec ses vêtements dans son placard et son peignoir suspendu au crochet de la salle de bains. La douche lui fit du bien et, tandis que l'eau chaude lui coulait sur la tête, Bryn Davis, nouvellement défunte, s'assit au fond de la baignoire et laissa le jet emporter ses larmes, sa sueur, sa peur et sa colère. Elle pleura bien encore un peu, mais cela ne parut pas alarmer Mister French, qui monta consciencieusement la garde roulé en boule sur le tapis de bain jusqu'à ce qu'elle ferme le robinet, se sèche et s'enveloppe dans son peignoir. Il se dirigea ensuite à pas feutrés vers la chambre à coucher et bondit sur le lit défait.

Retour au train-train quotidien. Elle avait été si proche de ne jamais les retrouver, son chien, sa *vie*. Ce n'était pas grand-chose ; aux yeux de Patrick McCallister, ce n'était peut-être pas ce qui constituait une existence utile, mais elle l'aimait, sa vie. Son appartement était petit, mais agréable ; elle avait tout ce dont elle avait besoin et quelques-unes des choses qu'elle désirait.

— Mais tout a changé, dit-elle à Mister French, pelotonné sur le lit à côté d'elle. (Ses cheveux étaient encore humides, et elle les ébouriffa en s'adossant à la pile d'oreillers.) Je ne suis plus celle que j'étais. Tu sais ça ?

Il poussa un soupir, ce qu'elle interpréta comme un : *Bah, de toute façon, tout change.* Et comme toujours, le chien avait raison.

Bryn se reposa quelque temps, puis consulta son réveil. Il était 19 heures, et la voix du message avait fixé le rendez-vous à 21 heures. Restait à savoir où.

Il était temps de retourner aux pompes funèbres Fairview pour tâcher de le découvrir.

Elle se sécha la tête et revêtit un jean et un sweat-shirt noirs, releva ses cheveux en une queue-de-cheval et fouilla son placard à la recherche de ses chaussures les plus confortables. Mister French la regardait les nouer avec un intérêt inquiet. Il laissa échapper un gémissement plaintif alors qu'elle se levait.

— Non, tu ne peux pas venir, lui dit-elle en lui caressant le museau. Je vais te dire un truc : on ira faire un petit jogging demain matin, d'accord ? En attendant, tu montes la garde.

Il se lécha les babines et prit position à côté du lit. Bryn éprouva une bouffée d'amour pour le seul compagnon dans sa vie qui ne faisait jamais de complication.

Puis elle sortit commettre le délit qu'elle avait prévu.

Retourner en voiture aux pompes funèbres Fairview était quand même assez flippant. Pas le trajet en lui-même, qui se passa plutôt bien. Mais descendre du véhicule dans les ombres qui s'allongeaient... c'était une autre histoire. Ce lieu évoquait le théâtre d'un cauchemar gothique, depuis la silhouette sombre et silencieuse du bâtiment éventré jusqu'à l'odeur de tragédie qui flottait encore dans l'air, comme de la fumée.

Bryn venait d'atteindre la berline argentée de Fairview lorsque les derniers rayons du soleil sombrèrent derrière l'horizon, et l'obscurité qui se referma sur elle lui procura une sensation d'oppression. Armée du démonte-pneu qu'elle avait trouvé dans son coffre flambant neuf, elle s'apprêtait à fracasser la fenêtre du côté conducteur quand une voix s'éleva dans le noir :

— Vous êtes sûre que c'est une bonne idée ?

Elle fit volte-face, serrant la barre de fer de toutes ses forces, mais ce n'était que Joe Fideli. Elle n'avait pas vu son SUV, mais Joe était pourtant bien là, adossé contre l'aile de sa propre voiture, les bras croisés, une expression sereine et légèrement amusée sur le visage.

— C'est bruyant, poursuivit-il. Il y aura du verre partout. Des alarmes vont se déclencher. Même ici, vous risquez d'attirer l'attention ; et quelqu'un le signalera forcément à la police tôt ou tard.

Bryn s'efforça de calmer les battements affolés de son cœur en prenant de longues et profondes respirations, luttant contre la montée d'adrénaline, et abaissa la lourde barre de fer.

— Vous m'avez suivie.

— Bryn, c'est mon job de m'assurer que vous ne ferez pas de bêtises. Alors oui, je vous ai suivie. Quand je vous ai vue sortir de chez vous vêtue de la version urbaine d'une tenue de ninja, ça a fait tilt. Vous n'aviez pas l'air de vouloir aller chercher du lait ou des croquettes pour chien.

Il s'approcha, la repoussa gentiment mais fermement, et fouilla dans sa poche dont il sortit un jeu de clés. Quand il appuya sur la télécommande, la voiture de Lincoln Fairview clignota et les portes se déverrouillèrent.

— Vous avez ses clés, dit-elle en se mettant une main sur les yeux.

Évidemment qu'il les avait ; le corps de Fairview avait été évacué vers une infrastructure appartenant à *Pharmadene* ; McCallister et Fideli avaient pu accéder à tout ce qu'ils voulaient.

— Merci.

— De rien. Alors, qu'est-ce que vous cherchez ?

Inutile de prétendre qu'elle avait seulement l'intention de vandaliser la voiture de son ancien patron.

— Le GPS, l'informa-t-elle. On a laissé un message sur le répondeur de la société aujourd'hui. On dirait bien que Fairview a posé un lapin hier à quelqu'un qu'il devait rencontrer, et le rendez-vous a été reporté à ce soir. Apparemment, Fairview savait où le retrouver...

— Et vous avez pensé qu'il y était déjà allé avant. Bien vu. Vérifions ça.

Fideli se glissa à la place du conducteur, alluma la lumière dans l'habitacle et consulta les archives du navigateur pendant que Bryn s'installait côté passager.

— Maison, club de strip-tease, maison, club de strip-tease...

— Je ne veux pas savoir ce qu'il y faisait.

— Nous sommes à égalité, ma chérie. J'ai trouvé quelque chose. Il s'est rendu à une adresse inconnue il y a quinze jours à 23 heures. (Fideli sortit son téléphone, y saisit les coordonnées et examina les résultats.) Un entrepôt, annonça-t-il. Actuellement inoccupé. Il y a fort à parier que c'est là qu'il rencontrait son contact ; les zones industrielles sont désertes et très accueillantes à cette heure de la nuit, surtout celles qui ne sont louées à personne. À quelle heure est le rendez-vous ?

— 21 heures, l'informa Bryn. (Un coup d'œil au tableau de bord lui apprit qu'il était 20 heures.) Il y a autre chose... un autre appel. Je crois que c'était un client, vous savez, un client illégal. Il a laissé un numéro où le rappeler.

— Nous nous en occuperons plus tard, dit Fideli, qui boucla sa ceinture de sécurité. Si notre fournisseur attend Fairview, je ne voudrais pas le décevoir. Nous allons prendre sa voiture. Attachez-vous.

La berline argentée était un peu plus rugueuse que la sienne, mais la sensation n'était pas désagréable. Bryn ne la goûta pourtant guère, principalement à cause de l'odeur de l'eau de Cologne de Fairview incrustée dans les garnitures qui lui rappelait comment il avait froidement ordonné sa mort. Elle s'était complètement trompée à son sujet alors qu'elle pensait savoir cerner les gens.

Par association d'idées, elle demanda :

— Des nouvelles de Freddy ?

— Toujours pas, grommela Fideli. Il finira par se montrer. C'est obligé, à moins qu'il ne possède un stock de produit dissimulé quelque part... Mais même comme ça, les nanites se dégradent vite. Vous ne pouvez pas les conserver plus de quinze jours sans disposer de congélateurs à azote liquide. Il devra entrer en contact avec le fournisseur pour se réapprovisionner.

— Ou passer un marché avec *Pharmadene*, dit Bryn. Comme moi.

— Pas faux, mais je vois mal McCallister accueillir Freddy à bras ouverts.

— McCallister ne reculerait devant rien pour faire son job.

Fideli lui adressa un regard indéchiffrable.

— Vous ne le connaissez pas si bien que ça.

Ils roulèrent en silence pendant encore un moment avant d'atteindre la sortie menant à l'entrepôt.

— Bon, dit Fideli. On y est. Vous avez votre arme ?

— Oui.

Elle l'avait mise dans la poche de son sweat, ce qui n'était pas le meilleur endroit, mais elle n'avait pas mieux pour l'instant. Pas question de se la jouer gangsta rap et de le fourrer dans la ceinture de son jean. Elle avait vu trop d'accidents stupides avec ce type de bouffons à l'armée.

— On va s'approcher et rester dans la voiture. (Il se rangea sur le bas-côté et éteignit les phares.) On change. Vous prenez le volant.

— Moi ? Pourquoi ? (Trop tard ; il était déjà descendu et faisait le tour du capot. Il se glissa sur le siège passager et boucla sa ceinture tandis que Bryn prenait sa place.) Bon, d'accord, je conduis. Et maintenant je fais quoi ?

— Suivez les instructions du GPS. (Fideli sortit son arme, qu'il vérifia avec un calme très professionnel.) Garez-vous quelque part, côté passager face au bâtiment, de préférence loin d'un éclairage direct. Je vais sortir et me dissimuler dans l'ombre, et j'attendrai qu'il s'approche de votre côté. Je le prends à revers, je monte à côté de lui et le tour est joué. Si les choses s'enveniment, mettez les gaz et fichez le camp.

— Je croyais qu'une blessure par balle ne pouvait pas me tuer.

— En effet, mais ça reste très douloureux. Et moi qui *peux* mourir, je préférerais éviter de faire parler la poudre. Vous avez compris la manœuvre ?

— Oui.

Elle jeta un coup d'œil à la carte. Ils se trouvaient à l'entrée de la zone d'entrepôts. Elle tourna à un carrefour, ce qui la conduisit sur une route déserte et bien entretenue. Quatre énormes bâtiments sur la gauche. Deux étaient occupés, des chariots élévateurs vrombissant autour de semi-remorques en phase de chargement. Les deux autres étaient dans une obscurité complète à l'exception de l'éclairage de sécurité des parkings et des accès de livraison aux volets de fer tirés.

Elle bifurqua vers le dernier, décrivit un large cercle et vint se garer comme le lui avait demandé Fideli près d'un angle contre le mur de l'entrepôt.

— Joe, souffla-t-elle, alors qu'il éteignait la lumière de l'habitacle avant d'ouvrir sa portière. Soyez prudent, d'accord ?

— Votre sollicitude me fait chaud au cœur.

Elle tenta de sourire.

— Eh bien, vous valez mieux que McCallister.

Fideli se pencha à l'intérieur de la voiture, la gratifiant encore une fois de ce regard indéchiffrable.

— Je vous l'ai déjà dit, vous le connaissez mal. Verrouillez les portières.

Il referma la sienne et elle obtempéra. En quelques secondes, il avait disparu. *Merde*, c'était un vrai Sioux. Ce qui était une bonne chose en l'occurrence.

Les minutes défilèrent et ses yeux revenaient sans cesse sur l'horloge du tableau de bord. 20 h 30, puis 20 h 45. Elle s'agitait un peu sur son siège, mais n'osait pas allumer la radio de crainte de manquer quelque chose, attentive aux moindres bruits. Si Joe Fideli avait pu la prendre par surprise, l'ennemi pouvait en faire autant, et Bryn gardait un œil sur ses rétroviseurs.

À 20 h 55, elle distingua des phares sur la route. Une voiture s'engagea dans la zone de stationnement, traversant l'espace vide presque en silence. Elle était noire, avait des vitres teintées et semblait puissante. Le véhicule s'immobilisa, le moteur toujours en marche, le capot face au sien, sondant l'intérieur de sa voiture. Sans en être certaine, Bryn pensait qu'il pouvait la voir à travers les vitres teintées – ou au moins distinguer sa silhouette, qui ne ressemblait en rien à celle de Lincoln Fairview. Les phares l'aveuglaient et elle ne voyait rien.

Elle entendit soudain l'avertissement de Fideli : « Bryn, à terre ! » et se jeta sur le côté tout en débouclant sa ceinture alors qu'une rafale déchirait l'air. *Arme automatique*, songea-t-elle, les oreilles saturées du vacarme, tout en cherchant le loquet de la portière. *Merde, verrouillée !* À tâtons, elle frappa les commandes au hasard tandis que la vitre du conducteur volait en éclats. Une balle lui laissa une estafilade rouge en travers de la main sans qu'elle éprouve aucune douleur grâce à la décharge d'adrénaline qui déferlait dans ses veines. Un rapide coup d'œil derrière elle lui permit de voir de la lumière filtrer à travers les trous percés dans le métal de la portière. L'air était gorgé de particules de poussière et de la bourre des garnitures, et les tirs n'avaient pas cessé.

Bryn trouva finalement la commande d'ouverture des portes et se laissa glisser sur le bitume. Elle rampa à l'abri du bloc-moteur, l'endroit le plus sûr, tandis que la Lincoln était secouée sous l'impact des balles.

Elle entendit d'autres tirs, plus mesurés et d'une tonalité différente, venant de l'arrière de la voiture, et se retourna pour voir ce que c'était. C'était Joe Fideli qui ripostait, accroupi derrière le coffre. Leur agresseur se dégagea dans un crissement de pneus après une dernière rafale qui ricocha sur le béton.

La voiture était partie et filait à toute allure vers la sortie.

— Bryn ?

— Je n'ai rien, dit-elle. Et vous ?

— Ça va.

Le ton de Fideli exprimait la frustration tandis qu'il glissait un nouveau chargeur dans le magasin de son pistolet, insérait une cartouche dans la chambre et remettait son arme dans son étui. Il s'empara de son téléphone et composa un numéro.

— Pat ? Tu l'as ?

Pat ? McCallister ? Bryn attendit avec crispation, mais Fideli s'éloigna et parla d'une voix trop basse pour qu'elle puisse entendre ce qu'il disait. Quand il revint, elle se releva, les jambes tremblantes. Il lui vint à l'esprit qu'elle n'avait même pas dégainé son arme. Elle n'avait pas tiré un seul coup de feu en direction du véhicule qui s'enfuyait. *Quelle idiote.*

La conversation parut durer une éternité, mais Fideli finit par raccrocher. Il n'avait pas l'air très content.

— Qu'est-ce qu'il y a ? demanda Bryn.

— On avait posté des gars à toutes les sorties de la zone industrielle, mais il a abandonné sa voiture un peu plus loin. Il avait peut-être planqué un autre véhicule, ou il s'est enfui à pied. Nous avons perdu sa trace à partir de là. Il y a beaucoup de camions qui circulent dans les autres entrepôts ; il a pu se faire prendre en stop dans n'importe lequel d'entre eux et nous ne pouvons pas tous les arrêter pour les fouiller sans déclencher tout un tas de questions. Il a peut-être aussi filé à pied ; facile de traverser le parc en courant, et il y a un centre commercial de l'autre côté.

— Et sa voiture ? Vous pouvez l'identifier ?

— Volée dans un bar il y a moins de deux heures, dit Joe. Notre ami ne prend pas de risques, même pour un rendez-vous avec quelqu'un qui est censé lui être familier. Je crois qu'il est légèrement paranoïaque.

— Ce n'est pas de la paranoïa quand quelqu'un est vraiment après vous.

— Exact, répondit Fideli, tandis qu'une berline noire se garait dans le parking.

Deux agents de sécurité de *Pharmadene*, vêtus de leur habituel blazer, en descendirent et se dirigèrent vers eux.

— On ne peut plus rien faire ce soir. Il est temps de rentrer chez vous. Je vous verrai demain au boulot. Oh, et Bryn ?

— Quoi ?

Il sourit avec un clin d'œil.

— Bel effort. Mais la prochaine fois, informez-moi de vos plans. Je ne vous empêcherai pas forcément d'y aller, mais ça serait mieux d'en discuter avant.

Le lendemain, Bryn revêtit un tailleur-pantalon gris confortable assorti d'une blouse rose nacrée, service minimum en matière de maquillage et de bijoux et une paire de chaussures plates pour aller se rendre compte des progrès du chantier des pompes funèbres Fairview. Elle prit Mister French avec elle, parce que zut, elle était la directrice et elle faisait ce qu'elle voulait. En outre, il adora le trajet en voiture, qu'il passa la tête à la fenêtre. Le plaisir simple de son chien mit Bryn de fort bonne humeur.

Joe Fideli était déjà dans le parking quand elle arriva. Il sourit en voyant Mister French la suivre en se dandinant.

— C'est le jour où on amène un ami au boulot ? demanda-t-il.

— Ce n'est pas un ami. Je ne l'ai jamais vu de ma vie, riposta-t-elle tandis que le bouledogue s'asseyait à ses pieds, couvant Joe d'un regard sombre et suspicieux.

Il grogna même un peu. Joe lui rendit la pareille, ce qui sembla régler la question à la convenance de Mister French.

— Vous ne dormez donc jamais ?

— Juste ce qu'il faut. Et puis, je ne voulais pas être en retard pour mon premier jour de travail, répondit-il.

— Des nouvelles de notre tireur de la nuit dernière ?

— Rien. On étudie les enregistrements des caméras de sécurité sur la totalité du périmètre, mais pour l'instant, notre ami a tout du fantôme. Et je ne crois pas qu'il reprendra contact tout de suite.

Cela lui parut de mauvais augure.

— Que… qu'est-ce que ça signifie pour moi ?

— Je ne sais pas. (Au moins, il répondait franchement.) Pour le moment, on ne change rien. Vous avez encore une piste à propos de l'un des régénérés. On va travailler à partir de là. Pat n'informera pas ses supérieurs de notre petit fiasco de la nuit dernière pour l'instant ; ses gars ne parleront pas. Il y a forcément un autre angle d'attaque.

Elle l'espérait, car elle avait soudain l'impression que le temps qui lui restait à vivre – déjà très court – se réduisait comme peau de chagrin.

Fideli essaya de se montrer optimiste :

— Ne vous inquiétez pas de tout ça. J'ai votre injection d'aujourd'hui ; il faudra sans doute s'en occuper aux environs de midi. Mes gars ont dégagé la zone des bureaux, et ils m'assurent qu'ils auront fini de remettre en état la salle de prépa et cette partie du bâtiment d'ici à demain. Vous pouvez d'ores et déjà prévoir une réouverture « en grande pompe ».

— On devrait peut-être louer un de ces trucs gonflables pour faire de la pub, dit-elle.

— Un gorille ?

— Je pensais plutôt à Dracula, répondit-elle. Dans son cercueil.

— Ce n'est pas la subtilité qui vous étouffe, à ce qu'on dirait.

— Vous n'êtes pas drôle.

— C'est aussi ce que me reproche ma femme. Surtout quand je reste dehors toute la nuit à me faire tirer dessus.

Bryn en doutait beaucoup. Contrairement à McCallister, Fideli avait l'air d'un type qui connaissait le sens du mot « humour » sans avoir besoin d'ouvrir un dictionnaire.

— Hé, l'apostropha-t-elle, par une association d'idées un peu tordue, il fallait bien l'admettre. Pourriez-vous me procurer un étui pour mon nouvel... euh... accessoire ? Ce n'est pas l'idéal de le trimbaler dans mon sac à main.

Les yeux de Fideli se plissèrent malicieusement. Il fit le tour de son SUV, ouvrit le coffre et en sortit un sac.

— Joyeux anniversaire, dit-il. Si la taille ne va pas, dites-le-moi ; j'irai le changer.

Le sac contenait un étui d'épaule et son harnais, et Bryn sourit sous le coup d'une surprise sincère.

— Vous pensez vraiment à tout.

— C'est pour ça qu'on me paie.

Cette dernière remarque jeta un froid. Fideli se tourna en direction du bâtiment principal avec un geste signifiant : « après vous ».

— Je crois qu'on a du boulot qui nous attend, patron.

— En effet, répondit-elle en le précédant jusqu'à la porte de la boutique, où elle esquiva le défilé des ouvriers et des matériaux de construction qui en obstruait l'entrée. Vous savez ce qu'est la montée en gamme ?

Chapitre 5

La première chose que fit Bryn après avoir constaté les dégâts dans son bureau fut d'appeler le numéro laissé sur le répondeur, qu'elle avait griffonné sur un bout de papier. Joe Fideli était toujours là. Il avait pris place dans le fauteuil en face du sien et, malgré les gestes explicites qu'elle lui adressait pour lui signifier de partir, il secoua la tête et se cala confortablement sur son siège, une tasse de café fumant à la main. Il en avait apporté un pour elle aussi, ce qu'elle trouva très attentionné. Mister French furetait autour d'eux en se dandinant, très affairé à renifler tout ce qu'il rencontrait, y compris les chaussettes et les chaussures de Fideli qu'il inspecta longuement.

Alors que Bryn composait le numéro, Fideli lui demanda de mettre le haut-parleur.

Elle s'exécuta. Au bout de trois sonneries, une voix d'homme chevrotante répondit.

— Allô ?

— Allô, dit Bryn, ici les pompes funèbres Fairview. Je vous appelle de la part de M. Fairview.

Un bref silence avant que son interlocuteur reprenne la parole :

— Est-ce qu'il est là ?

— Non. Il y a eu un… accident. J'ai bien peur que M. Fairview ne soit décédé.

— Oh. Oh, mon Dieu. (Elle l'entendit prendre une inspiration tremblante et étouffée.) Qu'est-ce que je vais devenir ?

— Monsieur… comment vous appelez-vous ?

— Spiro. Spiro Kanakareides. Écoutez, M. Fairview me rendait… un service très particulier… vous comprenez ?

— Oui. Oui, je comprends. (Bryn lança un coup d'œil à Joe qui l'encouragea d'un hochement de tête.) Monsieur Kanakareides, pourquoi ne pas venir m'en parler ? Je suis certaine que je pourrais faire quelque chose pour vous.

— Vous croyez ?

— Oui, je suis en mesure de vous aider.

Elle s'efforçait d'avoir l'air rassurant, professionnel et digne de confiance. Elle dut y parvenir car, après une hésitation, il accepta et raccrocha.

— Bien, dit Joe, prévenez-moi quand il sera arrivé. Une équipe l'attendra pour l'emmener.

— L'emmener *où* ?

Fideli fronça les sourcils.

— Je pensais que vous aviez compris, Bryn. Nous sommes là pour faire le ménage. Identifier qui sont les contacts de Fairview et qui sont ses clients. M. Kanakareides sera conduit chez nous et débriefé, puis nous déciderons de ce que nous ferons de lui.

— Et vous allez le laisser mourir, n'est-ce pas ?

Cette fois-ci, Fideli détourna les yeux.

— Oui, c'est probable, à moins que nous n'ayons une très bonne raison de le garder en vie, répondit-il. Écoutez, tout cela ne m'enchante pas, mais rien ne doit filtrer au-dehors. Notre boulot, c'est de colmater la brèche et de réparer les dégâts. Des innocents en pâtiront. C'est inévitable. La bonne nouvelle, c'est qu'il ne nous faudra pas plus de quelques jours pour récupérer tout le monde ; ces gens ne peuvent pas sauter autant d'injections à la suite et nous contacteront forcément. Ce sera le plus facile.

— Ah bon ? demanda-t-elle d'une voix sourde. Fairview prenait pour cible des gens désespérés et terrifiés dont il rendait la situation encore plus terrible. Et maintenant nous allons les berner à notre tour. Vous ne trouvez pas ça gênant ?

— Si c'était le cas, c'est que j'aurais mal choisi mon métier. Écoutez, je suis aussi compatissant que possible, mais il y a des limites. Ces pauvres hères devraient être morts. Ils ne sont encore de ce monde qu'à cause de la cupidité de Fairview, pas parce que Dieu est descendu du ciel pour accomplir un miracle.

— Et moi ? Je suis encore de ce monde uniquement parce que *vous* avez eu un sursaut de conscience, pas vrai ? Et je suis en sursis puisque vous m'avez déjà dit que votre mystérieux fournisseur en avait fini avec nous. Je suis une marchandise excédentaire. Dès que le dernier de ces... de ces régénérés se sera manifesté pour obtenir son injection, vous devrez vous occuper de moi également.

Il ne le nia pas.

— En théorie, oui. Mais en pratique, vous pourriez nous être encore utile de diverses façons.

Elle éclata de rire, mais cela sonnait faux.

— Pardonnez-moi de ne pas me sentir rassurée par ce que vous dites. De *mon* point de vue, il n'y a rien de théorique.

— Bryn. (Il se pencha en avant et prit sa main entre les siennes.) Je ne vous laisserai pas tomber. Pat ne vous laissera pas tomber non plus. Vous pouvez compter là-dessus, d'accord ?

Elle n'en croyait pas un mot – non pas qu'elle doutât de sa sincérité à cet instant précis. Mais Fideli n'était pas un franc-tireur, ce n'était pas dans sa nature. Il obéirait aux ordres, que ça lui plaise ou non. Tôt ou tard, Patrick McCallister ordonnerait à Fideli de prendre le large pendant qu'on la laisserait mourir dans une de ces petites chambres stériles. Fideli se sentirait mal, il éprouverait sans doute de la culpabilité pendant un temps, mais il irait de l'avant et la vie continuerait pour lui.

Mais pas pour elle.

Elle comprit qu'il ne servirait à rien de lui dire tout ça. Cela ne changerait rien à son destin.

Bryn esquissa donc un sourire et répondit :

— Ça va aller. Qu'est-ce qu'on fait, maintenant ?

— Il faut rouvrir cet endroit, dit Joe, visiblement soulagé de l'avoir rassurée. Alors on se met au boulot.

Éplucher les dossiers était parfaitement inutile, mais permettait au moins de passer le temps, et c'était tout ce qu'il restait à Bryn… du temps à passer.

M. Kanakareides – Spiro – se présenta deux heures plus tard. Elle ne le sut que parce qu'elle buvait un café debout à sa fenêtre quand il arriva. Il n'atteignit jamais le bâtiment. Joe Fideli avait posté une voiture dans le parking avec deux hommes en civil. Ils l'interceptèrent, le firent monter dans leur véhicule et l'évacuèrent sans faire de vagues. C'était aussi facile que ça de mettre fin à la vie de quelqu'un, pensa Bryn. Il suffisait de se montrer poli et efficace en public. Jusqu'à ce que ça ne soit plus la peine.

Le téléphone sonna.

Bryn contempla le combiné avec une certaine appréhension, puis décrocha.

— Pompes funèbres Fairview. Bryn Davis à l'appareil.

Elle s'attendait à ce qu'il s'agisse d'un autre de ces Athanaxiés désespérés, et c'est la mort dans l'âme – si elle avait encore une âme – qu'elle s'apprêtait à attirer un pauvre type dans un traquenard. Mais elle n'avait pas le choix et à vrai dire eux non plus. C'était le destin. Saloperie de destin.

Mais cette fois-ci, l'appel ne provenait pas de l'un de ces malheureux. Un silence, puis une voix curieusement déformée se fit entendre :

— Je sais maintenant qui vous êtes. Bien. À bientôt, Bryn Davis.

Il avait déjà raccroché. Bryn regarda fixement l'appareil, perplexe et un peu troublée. C'était peut-être un mauvais plaisantin, mais elle n'y croyait pas.

— Il y a un problème ?

Elle releva les yeux et les posa sur Joe, qui se tenait dans l'embrasure de la porte et l'observait. Plein de prévenance, comme ses hommes en bas dans le parking l'avaient été pour apaiser ce pauvre M. Kanakareides.

— Je viens de recevoir un appel, dit-elle. Un numéro masqué.

— Vous pensez que c'était l'un de nos amis régénérés ?

— Je n'en ai pas l'impression.

— Notre fournisseur alors ?

— Peut-être bien, s'inquiéta-t-elle. Et maintenant il sait qui je suis.

Joe hésita une seconde avant de répondre :

— Eh bien, ça devait forcément arriver. Et c'est ce que nous voulions.

— Pas moi !

— Bryn, on a peut-être encore une chance de le piéger. Vous pouvez toujours prétendre que vous êtes allée au rendez-vous pour tenir les engagements de Fairview, puisque vous avez repris son affaire. Vous pouvez le convaincre que vous êtes au courant de tout et que vous êtes prête à traiter avec lui. C'est parfaitement plausible.

— Vous n'êtes pas sérieux ! Vous lui *avez tiré dessus* ! N'importe quel engagement deviendrait caduc après ça.

— Non, les gens dans ce business s'attendent à une riposte quand ils tirent sur une voiture. Vous avez un garde du corps, et alors ? Ça aussi, c'est normal. Je parie que Fairview ne l'a jamais rencontré seul à seul. Freddy la Foudre jouait sans doute les gros bras pour lui.

Elle accepta ses arguments, parce que ça tenait effectivement debout. Au fond d'elle-même, elle cherchait un espoir auquel se raccrocher et était prête à faire feu de tout bois.

— Qu'est-ce que vous voulez que je fasse, alors ?

— Attendre qu'il se manifeste, répondit Joe. Il rappellera ou vous recontactera d'une manière ou d'une autre. Tenez-vous-en au scénario. Faites en sorte qu'il pense que vous désirez faire affaire avec lui. Il n'a guère d'options dans l'immédiat s'il a besoin d'argent ; ce type ne prendra pas le risque de s'adresser à des inconnus. Les pompes funèbres Fairview sont un bon moyen d'écouler la marchandise pour lui.

— Il repérera vos hommes de main dans le parking.

— Ce sont des privés, pas des employés de *Pharmadene*. Même s'il les surveille et qu'il les reconnaît, il ne pourra pas les identifier. Tout va bien. (Il la gratifia d'un sourire chaleureux.) Détendez-vous, Bryn. Je ne prendrai aucun risque avec votre sécurité. Promis juré.

Voilà qui la rassurait et l'ennuyait à la fois, songea Bryn, parce qu'elle ne voulait pas aimer Joe Fideli davantage qu'elle ne l'appréciait déjà. Mais plus la journée avançait et plus ils passaient du temps ensemble, moins elle pouvait lui résister. Il était tout bonnement… adorable.

Le dernier appel arriva alors qu'elle rassemblait ses affaires pour rentrer chez elle, et Mister French poussa un soupir mélancolique depuis le pas de la porte.

— Je sais, lui dit-elle. Je te promets qu'on va partir. Patiente une seconde.

Elle décrocha.

— Pompes funèbres Fairview, Bryn Davis à l'appareil. Puis-je vous être utile ?

— Peut-être. (De nouveau la voix déformée.) Vous m'avez pris de court, hier soir. Je m'attendais à rencontrer mon contact habituel.

Bryn lâcha son sac et s'assit sur une chaise. Mister French revint sur ses pas et se coucha à ses pieds, l'air déprimé, mais résigné. Elle remarqua à peine qu'il avait posé sa grosse tête chaude sur ses pieds.

— Eh bien, dit-elle en s'efforçant de ne pas laisser transparaître sa nervosité, vous comprenez que c'est quand même moi la plus surprise dans cette affaire ; je ne m'attendais pas à être canardée. Je ne faisais qu'honorer un rendez-vous pris par mon oncle.

— Votre oncle. (Impossible de savoir s'il se méfiait ; le modulateur de voix gommait toute expressivité. En fait, elle n'était même pas sûre que c'était bien un homme.) Vous êtes donc une parente de Lincoln Fairview.

— En effet. Et j'ai hérité de toutes ses affaires.

— Disons que je vous crois. Comment connaissiez-vous le lieu de rendez-vous ?

— Pour être honnête, je n'en savais rien. La voiture de mon oncle est équipée d'un GPS. J'ai pensé que l'adresse de l'entrepôt était une destination probable – mais ce n'était qu'une supposition. Il ne m'a pas laissé de numéro où vous contacter.

— Il n'en avait pas.

Bryn attendit la suite, mais il n'ajouta rien. Il n'avait pourtant pas raccroché, ce qui était bon signe.

— Résumons, poursuivit-elle. Vous lui fournissiez un certain... produit. Et je vais avoir besoin de renouveler le stock, bien sûr. Tout ce que possédait mon oncle a brûlé avec lui et j'ai des clients qui comptent sur moi. Des clients très pressés. Il me faut de la marchandise.

— Je n'ai pas confiance en vous, répondit-il.

— Mes clients n'ont pas le temps d'attendre que nous établissions une relation de confiance.

— Tant pis pour eux. Je vous conseille d'en trouver de nouveaux. Cela va réclamer un certain temps, et vous devrez d'abord me fournir des preuves de votre bonne foi ou tout s'arrête maintenant.

La porte du bureau de Bryn s'ouvrit et Joe Fideli entra de sa démarche féline et silencieuse de ninja. Elle lui montra le téléphone et il hocha la tête. Heureusement, Mister French s'était habitué à Joe ; il releva les yeux pour le dévisager, mais s'abstint d'aboyer ou de grogner.

— Quel genre de preuves ? demanda-t-elle.

— Vous allez me faire un virement électronique de cent mille dollars sur un compte dont je vous fournirai les coordonnées à mon prochain appel, et vous le ferez sans discuter.

— Vraiment, dit-elle d'un ton neutre. Vous me prenez pour une idiote ? Vous vous imaginez que je vais payer une somme pareille pour rien ?

— Pas pour rien, répliqua-t-il. Vous paierez cette somme pour que je ne vous colle pas une balle dans la tête quand vous rentrerez chez vous dans cet appartement minable, Bryn, ou quand vous sortirez votre affreux cabot – et je descendrai le chien en prime. Ces cent mille dollars vous vaudront une semaine de répit pendant laquelle je me renseignerai sur vous pour décider si je veux faire affaire avec vous. Aucune négociation. Je sais que les coffres de Fairview sont bien garnis.

Clic. Elle attendit encore, mais il avait raccroché.

Bryn reposa le téléphone et respira un grand coup, avec l'impression que sa vie privée avait été violée – pas tant parce qu'il en savait si long sur son compte que parce qu'il avait mentionné son chien. *Le chien n'y est pour rien, bordel.*

— Il a menacé de me tuer, dit-elle à Joe. Et mon chien aussi.

— Quel connard, déplora-t-il en se penchant pour caresser Mister French, qui accepta l'hommage avec une royale indifférence. Qu'est-ce qu'il veut ?

— Cent mille dollars. J'imagine que c'est une sorte de ticket d'entrée. C'était la même chose en Irak pour le marché noir : il fallait payer pour avoir le droit de jouer.

— Et comment vous connaissez les dessous du marché noir en Irak, vous ?

Elle esquissa une moue.

— J'étais affectée au ravitaillement au sol en zone de combat. Comment croyez-vous que je saurais tout ça ? On ne pouvait pas toujours se procurer légalement ce qu'il nous fallait quand on en avait besoin. Mon job était de nous approvisionner, quels que soient les moyens.

— Vous ne cesserez jamais de m'étonner, ma chérie. Bon, vous payez les cent mille dollars, et… ?

— Et peut-être qu'il m'en réclamera d'autres. Ou bien il me descendra et il disparaîtra.

— D'accord, dit Joe. Le bon côté, c'est que vous aurez seulement bousillé de bons vêtements.

Ce type était incroyable : il voyait toujours le verre à moitié plein…

Le lendemain matin, la voix déformée l'appela pour lui dicter une série de chiffres qu'elle nota soigneusement avant de les relire à son correspondant. Aucun autre échange et pas de nouvelles menaces, ce qui la conforta dans l'idée qu'il ne plaisantait pas. Elle transmit les infos à Joe, qui se chargea de virer l'argent ; il avait ses méthodes et elle ne voulait pas les connaître.

Elle reçut ensuite une autre communication qui l'informait simplement qu'elle n'était pas encore morte.

Elle faillit éclater de rire, parce que si, justement. Elle était morte.

Le chantier de reconstruction s'acheva exactement dans les délais prévus par Joe, et elle n'eut pas d'autre appel entre-temps, à l'exception de deux victimes supplémentaires de Fairview, qui furent tranquillement évacuées par *Pharmadene*.

Le jour de la réouverture arriva enfin, en grande partie grâce au travail de titan abattu par Lucy. Bryn se demandait franchement ce qu'elle aurait fait sans elle. Lucy connaissait absolument tout sur tout, y compris des choses dont Bryn ne soupçonnait même pas l'existence. L'ancienne réceptionniste sut en outre charmer les inspecteurs, qui repartirent séduits par les améliorations apportées au local technique.

Bryn s'était installée dans une espèce de routine – se lever, prendre sa douche, son petit déjeuner, caresser Mister French, se rendre au boulot dans sa nouvelle voiture et boire son café sur place. Joe Fideli s'était mué sans surprise en un conseiller funéraire tout à fait acceptable. Avec le costume sombre et la cravate, il avait adopté une expression grave et sérieuse parfaitement de circonstance. Il ne s'en départait que lorsqu'ils étaient seuls dans le bureau de Bryn, et il usait alors de sa petite pyramide noire afin de leur octroyer quelques instants de liberté.

— Et voilà, déclara-t-il le matin de la réouverture alors qu'il injectait à Bryn le contenu d'une seringue hypodermique dans le bras.

Elle avait pris l'habitude de porter des vêtements amples dont elle pouvait remonter les manches, car elle s'était promis de ne plus jamais avoir à se dénuder devant lui, et surtout pas devant McCallister. Fideli se débarrassa de l'instrument usagé dans un premier sachet sécuritaire de couleur rouge pour objets pointus infectieux, puis enferma ce contenant dans un second identique. Bryn le regarda faire, les sourcils froncés, en enfilant sa veste noire.

— La seringue est dangereuse ?

— Non, mais il s'agit néanmoins d'une spécialité pharmaceutique confidentielle de marque déposée. Je la conserve dans un double emballage jusqu'au moment de la rendre au ravitailleur. Je suis responsable de chacune de ces saloperies.

— Vous avez retrouvé Freddy la Foudre ?

— Non. (Cela semblait le mettre en rogne.) Il devait avoir une planque avec un stock de produit et il aura pu s'y réfugier avant que les dégâts soient irréversibles. Dans le cas contraire, on aurait déjà eu de ses nouvelles. Un type en décomposition qui se balade dans les rues ne passe pas inaperçu… (Il s'arrêta tout net et regarda Bryn.) Sans vouloir vous offenser.

Elle avala le nœud qui s'était formé dans sa gorge.

— Bah, il n'y a pas de mal, je suppose. Bon, qu'est-ce qu'on fait, maintenant ?

— On ne change rien et on attend que notre mystérieux ami se remette de son trac.

— J'ai besoin d'un autre thanatopracteur expérimenté avant de pouvoir ouvrir.

— Vous avez de la chance, je m'en suis occupé. Votre rendez-vous sera là dans… (Il consulta sa montre.) Une demi-heure. Il s'agit de Riley Block.

— Mais je n'ai pas encore publié d'annonce !

— Il se trouve que si, et vous avez même proposé un très bon salaire. Ainsi qu'une couverture médicale et dentaire. Lucy a déjà préparé tous les formulaires. (Il se leva et lissa les plis de son pantalon alors que le carillon retentissait.) Ce doit être votre thanato, j'imagine.

Il avait raison. Lucy fit irruption dans le bureau et se dirigea droit sur Bryn, souriant d'un air satisfait, pour lui remettre une liasse de documents. Bryn s'en empara et tenta de lui rendre son sourire, sans grande conviction. Lucy lui lança un regard inquiet.

— Patron, vous êtes toute pâle. Il faut arrêter de travailler jour et nuit. Vous passez beaucoup trop de temps ici.

Comme à chaque fois qu'elle se trouvait confrontée à la compassion de ses semblables, Bryn se sentit un peu plus seule.

— Je vais bien, Lucy, merci. Je dois reconnaître que vous et Joe avez fait des miracles pour remettre cet endroit en état de fonctionnement. J'ai l'impression de ne pas avoir levé le petit doigt !

— Allons, ne dites pas n'importe quoi, répondit Lucy en souriant. Vous me payez pour savoir ce que je fais, et j'en sais plus long sur le marché du funéraire que n'importe qui d'autre. J'ai fait *toutes* les guerres.

— J'adorerais entendre quelques-unes de vos histoires de guerre, déclara Joe.

— Eh bien, figurez-vous…

Et c'était parti pour un tour. Lucy se lança dans l'une de ses anecdotes favorites, choquante, perverse et totalement hilarante. Bryn se versa un café et les laissa à leurs bavardages. Elle avait décidé de ne pas s'installer dans le bureau grand luxe de M. Fairview et de garder le sien, où elle se sentait bien plus à l'aise. Moins hantée par ce qu'il s'était passé. Elle y sirota son breuvage, puis se leva pour enfiler sa blouse de laboratoire et se contempla dans le miroir. *Comment en suis-je arrivée là ?* Elle se rappelait encore ce premier jour, sa fierté de porter cette blouse et l'excitation de se lancer dans son nouveau boulot.

Elle avait l'impression que ça faisait un million d'années.

Bryn sursauta légèrement quand un coup sec fut frappé à sa porte ; elle ne put s'empêcher de repenser à M. Fairview et à sa première matinée avec lui. Elle retira la blouse, qu'elle suspendit sur son cintre, remit sa veste en place afin de dissimuler le pistolet dans son étui et alla accueillir son rendez-vous.

Riley Block ne correspondait pas à ce qu'elle attendait – elle s'était imaginé embaucher, eh bien, d'abord un homme. Riley était une femme, plus âgée que Bryn d'une dizaine d'années, plus grande, plus blonde, avec un visage carré à la mâchoire proéminente qui respirait la bosseuse à plein temps. Même le sourire qu'elle adressa à Bryn en lui tendant la main semblait artificiel et calculé.

— Mademoiselle Davis, dit-elle. Enchantée de vous rencontrer.

— Moi de même. Je vous en prie, entrez.

Elles s'installèrent dans l'espace douillet réservé aux clients tandis que Bryn s'efforçait de rassembler ses esprits. C'était la première fois qu'elle conduisait un entretien d'embauche et elle avait espéré que Joe Fideli serait là pour lui prêter main-forte. *Comment reconnaît-on un pervers ?* Il devait y avoir des signes, mais elle eut beau examiner Riley Block sous toutes les coutures, rien ne lui sauta aux yeux. En désespoir de cause, elle lança finalement :

— Eh bien, parlez-moi de vous.

Coup de bol, il semblait que c'était pile ce qu'il fallait dire. Riley dégaina un CV impressionnant, que Bryn étudia pendant que la candidate lui détaillait sa formation (excellente), son cursus universitaire (pareil), ses références (à l'avenant) et ses objectifs.

Une chose était certaine : Riley Block n'était pas Freddy la Foudre. Et rien que pour cela, elle plaisait à Bryn.

Fideli finit par se joindre à elles pendant que Bryn montrait les locaux à Riley, mais il la laissa faire – précisément ce qu'elle ne voulait pas, mais elle se fit une raison. Riley semblait parfaitement à son aise dans une salle de prépa ; elle examina rapidement la totalité du matériel et des fournitures qu'ils avaient rachetés et suggéra quelques additions, que Bryn nota scrupuleusement. Tout se déroula dans une ambiance plutôt fraîche, mais bon, les thanatopracteurs n'étaient pas réputés pour leur convivialité.

Riley avait l'air très compétente, et à l'issue d'une brève concertation avec Fideli, Bryn décida de l'engager. Les pompes funèbres Fairview étaient à nouveau opérationnelles.

Et si Bryn ne sautait pas vraiment de joie… elle espérait au moins donner le change.

Le premier client se présenta le lendemain matin. Grâce à Dieu il s'agissait d'une grand-mère de quatre-vingt-dix ans décédée de mort naturelle qui avait quatre enfants, douze petits-enfants et une vingtaine d'arrière-petits-enfants. Bien sûr, c'était très triste pour la famille, mais rien de traumatisant. Bryn ne se sentait pas d'attaque pour de nouvelles émotions fortes. Pas encore.

Fideli prit en charge pratiquement tout le travail et s'en sortit plutôt pas mal ; pour un type qui au premier abord avait tout du mâle dominant à gros muscles, il était capable de manifester de l'empathie quand il fallait – ou il était sacrément bon comédien. Riley réceptionna le corps plus tard dans l'après-midi et se mit au boulot. Bryn fut surprise de constater à quel point cette femme était compétente et efficace, elle aussi.

J'ai encore tout à apprendre, se disait Bryn, ce qui n'améliorait pas son moral. Pas plus que les injections quotidiennes que lui administrait Fideli dans l'intimité de son bureau ; la piqûre sur sa peau était toujours aussi douloureuse et elle commençait à haïr la seule vue d'une seringue.

Elle s'inquiéta davantage lorsque, après son petit rituel pour disposer de l'instrument après usage, Fideli sortit de sa poche sa pyramide noire, la mit en marche et vérifia son efficacité via l'application de son smartphone. Une fois de plus, Bryn se demanda s'il n'existait pas quelque part un App Store spécialisé dans les applications de contre-espionnage.

C'était fort probable.

— Bon, on a deux minutes, annonça Fideli en se penchant vers elle pour la regarder soudain droit dans les yeux. Je dois vous informer d'un truc : vous allez recevoir aujourd'hui la visite d'une certaine Irene Harte.

— Ce nom ne me dit rien.

— Il n'y a aucune raison qu'il vous soit familier. Mme Harte est l'un des cadres administratifs de *Pharmadene* ; elle dirige le département qui produit notre médicament miracle.

Bryn se renfrogna.

— Qu'est-ce qu'elle me veut ?

— Vous voulez mon avis ? Elle va essayer de mettre un terme à cette opération. Et de vous faire fermer boutique. (Il n'eut pas besoin d'être plus explicite, Bryn saisit tout de suite le sous-entendu : *fermer boutique* signifiait *la mort*.) McCallister a dû faire un compte rendu de situation qui n'a pas beaucoup plu à Mme Harte. Vous allez avoir droit à une inspection détaillée. Vous devez rester sur vos gardes, Bryn. Cette femme a un immense pouvoir de destruction, et je ne pense pas qu'à vous.

— Vous pensez à McCallister.

Fideli acquiesça.

— Patrick a pris de très grands risques en vous régénérant, sur ma demande. Et il est toujours sur la corde raide parce qu'il n'a pas mis fin à votre traitement au moment où il a su que vous ne seriez pas la source d'information escomptée. Harte veut des résultats immédiats, alors que McCallister préfère investir sur le long terme. Ces deux-là ne sont pas les meilleurs amis du monde. (Il jeta un œil sur la pyramide dont la lumière rouge clignotait de plus en plus vite.) Il est temps de conclure. Tenez-vous prête à l'affronter et ne vous laissez pas intimider.

Bryn opina du chef tandis qu'il appuyait sur le sommet de l'objet de plastique noir pour désactiver le brouilleur. Il le rempocha tout en reprenant la discussion à propos des arrangements funéraires demandés pour leur nouvelle cliente comme si rien ne les avait interrompus.

Cette conversation rendit Bryn nerveuse. Elle se sentait bizarre de toute façon ; c'était peut-être son imagination (probable), mais elle était à cran et avait trop chaud. Elle rêvait de rentrer chez elle se plonger dans un bain brûlant avec un verre de vin. De passer la soirée pelotonnée contre Mister French et de regarder sans vergogne un film à l'eau de rose. Ce genre de trucs. Elle s'obligea à réduire sa consommation de café, mais ça ne changea pas grand-chose à son état de fébrilité.

À 16 h 50, alors qu'elle pensait que sa journée tirait à sa fin sans que la mystérieuse Mme Harte ait fait son apparition, un *convoi* de véhicules déboula dans le parking – une limousine noire racée, flanquée de deux berlines de même couleur frappées du logo *Pharmadene*. McCallister était au volant de l'une d'entre elles, et c'est lui qui vint ouvrir la portière arrière de la limousine pour permettre à une femme d'en descendre.

Même à cette distance et depuis la fenêtre du bureau de Bryn, Irene Harte en imposait : grande et belle, vêtue de pièces de luxe que Bryn ne pourrait jamais s'offrir, son langage corporel exprimait l'assurance, la confiance absolue en la place qu'elle occupait dans l'univers – très certainement le centre.

Les gardes du corps se bousculaient devant elle pour ouvrir les portes et inspecter les couloirs. Sans que cela ralentisse sa progression le moins du monde.

McCallister fermait la marche et Bryn eut l'impression qu'il formait l'arrière-garde. À moins qu'il ne tienne pas à se trouver trop près d'Irene Harte.

Le téléphone de Bryn sonna, la faisant sursauter, et Lucy lui annonça d'une voix déconcertée qu'elle avait de la visite. Bryn lui répondit d'un ton calme et posé, dont elle fut assez fière, qu'elle pouvait les lui envoyer.

Elle aurait préféré que Joe Fideli soit présent, même tranquillement assis dans un coin, mais il s'était évaporé, sans doute pour de bonnes et saines raisons d'intérêt personnel. *Et j'espère que notre mystérieux fournisseur ne va pas paniquer en voyant cette démonstration de force.* C'était une possibilité, s'il la surveillait, mais elle ne pouvait rien y faire.

L'homme qui ouvrit la porte du bureau de Bryn – sans frapper – était bâti sur le modèle Fideli : grand, musclé, le crâne rasé. Mais son regard était différent ; alors que Joe Fideli affichait un détachement légèrement amusé vis-à-vis d'un univers qu'il jugeait ridicule, ce type-là se prenait très au sérieux. Il inspecta méthodiquement la pièce, saluant Bryn d'un signe de tête, puis fit un pas sur le côté et se posta en retrait, jambes écartées, les mains derrière le dos. Un second malabar le suivit, répéta toute la procédure et se mit en position à l'autre bout de la pièce.

Et c'est ensuite seulement qu'Irene Hart fit son entrée.

Bryn eut le sentiment de se trouver en présence d'une personnalité de premier plan qu'elle aurait dû reconnaître – une femme politique de haut niveau, une actrice ou une princesse. De quelqu'un qui *comptait*. Le sourire qu'Irene daigna lui accorder confirma cette première impression – chaleureux et professionnel, mais définitivement hautain.

Bryn vint à sa rencontre tandis que Mme Harte lui tendait une main impeccablement manucurée.

— Mademoiselle Davis ? Irene Harte, laboratoires *Pharmadene*. Enchantée de faire votre connaissance.

La poignée de main qu'elles échangèrent fut brève et impersonnelle, et Bryn parvint à esquisser un sourire poli en lui indiquant le fauteuil en face de son bureau. Mme Harte ignora son invitation, préférant rester debout, juchée sur ses escarpins à six cents dollars, et la détailla de la tête aux pieds avec la froide acuité d'un comptable consultant des colonnes de chiffres.

— Je crois savoir qu'on vous a informée des problèmes que nous avons rencontrés avec les activités de M. Fairview, attaqua Irene Harte. Et vous n'êtes pas en mesure de nous fournir l'identité de la personne auprès de qui il... s'approvisionnait. Est-ce que je me trompe ?

Derrière elle, Patrick McCallister entra discrètement dans la pièce, dont il referma la porte, et se plaça devant – en position de repos de parade, comme les autres gardes. Mais lorsque Bryn croisa son regard, il lui adressa un hochement de tête imperceptible et un semblant de sourire.

Elle s'éclaircit la voix.

— Oui, madame, vous vous trompez.

— Ah bon ? (Les sourcils de Harte s'arrondirent de surprise en deux arcs parfaits.) Je vous en prie, éclairez-moi.

— Je serai très bientôt en mesure de vous fournir cette information. Mais je ne dispose pas encore de tous les éléments nécessaires.

— Pardon ? (Le sourire de Harte s'était effacé et son beau visage énergique s'était mué en un masque inexpressif.) Soit vous savez, soit vous ne savez pas, mademoiselle Davis.

— Je suis parfaitement en mesure de trouver cette information, mais j'ai besoin de temps. Je suis en contact avec le fournisseur.

— Le temps est précisément une denrée que je n'ai pas l'intention de gaspiller, en particulier sur un sujet aussi sensible que celui-ci. *Pharmadene* a une propriété intellectuelle à protéger et je ne peux pas me permettre de financer votre recherche d'informations. Je ne peux pas non plus me permettre de gâcher nos précieuses réserves d'Athanax dans l'espoir d'un infime retour sur investissement dans un avenir plus ou moins proche.

Les yeux de Harte étaient devenus tellement glacials que Bryn n'était plus en mesure d'en distinguer la couleur.

— Je crains que M. McCallister n'ait outrepassé ses prérogatives en donnant son feu vert à ce projet. Je vais être obligée de me désengager de ce financement.

— Pourquoi ne pas appeler un chat un chat ? demanda Bryn en serrant les poings. Votre intention n'est pas d'en finir avec un *financement*, mais avec *moi*. Personnellement.

— Très bien. Vous êtes incontestablement dans une position très inconfortable, mademoiselle Davis, mais il s'agit ici d'une décision motivée par les intérêts de l'entreprise et qui n'a rien de personnel. Votre vie s'est achevée brutalement par une mort non naturelle, mais *Pharmadene* n'a pas de vocation philanthropique, et même une association caritative ne continuerait pas à maintenir indéfiniment vos fonctions vitales sans aucun espoir de guérison. Vous ne ressusciterez pas, vous savez. Jamais.

Bryn comprit qu'il était inutile de s'adresser au cœur de cette femme. Irene Harte n'avait pas de fibre émotionnelle sur laquelle jouer ; sa parfaite maîtrise et sa manière impavide d'énoncer ces vérités indiquaient clairement que la partie était finie pour Bryn.

Alors, change les règles du jeu, songea-t-elle.

— Quelles sont les pertes réelles pour l'entreprise de cette fuite en interne ?

— Je vous demande pardon ?

— Vous êtes en train de perdre de grandes quantités de produit. Je suis certaine que cela vous coûte une fortune, mais là n'est pas le vrai problème, n'est-ce pas ? Si vos concurrents mettent la main dessus, ils seront capables de recomposer la formule et inonderont le marché d'une copie moins chère ; ils contourneront vos brevets potentiels avant même que vous n'ayez pu les exploiter. Je me trompe ? Tout ça vaut des millions de dollars. Des milliards. Au bas mot. (Harte ne disait toujours rien, mais elle était tout ouïe.)

» Qu'est-ce que ça représente pour vous d'être capable de sauver la mise devant le conseil d'administration plutôt que de vous faire hara-kiri ? Quelques millions de dollars de bonus sur votre fiche de paie ? Une promotion ? Je parie qu'à votre niveau il est très difficile de s'élever encore dans la hiérarchie. (Toujours pas de réaction, mais Bryn ne baissa pas les bras. Elle n'avait vraiment plus rien à perdre.)

» Et combien d'hommes au-dessus de vous cherchent l'excuse idéale pour vous faire dégringoler de quelques échelons ?

Une étincelle jaillit dans le regard de Harte, juste une seconde d'émotion vraie, et Bryn en éprouva un immense soulagement. Elle n'avait certes pas gagné la partie, mais elle avait touché un point sensible.

Cela changerait-il quelque chose ? Rien n'était moins sûr.

Irene Harte ne répondit qu'au bout d'un temps indécemment long, et lorsqu'elle reprit la parole, elle ne s'adressa pas à Bryn, mais se tourna vers McCallister :

— Patrick, c'était votre idée. Vous la maintenez ?

— Absolument, affirma-t-il.

Un seul mot, aussi solide que du béton. Pas d'explication, flatterie ou menace. Il se contenta de formuler son approbation et attendit sa réaction.

Harte prit son temps, mais finit par hocher la tête.

— Très bien. Mlle Davis marque un point ; la résolution de ce problème peut effectivement justifier un investissement de temps minimum. Je vous accorde deux semaines, soit quatorze doses à partir d'aujourd'hui. Si rien de tangible n'en ressort, je considérerai que l'affaire est close et toutes les parties prenantes en subiront les conséquences. Suis-je parfaitement claire, Patrick ?

— Oui, madame, répondit-il. (Il ne regardait pas Harte ; Bryn fut choquée de voir que c'était *elle* qu'il observait.) Avez-vous autre chose à ajouter ?

— Non, trancha Harte en consultant sa montre hors de prix incrustée de diamants. Je suis attendue à un dîner. Vous ferez un rapport quotidien de vos progrès à mon assistant.

Passant outre aux salutations, elle fonça sur McCallister et la porte, ne doutant pas une seule seconde que le premier s'effacerait et que la seconde s'ouvrirait devant elle.

Ce qui ne manqua pas d'arriver. McCallister fit en sorte d'en prendre l'initiative, ce qui était une excellente parade, pensa Bryn. Tandis que les deux gardes du corps emboîtaient le pas rapide et saccadé de Mme Harte, McCallister s'attarda. Bryn se laissa tomber sur la chaise la plus proche en poussant un profond soupir. Soudain, ses jambes ne la portaient plus, et elle était au bord de l'évanouissement. Elle baissa la tête et pratiqua des inspirations lentes, mais l'impression de suffoquer était toujours là.

La main chaude de McCallister se posa légèrement sur son épaule.

— Respirez, lui intima-t-il.

Elle ferma les yeux et tenta d'endiguer la progression de la panique qui s'insinuait en elle. Lorsque la peur finit par refluer, Bryn tremblait comme une feuille. Elle avait absurdement froid et se sentait nauséeuse. Quelque chose de chaud lui couvrit les épaules et lorsqu'elle s'y agrippa de ses mains malhabiles, elle comprit que c'était la veste de costume de McCallister.

Quand elle releva les yeux, elle le trouva accroupi à sa hauteur, ajustant inutilement le vêtement dont il l'avait enveloppée. Il portait un étui de pistolet identique au sien et sa chemise blanche immaculée ne faisait pas un pli. Même dans de pareilles circonstances, il semblait calme et parfaitement maître de lui-même et de son environnement.

— Elle vient de dire qu'elle vous tuerait aussi, n'est-ce pas ? demanda Bryn.

McCallister eut un haussement d'épaules, tellement subtil qu'il en était quasi imperceptible.

— Je doute qu'elle s'y risque, répondit-il. Et même si c'était le cas, elle n'y réussirait certainement pas. Vous avez avancé de très bons arguments, ajouta-t-il. Nous avons gagné deux semaines. C'est déjà ça !

— Elle va *vous tuer*. Et Joe aussi.

— Aucune chance, et elle n'essaiera de tuer personne si nous trouvons les réponses à ses questions, Bryn. Vous non plus.

— Mais...

McCallister l'interrompit.

— Nous avons décidé de nous impliquer dans cette affaire et je ne regrette pas les choix que nous avons faits. Ne vous inquiétez pas pour nous. Concentrez vos efforts sur ce que vous avez à faire. Détendez-vous. Respirez.

Elle obéit, prenant de longues et profondes respirations sans cesser de trembler, inspirant par le nez, expirant par la bouche, jusqu'à ce que les battements de son cœur ralentissent et que la sensation de nausée commence à s'estomper.

— Merci, monsieur McCallister, dit-elle alors qu'il se relevait.

Elle lui était vraiment reconnaissante, pas de l'avoir entraînée dans cette affaire – bon Dieu, non –, mais de ne pas l'avoir jetée dans la fosse aux lions quand il aurait pu le faire. Quand il aurait *dû* le faire. Il était à présent impliqué au même titre qu'elle, et jusqu'au cou. Pas seulement lui – Joe Fideli, un père de famille, également. *Ce n'est pas ma faute*. Elle n'y était pour rien, mais cela n'avait plus aucune importance. Ils étaient tous embarqués dans la même galère.

De façon quelque peu perverse, cette pensée la revigora. Sans doute le fait de ne plus être seule, de se sentir épaulée.

McCallister sourit très légèrement et un soupçon de chaleur passa dans son regard. Il était étonnamment séduisant quand il souriait.

— Ne me remerciez pas encore. (Elle voulut lui rendre sa veste, mais il l'en empêcha en posant ses mains sur les siennes.) Gardez-la jusqu'à ce que vous vous sentiez mieux. Je serai dans le couloir avec Joe. Prenez votre temps, Bryn.

Elle le regarda sortir d'un air perplexe. McCallister ne pouvait pas se soucier d'elle, n'est-ce pas ? C'était impossible. Et elle n'avait bien sûr aucune raison non plus de se soucier de lui. Pas la moindre.

Pourtant, elle se mentait. En resserrant les pans de la veste autour d'elle, Bryn perçut non seulement la chaleur de l'étoffe, mais aussi de son corps, et lorsqu'elle enfouit le nez dans son col, elle huma les senteurs subtiles de son eau de toilette, une odeur riche et sombre. Comme ses yeux.

Je ne ressens rien pour ce type. Et ça ne risque pas d'arriver.

Mais elle resta enveloppée dans cette veste bien plus longtemps que nécessaire, et se surprit à accepter un peu plus tard d'aller prendre un verre avec lui quand il lui en fit la proposition.

J'aurais dû me douter que ce n'était pas un rendez-vous galant, songea Bryn en constatant que McCallister poussait vers elle non seulement un Cosmo, mais aussi une clé USB.

— J'aimerais que vous examiniez ce qui est enregistré là-dessus pour voir si vous repérez quelque chose d'inhabituel.

C'est en tout cas ce qu'elle pensait qu'il avait dit, sa voix s'étant noyée dans l'éclat de rire tonitruant de leurs voisins.

Elle s'empara du Cosmo, mais laissa la clé sur la table.

— Pourquoi ? Qu'est-ce que c'est ?

Elle devait hausser le ton pour se faire entendre dans le vacarme de ce bar branché, empli de hurlements et de musique assourdissante. Il avait choisi le café le plus bruyant à portée de voiture. Elle avait d'abord pensé qu'il avait de drôles de goûts, mais non. McCallister ne quittait jamais le service et son choix n'était qu'une manière éprouvée de se protéger des oreilles indiscrètes.

Le parfum doux-amer du Cosmo s'attarda sur ses lèvres comme un baiser tandis que McCallister poussait à nouveau vers elle la clé USB. Leurs doigts se frôlèrent quand elle tendit la main et son regard croisa le sien pendant un bref instant. Un stroboscope se mit à clignoter dans un coin du bar, aveuglant Bryn momentanément, et, la seconde d'après, il s'était reculé, aussi froid et distant qu'à l'accoutumée.

— Cette clé contient une compilation de tous les enregistrements que nous avons réalisés chez Fairview, l'informa-t-il. Vidéos, conversations téléphoniques, e-mails, tchats…

— M. Fairview *tchattait* ? Sur Internet ?

Franchement, elle aurait pu jurer qu'il ne savait même pas se servir d'un ordinateur.

Il haussa les sourcils.

— Attendez-vous au pire si vous aviez encore des illusions sur le personnage ; ce n'est pas beau à voir. Nous y avons inclus l'enregistrement des activités de ses associés connus. Nous avons déjà tout examiné, mais vous aurez peut-être une chance de repérer quelque chose qui nous aurait échappé.

Elle hocha la tête et glissa la clé dans la poche de son sac munie d'une fermeture Éclair. Elle fit tourner quelques instants son verre entre ses doigts, puis en but une gorgée pour se donner du courage avant de prendre le taureau par les cornes :

— Vous aviez le choix, n'est-ce pas ? Lequel d'entre nous réveiller dans la salle de préparation ?

— Je ne comprends pas votre question, s'étonna-t-il.

— Entre Freddy la Foudre et moi. Ou M. Fairview.

— M. Fairview avait une blessure à la tête. Nous savions dès le début qu'il était impossible de le régénérer.

— Vous n'auriez pas pu le ressusciter ?

— Pas dans des conditions qui nous auraient permis de l'interroger. Il y a des limites à l'action du produit.

— Mais... Freddy la Foudre. Lui, vous auriez pu le régénérer.

— Nous ignorions qu'il était déjà traité, et c'est une bonne chose que nous ne l'ayons pas fait.

Elle le dévisagea, cette fois sans cligner les paupières en dépit des flashs lumineux. Elle le voyait en contre-jour, mais elle distinguait vaguement les contours de sa mâchoire, de sa bouche, de ses yeux. Par intermittence.

— Vous m'avez préférée à Freddy. Vous saviez pourtant qu'il était mieux placé que moi pour vous raconter ce qui se passait. Je suis consciente que c'est Joe qui vous a demandé de le faire, mais rien ne vous y obligeait. Vous aviez forcément une autre raison.

McCallister garda le silence pendant un long moment, comblé par le déchaînement de la musique autour d'eux. Il vida ensuite cul sec le contenu de son verre – elle n'avait pas la moindre idée de ce qu'il avait pris, excepté le fait que c'était un liquide ambré – et se leva.

— Je dois m'en aller, déclara-t-il. Faites-moi savoir ce que vous pensez de ces fichiers et si vous trouvez quelque chose qui pourrait être une piste.

Elle avait envie de lui dire d'attendre, de revenir, mais il était déjà parti et se frayait un chemin dans la foule éméchée et les éclats de rire, et il disparut à sa vue.

Bryn considéra fixement son cocktail d'un air sombre et en but une autre gorgée. Pas de raison de gâcher.

Un homme se glissa sur la chaise laissée vacante par McCallister – pas son style, un surfeur sur le retour dont le bronzage commençait à peler, vêtu d'une chemise largement échancrée sur la poitrine. Il avait la peau moite et le regard mauvais.

— Non, le repoussa-t-elle avant qu'il puisse ouvrir la bouche. Allez-vous-en. Vous perdez votre temps.

Il lui balança un sourire carnassier. La chaîne en or autour de son cou lançait des éclats de lumière dans les yeux de Bryn.

— Non, ma jolie, c'est toi qui vas venir avec moi, et sans faire d'histoires.

Et le truc le plus improbable se produisit alors. Bryn battit des paupières et répondit : « D'accord » sans en avoir eu l'intention ni le désir. *« D'accord ? », mais qu'est-ce que c'était que ce délire ?*

— Non, se reprit-elle hâtivement. Non, je ne crois pas.

— Ben faut te décider : c'est oui ou c'est non ?

— Non. Beurk.

— Alors, on recommence depuis le début. (L'homme se pencha vers elle au-dessus de la table et la regarda fixement.) Tu viens avec moi, lui intima-t-il en articulant chaque syllabe.

De nouveau, Bryn acquiesça sans réfléchir et de manière incontrôlable, et cette fois-ci… cette fois-ci…

Elle prit carrément son sac.

Je n'y crois pas. Je ne vais pas faire ça. C'est impossible. C'est quoi ce bordel ?

Elle s'obligea à s'immobiliser et dévisagea l'homme avec colère.

— Qu'êtes-vous en train de me faire ? demanda-t-elle sur un ton impérieux.

— Bon, fini de rigoler, répliqua-t-il. Condition Saphir. Confirmation.

— Condition confirmée, s'entendit-elle répondre sans savoir pourquoi.

— Lève-toi et ramasse ton sac.

Elle obtempéra sur-le-champ et le type la prit par le coude pour lui faire traverser la foule. Son corps s'était mis en pilote automatique et son cerveau hurlait d'horreur, mais elle ne parvenait à opposer aucune résistance. Elle passa à côté de gens aux yeux brillants qui discutaient et qui riaient et elle voulait crier au secours. *Aidez-moi, bon Dieu, s'il vous plaît*, mais pas un son ne sortit de sa bouche.

Il a mis quelque chose dans mon verre, pensa-t-elle, complètement paniquée. Existait-il une drogue du violeur qui provoquait un tel effet ? Elle n'avait pas la sensation d'avoir trop bu, pas de nausée, pas de vertige – seulement l'impression de ne plus rien contrôler.

Le videur la regarda bizarrement quand ils sortirent et elle se demanda ce qu'il voyait : une femme désespérée et terrifiée ? Quelqu'un qui avait besoin d'aide ? Ou juste une pauvre fille qui baisait avec le premier venu ?

L'homme fit descendre sa main en bas des reins de Bryn pour la pousser loin du videur, de la lumière, du monde et de la sécurité, et elle avança docilement.

— Tu n'as pas la moindre idée de ce qui t'arrive, pas vrai ? questionna-t-il en lui caressant la nuque. (Le geste était d'une intimité répugnante.) Il y a beaucoup de choses que tu ne sais pas, ma belle. Je parie qu'ils ne t'ont rien dit. Ils ne t'ont pas prévenue. C'est toujours la même merde dans les grosses boîtes. Allez, marche plus vite. Et pas un mot.

Elle n'aurait pas pu parler, l'eût-elle voulu. Elle avait l'impression d'être une marionnette entre les mains de ce type et ça lui donnait envie de vomir. Il se passait quelque chose qu'elle ne comprenait pas, mais elle se cramponnait à une seule phrase qui lui brûlait l'esprit : *C'est toujours la même merde dans les grosses boîtes*.

Patrick McCallister était forcément au courant de cette « merde », quelle qu'elle soit. Et il ne lui en avait pas parlé.

Le type farfouilla dans sa poche et en sortit des clés de voiture. Il pointa sa télécommande sur une série de véhicules et des phares clignotèrent.

— Allez, tu vas gentiment monter dans cette voiture et rester bien tranquille, lui intima-t-il. Dis-moi que tu as compris.

— J'ai compris.

— Oh, et tant que j'y pense, donne-moi la clé USB que McCallister t'a remise.

Les doigts de Bryn se dirigèrent sans une hésitation vers la pochette zippée de son sac, dont elle retira la clé qu'elle lui tendit. Il la glissa dans sa chemise et ouvrit la portière côté passager.

— Monte, lui ordonna-t-il.

Il ne faisait plus aucun effort pour paraître aimable. Son ton était même impatient à présent.

Les muscles de Bryn se plièrent à sa demande, sans se soucier des conséquences qui ne manqueraient pas de s'ensuivre, et elle s'installa sur le siège de cuir souple. Le type était un gros fumeur et l'habitacle empestait le tabac froid ; un goût de cendres lui emplit la bouche. Ses joues étaient humides et elle s'aperçut qu'elle pleurait. Certaines parties au moins de son corps pouvaient donc réagir de leur propre volonté – ce qui ne lui serait en l'occurrence d'aucun secours.

Alors que l'homme s'apprêtait à fermer la portière, elle entendit un bruit venant de l'extérieur. Un claquement sec, métallique, suivi d'un choc sourd.

La porte se rouvrit brutalement alors que le type titubait en hurlant, et il se retourna. Patrick McCallister sortit de l'ombre, le visage pâle et tendu. Lui qui avait toujours été parfaitement maître de lui-même jusqu'ici était soudain animé d'une rage meurtrière qui effraya Bryn.

Il tenait à la main une matraque télescopique. D'où le claquement sec qu'elle avait entendu quand il l'avait déployée.

Il avait frappé fort parce que l'homme qui avait tenté de l'enlever hurla à pleins poumons :

— Espèce de fils de pute, tu m'as brisé les côtes !

McCallister ne prit pas la peine de répondre à l'insulte. Il s'avança, porta un autre coup précis avec la matraque et le type se retrouva à terre. Bryn l'entendit gémir et se tordre de douleur, mais c'était terminé pour lui et, tandis qu'il sombrait dans l'inconscience et que son sang se répandait sur le macadam, McCallister le contourna pour s'accroupir près de Bryn, toujours dans la voiture.

— Bryn, pouvez-vous sortir ?

Elle tenta de bouger. De toutes ses forces.

— Non, murmura-t-elle tandis que ses larmes se remettaient à couler. Je ne peux pas.

Il ne parut pas étonné.

— Annulation condition Saphir, prononça-t-il.

Bryn bascula aussitôt vers l'avant avec un cri de surprise et faillit heurter le tableau de bord.

Elle avait tellement lutté pour essayer de regagner le contrôle de ses muscles qu'ils en étaient tétanisés. Elle respira par petites bouffées saccadées, tremblante et secouée de haut-le-cœur dans l'odeur de tabac froid de l'habitacle, jusqu'à ce que McCallister l'aide à sortir de la voiture et à enjamber l'homme gisant au sol. Il tenait toujours sa matraque, mais la replia d'un coup sec quand il vit son regard.

— C'est quoi ce bordel ? parvint-elle à articuler.

Elle avait l'impression d'avoir été violée alors que le type l'avait à peine touchée. Elle se libéra sèchement de McCallister pour mettre le plus de distance possible entre eux.

Elle porta alors la main à son étui d'épaule et en sortit son pistolet qui s'y trouvait toujours. Elle n'avait pas pris la peine de s'en séparer pour entrer dans le club, pensant qu'ils n'y resteraient pas longtemps ; le poids de l'arme dans sa main lui apporta un grand réconfort.

Elle la pointa d'abord sur l'homme inconscient sur le trottoir, qui ne présentait plus aucune menace, puis elle dirigea le canon vers McCallister. Son pouls battait si fort qu'elle en avait mal à la tête et la nausée était toujours présente même si l'air frais la faisait refluer.

— C'est quoi ce *bordel* ? répéta-t-elle.

Et cette fois, indépendamment de sa volonté, sa voix sortit comme un cri primal.

McCallister leva lentement les mains.

— Du calme, Bryn. Du calme.

— Allez vous faire foutre, espèce de connard. Qu'est-ce qui vient de m'arriver ? Qu'est-ce que vous avez mis dans mon verre ? (Elle foudroya du regard le type allongé au sol entre eux.) C'est l'un de vos sbires ?

— Non, répondit McCallister. Je n'ai rien mis dans votre verre. Et lui non plus.

— Mais alors, bordel de merde, qu'est-ce qui vient de se passer ? *Répondez !*

McCallister jeta un coup d'œil autour d'eux. Le videur de la boîte s'était éloigné de la porte et les observait, attiré par les éclats de voix.

— On ne devrait pas parler de ça ici, dit McCallister. Et si vous continuez à brandir ce pistolet, nous allons avoir encore plus de problèmes. Venez, Bryn, ma voiture est garée juste en face. Filons d'ici avant que la police n'arrive. S'il vous plaît.

— Et si je ne veux pas ?

— Rien ne vous y oblige, répondit-il. Vous pouvez décider de me tenir en joue et ficher le camp d'ici. Je comprends ce que vous ressentez, Bryn. Je n'ai pas l'intention de vous dire quoi faire.

En même temps qu'il parlait, elle se rendit compte qu'il avait soigneusement évité de lui donner des ordres. Et elle ne sentait pas que sa volonté lui échappait.

Vous pouvez décider de me tenir en joue et ficher le camp d'ici.

Ou d'aller avec lui.

Il ne tentait pas de la convaincre dans un sens ou dans l'autre, se contentant d'attendre sa décision alors que les secondes s'égrenaient. Une sirène dans le lointain le fit légèrement sursauter, mais il garda son calme.

Bryn se détendit et remit l'arme dans son étui.

— J'ai besoin de comprendre ce qui vient de se passer, reprit-elle. Et vous allez me le dire. *Tout de suite.*

Il hocha la tête.

— Dans ce cas, je vous en prie, laissez-moi vous aider.

À sa grande surprise, il la conduisit jusqu'à une maison familière vivement éclairée. Elle reconnut les vélos d'enfant rangés contre la haie et la vieille boîte aux lettres qui avait connu des jours meilleurs.

— Pourquoi là ? demanda-t-elle.

— Parce que je crois que vous ne vous sentez pas en sécurité avec moi, expliqua McCallister alors qu'il se garait et coupait le moteur. Joe et sa famille ont un effet… apaisant.

— Vous amenez beaucoup de gens ici ?

— Non. C'est même la première fois, ajouta-t-il après une hésitation.

Bryn médita sa réponse tandis qu'elle le suivait dans l'allée et qu'il sonnait à la porte. Ce fut Kylie, la femme de Joe, qui leur ouvrit en s'essuyant les mains sur un torchon ; elle cilla de surprise, puis un sourire sincère éclaira son visage et elle serra McCallister dans ses bras.

— Patrick, ça fait un bout de temps. On dirait que tu nous évites !

Il lui rendit son étreinte, puis recula en regardant Bryn. Kylie tourna aussi les yeux vers elle – son expression se voila un court instant en l'apercevant, mais elle se reprit aussitôt et l'accueillit cordialement :

— Bryn. Ça me fait plaisir de vous revoir.

— Désolé de débarquer comme ça sans prévenir, s'excusa McCallister, mais…

— Tu as besoin de voir Joe ?

— J'ai bien peur que oui.

— Il est derrière dans son atelier. Suivez-moi.

Kylie les précéda dans la maison douillette et chaleureuse ; ils passèrent devant les enfants qui jouaient (et qui s'interrompirent pour les saluer, les dévisager ou gazouiller dans le cas du bébé) et ressortirent par la porte du jardin. Kylie leur indiqua un bâtiment à une quinzaine de mètres.

— Il est là-bas. Pat, tu sais comment entrer ?

— Oui, répondit-il. Merci, Kylie.

— Viens dîner à la maison un de ces quatre.

— Promis.

Le sourire de McCallister s'effaça dès que Kylie eut refermé la porte, et ses traits exprimèrent fugitivement une émotion brute. Du déchirement, pensa Bryn. Pas besoin qu'on lui dise que McCallister appréciait cette famille et redoutait de les mettre en danger. C'était écrit sur son visage.

— Par ici, appela-t-il, et ils traversèrent le jardin.

À l'approche d'un cabanon de bois de taille respectable, il arrêta Bryn d'une main. Un détecteur de mouvement se déclencha et une lumière vive éclaira crûment la maisonnette.

— Attendez ici.

Elle ne voyait pas pourquoi, mais elle acquiesça néanmoins, avant de désobéir et de lui emboîter le pas tandis qu'il grimpait les trois marches menant jusqu'à la porte, juste pour tester son libre arbitre.

Il la bombarda d'un regard agacé, puis pianota une série de chiffres sur un clavier qu'il prit soin de dissimuler à sa vue... une *très* longue séquence, bien davantage que ce qui était habituel pour ce type de serrure. Quelques notes retentirent et Bryn entendit le déclic des mécanismes qui s'alignaient.

McCallister prit ensuite la peine de frapper.

— Joe ? C'est nous.

— Entrez, répondit une voix à l'intérieur ; McCallister ouvrit la porte et pénétra dans la cabane, Bryn sur ses talons.

Joe Fideli était assis à un bureau entièrement recouvert d'écrans, d'équipements informatiques, de disques durs – et il fallut à Bryn quelques secondes pour s'apercevoir qu'il était en train de ranger une arme. Pas une arme de poing, mais un fusil d'assaut qu'il reposa dans un râtelier derrière lui.

Cet endroit était une véritable armurerie. Bryn était quasi certaine qu'elle était incapable d'identifier toutes les pièces qui s'y trouvaient, ce qui n'était pas peu dire vu qu'elle avait passé quatre années en Irak dans une unité de ravitaillement. Et c'était sans compter les étagères qui croulaient sous le poids d'autres catégories d'armes – couteaux, tasers, étoiles de jet, poings américains, tous méticuleusement rangés.

— Fermez la porte, demanda Joe à Bryn.

Elle ne le fit pas – un autre test pour voir si elle pouvait résister aux ordres. Elle ressentit cependant une curieuse envie d'obtempérer, qui la contraria. Beaucoup.

McCallister revint sur ses pas pour le faire à sa place, et la serrure magnétique se verrouilla dans un claquement sec. Alors seulement, Joe se détendit sur son siège.

— Alors, dit-il en croisant les mains sur sa nuque, vous en faites une tête ! Vos cocktails n'étaient pas bons ? J'ai entendu dire que ce club n'est plus ce qu'il était côté service.

— Quelqu'un a invoqué un protocole sur elle, annonça sans ambages McCallister en s'asseyant sur l'une des deux autres chaises disposées devant le bureau de Joe.

Fideli se redressa immédiatement et retrouva tout son sérieux.

— Délibérément ?

— On dirait.

— Lequel ?

— La condition Saphir.

— Merde. Ça signifie que celui ou celle qui est à l'origine des fuites en sait beaucoup trop long. Et notre fournisseur aussi.

— Excusez-moi de vous interrompre, intervint Bryn sèchement. Est-ce qu'on pourrait parler de *ce qui m'est arrivé* ?

Les deux hommes échangèrent un regard et McCallister fit un signe de tête en direction de Joe.

— Sérieux ? pesta ce dernier. Est-ce que c'est à moi de faire ça ?

— Ce soir, oui.

Joe poussa un soupir et ouvrit un tiroir de son bureau. Il en sortit une bouteille et trois verres, qu'il remplit généreusement. Il en tendit un à Bryn.

— Racontez-moi comment ça s'est passé.

— Je... j'étais en train de terminer mon cocktail quand un homme est venu s'asseoir à ma table. Il m'a demandé de me lever et de le suivre.

— Juste comme ça ?

— À peu près, oui.

Fideli s'adressa à McCallister.

— On a quelque chose sur ce type ?

— Mes gars l'ont embarqué, mais je doute qu'on en tire quoi que ce soit d'utile. D'après ce qu'il leur a dit, il a été payé pour l'enlever et la conduire à un point de livraison ; on l'a informé pour les protocoles, mais je ne crois pas qu'il connaisse les commanditaires ni qu'il sache ce qu'ils voulaient, ni même ce qu'il adviendrait d'elle. Il a été rémunéré via une boîte aux lettres morte, en liquide, aucune caméra de surveillance sur cette zone. Une impasse.

Fideli approuva du chef et reporta son attention sur Bryn.

— Et que s'est-il passé ensuite ?

Bryn se sentit rougir et se détesta.

— J'ai... j'ai accepté de le suivre. Mais je ne le voulais pas. Je l'ai fait contre ma volonté.

Joe hocha la tête.

— Buvez donc un coup.

Il donna un des verres à McCallister et porta le sien à ses lèvres. Bryn avala une timide gorgée et faillit s'étrangler tellement c'était fort. Du scotch. Et pas piqué des vers. L'alcool réchauffa les parties glacées à l'intérieur de son corps.

— Continuez, l'encouragea Joe.

— Il a réitéré ses ordres, et il a soudain parlé de *saphir*...

— Il a déclenché le protocole, dit McCallister, il savait ce qu'il faisait.

Joe ne répondit rien. Il attendait que Bryn reprenne son récit. Elle déglutit et poursuivit :

— Il m'a fait sortir du bar et monter dans sa voiture. J'avais l'impression de…

— De ne plus avoir de volonté, continua Joe. Vous ne pouviez pas vous empêcher de faire ce qu'il vous ordonnait.

— Oui. (C'était exactement ce qu'elle avait ressenti jusqu'à ce que McCallister brise l'envoûtement.) *Je vous en prie*, dites-moi que c'était une espèce de drogue.

— J'ai peur que non, Bryn. (Joe fit lentement tournoyer son verre tout en l'observant.) Il existe un effet secondaire à l'Athanax, le produit qu'on vous injecte. Il s'agit d'une nanotechnologie comprenant des processus de sécurité intégrée ; l'un d'entre eux vous rend très fortement sujette à obéir aux ordres. On appelle ces processus des protocoles. Celui que ce type a employé sur vous est la condition Saphir. Il a été développé à des fins militaires.

— Vous voulez dire que ça pourrait se reproduire ?

— Cela peut se reproduire à tout moment, confirma-t-il. Et c'est une vraie plaie parce que ça signifie que si quelqu'un vous ordonne de révéler certains secrets, vous n'aurez pas le choix. Vous balancerez tout.

— Vous parliez d'utilisations militaires. De quel genre précisément ?

— On pourrait vous confier une mission secrète – un assassinat par exemple – et vous la mèneriez à bien sans vous poser de questions, répondit McCallister. Et vous seriez dans l'incapacité de parler si on vous a ordonné de garder le silence. Pas même pour sauver votre peau, précisa-t-il. C'est l'une des utilisations perverses les plus évidentes de ce produit et nous essayons depuis un moment de désactiver ces protocoles.

— Attendez une minute. Qui ça, *nous* ? Vous deux ? (Bryn émit un rire quelque peu hystérique.) À nous trois, on ne peut pas vraiment dire qu'on forme une organisation d'envergure, les gars. Je dis ça, je dis rien.

Les deux hommes échangèrent un regard, et McCallister reprit la parole :

— Pour des raisons de sécurité, je ne peux pas répondre à cette question.

— Vous n'êtes donc pas seuls ?

— Bryn...

— Pourquoi ne m'avez-vous pas parlé de ces protocoles ? Vous auriez pu me prévenir.

— Ça n'aurait servi strictement à rien, répondit Joe d'une voix calme et neutre. Vous n'auriez rien pu faire de toute façon. Une fois qu'un protocole est invoqué, vous n'avez plus le choix. Et vous ne pouvez pas résister. Ça n'aurait servi qu'à vous rendre paranoïaque, sans améliorer votre sécurité.

Bryn vida rageusement son verre de scotch et chassa ses larmes d'un clignement de paupières.

— Vous n'avez aucune idée de ce que je ressens. D'abord, je suis morte. Ensuite, je suis accro à votre produit de merde, et maintenant je suis un *monstre*, une sorte de robot zombie décérébré. Et si ce type m'avait ordonné de baiser avec lui ? Est-ce que je me serais exécutée ?

Ils gardèrent le silence. McCallister contemplait le fond de son verre, mais elle vit les muscles de ses mâchoires se crisper et se souvint de l'éclat de colère brute qu'elle avait aperçu dans ses yeux tout à l'heure. La réponse à sa dernière question était manifestement oui.

— Il y a forcément *quelque chose* à faire. *N'importe quoi* !

— On y travaille.

— Et donc en attendant, si un connard s'approche de moi et me parle de saphir, je deviens son esclave ? Vous n'avez rien d'autre à proposer ?

— Il y a peut-être quelque chose, dit Joe. Laissez-moi une journée.

Une journée. Cette perspective la fit frissonner ; elle n'était pas prête à affronter de nouveau le monde extérieur alors qu'elle était tellement vulnérable.

— Impossible, dit-elle. C'est trop long. C'est tout de suite que j'ai besoin d'aide !

— L'un de nous va rester avec vous en permanence, déclara McCallister. Vous serez en sécurité, Bryn, et nous trouverons le moyen de neutraliser les protocoles.

Fideli approuva d'un hochement de tête.

— En fait, Pat, ça change tout. Soit la personne responsable des fuites est différente de celle qui connaît les protocoles et quelqu'un à l'intérieur de *Pharmadene* cherche à utiliser Bryn pour son propre compte, soit…

— Soit cette personne est également au courant pour les protocoles. Cela concerne un tout petit cercle d'initiés. Ce qui réduit la liste des suspects. Ça pourrait nous aider. (McCallister finit son scotch et reposa le verre vide sur le bureau de Fideli.) Comment est la sécurité ici ?

— Excellente. Technologie de blocage intégrée pour toutes les données et contre-mesures de surveillance physiques. Comme vous pouvez le constater, la puissance de feu est à la hauteur. (Fideli haussa les épaules.) Une vraie chambre forte.

— Et la famille peut se réfugier ici en cas de besoin.

— Ils connaissent la procédure et cet endroit est sécurisé au maximum. Il y a des stocks de nourriture, d'eau, de médicaments, et un système d'égouts.

— Et pour l'aération ?

— Trois arrivées d'air, dont une pratiquement impossible à obstruer ! Plus de l'oxygène en cas d'urgence. (L'expression habituellement joyeuse de Fideli s'était brutalement assombrie.) Tu crois qu'ils pourraient s'en prendre à Kylie et aux gosses ?

— Si les choses tournent mal, nous sommes tous des cibles, pour les deux camps. Il faut s'attendre au pire.

Fideli inclina très légèrement la tête.

— Et elle ? (Il parlait bien évidemment de Bryn.) Son appartement n'est pas exactement ce que j'appellerais un bunker sécurisé.

— Je lui servirai de garde du corps personnel pour cette nuit. Demain ce sera ton tour. Et… Joe, essaie de savoir où en est notre ami. J'ai comme l'impression que notre calendrier s'accélère.

— Je te suis ; je vais tâcher de lui tirer les vers du nez. Et vous, les jeunes, amusez-vous bien.

Avec McCallister ?

Bryn était à peu près certaine qu'une telle chose ne serait jamais possible nulle part dans l'univers.

Chapitre 6

McCallister la reconduisit chez elle et ils n'échangèrent pas un mot sur le chemin. Pas un seul. Il lui jetait des regards en biais de temps en temps, mais il semblait comprendre que Bryn avait davantage besoin de silence que de réconfort. Elle appréciait cet aspect-là chez lui ; il ne craignait pas de la laisser s'absorber dans ses pensées. Et l'avoir à son côté apaisait la terreur qui bouillonnait en elle.

Sauf qu'il peut m'ordonner de faire tout ce qu'il veut, songea-t-elle avec un frisson en dépit de la chaleur dans la voiture. *Quand il veut.*

McCallister la vit trembler et monta un peu plus le chauffage.

— Ce n'est pas ça, dit-elle.

Il hocha lentement la tête.

— Vous êtes en train de prendre la mesure de votre vulnérabilité, répondit-il. Je suis navré. J'aimerais vous dire que je peux faire quelque chose, mais dans l'immédiat, nous n'avons pas d'autre choix que d'attendre et voir ce qui va se passer.

— Je pensais qu'un pistolet me rassurerait, mais si vous m'ordonniez de m'en débarrasser, je serais obligée de le faire, n'est-ce pas ? (Sa voix était sourde, mais pleine d'amertume.) Je suis obligée de faire tout ce que vous voulez. *Patron*.

— Je n'ai pas l'intention d'en profiter.

— Mais vous le pourriez. (Elle se détourna vers les rues sombres qui défilaient.) Certains ne se gêneraient pas.

Il demeura silencieux quelques instants, puis répondit doucement :

— Oui. Certains ne s'en priveraient pas.

Il n'ajouta rien d'autre. Cette fois non plus, il ne tenta ni de la rassurer ni de protester qu'il n'était pas comme ça. Tout était dit.

Et curieusement, elle avait un peu plus confiance en lui à cause de ça. S'il n'éprouvait pas le besoin de défendre sa moralité, il y avait de fortes chances qu'il soit un homme de bien.

— Pourquoi m'avez-vous régénérée ?

Elle lui avait déjà posé cette question, mais elle avait la sensation diffuse qu'il n'y répondrait pas vraiment.

— Vous auriez préféré que je ne le fasse pas ?

— Oui. Je crois que je me porterais bien mieux si j'étais morte. Ce n'est pas votre avis ?

— Non, lâcha-t-il laconiquement. Et si vous voulez une vraie réponse… (Il s'interrompit, comme pour peser soigneusement ses mots.) Vous aviez dû être projetée contre le mur du fond, et une table s'était renversée sur vous. Nous n'avions pas la moindre idée que vous étiez en train de vous étouffer jusqu'à ce que Joe se rende compte que vous n'étiez pas là où il pensait et tente de vous localiser. Nous étions présents tout le temps, et nous vous avons laissée mourir pendant qu'on sécurisait la scène de crime. C'est moi qui ai déplacé la table et qui vous ai trouvée. J'ai essayé de vous ranimer, mais il était trop tard. Vous étiez déjà morte. Alors je n'ai pas vraiment eu le choix.

Il y avait tant de choses dans sa voix, quand bien même il s'efforçait de ne rien exprimer. Elle imaginait parfaitement ce qu'il avait pu ressentir en la découvrant ainsi – alors qu'il aurait pu lui sauver la vie. Quelqu'un qui passait de vie à trépas à quelques mètres de vous.

— C'est la culpabilité, dit-elle. Vous l'avez fait parce que vous vous sentiez coupable.

Il la regarda dans les yeux.

— Vous vous sentirez mieux si je vous réponds par l'affirmative ?

Confusément, elle comprit que oui. Un peu.

— Referiez-vous la même chose ?

— Oui, répondit-il. Sans même y réfléchir à deux fois. Surtout maintenant que je vous connais. Et ce ne serait pas par culpabilité cette fois-ci.

— Non ? (Cela lui arracha un petit sourire et éveilla sa curiosité en dépit de sa lassitude.) Pour quelle raison le feriez-vous, alors ?

Il éluda clairement cette question-là.

— Nous sommes arrivés, dit-il. Vous êtes chez vous.

Les immeubles de sa résidence étaient plus miteux que jamais ; des ordures débordant des poubelles avaient été emportées par le vent et s'étaient amassées sur les voitures en stationnement comme de la neige sale. McCallister trouva une place et Bryn le précéda jusqu'à son appartement.

Il lui prit les clés des mains et la repoussa sur le côté.

— Laissez-moi vérifier les lieux.

— Tout va bien. Mister French monte la garde à l'intérieur.

Il la gratifia d'un regard légèrement déconcerté, mais ouvrit néanmoins la porte et alluma la lumière. Le bouledogue se redressa sur le canapé en grognant, fixant McCallister de ses petits yeux noirs d'un air agressif.

— Mister French, je présume, dit McCallister, goguenard. Rappelez-le, je vous prie.

Bryn siffla et Mister French dressa les oreilles. Il cessa de gronder et se rassit, mais ne s'apaisa que lorsque Bryn passa devant McCallister pour venir le caresser.

— Tu es un bon chien, dit-elle en le grattant derrière la tête. Tu montes la garde pour me protéger des méchants.

— Je fais partie du lot ? demanda McCallister, qui referma et verrouilla la porte à double tour.

— Je dois le sortir, vous savez.

— Pas avant que j'aie inspecté les autres pièces.

— Ce n'est pas nécessaire, Mister French…

— Je ne mets pas en doute ses capacités, mais deux précautions valent mieux qu'une.

Ce ne fut pas bien long – la cuisine était minuscule et la chambre en désordre pas beaucoup plus grande. Les placards ne dissimulaient pas de surprises, pas plus que les recoins ou les moutons de poussière derrière le lit. McCallister ne laissait rien au hasard, on ne pouvait pas lui enlever ça. Il inspecta non seulement les moindres lieux pouvant servir de cachette, y compris la baignoire, mais vérifia également que toutes les fenêtres étaient bien fermées. Bryn s'inquiéta vaguement de ce qu'il allait penser de ses talents de femme d'intérieur.

— Tout va bien, dit McCallister. Je vais sortir le chien.

— Mais c'est *mon* chien.

— Et je ne veux pas que vous sortiez seule, répliqua-t-il.

— Très bien. Venez avec nous. (Bryn attacha la laisse au collier de Mister French.) Belle nuit pour marcher un peu, vous ne trouvez pas ?

McCallister n'avait certainement pas l'air de s'en réjouir, mais ne protesta pas. Ensemble, ils redescendirent l'escalier et conduisirent le bouledogue dans la zone plantée d'herbe de l'autre côté du parking. C'était l'endroit où les chiens faisaient leurs besoins, et Bryn n'avait pas oublié de prendre des sacs en plastique. Mister French fit ce qu'il avait à faire et elle ramassa derrière lui. Rien que de très ordinaire, à l'exception de la haute silhouette masculine qui scrutait les ombres comme s'il s'attendait à en voir surgir une armée de ninjas.

Le seul incident notable fut l'échappée d'un rat qui se faufila hors d'une poubelle et traversa la zone de stationnement à toute allure, déclenchant les aboiements furieux de Mister French, qui tira sur la laisse. Bryn s'y agrippa de toutes ses forces ; le petit corps du chien était très musculeux.

— Rentrons, dit McCallister.

Son langage corporel était presque aussi tendu que celui du bouledogue, et Bryn rendit les armes, se laissant entraîner à la poursuite du rongeur sur une partie du trajet de retour avant de ramener Mister French dans la direction de l'escalier. Il la suivit sans opposer de résistance, persuadé d'avoir chassé l'intrus, et une fois qu'ils furent à l'intérieur et que la porte fut verrouillée, il s'étira d'un air parfaitement satisfait.

McCallister inspecta alors une nouvelle fois l'appartement.

— On devrait manger quelque chose, dit-il quand il revint.

Bryn s'était assise sur le canapé avec son chien.

— Je peux commander une pizza.

— Pas de livraisons. C'est trop risqué.

— Bah, allons donc, ce n'est que de la *pizza*.

— Et si quelqu'un veut vous atteindre, et moi par la même occasion, droguer une pizza n'est pas bien difficile. Non. On va préparer quelque chose ici.

Bryn gratouilla les oreilles du bouledogue.

— Dans ce cas, j'espère que vous êtes l'un de ces super chefs capables de vous concocter un festin avec deux cranberries séchées et un citron, parce que c'est à peu près tout ce que j'ai.

McCallister la dévisagea, atterrée, comme si c'était une mauvaise plaisanterie, puis fouilla dans le frigo. Il resta planté là un moment avant de laisser la porte se refermer. Il réitéra l'opération dans le garde-manger, dont il sortit un demi-pain à moitié moisi qu'il jeta à la poubelle, et finit par ouvrir un paquet de crackers et un pot de beurre de cacahuète.

— Vous ne cuisinez pas, déclara-t-il.

— Et vous êtes sûrement Sherlock Holmes pour tirer des conclusions à partir d'indices aussi maigres...

— Je pensais que tout le monde était au moins capable de se préparer un bol de soupe. Comment faites-vous pour survivre ? Pas avec de la pizza.

— Ils livrent également des spaghettis et des sandwichs. Et même de la bouffe chinoise.

McCallister secoua la tête et s'installa en face d'elle avec les crackers, le beurre de cacahuète et un couteau à tartiner. Il lui tendit une assiette en carton – c'était tout ce qu'elle avait. Mister French se redressa et lorgna le pot de beurre de cacahuète jusqu'à ce que Bryn le chasse du canapé. Il s'assit docilement à ses pieds et les contempla tous les deux, ainsi que la nourriture, sous un angle différent, s'efforçant de leur faire comprendre qu'il mourait de faim.

Bryn mangea sans un mot en jetant des regards furtifs à McCallister. Mâchouiller des crackers pâteux et collants ne laissait guère de place à la conversation. Mais le silence finit par devenir pesant, et tout en avalant la dernière bouchée de ce repas carrément indigent, elle songea qu'elle pouvait au moins se montrer aimable.

— Merci, dit-elle. De... euh... d'avoir préparé ça.

Avec un très faible sourire, il emporta son assiette vide dans la cuisine, ainsi que le reste des crackers et du beurre de cacahuète. Il en profita pour ouvrir des placards, apparemment à la recherche d'autre chose à manger. Il n'y avait vraiment rien d'autre, faillit lui dire Bryn. Elle manquait de tout et avait prévu de faire un tour à la supérette pour acheter au moins quelques produits de base. Il dut décider que la salière ne lui serait d'aucun secours et se mit à arpenter l'appartement en scrutant les fenêtres.

— Je dormirai sur le canapé, annonça-t-il, toujours sans la regarder directement. Ce serait bien si vous aviez un oreiller, mais ce n'est pas indispensable.

— Je ne suis pas si nulle que ça. J'ai un oreiller et même une couverture.

— Qui n'a pas servi pour le chien ?

Elle rougit.

— Bah, suis-je vraiment si monstrueuse ?

McCallister tourna les yeux vers elle, et pour la première fois son regard s'attarda sur elle. Il était presque... humain.

— Non, répondit-il. Vous ne l'êtes pas du tout.

— Venant de vous, c'est presque un compliment. (Bryn déglutit avec difficulté, les larmes soudain prêtes à couler.) C'est pourtant ce que j'ai l'impression d'être ces derniers temps. Comme un extraterrestre dans la peau de quelqu'un d'autre.

Il ne l'avait pas quittée des yeux, et son regard la brûlait.

— Après tout ce qui vous est arrivé... Vous restez une femme très attirante, Bryn, si vous en doutiez encore.

— Cette fois, c'est un vrai compliment.

Il lui sourit, sincèrement amusé.

— J'espérais bien que vous le prendriez ainsi. Je ne vous ai pas invitée à boire un verre uniquement pour vous donner des informations, vous savez.

— Je n'aurais jamais cru ça, dit-elle. Vous êtes toujours tellement... professionnel.

— Je ne compte pas mes heures, en effet, opina-t-il en revenant vers les fenêtres. Et surtout pas ce soir.

Génial.

Bryn se rendit dans la cuisine et ouvrit un placard dont elle sortit une bouteille. C'était du vin bon marché, parce qu'elle ne pouvait rien s'offrir d'autre, mais il n'était pas si mauvais. Et la bouteille était entamée. Elle s'en versa la moitié dans un pot de confiture sans même lui demander s'il en voulait, le but beaucoup trop vite et alla dans sa chambre chercher un oreiller (le second de son propre lit) et une couverture qu'elle posa sur le canapé. McCallister la regarda faire en silence, adossé au mur du salon. Alors qu'elle venait de finir son verre de vin géant et se resservait, il ajouta :

— Vous devriez peut-être lever le pied, non ?

— Pourquoi ? J'ai passé une sale journée. Semaine. Mois. Vie. *Mort*.

— Justement, insista-t-il. Vous êtes en train de perdre les pédales, et on n'a pas besoin de ça.

— Non, vous avez raison.

Elle se sentait mieux. L'alcool la réchauffait de l'intérieur. Mais il n'avait pas tort, songea-t-elle. Elle avait déjà consommé un Cosmo et un scotch ce soir, et s'enfiler une bouteille de vin presque entière ne l'aiderait certainement pas à garder la tête froide. Mais tout ce qu'elle voulait dans l'immédiat, c'était s'affranchir de la tension et de la peur. Et laisser à McCallister la tâche de veiller sur elle. Et puis de toute façon, tout était sa faute.

Elle tendit la main vers son vin.

Bryn ne l'avait pas vu se déplacer, mais il était soudain à côté d'elle. Il s'empara du verre sur le comptoir et se dirigea vers l'évier, dans lequel il le vida.

— Hé ! protesta-t-elle.

Mais c'était déjà trop tard, il faisait couler de l'eau qui emporta les dernières volutes pourpres dans le siphon.

— Vous n'êtes qu'un pauvre type, c'était à moi !

— Vous me remercierez demain matin.

— Je ne crois pas que j'aurai *jamais* l'occasion de vous remercier pour quoi que ce soit ! explosa-t-elle. (Elle sentit une violente bouffée de colère incontrôlable l'envahir.) Je vous rappelle que vous m'avez laissée crever par terre !

Il lui fit face, et c'était tout à coup le Patrick McCallister qui avait blêmi de rage dans la rue et mis un homme hors d'état de nuire en deux coups de matraque portés avec une précision chirurgicale.

Celui qui lui faisait peur.

— Asseyez-vous, lui ordonna-t-il.

Il s'était exprimé très calmement, mais la menace était bien là. Toutefois, ce fut son phrasé qui déclencha une réaction en elle – un besoin quasi compulsif de lui obéir.

Cela décupla encore sa colère.

— Sinon quoi ? cracha-t-elle en faisant un pas vers lui au lieu de s'éloigner. Vous croyez que vous pouvez invoquer votre super protocole et faire de moi votre poupée vivante ? Une poupée qui marche, qui parle et qui fait tout ce que vous voulez ? *Il n'en est pas question.*

Cette idée parut lui faire l'effet d'un électrochoc, coupant court à sa propre colère, et McCallister écarquilla les yeux.

— Ce n'est pas ce que je... (Il s'interrompit de lui-même et prit une profonde inspiration.) Ce n'est pas ainsi que je l'entendais, poursuivit-il. Je ne vous ferais jamais ça. Jamais je ne vous priverais de votre libre arbitre.

— Vous l'avez déjà fait. En me régénérant. Vous m'avez privée du choix de vivre ou de mourir – quel choix me reste-t-il à présent ? Refuser les injections ? Me *décomposer* vivante ? Vous croyez que je dispose encore de mon libre arbitre ? (Voilà qu'elle se sentait prise de vertige, à cause de l'alcool et aussi de son élan de rage pure.) Ne venez pas me dire que vous ne me priverez pas de mon libre arbitre ; vous m'en privez chaque jour un peu plus !

— Bryn...

Il ne savait plus quoi répondre, et fit alors la dernière chose à laquelle elle s'attendait.

Il étendit les bras et posa ses mains sur ses épaules.

Elle se raidit et fit mine de reculer, mais le visage de McCallister exprimait une sorte de vulnérabilité en ce moment précis, aussi s'immobilisa-t-elle et lui rendit-elle son regard. Vu de tout près, il était bien plus beau qu'elle ne l'avait pensé jusqu'alors – belle peau douce, barbe de trois jours qui ombrait ses joues. Et ses yeux n'étaient pas seulement foncés, mais d'une riche couleur chocolat, cerclés d'un vert plus sombre. Quelques fils d'argent parsemaient ses cheveux.

Il ouvrit la bouche pour parler, avant de se raviser, et ils restèrent ainsi un moment tous les deux, une force étrange et très puissante les liant l'un à l'autre. Une attirance, oui, mais pas seulement.

Un désespoir commun.

— Vous ne m'avez pas répondu tout à l'heure chez Fideli, dit Bryn. Combien vous êtes à travailler sur...

Il lui posa une main sur la bouche en même temps qu'il faisait un pas vers elle. Il se pencha jusqu'à ce que ses lèvres soient tout contre son oreille, suffisamment pour qu'elle sente son souffle sur sa peau, et murmura :

— Ne dites rien que vous ne voulez qu'ils entendent. Nous sommes surveillés en permanence. Ne l'oubliez pas.

Oh, *mon Dieu*, elle éprouva une soudaine bouffée de chaleur qui se diffusa depuis le creux de son cou à travers tout son corps et conflua dans son... bas-ventre. Il était tout contre elle, son torse frôlant ses seins, et elle sentit le raidissement de ses mains, toujours sur ses épaules. Il ne se retira pas et demeura dans la même position, comme pour ajouter quelque chose.

Mais il ne dit rien.

— Si nous devons rester comme ça, je peux vous appeler Patrick ? chuchota Bryn.

Cela rompit la tension, qui se mua en un rire rauque dans la gorge de McCallister.

Et merde, pourquoi ne le détestait-elle plus autant tout à coup ? Peut-être parce qu'elle sentait qu'il luttait pour conserver une attitude professionnelle.

C'est alors que Mister French fit une chose qu'il ne faisait jamais : il lâcha un bref aboiement plein de colère qui fit à Bryn l'effet d'une claque. Elle baissa les yeux sur lui. Il était debout à ses pieds dans une posture agressive et lançait une œillade furieuse et jalouse à McCallister.

Ce dernier considéra le chien, et son rire de gorge prit des notes de désespoir.

— Vous devriez aller vous coucher avant qu'il n'en fasse une affaire personnelle, dit-il à Bryn, tandis que leurs regards se croisaient l'espace d'une seconde. (Puis il se recula, l'abandonnant à la froideur et à sa solitude.) Je crois qu'il ne m'aime pas.

Elle s'apprêtait à répliquer, mais les mots moururent sur ses lèvres comme il secouait la tête.

— Mieux vaut qu'il ne se passe rien entre nous, dit-il très doucement. Nous avons assez de soucis comme ça sans compliquer la situation.

— D'accord, répondit-elle. Pas de… complications. C'est… (*affreux*, songea-t-elle, mais elle se reprit juste à temps)… plus raisonnable.

— C'est tout moi, dit McCallister, qui tordit ses lèvres avec amertume. Je suis un homme raisonnable.

Il s'assit sur le canapé et arrangea son oreiller, visiblement désireux de la voir partir. Ce qu'elle fit, Mister French trottinant sur ses talons.

Elle ferma la porte de sa chambre et s'y adossa, dévisageant le chien.

— Tu n'es qu'un sale crétin, tu le sais, ça ?

Mister French émit un grognement sourd, tourna trois fois sur lui-même et se coucha sur le seuil.

— Et maintenant, tu te prends pour un chaperon ? Très bien. Tu l'auras voulu. Fini les caresses.

L'appartement semblait inhabituellement silencieux tandis qu'elle se préparait à se mettre au lit. Elle se surprit à s'immobiliser, guettant les sons provenant du salon. Bryn décida enfin de s'activer, se brossa les dents et les cheveux et enfila un bas de pyjama confortable en flanelle et un débardeur de coton blanc. Lorsqu'elle se glissa sous les draps, Mister French abandonna son poste devant la porte et sauta sur la couette pour se pelotonner à ses pieds.

Elle le fusilla du regard.

— N'essaie pas de te rattraper, sale cabot. (Il se lécha les babines, grogna et enfouit sa tête entre ses pattes.) Si tu crois que tu vas m'amadouer avec tes yeux de chien battu, tu te trompes.

Mister French gémit doucement ; elle rendit les armes et lui gratta les oreilles, ce dont elle fut récompensée par un coup de langue affectueux avant de se tourner pour éteindre la lumière.

Le silence était à présent total. Profond, complet. Sans la respiration toujours haletante du bouledogue, on aurait dit que son appartement était insonorisé. Elle entendait généralement du bruit chez ses voisins – des voix, les éclats étouffés de la télé, quelque chose. Mais ce soir, c'était comme si sa chambre était en orbite dans l'espace sidéral. Ils étaient peut-être en vacances. Ou ils étaient sortis dîner dehors.

Ou ils sont peut-être morts. Cette pensée morbide s'insinua en elle sans prévenir, et Bryn fit de son mieux pour la repousser. Tout ne pouvait pas avoir une explication aussi terrible. Tout ne pouvait pas être aussi noir.

Mais il n'y avait vraiment aucun bruit.

Bryn se tourna et se retourna dans son lit, soupira, et puis s'allongea sur le dos. Il faisait chaud. C'était presque étouffant. Elle eut envie de se relever pour baisser le chauffage, mais le thermostat se trouvait dans le salon et il n'était pas envisageable qu'elle s'y rende. Elle préférait encore suer à grosses gouttes.

Elle avait sombré dans un demi-sommeil quand un souffle d'air frais lui arracha un soupir soulagé, séchant la sueur sur son visage. C'était bon.

Un souffle d'air.

Mister French bondit soudain du lit et se mit à aboyer furieusement, plus fort que jamais. Sous le choc, elle se jeta instinctivement de l'autre côté. Elle tâtonna à la recherche de son arme qu'elle avait posée sur la table de nuit, la trouva et s'accroupit derrière le lit tandis que ses yeux s'accommodaient à la pénombre.

Le rectangle plus pâle de la fenêtre. Les rideaux qui ondulaient. Le petit vent frais qui caressait sa peau.

Mister French qui grognait et aboyait.

Il n'y avait personne à la fenêtre. *Ce n'est pas moi qui l'ai ouverte. C'est donc forcément quelqu'un d'autre. Il est peut-être déjà à l'intérieur.*

Non. Si quelqu'un s'était introduit chez elle, Mister French se serait jeté sur l'intrus.

Elle en était là de ses réflexions lorsque la porte se rabattit à la volée. McCallister se rua dans sa chambre, se mit à couvert près de Bryn et demanda :

— Qu'est-ce qu'il y a ?

Il portait toujours sa chemise et son pantalon de costume, mais avait retiré sa cravate et sa veste – ce n'était qu'un petit détail qu'elle nota furtivement. Elle remarqua surtout qu'il était armé. Sa voix était beaucoup plus calme que ce que ressentait Bryn.

— La fenêtre, dit-elle. Je ne l'ai pas ouverte.

Mister French faisait des bonds en avant, se projetant contre le mur en essayant de mordre le rideau qui se soulevait.

— Rappelez-le, dit McCallister. Je vais jeter un œil à la fenêtre. Vous l'avez peut-être ouverte et vous ne vous en souvenez plus.

— Je ne l'ai pas ouverte ! Et elle ne s'est pas ouverte toute seule !

— Je sais. Laissez-moi voir.

Elle siffla, mais Mister French refusa d'écouter ; il restait dressé contre le mur, plus agressif que jamais. Secouant la tête, McCallister se leva et se déplaça comme une ombre jusqu'à la fenêtre. Voyant que les renforts étaient arrivés, Mister French cessa d'aboyer mais conserva sa position pendant que McCallister repoussait le rideau pour regarder dehors. Il demeura tendu, même après avoir indiqué à Bryn qu'il n'y avait rien, et referma la fenêtre. Il inspecta ensuite le loquet.

— Pas d'effraction, dit-il. On a dû faire glisser le pêne pour l'ouvrir. Ce n'est pas très difficile avec ce type de loquet bon marché. Mais je ne m'attendais pas à ce que quelqu'un escalade ce mur. C'est un truc de professionnel.

— Est-ce que vous en seriez capable ?

Il haussa les épaules, ce qui voulait dire « oui », supposa Bryn. Assise sur son lit, elle visualisa un intrus en train de grimper sur le mur – et malgré elle, il lui apparut sous les traits de Freddy la Foudre. Elle l'imagina qui relevait la tête en souriant, et le souvenir de son rictus lubrique et sardonique lui arracha un frisson.

— Merde, murmura-t-elle. Il n'est pas rentré… ?

— Mister French dit que non, déclara McCallister, qui se baissa pour caresser la tête du bouledogue. (Le chien lui répondit par un grognement et leva la tête en dénudant les crocs, sans faire mine de mordre. Juste pour montrer qu'il pouvait le faire.) Je crois que votre chien a dissuadé notre visiteur nocturne.

Si elle n'avait pas pris Mister French avec elle dans sa chambre – ce qu'elle ne faisait généralement pas –, le chien se serait retrouvé de l'autre côté de la porte. Ce qui aurait laissé le temps à Freddy la Foudre – si c'était bien lui – de s'introduire dans sa chambre et de... faire ce qu'il avait prévu de faire.

Et pour être optimiste, il s'agissait peut-être d'un simple violeur. Voilà qui serait un vrai soulagement, songea Bryn.

— Je pense que vous ne devriez pas rester ici, dit McCallister. Si vous voulez bien faire un sac.

Elle ne put s'empêcher de noter qu'il évitait soigneusement de lui donner des ordres.

— Je ne laisserai pas mon chien.

— On va le prendre avec nous. Je vous en prie.

McCallister semblait tendu et Bryn ne se sentait pas d'humeur à jouer les obstinées, ni à débattre de l'impulsion qui la poussait à lui obéir même s'il avait formulé poliment sa phrase sous la forme d'une requête. Lui qui était d'ordinaire si impassible, il fallait certainement une situation de crise pour lui faire perdre son sang-froid. De plus, quelqu'un avait bel et bien forcé la fenêtre de la chambre de Bryn – Freddy la Foudre ou pas. Changer d'endroit n'était donc pas une mauvaise option, après tout.

Bryn n'eut besoin que de cinq minutes pour rassembler ses affaires. *Bon Dieu de merde*, elle aurait pu faire ses bagages pour déménager en moins d'une heure, et l'idée était déprimante. McCallister inspecta sa voiture dans les moindres recoins, à l'intérieur comme à l'extérieur, à la recherche de traceurs, de passagers clandestins ou d'explosifs que l'intrus leur aurait laissés en cadeau d'adieu avant de l'autoriser à s'en approcher. Il vérifia même le coffre. Elle frissonna de dégoût en imaginant que Freddy la Foudre aurait pu s'y cacher, telle une mygale fouisseuse au fond de son trou.

Ils avaient parcouru environ un kilomètre, tournant et bifurquant aussi souvent que possible de façon aléatoire, lorsque McCallister reprit la parole :

— Je n'ai repéré personne qui nous suivait.

— C'est bon signe.

— Peut-être. (Il ne semblait pas convaincu.) Nous allons changer de voiture.

— On va faire *quoi* ?

— J'ai pu manquer quelque chose. C'est du sérieux, Bryn. Ce n'est pas un film à la télévision. Je ne peux pas me permettre de prendre le moindre risque.

— Je croyais que j'étais difficile à tuer.

Il ne répondit pas tout de suite, et sa voix était sombre quand il le fit :

— Mais on peut facilement vous *torturer*.

McCallister composa un numéro sur le téléphone de la voiture et demanda à l'un de ses hommes de main de chez *Pharmadene* de lui préparer un second véhicule. Une demi-heure plus tard, ils se garaient dans un parking à côté d'une voiture en tous points similaire à la leur et changeaient de place avec l'homme qui était au volant.

— Où va-t-il aller ? s'enquit Bryn.

— N'importe où sauf là où nous allons. Si quelqu'un le suit, il roulera longtemps et lui fera perdre son temps.

— Bon. Et où allons-nous ?

— Je préfère ne pas vous le dire.

— Au cas où on nous écouterait.

Il ne répondit pas, mais elle avait d'ores et déjà cessé d'espérer qu'il prendrait la peine de lui fournir la moindre explication.

Ils laissèrent les lumières de la ville derrière eux et s'enfoncèrent dans les rues endormies des banlieues résidentielles. Il roulait toujours, et à présent que l'adrénaline s'était épuisée dans son organisme, Bryn se laissa aller à somnoler, la tête inconfortablement appuyée contre la vitre. Elle dut s'assoupir, car lorsqu'elle releva la tête en sursaut, McCallister arrêtait la voiture devant un épais mur de pierre percé d'un énorme portail en fer forgé à l'allure menaçante.

Les grilles s'ouvrirent lentement, révélant un chemin de graviers bleuâtre au clair de lune, mais qui devait être d'un blanc aveuglant à la lumière du jour. Les arbustes qui le bordaient étaient soigneusement taillés comme dans un salon botanique haut de gamme, sans une feuille qui dépassait. Bryn cligna les yeux tandis qu'ils remontaient une longue allée sinueuse, passant des arbres centenaires, des roseraies impeccables et un kiosque à musique immaculé assez spacieux pour accueillir l'Orchestre philharmonique de New York au grand complet.

Une immense bâtisse carrée apparut au coin de la dernière colline, éclairée de lampes extérieures d'un goût exquis. C'était aussi grand qu'un centre commercial, songea Bryn. Sans mentionner que le style victorien de la demeure aurait pu sans peine servir de décor pour un film d'époque avec des femmes en corsets et des hommes aux mauvaises manières.

McCallister se gara devant le perron et la haute porte de bois s'ouvrit sur un véritable *majordome*. C'est en tout cas ainsi que Bryn l'identifia, même s'il ne portait pas de smoking, mais une veste et un nœud papillon, ce qui était déjà remarquable à cette heure tardive.

— Où sommes-nous ? demanda Bryn.

— Chez moi, répondit McCallister. Venez.

Ce n'était pas raisonnablement *possible* que quelqu'un habite ici. Pas quelqu'un qui avait besoin de travailler pour gagner sa vie. Pourtant, McCallister fit le tour de la voiture pour ouvrir la portière à Bryn, et elle regarda Mister French, qui jappa quelque chose en langage canin et bondit de l'habitacle pour trottiner derrière lui.

— Traître, murmura-t-elle en saisissant son sac.

Le majordome était un homme entre deux âges aux cheveux grisonnants, mais son visage empreint de bonté mit Bryn aussitôt à l'aise, et elle ne protesta pas quand il s'empara de sa valise.

— Mademoiselle Davis, je vais porter ceci dans votre chambre.

— Donne-lui la Chambre Acajou, Liam ; je veux qu'elle soit dans une pièce facilement défendable, dit McCallister.

Le majordome hocha brièvement la tête et s'engagea dans l'escalier, laissant Bryn et Mister French bouche bée dans l'immense vestibule voûté. Il avait une forme des plus étranges – octogonale, sans doute – et donnait sur trois portes en plus du grand escalier majestueux disparaissant dans l'ombre. Bryn fut submergée par une impression d'ancienneté, de solidité et par-dessus tout d'opulence. Les tableaux accrochés aux murs. Les tapisseries. Les tapis richement colorés qui recouvraient le sol.

— Bienvenue dans le boulet ancestral que je traîne avec moi, dit McCallister. Avant que vous ne posiez la question, oui, cette demeure m'appartient. Ou plus exactement, c'est la propriété du trust familial, qui m'autorise à le louer pour une somme dérisoire.

Bryn n'avait pas de mots. Elle finit par lâcher un « waouh » très en dessous de ce qu'elle ressentait tout en examinant le tableau qui se trouvait près d'elle. Elle l'avait déjà vu. Ils en vendaient des reproductions au Wal-Mart.

— Vous êtes donc... riche.

Là encore, c'était un euphémisme.

— Pas vraiment. Comme je vous l'ai dit, tout cela appartient au trust, dont je ne suis que l'administrateur. Je suis... (il réfléchit quelques secondes, cherchant ses mots, et lui sourit)... une sorte de concierge, si l'on veut. Mais j'évite autant que possible de venir ici.

Liam est plus que compétent pour gérer cet endroit et n'a pas besoin de moi.

— Mais c'est la propriété de votre famille.

— Non, du trust qui gère la succession. Cette maison appartenait à mon père. Et mon père ne me l'a pas léguée. (McCallister chercha Mister French des yeux ; celui-ci était en train de renifler une tapisserie, la truffe enfouie dans l'étoffe sans doute inestimable.) Euh... voudriez-vous... ?

— Viens ici, sale cabot, appela Bryn en le prenant dans ses bras.

Il se tortilla pour se dégager, mais elle tint bon. Il ne manquerait plus que ce corniaud urine ici ; elle n'aurait pas assez du reste de sa vie pour rembourser les dégâts.

— À qui votre père l'a-t-il léguée ?

— À mon frère, l'informa McCallister. Il est mort. (Une réponse laconique dépourvue d'émotions qui n'invitait pas à poser d'autres questions.) Je vais vous montrer votre chambre.

— La Chambre Acajou, répéta-t-elle. Est-ce que toutes les pièces ont des appellations aussi prétentieuses, ici ?

— Restez polie. J'aurais pu vous donner la Suite Aubergine.

— Mon Dieu.

— Ma chambre est à deux portes de la vôtre, ajouta-t-il. Si vous avez besoin de quoi que ce soit, vous pouvez sonner Liam ou venir me trouver. Ne vous promenez pas toute seule dans les couloirs.

— Il y a des fantômes ?

— Aucun qui vous importunera.

Là encore, il fermait une porte, coupant court aux questions. McCallister grimpa quelques marches du grand escalier avant de se retourner :

— Autre chose ?

Elle s'arrêta, une main sur la rampe.

— Quel est le nom de votre chambre ?

— La chambre de Patrick, répondit-il. Mais autrefois, on l'appelait la Chambre Noire.

Sans trop savoir pourquoi, Bryn n'en fut pas surprise.

La Chambre Acajou était la plus belle chose que Bryn ait jamais contemplée.

Elle marqua une pause sur le seuil, admirant les lignes gracieuses du lit à baldaquin, l'immense miroir encadré de dorures qui occupait la moitié d'un mur, les soieries dans un camaïeu de roux orangé sourd, de bruns vibrants et d'ors blonds comme les blés. *Sûrement la chambre préférée de la reine d'Angleterre,* s'émerveilla-t-elle intérieurement. Sa petite valise faisait particulièrement minable là où Liam l'avait déposée, sur une étagère à bagage escamotable. Le meuble seul valait certainement davantage que la valise *et* son contenu.

Elle avait commencé à se prendre d'affection pour McCallister, mais à présent… elle ne pouvait plus croire qu'ils avaient quoi que ce soit en commun, pour être tout à fait honnête. Il était issu d'un monde entièrement différent de celui où elle vivait – et de celui de tous les gens qu'elle connaissait. Mais pour quelle raison travaillait-il avec les autres drones de cette entreprise ?

— J'espère que la chambre sera à votre goût, mademoiselle, dit Liam avec un sourire chaleureux. Dois-je préparer un panier pour votre chien ?

— Euh… est-ce qu'il peut dormir avec moi ?

— Certainement.

Oui, qu'est-ce que ça pouvait faire si son toutou laissait des poils sur un couvre-lit qui aurait pu figurer au patrimoine national ou sur un tapis pour lequel les collectionneurs d'antiquités auraient vendu père et mère ? Elle posa donc Mister French par terre et le laissa faire le tour de la pièce en reniflant joyeusement, tâchant de ne pas songer aux catastrophes qu'il pourrait provoquer.

Liam la regardait et il lisait visiblement dans ses pensées, car il lui dit dans un sourire :

— Ne vous inquiétez pas pour le chien, mademoiselle. Nous en avons déjà sept ici, deux rottweilers, trois lévriers, un caniche et un carlin. Votre compagnon est le bienvenu. Je vais lui apporter de l'eau et de la nourriture. Désirez-vous également quelque chose ?

— Je suis fourbue, dit-elle. Je crois que j'ai surtout besoin de dormir, mais merci quand même. Et merci de ne pas me faire sentir... inférieure.

— Vous ne l'êtes certainement pas, l'assura-t-il avec un hochement de tête avant de refermer la porte derrière lui.

À peine deux secondes plus tard, on frappa de nouveau. C'était McCallister, qui se racla la gorge.

— Vous serez très bien ici. (Ce n'était pas une question.) Comme je vous l'ai dit, ma chambre se trouve deux portes plus loin dans le couloir. Le bouton d'appel d'urgence est au chevet de votre lit. N'hésitez pas à l'utiliser si quelque chose vous inquiète, et Liam sera là en quelques secondes. Moi également.

— Pourquoi travaillez-vous pour *Pharmadene* ? lança-t-elle alors qu'il allait ressortir. Vous avez forcément une raison. Vous n'avez pas besoin de ce boulot. Si j'habitais ici, je ne porterais pour rien au monde un badge d'entreprise et un costume de pingouin.

Il envisagea de lui répondre en toute sincérité – elle vit cela dans la façon dont il la regarda – mais secoua finalement la tête.

— Nous parlerons de ça une autre fois ; c'est une longue histoire. Dans l'immédiat, vous avez besoin de sommeil. Liam viendra vous réveiller pour le petit déjeuner et nous partirons juste après.

— Pour aller où ?

— Voir quelqu'un qui pourra vous aider mieux que moi, je l'espère.

— Patrick ? (Il se retourna, la main sur le loquet de la porte.) Chez moi, tout à l'heure, nous… (Il secoua la tête et sortit sans un mot.) Il ne s'est rien passé du tout, acheva-t-elle à voix basse tandis que la porte se refermait sur lui. Très bien. On reste sur le plan professionnel. Pas de problème avec ça.

En dépit du matelas incroyablement moelleux, de la douceur des draps et de la couette en plumes, ni Bryn ni Mister French ne dormirent beaucoup cette nuit-là.

Le soleil se leva sur une belle et chaude journée, ponctuée de ces gazouillis heureux d'oiseaux de la campagne dont Bryn pensait qu'ils n'existaient que dans les films. Elle se sentait fatiguée, mais curieusement apaisée, et ouvrit sa fenêtre en grand pour admirer la vue des jardins parfaitement entretenus, ciselés comme des bijoux. Elle en profita pendant une minute, jusqu'à ce que Mister French se plante devant la porte fermée (et verrouillée) et se mette à gémir pour lui rappeler que les manoirs n'étaient sans doute pas équipés de portes va-et-vient pour chiens. Elle était en train d'enfiler robe de chambre et pantoufles tout en se demandant si elle pouvait se promener en tenue négligée dans un tel lieu quand on frappa discrètement à sa porte.

Elle tira le verrou et ouvrit. C'était Liam, qui lui sourit poliment et demanda :

— Souhaitez-vous que j'emmène ce chenapan faire un petit tour dehors ?

Oh.

— Eh bien… si cela ne vous dérange pas…

— Ce n'est pas un souci, mademoiselle Davis. Prendrez-vous du thé ou du café au petit déjeuner ?

Comme si elle n'attendait que ce signal, elle se souvint qu'elle manquait de caféine et son estomac se mit à gargouiller.

— Café, répondit-elle. Et juste un *bagel*, je vous prie. Oh… Liam ?

— Oui, mademoiselle ?

— Quelle est l'histoire de cette demeure ?

Liam la dévisagea pendant quelques secondes sans rien dire, puis s'adossa au chambranle de la porte.

— Je pense que ce serait à M. McCallister de vous la raconter lui-même.

— M. McCallister a opté pour la stratégie de ne rien me dire du tout, et je ne crois pas qu'il changera d'avis.

— Il est en effet très secret, acquiesça Liam. Très bien, alors. Son arrière-grand-père était un misérable cheminot qui a fait fortune. Une fortune que son petit-fils a entrepris de dilapider. Heureusement, sa petite-fille s'est montrée plus maligne, et lorsque le père de M. McCallister est né, la fortune familiale avait été préservée.

— Il a dit qu'il avait un frère.

— C'était le cas.

Elle attendit, mais il n'en dit pas davantage.

— Et ? relança-t-elle.

— Je crois que Patrick vous a dit que Jamie était mort.

— On dirait que personne n'a envie de me dire la vérité à ce sujet.

— En effet, répondit Liam. Je vais sortir le chien, mademoiselle. Vous pouvez descendre prendre le petit déjeuner dès que vous serez prête.

Sur ces mots, il tourna les talons, sans laisser le temps à Bryn d'imaginer d'autre façon de lui soutirer des informations. Cela n'aurait servi à rien de toute façon. Comme si Liam et Patrick avaient tous les deux fait vœu de silence sur la question.

Une fois lavée et habillée, elle descendit au rez-de-chaussée et trouva Mister French confortablement roulé en boule dans un panier pour chien à côté de la porte ; il avait l'air aux anges. Liam la conduisit dans le Petit Salon, où était installé le buffet du petit déjeuner. La pièce était pourtant loin d'être *petite* et contenait assez de nourriture pour sustenter une armée en campagne.

— Je ne voulais qu'un *bagel*, dit-elle faiblement en passant en revue les chauffe-plats rutilants débordant de victuailles.

Liam tira une chaise devant laquelle étaient posés une tasse de porcelaine fumante et un *bagel*, exactement comme elle l'avait demandé.

— Oh.

Elle s'installa et buvait sa première gorgée de café quand Patrick McCallister arriva.

Quand je pense que j'ai fait dormir cet homme dans mon vieux canapé, avec une couverture de chez Wal-Mart. Dans mon appartement à six cents dollars par mois. Je lui ai fait manger des crackers au beurre de cacahuète dans des assiettes en carton.

Et il me sourit.

Elle ne savait pas trop quelle émotion parmi celles qui bouillonnaient en elle était la plus pertinente : le vague sentiment de honte de ne pas faire partie du même monde que lui ; la colère de ne pas se sentir à la hauteur ; ou la surprise de constater une fois de plus que Patrick McCallister ressemblait à un être humain quand il souriait.

Ou encore le plaisir secret et déstabilisant de trouver de la chaleur dans ce sourire en dépit de tout le reste.

Bryn se secoua et s'efforça de le regarder de façon analytique. Il semblait porter le même costume, la même chemise et la même cravate que la veille, à la différence près que sa tenue d'aujourd'hui était impeccablement propre et repassée. Peut-être que Liam assurait également un service de pressing nocturne. Et ses chaussures brillaient. Il emplit une assiette avec des gestes vifs mais gracieux et s'assit en face de Bryn.

— Bonjour, la salua-t-il. Vous avez bien dormi ?

— Oui, répondit-elle. Bien sûr. Pourquoi je n'aurais pas bien dormi ? Freddy la Foudre s'est relevé d'entre les morts et quelqu'un escalade les murs à mains nues comme un lézard pour parvenir jusqu'à moi. Qu'est-ce qui aurait bien pu m'empêcher de dormir ?

— Personne ne viendra vous chercher ici, intervint Liam, très sûr de lui. Les murs sont équipés de détecteurs de mouvement, toutes les entrées sont sécurisées. Des caméras de surveillance fonctionnent en permanence. Vous ne risquez rien, mademoiselle.

Sans lui laisser le temps de se sentir mieux, McCallister ajouta :

— Elle ne reste pas ici. Nous partirons tout de suite après le petit déjeuner.

— Je vois. (Liam haussa légèrement les sourcils.) Aurez-vous besoin de ravitaillement ?

McCallister le gratifia d'un grand sourire.

— Je commence à me demander si tu ne te prends pas pour Alfred et moi pour Bruce Wayne. Avons-nous une Batcave ?

— Je vous le répète encore, je ne suis pas un majordome, monsieur. Je suis l'administrateur de la succession. Et à ma connaissance, nous ne possédons pas de Batcave, mais je peux inspecter les sous-sols au cas où cela m'aurait échappé. Je pensais à un repas à emporter. Et peut-être un Thermos de café.

— Ah, dit McCallister en enfournant une bouchée de bacon que Bryn commençait à regretter de ne pas avoir pris. Un repas et du café me paraissent très bien. Merci.

— Et pour la jeune dame ?

— Tout ce que vous ferez me conviendra, répondit-elle hâtivement.

Que mangeaient les riches au déjeuner ? Des sandwichs au pain de mie avec la croûte découpée ? Des huîtres ? Elle n'en avait aucune idée. Ce manoir faisait passer le déjeuner français très chic que lui avait offert M. Fairview pour un snack sur le pouce chez le traiteur du coin de la rue.

— Où allons-nous ?

Elle s'était adressée à McCallister, qui prit le temps de mastiquer et d'avaler une grosse bouchée de ses œufs avant de lui répondre.

— Je vous ai dit que je connaissais quelqu'un qui pouvait sans doute vous aider à gérer votre... situation particulière. C'est un thérapeute. Nous irons le voir très bientôt.

De nouveau, il s'exprimait de façon codée, et la réalité s'abattit lourdement sur les épaules de Bryn, telles des mains la maintenant sur son siège : ils étaient toujours sous surveillance. On les écoutait. Même ici. Où qu'elle aille, il lui était impossible de se défaire de la laisse que *Pharmadene* lui avait passée autour du cou.

Elle mordit dans son *bagel*. Il était sans nul doute délicieux, mais elle n'en sentit presque pas le goût. La pâtisserie et le café lui rempliraient au moins le ventre et lui permettraient de tenir le coup.

— J'ai besoin de mon injection, dit-elle.

— Vous l'aurez quand nous serons arrivés chez le thérapeute.

— Vous l'avez avec vous ?

— Oui. J'en ai toujours deux doses sur moi en cas d'urgence. (Elle fronça les sourcils et il continua.) Si vous êtes gravement blessée, il vous faudra certainement une injection supplémentaire. Je n'aime pas être pris au dépourvu, surtout tant que vous serez avec moi.

— Autrement dit, il me suffit de vous assommer et je suis tranquille pour deux jours.

Son sourire se mua en un rictus crispé et maîtrisé, presque dépourvu d'humour.

— Encore faudrait-il que vous puissiez m'assommer. (Elle reconnut l'éclat qui brillait dans ses yeux ; ce n'était pas de l'arrogance. Il était sûr de lui parce qu'il avait la certitude de ne pas se tromper.) Et je ne crois pas que la fuite vous mettrait à l'abri de *Pharmadene*.

Il avait raison. Sans ressources, elle ne ferait que repousser une fin inévitable et particulièrement atroce. *Pharmadene* n'aurait même pas besoin de la retrouver, à moins qu'ils n'aient de bonnes raisons. Ils n'auraient qu'à laisser pourrir la situation. Au sens propre.

Je suis vraiment dans la merde.

Bryn termina son *bagel* en silence. Le temps qu'elle finisse de manger, Liam avait refait sa valise et l'avait chargée dans la voiture de McCallister. Il y avait ajouté un nouveau panier pour Mister French afin qu'il voyage confortablement. Et leur repas était emballé dans des petites boîtes individuelles.

— Cet homme est réellement Alfred, dit-elle à McCallister, qui vidait sa tasse de café en le regardant faire.

— En fait, je me demande même souvent s'il ne serait pas plutôt Batman lui-même. (McCallister tendit à Liam sa tasse et sa soucoupe et ouvrit la portière côté passager pour Bryn.) En route.

Elle laissa Mister French sauter dans la voiture et s'installer dans son panier, puis prit elle-même place. McCallister se glissa au volant, et dix secondes plus tard ils empruntaient l'allée. Bryn écouta le crissement des pneus sur les graviers pendant quelques secondes avant de parler.

— Votre famille croule sous les dollars.

— C'est une façon de voir les choses.

— Mais cet argent ne vous appartient pas ?

— Je vous l'ai dit. Je ne suis que l'administrateur du trust. Je décide comment ces fonds sont investis, mais je n'ai pas le droit d'y toucher.

— C'est pour cette raison que vous avez pris ce boulot chez *Pharmadene* ?

— Même les anciens riches ont besoin de gagner leur vie.

— Mais pourquoi chez eux ?

Il ne la regardait pas, gardant les yeux fixés sur la longue route en lacets qui menait au portail.

— Je ne crois pas que ce soit une bonne idée de parler de mon travail, Bryn. Ce n'est sain ni pour vous ni pour moi de fouiller dans les détails.

— Mais lorsque nous étions chez Joe, vous avez dit…

— Bryn, coupa-t-il aussi sèchement qu'une guillotine. Changez de sujet. Immédiatement.

Bon sang, elle n'avait pas eu l'intention de révéler des informations top secrètes. Elle n'était pas stupide à ce point. Elle se sentit blessée qu'il l'ait pensé.

— Très bien. Parlez-moi de votre famille.

— Choisissez autre chose.

Ils avaient finalement atteint les limites de la propriété ; le portail s'ouvrit avec lenteur pour les laisser passer et ils s'engagèrent sur la route. Elle perçut sa contrariété dans la façon dont il appuya sur la pédale d'accélération, dépassant la vitesse autorisée.

— Pas question. Vous m'avez déjà interdit un sujet de conversation. Liam m'a dit que votre famille s'était enrichie à l'ancienne.

— En exploitant les autres ? Oui, c'était très facile à faire à l'aube de l'ère industrielle, et ils en ont profité. Mon arrière-grand-père a même fait concurrence à Rockefeller pendant un temps, mais il manquait de sens civique. Ce n'est pas une histoire très prestigieuse, Bryn.

— Ça l'est pour quelqu'un dont le seul titre de gloire familial est un cousin qui est arrivé au second tour de la

Nouvelle Star. Et personne ne citera jamais les Davis dans la même phrase que les Rockefeller.

— Et c'est presque certainement une bonne chose.

Elle éclata de rire.

— Vous n'avez vraiment pas la moindre idée de ce que ça signifie de grandir parmi les pauvres, McCallister.

— Je sais ce que ça signifie de grandir parmi... (Il s'interrompit de lui-même et secoua la tête.) Je préfère ne pas en parler.

— Pourquoi pas ?

— Parce que cela n'a rien à voir avec vos problèmes actuels.

— Je croyais que vous ne vouliez pas parler de mes problèmes. À cause du côté confidentiel et tout ça.

À la grande surprise de Bryn, il éclata de rire à son tour. C'était un drôle de petit rire presque dénué d'humour, mais c'était le plus sincère qu'elle ait entendu de sa part.

— Vous savez que vous êtes exaspérante à force d'avoir toujours raison, Bryn ? On ne vous l'a jamais dit ?

— Honnêtement, ce n'est pas un souci que j'ai eu à affronter jusqu'ici dans ma vie.

— Très bien, dit-il. (Ses yeux se plissèrent et un semblant de sourire flotta sur ses lèvres.) Si on parlait un peu de *votre* famille ?

— Vous vous fichez de moi.

— Pas du tout.

— Vous savez probablement déjà tout de ma famille.

— Je connais les faits. Parlez-moi d'eux dans la réalité.

Elle s'y employa donc pendant que la voiture avalait les kilomètres. Elle lui parla d'Annie, son adorable benjamine qui ne savait pas gérer ses finances ; de son frère Tate actuellement déployé en Afghanistan ; de Grace, sa sœur aînée, une Mme Je-sais-tout employée comme directrice de rayon chez Wal-Mart, et qui traînait son lot de secrets embarrassants ; de son frère George, ce trou du cul à qui elle n'adressait plus la parole et qui était le chouchou de sa mère parce qu'il avait monté sa propre boîte ; et finalement de Kyle.

— Mais vous êtes au courant pour Kyle, supposa-t-elle.

— Ah bon ?

Elle soupira.

— Il purge une peine de prison de quinze ans pour vol à main armée. Ne me dites pas que vous n'êtes pas au courant. Je le connais à peine, qui plus est. Il est parti de chez nous à quinze ans alors que je n'étais qu'une gamine. Il était pourtant intelligent. Plus intelligent que George, c'est certain. Il s'est acoquiné avec de sales types quand il a quitté la maison.

— Et ce n'est pas là que vous devez me dire qu'il n'est pas si mauvais au fond ?

— Non. Pour ce que j'en sais, il fait partie de la Fraternité aryenne, un des gangs les plus violents dans la population carcérale. Ce serait idiot de ma part de vous dire qu'il a bon fond.

McCallister laissa passer quelques secondes avant de reprendre la parole :

— Et Sharon ?

— Quoi, Sharon ?

— Vous ne m'avez pas parlé d'elle.

— Je ne l'ai pratiquement pas connue non plus. (Ce qui était cependant un mensonge. Bryn se souvenait très bien de Sharon. Elle était jolie, avec de longs cheveux blond vénitien, un rire moqueur et de grands yeux magnifiques.) Elle était beaucoup plus âgée que moi.

— Vous savez que vous parlez d'elle au passé ?

— Je sais. Parce qu'elle est morte. C'est-à-dire que dans ma famille on parle d'elle comme si elle avait seulement disparu, mais personne n'a de nouvelles d'elle depuis très longtemps, et vous connaissez les statistiques comme moi. Quand une jolie fille de dix-huit ans sans histoires disparaît...

McCallister hocha lentement la tête.

— Il y a tout de même une chance qu'elle soit encore vivante.

— Si c'est le cas, elle n'a pas envie de reprendre contact avec nous. Pas même avec notre mère, dont elle était pourtant très proche jusqu'au jour où elle est sortie de nos vies. (Bryn respira un grand coup.) Non. Je suis sûre qu'elle est morte. Qu'il s'agisse d'un accident ou d'un meurtre, son corps est caché quelque part en attendant qu'on le trouve. Je le sais et vous le savez aussi.

— Je suis désolé, dit-il, et il avait l'air sincère.

— À votre tour, dit-elle. Ça fait plus d'une heure que je bavarde, je vous ai raconté toute l'histoire de ma famille. Et vous ?

— Bryn...

— Je ne vous demande pas de me révéler des secrets. Parlez-moi juste d'eux.

Il n'en avait pas envie – c'était visible comme le nez au milieu de la figure – mais il prit sur lui.

— Rien de très intéressant à dire. Les nantis mènent des vies remarquablement ennuyeuses. Ce sont soit des philanthropes, comme ma mère, soit des égocentriques, comme mon père. Dans les deux cas, cela revient au même. Ils ne sont jamais là. Je connaissais mieux mes précepteurs et mes nounous que mes propres parents. (Il haussa les épaules.) Je n'essaie pas de vous attendrir avec le coup du pauvre petit gosse de riches. C'était ainsi. Ma mère était une bonne personne ; elle pensait que c'était la responsabilité de la famille de faire le bien avec nos richesses et elle était tout le temps par monts et par vaux pour récolter des fonds, soutenir des causes, assister à des dîners de gala. Elle était très belle et je crois qu'elle aurait fait une femme d'affaires redoutable dans d'autres circonstances. Mais elle n'en a pas eu besoin.

— Et votre père ?

Patrick se contenta de hausser les épaules une fois de plus et ne répondit pas, mais elle vit ses yeux se plisser. Ce n'était pas un sourire, mais autre chose. Une expression plus sombre.

— Liam m'a dit que votre frère s'appelait Jamie.

— C'est exact.

— Et ?

— Et quoi ?

— Que s'est-il passé ? (Aucune réaction. Il montrait autant d'émotion qu'un mannequin de cire.) Oh, je vous en prie. Je vous ai tout dit, jusqu'à l'adoption secrète de Grace. Je vous ai tout raconté dans les moindres détails. Et vous refusez de me révéler autre chose que son prénom ?

McCallister changea de sujet :

— Qu'est-ce qui vous a poussée à embrasser une carrière dans le funéraire ?

— Oh que non, vous n'allez pas vous en tirer comme ça. Trop facile. Est-ce qu'il était plus jeune ou plus âgé que vous ?

— Plus âgé, concéda finalement McCallister après un âpre combat intérieur. Il avait deux ans de plus que moi.

— Vous vous entendiez bien ?

— J'étais le cadet d'une famille bourrée de fric. L'enfant inutile. Non, on ne s'entendait pas bien. (À la façon dont McCallister crispa les mains sur le volant, avant de faire un effort manifeste pour se détendre, Bryn comprit que c'était un euphémisme.) Jamie est mort. Je ne vous en raconterai pas plus.

— Et votre père vous a déshérité.

Il ne prit même pas la peine de faire un commentaire. Le silence tomba sur eux, pesant et oppressant, jusqu'à ce que Bryn pousse un soupir et reprenne la parole :

— Quand j'étais en Irak, j'ai vu beaucoup de gens mourir. Pas seulement les nôtres, des Irakiens aussi. Ça ne me gênait pas de ramasser les corps après un bombardement. D'autres ne pouvaient pas, moi si. J'avais l'impression de me rendre utile en leur redonnant un peu de dignité. Alors quand j'ai été démobilisée, j'ai pensé... je me suis dit que je pourrais en faire une profession. Il y a quelque chose d'honorable dans ce métier. De réel.

McCallister se tourna vers elle en hochant la tête.

— J'ai servi dans l'armée, moi aussi. Ça ne me dérangeait pas de tuer, mais je détestais ramasser les corps. Il faut posséder une force de caractère à part pour se consacrer à cette tâche.

— Les âmes dévouées, dit Bryn en souriant.

— Quoi ?

— C'est quelque chose que disait l'un de mes instructeurs. Qu'il y avait deux sortes de gens qui entraient dans le marché du funéraire : les pervers morbides et les âmes dévouées. Je crois que j'appartiens à la seconde catégorie, finalement. Même si ce que vous m'avez infligé fait de moi une sorte de monstre.

— Mais pas le genre de monstres dont parlait votre instructeur.

— Non. Il voulait parler des types comme Freddy la Foudre. Disons que je suis... une « mal vivante ».

— Je crois qu'on pourrait dire ça de chacun de nous, Bryn. (McCallister rétrograda et la voiture ralentit tandis qu'il s'engageait sur une bretelle de sortie.) Nous avons encore une heure à attendre, si vous voulez faire une sieste. Mister French a déjà pris de l'avance.

En effet. Quand elle se retourna, elle vit que son bouledogue ronflait sans arrière-pensée, douillettement pelotonné dans son nouveau panier. À dire vrai, Bryn était épuisée. Elle se surprit même à bâiller.

— Et mon injection ? demanda-t-elle.

— Quand nous serons arrivés, répondit-il. Reposez-vous.

Elle ne tarda pas à sombrer dans un sommeil agité, empli de flash-back et de cauchemars. Freddy la Foudre et son regard concupiscent. Le corps en décomposition qui bougeait encore dans la chambre froide. Sa propre dépouille sur un écran qui se réveillait en criant.

Elle rêva aussi de sa sœur Sharon, de la dernière fois qu'elle l'avait vue, insouciante et riante. Elle quittait la maison en plein après-midi pour une journée ordinaire, et sortait de leur vie pour toujours.

Sauf que Sharon ne riait plus.

Elle hurlait à pleins poumons tandis qu'on l'entraînait de force. Elle tendait les bras, appelait à l'aide, et Bryn restait plantée où elle était, figée et silencieuse.

Mal vivante.

Chapitre 7

Bryn fut tirée du sommeil par un bruit de voix provenant de l'extérieur.

Elle bâilla, fit la grimace à cause du mauvais goût qu'elle avait dans la bouche, et battit des paupières pour s'éclaircir la vue. Elle ne distinguait pas grand-chose. *Il fait déjà nuit ?* Non, c'était impossible. Un sursaut d'angoisse la traversa. *Mon injection. Est-ce que je suis en retard ?*

Passé la première frayeur, elle se calma et comprit que c'était la lumière du jour qu'elle apercevait au loin. McCallister avait garé la voiture à l'intérieur d'un bâtiment aveugle, une sorte d'usine désaffectée. Elle distinguait vaguement un vaste espace bétonné, vide à l'exception de quelques caisses de bois en mauvais état et de gros rivets qui avaient dû servir un jour à fixer des machines au sol.

Pas le genre d'endroit où elle se serait aventurée de son plein gré.

Bryn tendit l'oreille. Elle reconnut la voix de McCallister et l'aperçut debout près de la voiture, en train de parler... tout seul. Ou plutôt non, il s'adressait à un interphone scellé dans le mur à côté d'une épaisse porte métallique.

— ... message, Manny. Je sais que tu n'aimes pas que j'amène des étrangers, mais je n'ai pas eu le choix. Ouvre. C'est dangereux de la laisser dehors.

— Non, ce n'est pas dangereux, répondit le haut-parleur dans un faible grésillement. Nous avons intercepté le signal qu'elle émet à un kilomètre et nous l'avons brouillé. À l'heure qu'il est, tes putains de patrons sont en train de la chercher aux mauvais endroits, d'autant que j'ai relayé le signal sur plusieurs répéteurs. Ils recevront des bips de localisation fantômes dans la moitié de l'État aussi longtemps que je le déciderai.

— Merci.

— Ne me remercie pas, Pat. En ce qui me concerne, tu peux prendre ta gonzesse et te tirer.

— Manny, on a déjà discuté de ça. Tu m'as dit que tu avais quelque chose.

— Effectivement. Et je te le donnerai. Mais je ne veux pas d'elle ici... Attends. Pansy, *par tous les saints*, tu ne vas pas t'y... (Un silence, puis le fameux Manny soupira.) Et puis merde.

Une lumière s'alluma au-dessus de la porte, qui s'ouvrit dans un raclement fracassant. De l'autre côté se tenait une petite femme aux cheveux bruns coupés à la Jeanne d'Arc ; un ravissant visage en forme de cœur et un demi-sourire malicieux destiné à McCallister.

— Allez, fais-la entrer, Pat. J'en ai ma claque de vous entendre palabrer, et je sais que vous êtes deux têtes de mule.

McCallister se pencha vers elle et déposa un baiser sur sa joue.

— Merci, Pansy.

— Ne me remercie pas encore. Il va tirer la tronche pendant des jours et ne voudra peut-être plus t'aider. Tu en es conscient ?

— Il acceptera de nous aider, répliqua McCallister. Une fois qu'il aura fait sa connaissance.

Pansy haussa un sourcil parfaitement dessiné et jeta un regard amusé en direction de la voiture. Bryn se sentit soudain bien démunie pour affronter ce qui l'attendait. *Bon sang,* McCallister ne pouvait pas la mettre au parfum une fois de temps en temps ? C'était trop compliqué ?

Il se tourna vers elle et lui fit signe de descendre. Mister French se réveilla en sursaut et se mit à aboyer, complètement désorienté ; elle l'enferma dans la voiture et lui intima l'ordre de se taire, mais ce fut peine perdue. Quand elle se retourna, la femme – Pansy donc, drôle de prénom – lui tendait la main.

— Pansy Taylor, se présenta-t-elle. Vous devez être Bryn.

— Vous savez qui je suis.

Pansy sourit.

— On ne parle que de vous, ici, vous pouvez me croire. Amenez-vous, et votre chien aussi. Ah, et débarrasse-toi de ton artillerie, Pat. Tu connais les règles mieux que moi.

En soupirant, McCallister sortit ses pistolets – il en avait deux – et les déposa dans la boîte à gants. Il tendit la main sans un mot et Bryn lui remit également le sien. À contrecœur. Une fois les armes sous clé, elle prit dans ses bras un Mister French frétillant d'aise, puis Pansy leur fit monter un étroit escalier de béton sans fioritures tandis que la porte se refermait derrière eux dans un grondement sourd. En haut des marches, leur guide pianota un code complexe sur le clavier et appliqua sa paume sur un lecteur optique.

— Au cas où vous vous demanderiez s'il est possible de me couper la main pour vous en servir de clé, la réponse est non, les informa Pansy. Ce truc détecte aussi les battements cardiaques.

— Ça ne m'est même pas venu à l'idée, se défendit McCallister.

Bryn y avait bien pensé, mais elle se garda de le dire.

— On va voir qui, exactement ? s'enquit-elle.

Toute la procédure lui rappelait l'antre d'un savant fou machiavélique dans les films d'espionnage. C'était assez flippant.

Ce fut Pansy qui répondit :

— Manny Glickman. (Elle fronça les sourcils à l'intention de McCallister.) Tu ne lui as rien dit ?

— Je ne voulais pas que ça tombe dans des oreilles indiscrètes.

— Dieu du ciel, tu es aussi parano que lui. Faut te faire soigner, mec.

La porte s'ouvrit dans un chuintement en libérant un souffle d'air froid ; Pansy les fit passer devant elle puis referma méticuleusement derrière eux.

Bryn s'était attendue à retrouver un décor du même type qu'à l'étage inférieur, mais c'était carrément... high-tech. Sols de béton ciré immaculés ; cuisine rutilante tout en céramique et aluminium sur leur gauche. Devant eux, une rangée de tables et d'appareils, des machines bourdonnantes et des ordinateurs dans des salles séparées par des cloisons translucides.

Tout au fond, des rideaux de velours bordeaux suspendus du sol au plafond détonnaient dans cet environnement de laboratoire.

Pansy surprit le regard de Bryn et lui adressa un clin d'œil.

— C'est notre chambre, dit-elle. Vous pouvez me croire, elle en jette. Si ça ne tenait qu'à lui, Manny s'écroulerait n'importe où sur un matelas gonflable, mais je fais de mon mieux pour qu'il reste civilisé.

Bryn avait été tellement captivée par tout ce qu'elle découvrait qu'elle n'avait pas remarqué l'homme penché dans un coin sur un matériel de laboratoire sophistiqué jusqu'à ce qu'il s'exclame :

— Non, mais je rêve ! Un chien ?

Comme s'il n'attendait qu'un signal, Mister French se mit à gronder, tirant une grimace à Bryn, qui le fit taire d'une caresse sur la tête.

— Désolée, s'excusa-t-elle. Il va bien se tenir.

L'homme poussa un soupir.

— Les gens qui ont des chiens sont tellement crédules. Ils vous disent tous que leur animal ne mord pas et qu'il n'est pas méchant, jusqu'à ce que leurs pitbulls vous sautent à la gorge. Est-ce qu'on l'a fouillée ?

À première vue, il n'avait rien d'exceptionnel. Une tignasse noire emmêlée, une blouse blanche de labo. C'était tout ce qu'elle voyait de lui, car il ne s'était pas retourné et n'avait pas même lancé un regard dans leur direction.

— Je me porte garant pour elle, dit McCallister. Elle ne tentera rien.

— Comme elle pour son clébard ?

— Manny, tu pourrais au moins nous montrer ta bobine et dire bonjour, le houspilla Pansy. Ils sont venus de loin.

— Ils n'ont qu'à faire demi-tour et repartir d'où ils viennent.

Malgré tout, l'homme se redressa pour leur faire face. Il était plus grand que Bryn ne s'y attendait, avec des épaules larges et des yeux verts surprenants. Il croisa à peine le regard de Bryn et reporta toute son attention sur McCallister.

— Pat, tu ne peux pas débarquer ici comme ça. C'est trop risqué. Et si on vous avait suivis ?

— Tu as brouillé les signaux. Tu viens de me le dire.

— Suivis *physiquement*.

McCallister secoua la tête.

— Depuis le temps que tu me connais, est-ce que tu m'as déjà vu commettre de telles négligences ?

Manny le dévisagea un long moment, puis retourna à sa paillasse de chimiste – ou quoi que ce fût d'autre.

— Il y a une femme dans le coup, riposta Manny. Tu ne serais pas le premier à oublier de surveiller tes arrières dans ce cas de figure.

— Ce n'est pas la question.

— C'est *toujours* la question, et si tu penses le contraire, tu te racontes des histoires. (Manny lança à Bryn un autre regard acéré.) Elle est jolie.

— Elle représente un investissement. Tu me fais presque regretter d'être venu te voir avec tes sous-entendus.

— Eh bien, nous sommes quittes, parce que je le regrette aussi.

— Ça suffit, Manny. Pourquoi tu en fais tout un drame ?

— Pour rien. (Il retourna à son microscope, prit quelques notes sur un calepin.) Je suis très occupé. Des clients qui attendent des résultats.

— Je suis un client, moi aussi. Je te paie.

— Il ne manquerait plus que tu ne me paies pas. Si *Pharmadene* apprend que je marche sur leurs plates-bandes, ce n'est pas une lettre de mise en demeure qu'ils m'enverront, tu sais. Ils n'hésitent pas à *tuer* les gens. Je dois veiller sur Pansy.

Pansy qui ramassait les tasses de café vides éparpillées un peu partout en roulant les yeux. Bryn ne put s'empêcher de sourire, même si elle restait mal à l'aise. La sécurité était visiblement une question obsessionnelle pour Manny Glickman. Bryn avait déjà rencontré des paranoïaques, mais jamais de cas aussi aigus – qui ne soient pas sous sédatifs ou confinés dans une cellule d'isolement. Elle ne voyait pas ce que McCallister trouvait à ce malade mental ni pourquoi il considérait ce *Manny* comme leur atout majeur.

— J'ai besoin de toi, dit McCallister. (Il s'avança vers lui et le prit par l'épaule pour l'obliger à se retourner. Manny était plus grand, mais à cet instant précis

McCallister le dominait par l'intensité qu'il dégageait.) Et tu es mon débiteur.

— Nous y voilà enfin.

— Tu m'y forces.

Manny le considéra de toute sa hauteur, les yeux mi-clos, puis hocha brusquement la tête, une seule fois.

— Je me fous de ce que je te dois ; j'ai déjà pris un risque énorme rien qu'en acceptant de travailler sur ce produit pour toi. Si tu veux les résultats, tu vas devoir allonger la monnaie.

— Combien ?

— Ça m'a demandé plusieurs semaines, tu sais. Tes bio-ingénieurs de *Pharmadene* sont très forts.

— Combien tu veux ?

— Très bien. Cent mille pour le prototype, une seule injection. Mais pour lancer une véritable ligne de production, j'aurai besoin d'équipements coûteux et de matières premières. Au minimum cent mille de plus. Sans compter mes honoraires, qui seront de vingt-cinq mille pour commencer.

— Merde, Manny, je croyais que c'était toi qui m'étais redevable.

— C'est le cas. C'est pour ça que j'ai accepté sans discuter de mettre les mains dans ton putain de produit de zombie de chez *Pharmadene*. Je te fais un prix d'ami, mais je ne travaille pas pour des prunes. Jamais. Tu me veux, tu paies le prix. Tu le sais.

McCallister hésita à peine une seconde.

— Il va falloir que je voie le prototype en action avant de lâcher des sommes pareilles. Je ne suis pas...

— Je sais ce que tu as en banque, Pat. Ce n'est pas à un vieux singe qu'on apprend à faire des grimaces. Tu n'as peut-être pas accès au trust, mais tu te débrouilles très bien tout seul. Un peu plus de deux cent mille dollars ne vont pas te mettre sur la paille.

McCallister le fixa pendant un long, un très long moment, puis hocha une fois la tête.

— T'as intérêt à ce que ça marche.

Manny haussa les épaules.

— C'est de la science, mon vieux. Les échecs avant le succès. Je ne peux rien te garantir.

Voilà qui était réconfortant.

Pansy effleura le bras de Bryn, qui sursauta.

— Venez avec moi, lui dit-elle. Vous aurez besoin de vous asseoir.

Ce n'est qu'une perfusion, se rassura Bryn en regardant le liquide transparent s'écouler lentement de la poche souple dans le tube flexible. *Rien que du sérum physiologique.*

Mais c'était autre chose qu'une solution saline et ça pénétrait dans son corps ; ça lui fichait tellement la trouille qu'elle en avait la bouche sèche. Les injections, au moins, étaient rapides et ne lui laissaient pas le temps de penser aux conséquences. Mais rester assise dans ce fauteuil avec le *prototype* de Manny qui coulait lentement dans ses veines, c'était entièrement différent.

— Alors, dit-elle pour chasser ces idées, depuis quand vous travaillez là-dessus ?

Manny ne semblait pas l'avoir entendue, mais il finit pourtant par lui répondre sans cesser de griffonner des notes sur un graphique et de vérifier les machines auxquelles elle était reliée :

— McCallister m'a apporté un échantillon du produit dès que les types de *Pharmadene* ont débuté les essais. Il voulait savoir ce que pourraient en faire des gens malintentionnés, et je lui ai dit que le pouvoir de nuisance de ce truc était infini. Techniquement, ça doit donc faire un an que je décortique ce machin.

— Et ça… c'est un antidote ?

— Contre quoi ? Contre la mort ?

— Manny ! le gronda Pansy depuis la pièce voisine. Un peu de tenue.

— Désolé, marmonna-t-il, mais il avait l'air de s'en moquer pas mal. Pour ce que j'en sais, aucune thérapie ne peut inverser le processus. Le produit vous stabilise, mais il ne vous rend pas la vie, il ne fait que maintenir vos fonctions vitales. Si je voulais être lyrique, je dirais qu'il a pris la place de votre âme.

Voilà qui était… troublant. Elle observa le cathéter enfoncé dans son bras.

— Que fait exactement ce truc, alors ?

— Pas de douleur au point d'insertion ? éluda Manny.

Aucune sollicitude dans sa question, juste de la curiosité professionnelle.

Pour elle, une question de vie et de mort. Ou de ce qui remplaçait la vie depuis quelque temps.

— Ça va, répondit-elle, la bouche sèche. Mais j'ai vraiment très soif.

— Oui, c'est un effet secondaire, dit-il en versant de l'eau d'une carafe posée à côté. (Il lui tendit un verre, qu'elle vida en trois gorgées convulsives.) Pas trop à la fois. Ça vous ferait vomir.

Réconfortant. Elle se rallongea contre l'appui-tête de cuir et contempla les poutrelles du plafond au-dessus d'elle.

— Je n'arrive pas à croire que je me laisse injecter dans les veines un produit expérimental par un type qui habite un hangar transformé en bunker.

— Vous avez oublié paranoïaque. Un type *paranoïaque* qui habite un hangar transformé en bunker.

— J'essayais d'être aimable.

— Pas la peine de vous fatiguer avec moi. Je ne m'en aperçois même pas le plus souvent. Et je m'en fiche complètement.

— Vous avez des diplômes ?

— Quelle importance maintenant ? La perf est déjà en place. Si vous vouliez voir mon rapport de thèse, il fallait le dire avant.

— Vous en avez un ?

— Quelque part, répondit-il avec un haussement d'épaules.

Elle le regarda avec curiosité en se demandant quelle était son histoire, mais ce qui la préoccupait le plus était ce foutu produit qui se répandait dans son organisme. Lentement. Sans effet apparent.

— Je répète ma question : c'est quoi ce machin que vous m'injectez ?

— Si je vous le dis, ça risque d'influencer l'essai, expliqua-t-il. Informez-moi seulement si vous ressentez quelque chose.

— Genre quoi ? Si vous voulez le savoir, je me sens passablement énervée.

Imperturbable, Manny consulta sa montre et contrôla le niveau de la poche au-dessus de lui, puis il se leva pour se diriger vers la porte.

— Tu vas pouvoir faire le test, appela-t-il. La solution s'est suffisamment diffusée dans son système.

— Quel test ? s'inquiéta-t-elle. (Elle se sentait soudain terriblement vulnérable comme s'ils l'avaient laissée sans vêtements et sans défense.) Est-ce qu'on peut m'expliquer ce qui se passe de temps en temps ?

McCallister entra dans la pièce et referma la porte derrière lui. Il échangea un regard avec Manny avant de demander à Bryn comment elle allait.

— J'en ai ras le bol, répondit-elle d'une voix tremblante. (Elle respirait plus vite qu'elle n'aurait dû et avait une folle envie d'arracher le cathéter de son bras.) Je suis morte de peur. Et vous ? Tout se passe bien de votre côté ?

— Intéressant, dit McCallister en s'installant sur un tabouret en face d'elle. Vos pupilles sont un peu dilatées.

— Sûrement un truc dans ce produit qui me fait planer, mais sans le côté festif. Je suis terrorisée, ajouta-t-elle à voix basse en déglutissant.

— Je sais.

Il se pencha vers elle, l'observa pendant encore quelques secondes, puis lui demanda abruptement :

— De quelle couleur sont vos sous-vêtements ?

— *Quoi* ? (Elle battit des paupières et son visage s'empourpra. Putain, elle détestait rougir.) Ça ne vous regarde pas !

— Dites-le-moi !

— Non !

— Condition Saphir. Répondez à ma question !

Il avait élevé la voix et lui criait à la figure. Elle sentit exploser toute la tension, toute la colère, toute la *haine* qu'elle refoulait depuis plusieurs jours et qui remontaient à la surface.

Elle se redressa sur son fauteuil et hurla à son tour :

— Allez au diable, espèce de fils de...

Tout à coup, elle comprit ce qu'il se passait et s'interrompit net, les yeux plantés dans ceux de McCallister.

— Oh, dit-elle d'une voix soudain radoucie. Oh !

McCallister sourit – un vrai sourire de soulagement.

— Manny, tu es un génie !

— C'est seulement maintenant que tu t'en aperçois ? Je croyais que tu le savais quand tu m'as promis d'allonger – combien, déjà ? – deux cent vingt-cinq mille dollars. Pour commencer.

Même Manny semblait tenté de se laisser aller à la bonne humeur ambiante.

— Essayez encore ! dit Bryn en saisissant les mains de McCallister qu'elle serra très fort. Il faut qu'on en soit sûrs ! Allez, donnez-moi des ordres.

— Embrassez-moi, dit-il.

C'était peut-être son sourire, mais elle éprouva une envie sauvage et irrépressible d'obéir à *cet* ordre-là. Elle se figea, le considéra pendant une seconde, puis répondit :

— Autre chose.

L'éclat dans les yeux de McCallister s'éteignit en même temps que son sourire. L'espace d'une seconde, il lui avait paru… si différent. Presque humain. Mais à présent… le pro était de retour.

— Marchez jusqu'au fond de la pièce, lui intima-t-il. C'est un ordre.

Elle ne bougea pas. Et ne ressentit pas non plus le moindre désir de lui obéir. Elle avait en revanche une *très forte* envie de le gifler.

— Manny, si ce produit est censé contrecarrer l'action des protocoles, je crois que c'est un succès, dit-elle en se renversant plus confortablement dans le fauteuil de cuir. C'est sans doute le moment de m'expliquer ce que vous venez de me faire.

— Je n'ai pas reprogrammé les nanites, je n'ai fait qu'inhiber chimiquement certaines de leurs fonctions, répondit Manny. Depuis que Pat m'en a fourni un échantillon voilà maintenant plus d'un an, j'ai cherché à désactiver spécifiquement certaines caractéristiques du produit ; je travaille parallèlement à mettre au point une version sans protocoles. Mais c'est un peu plus compliqué. Je m'étais dit que l'inhibiteur ferait l'affaire d'ici là. Il provoque un effet secondaire toxique qui tuerait la plupart des gens, mais pour quelqu'un comme vous sous Athanax, ça n'a pas importance. Les nanites se chargeront de faire le ménage. Vous aurez cependant des moments de confusion.

— Un effet secondaire *toxique* ?

— Vous ne vous en apercevrez même pas.

McCallister prit judicieusement la parole :

— Nous devions traiter en priorité votre problème de vulnérabilité aux protocoles, en particulier à la condition Saphir. J'ai cru comprendre que c'était également votre souhait. (Il semblait avoir retrouvé tout son détachement et elle ne décelait plus la moindre trace d'émotion sur ses traits.) Si n'importe qui peut vous contraindre à parler à tort et à travers, vous ne m'êtes plus d'aucune utilité. Avant de pouvoir vous confier des choses importantes, je devais m'assurer que les protocoles ne pouvaient plus être déclenchés sur ordre de Harte.

Son inquiétude pour elle lui réchauffa le cœur...

— Maintenant, donc, je vais pouvoir mentir.

— Comme vous le feriez normalement.

Bryn le fixa sans flancher jusqu'à ce qu'il détourne les yeux.

— Bon, si on s'asseyait posément autour d'une tasse de café, proposa Manny. Vous voilà tranquille pour une semaine environ avant d'avoir besoin d'une nouvelle dose d'inhibiteur.

— Génial, marmonna-t-elle, j'adore les intraveineuses.

McCallister la dévisagea d'un air entendu.

— Vous préférez perdre votre libre arbitre sur commande ?

— Non, mais j'aimerais mieux pouvoir le conserver sans avoir à me perforer les veines, répliqua-t-elle.

Elle regarda Manny se pencher sur elle et retirer le cathéter d'une main experte puis appliquer compresse et sparadrap sur son bras pour arrêter le saignement. Il releva les yeux sur elle, ébauchant un sourire maladroit.

— Je dois vous remercier, j'imagine, ajouta-t-elle.

Il haussa les épaules.

— Je ne suis pas payé en remerciements, précisa-t-il, mais ses yeux brillaient de satisfaction. Si vous commencez à vous sentir faible ou bizarre, appelez-nous, Pansy ou moi. Pas la peine de jouer les dures. (Il se tourna ensuite vers McCallister.) Elle doit rester tranquille pendant au moins quatre heures avant que je vous laisse repartir. Donne-moi la seringue.

— Non, répondit McCallister.

— Il lui faut son injection.

— Elle l'aura. C'est moi qui la lui administrerai. (Le regard de McCallister croisa brièvement celui de Bryn avant de revenir sur son ami.) Procédure de sécurité : les seringues sont munies de capteurs sur toute leur surface, et sont codées pour n'être manipulées que par deux utilisateurs, le responsable et son suppléant. Pour Bryn, il s'agit de moi et de Joe Fideli. Si quelqu'un d'autre tente d'actionner la seringue, y compris Bryn elle-même, les nanites s'autodétruiront et deviendront inactifs. Inutiles. C'est une mesure pour prévenir les vols.

Manny le dévisagea et secoua lentement la tête.

— Et je croyais que c'était moi le paranoïaque.

— Tu l'es sans aucun doute, répliqua McCallister. Mais tu es tout seul. Multiplie ça à l'échelle d'une entreprise en quête de profits et tu auras une idée de ce qu'on a en face de nous.

Il fouilla dans la poche de sa veste et en retira le boîtier protégeant la seringue. On aurait dit un étui à cigare, qu'il dévissa pour en extraire le contenu. *Génial. Encore une piqûre.* Bryn détourna les yeux tandis qu'il s'avançait vers elle, lui saisissait le bras et enfonçait la pointe acérée de l'aiguille sous sa peau. Ce fut l'affaire de quelques secondes et pas trop douloureux, mais la sensation de brûlure du produit restait désagréable.

Les deux hommes la regardaient attentivement, et elle fronça les sourcils.

— Qu'est-ce qu'il y a ?

— On attend de voir s'il y a une quelconque réaction imprévue, expliqua Manny. Il existe une infime possibilité que les nanites essaient de résister à l'agent secondaire et ça, ce serait… très mauvais.

— C'est-à-dire ?

— Bah, vous savez bien. La décomposition. Mais il y a très peu de chance que cela se produise, ajouta-t-il en haussant les épaules.

Bryn décida qu'elle *détesterait* Manny Glickman. Pour toujours. Elle attendit donc, anxieuse, à l'affût de la moindre sensation inhabituelle, tout en s'efforçant de ne pas réagir de manière excessive et de ne pas s'inventer de symptômes. Les deux hommes l'observèrent froidement tandis que les minutes s'écoulaient.

Au bout de deux heures, elle eut le droit d'aller aux toilettes. En revenant, elle tomba sur Pansy qui sortait de la cuisine les bras chargés d'un plateau débordant de sandwichs, de thé, de café et d'une pile de magazines.

— Voilà, dit-elle en le tendant à Bryn. Il n'y a pas de raison que vous restiez coincée là-dedans sans distractions. Je vous ai même mis des grilles de Sudoku. Et un stylo.

— Pas un crayon ?

— Ici, on les fait directement à l'encre, répondit Pansy avec un clin d'œil.

— J'aurais dû m'en douter. Eh bien… merci. D'y avoir pensé.

— C'est pour ça que je suis ici. Pour rappeler à Manny de se comporter en être humain de temps à autre. En revanche, vous avez encore du boulot avec Patrick. Je me demande si quelqu'un n'a pas remplacé depuis longtemps le sang qui coule dans ses veines par de l'antigel.

— Ce n'est pas mon problème ce qui coule dans ses veines. Patrick n'est pas mon petit ami.

— Je le sais bien, répondit tranquillement Pansy. Je voulais dire en tant que collègue de travail. Bien sûr.

Bryn était bien certaine du contraire, mais elle n'insista pas. Elle repartit vers la salle d'observation, où McCallister se leva sans un mot pour lui ouvrir la porte.

— Pansy nous a préparé de quoi déjeuner, dit-elle en entrant avec le plateau.

— Évidemment, dit McCallister. Elle pense toujours à ce genre de choses.

— Chic, du beurre de cacahuète ! s'exclama Manny.

— Tu m'ôtes les mots de la bouche, répondit McCallister. (Il s'empara d'un sandwich – sûrement pas au beurre de cacahuète, devina Bryn après leur petit festin chez elle – et se servit un café.) Ça va toujours ? demanda-t-il à Bryn.

— Vous ne croyez pas que je vous le dirais si j'avais le moindre doute ? Je flippe comme une malade !

— Compris. Vous voulez du café ?

— Oh que oui !

Elle prit une tasse sur le plateau et la lui tendit pour qu'il la remplisse, y rajouta du sucre et de la crème et la sirota debout à côté de lui. L'atmosphère était presque… conviviale.

— Je me sens bien, pour que les choses soient claires, déclara-t-elle.

— J'en suis heureux.

— Oui, je vois que vous sautez de joie. (Elle souffla sur son café et le regarda mordre dans son sandwich entre ses yeux mi-clos.) Vous ne travaillez pas vraiment pour *Pharmadene*, n'est-ce pas ?

— Bien sûr que si. Vous voulez voir mes fiches de paie ?

— Meilleure phrase de drague de la semaine, mais non merci. Vous êtes peut-être *rémunéré* par *Pharmadene*, mais vous ne *travaillez* pas pour eux. Vous avez d'autres priorités. Et peut-être un autre patron.

— Je n'ai pas d'autre patron, dit-il. Mais vous n'avez pas tort pour mes priorités.

— Pat…, l'avertit Manny, mais McCallister leva une main pour le faire taire. Très bien. Tu ne pourras pas me reprocher de ne pas t'avoir prévenu. Tu fais confiance aux gens et tu t'en prends plein la gueule à chaque fois. Jolies ou pas.

— C'est le genre de trucs que tu racontes à Pansy ? demanda McCallister.

— Sûrement pas. Je ne suis pas fou. Ça pourrait la faire réfléchir et elle me quitterait !

— Si vous avez quelque chose à m'expliquer, allez-y, intervint Bryn. Franchement, je commence à en avoir ma claque de toutes vos conneries de trucs top secrets !

McCallister prit bien évidemment le temps de la réflexion, et elle était à deux doigts de lui balancer son café à la figure et de lui dire d'aller au diable quand il se décida enfin :

— J'ai de bonnes raisons de me montrer prudent, répondit-il. J'ai travaillé avec deux autres patients du programme de *Pharmadene*. Ça s'est mal terminé pour eux. Ce qui explique ces « conneries de trucs top secrets ». J'ai bien failli être démasqué par la dernière personne à qui j'ai fait confiance. J'ai cru que mon implication totale d'un bout à l'autre du processus empêcherait la compagnie de vous utiliser et de se débarrasser de vous ensuite. Comme vous avez pu le constater, je m'étais trompé. Les protocoles étaient encore actifs alors que j'avais spécifiquement demandé leur désactivation sur votre profil de régénération.

— C'est que tu es grillé alors, dit Manny. Ils te soupçonnent forcément s'ils ont annulé tes ordres.

— Pas nécessairement. Toutes mes décisions sont susceptibles d'être révisées par ma supérieure hiérarchique. Elle l'a peut-être fait par simple précaution, pas parce qu'elle me soupçonne. Je pourrais toujours prétendre qu'il s'agissait d'une erreur d'écriture.

— Votre supérieure hiérarchique est Irene Harte, intervint Bryn à mi-voix. (Celle qui l'avait traitée comme un actif de l'entreprise devenu inutile.) Vous pensez qu'elle se méfie de vous ?

— Irene se méfie de tout le monde. Elle est payée pour ça.

— Vous disiez que vous avez d'autres priorités.

— Ce n'était pas le cas au début, expliqua McCallister. J'ai pris ce job en toute bonne foi et pendant la première année tout s'est très bien passé. Des problèmes de sécurité ordinaires comme dans toute entreprise, des employés qui falsifient les comptes, qui se servent dans les stocks, ou qui truquent leurs notes de frais. Et puis, deux scientifiques ont inventé l'Athanax et tout a basculé du jour au lendemain. Ce n'était plus une entreprise mais un camp retranché. Les perspectives de ce produit donnent le vertige.

— Le département de la Défense, souffla Bryn.

— Oh, ils pourraient le vendre au gouvernement, mais *Pharmadene* a d'autres ambitions. Avant de faire le grand saut, ils veulent s'assurer de la valeur de ce qu'ils possèdent et de son potentiel. Pourquoi se lier pieds et poings alors qu'ils peuvent proposer sur le marché noir le rêve le plus fou de tous les terroristes ? (McCallister était amer et sûr de ce qu'il avançait.) Je savais ce qui allait se passer. Quelqu'un devait faire quelque chose. J'ai d'abord pensé à tirer la sonnette d'alarme, mais tous ceux vers qui je pouvais me tourner se seraient laissé aspirer dans cette spirale. Le gouvernement ? Quand ils seront informés de l'existence de ce produit, ils le voudront à tout prix et *Pharmadene* ne sera pas inquiété. Il fallait les détruire de l'intérieur.

— Et comment tu t'en sors ? demanda Manny.

La question était cynique, comme s'il connaissait déjà la réponse.

— Tu sais parfaitement comment ça se passe. *Pharmadene* a mis tous ses employés sur écoute et rien ne leur échappe. Surveillance des ordinateurs, des mails, des appels téléphoniques, surveillance physique. Et je n'échappe pas à la règle. Harte saura qu'il est arrivé quelque chose aujourd'hui dès qu'elle sera informée que Bryn et moi avons disparu des radars pendant plusieurs heures et que j'ai délibérément brouillé les pistes. (Manny ouvrit la bouche, mais McCallister devança sa question.) J'ai tout prévu, Manny. Ils ne pourront pas remonter jusqu'à toi.

— Merde, tu crois ça ! explosa Manny, qui se leva et se mit à arpenter fébrilement la pièce. Maintenant, ça *suffit*. Tu es mon ami, j'ai une dette envers toi, mais je ne vais pas me battre contre *Pharmadene*. Pas ces putains de salopards. Tu prends la fille et tu te tires. Et pas la peine de revenir. Je déménage le labo.

— Manny.

— Non ! (Manny fit volte-face et lui agita son index sous le nez.) Non ! Tu sais parfaitement ce qu'il en est. Je n'accepte plus aucun risque quand il s'agit de ma sécurité ou de celle de Pansy. Plus jamais.

Il quitta la pièce en claquant la porte avec une telle violence que toutes les parois de plastique translucide en furent secouées.

McCallister le regarda partir et mordit une autre bouchée de son sandwich, qu'il prit le temps de mâcher et d'avaler, avant de reprendre la parole :

— Pansy saura le calmer.

— Il est toujours comme ça ou il est juste dans un mauvais jour ?

— En fait, je dirais plutôt qu'il est dans un bon jour.

— Seigneur. Et vous faites confiance à ce type ?

— Oui.

— Pourquoi ?

McCallister se tourna vers elle, puis contempla Manny qui arpentait son labo de long en large en touchant des objets au hasard comme dans un rituel apaisant.

— Manny a vécu un sale moment il y a quelques années. Il travaillait pour le FBI.

— C'était un de ces profileurs ?

— Non. Il était la star du labo. Un vrai génie, mais qui ne jurait que par l'approche scientifique pure et dure. Il refusait d'aller sur le terrain, pour rien au monde.

— Mais il s'est passé quelque chose.

McCallister desserra sa cravate et se rassit en soupirant.

— Il a résolu une énigme, les messages qu'un tueur en série adressait aux agents qui le traquaient. Quand Manny l'a identifié, le tueur s'est intéressé à lui. Il l'a enlevé à son domicile, lui a administré un produit paralysant et l'a enterré vivant dans un cimetière avec une seule bouteille de plongée.

Bryn frissonna. C'était un cauchemar qu'elle faisait régulièrement à présent – elle se retrouvait prisonnière dans une housse mortuaire, elle était enterrée vivante tout en restant consciente. Ce qui n'était pas une possibilité à exclure dans son cas, et elle imaginait très bien l'épouvante que l'on devait ressentir.

— Il a réussi à se libérer ?

— Non, répondit McCallister. On l'a trouvé. Sa réserve d'air était épuisée.

— C'est vous qui l'avez découvert, n'est-ce pas ? C'est pour cette raison qu'il a une dette envers vous.

McCallister détourna les yeux.

— J'ai participé aux recherches. J'ai fourni des informations qui ont permis au FBI de le localiser.

— Bon Dieu, ça a dû être… Combien de temps est-il resté sous terre ?

— Deux heures. Une heure où il a pu respirer l'air de la bouteille, et la seconde à respirer l'air vicié du cercueil. Il a dû s'obliger à prendre de lentes inspirations sans même savoir si on le retrouverait. (Il secoua la tête.) Honnêtement, je ne sais pas comment il a fait pour tenir. Je serais mort avant l'arrivée des secours. Mais… l'homme qui est ressorti de ce cercueil n'était plus le même. C'est indéniable. Il souffrait déjà de TOC avant cet épisode, mais maintenant il est totalement obsédé par sa sécurité. Il a quitté le FBI, s'est installé à son compte et déménage régulièrement. Et très souvent. Il a des clients. Je ne sais pas combien, mais suffisamment pour rester à flot.

— C'est... vraiment terrible.

— C'est une réaction plutôt saine, poursuivit posément McCallister. Le cercueil était occupé. Il s'est retrouvé pris au piège en compagnie d'un cadavre, dans le noir, en train de mourir tout seul à petit feu pendant deux heures. C'est un miracle qu'il n'ait pas carrément perdu la raison.

Manny avait fini par s'enfermer dans une sorte de sanctuaire privé muni d'une fermeture sécurisée. Ce fut Pansy qui revint dans la pièce où ils se trouvaient. Dès qu'elle ouvrit la porte, elle les dévisagea en arquant les sourcils.

— Je peux savoir ce qui s'est passé ?

— Il a peur que *Pharmadene* ne retrouve notre trace jusqu'ici.

— A-t-il un motif de le croire ? Ne me raconte pas d'histoires, Pat. Même les paranoïaques ont parfois raison de se méfier et je ne veux pas que sa vie soit menacée. Pas une nouvelle fois. Pas même pour toi. (Bryn comprit alors que sous ses dehors affables de fée du logis, Pansy avait une âme en acier trempé que McCallister aurait pu lui envier.) Je n'hésiterais pas une seconde à te jeter aux loups plutôt que de le laisser tomber. J'ai bossé comme une dingue pour qu'il s'en sorte.

— Je sais, répondit McCallister, qui mit toute la chaleur et la conviction dont il était capable dans ces mots. Je te promets de le protéger. Et toi aussi. Ils ne vous atteindront pas à cause de moi, ou de Bryn.

Elle le fixa avec une telle intensité que même *Bryn* ressentit la puissance de son regard. Puis elle hocha lentement la tête.

— C'est bon. Je vais tâcher de le raisonner, mais s'il arrive quoi que ce soit, je jure devant Dieu que ce sera la guerre nucléaire entre toi et moi, McCallister. Il te doit peut-être la vie mais je tiens à ce qu'il la conserve. (Elle ouvrit la porte en grand.) Allez-vous-en. Il ne sortira pas tant que vous n'êtes pas partis, et je dois attendre qu'il soit calmé pour lui faire entendre raison.

— Pansy, il doit continuer de fabriquer l'inhibiteur pour elle. C'est important.

— Je comprends, répondit Pansy qui soutint le regard de Bryn un bref instant. Je suis navrée de tout ce qui vous est arrivé. J'aimerais pouvoir vous aider davantage, mais je ferai mon possible au moins pour l'inhibiteur. Manny est bon dans son domaine. Il est même excellent. Mais il reste fragile, vous comprenez ? Et cette affaire avec *Pharmadene*... c'est très mauvais. Vous le savez.

— En effet. Je me suis réveillée morte. Je suis bien placée pour comprendre... ce qu'il ressent.

— Oui. Oui, je pense que vous comprenez. Je ferai tout ce que je peux pour vous aider, je vous le promets.

Tout était dit. Bryn récupéra Mister French dans la pièce aux cloisons translucides entièrement vide où il s'était assoupi. Cinq minutes plus tard, ils avaient franchi en sens inverse le sas haute sécurité digne des services secrets qui protégeait les lieux, et roulaient sur la route baignée de soleil. Mister French se faufila à l'avant sur les genoux de Bryn et gémit d'un air entendu en posant une patte sur la portière.

— Ah... il va falloir faire un arrêt, dit-elle. C'est l'heure de sa petite promenade.

McCallister avait les sourcils froncés, perdu dans ses pensées. La remarque de Bryn le tira de ses réflexions, et son expression soucieuse s'accentua encore.

— Est-ce que vous me faites confiance ? interrogea-t-il à brûle-pourpoint.

— Je déteste quand vous me demandez ça, parce que cela signifie que vous mijotez quelque chose qui ne va pas me plaire.

— Bryn.

— Ça dépend.

— Ce… n'est pas la réponse que j'espérais.

— Écoutez, vous pourriez juste arrêter la voiture ?

— Pas encore. Nous devons d'abord établir un alibi.

— C'est-à-dire… ?

— Ça ne va pas vous plaire.

Ils roulèrent encore un quart d'heure avant d'arriver à destination, et, en effet, son idée ne plaisait pas à Bryn.

— Sérieux ? grogna-t-elle alors qu'il se garait.

— Sortez donc Mister French pendant que je nous enregistre.

Dès que Bryn ouvrit la portière, le bouledogue bondit à l'extérieur et se mit à courir, ses replis de peau flasque lui battant les flancs, en direction d'une plate-bande broussailleuse au fond du parking. Elle se lança à sa poursuite tandis que McCallister s'éloignait dans la direction opposée.

— Attends-moi, sale bête ! cria-t-elle à son chien.

Bah, il n'y était pour rien après tout ; il avait un besoin pressant. Il se trouvait qu'elle aussi, et piétiner dans l'herbe en dansant d'un pied sur l'autre n'arrangeait rien. Mais elle se serait bien passé de découvrir à quoi ressemblaient les toilettes du *Hallmark Motor Court Inn*, un motel qui n'avait pas dû être rénové depuis les années 1970. C'était un bâtiment construit en « L » autour d'une zone de stationnement avec une façade de stuc rose décoloré, un toit plat, et une piscine vide entourée d'un grillage et remplie de détritus que des problèmes d'assurance avaient sans doute depuis longtemps condamnée. Il y avait six voitures dans le parking, la plupart dans un sale état, et l'ensemble évoquait un endroit où l'on s'arrêtait pour une heure ou deux – à moins de traverser une très mauvaise passe.

Elle commençait à entrevoir ce que serait l'alibi de McCallister et ça lui plaisait de moins en moins.

Elle ferma les yeux et s'imagina enfermée dans un cercueil dans le noir complet, comme Manny Glickman, luttant pour chaque bouffée d'air tout en sachant que cela la rapprochait de la fin. C'était ce qui risquait de lui arriver si elle ratait une injection. Combien de temps les minuscules robots invisibles qui lui permettaient de respirer seraient-ils encore opérationnels avant de ralentir, de s'affaiblir puis de cesser définitivement de fonctionner ? Combien de temps pour que les toxines se développent et l'empoisonnent ? *Et, bon Dieu*, combien de temps resterait-elle consciente pour ressentir tout ça ?

Mister French arrosa quelques carrés de pelouse jaunie puis se dirigea vers le bout du bâtiment. La végétation était plus dense à cet endroit, des herbes folles et des broussailles qui lui arrivaient à hauteur des genoux, le tout noyé dans les ombres du soleil déclinant de l'après-midi. Bryn appela son bouledogue en se tapant sur les cuisses. Il l'ignora superbement et renifla le béton, occupé à flairer la trace du passage du chien ou du chat qui l'avait précédé.

— Allez, reviens ! On n'a pas que ça à faire !

Mister French s'enfonça encore davantage dans la pénombre, truffe collée au sol, leva la patte là où il crut bon de laisser sa marque, puis s'éloigna pudiquement pour s'accroupir.

À la périphérie de son champ de vision, Bryn vit un homme sortir d'une chambre située deux portes plus loin, mais son attention était accaparée par le chien et sa propre vessie prête à exploser. Quand une silhouette s'approcha d'elle, elle pensa que c'était McCallister qui venait la rejoindre.

Mais ce n'était pas lui.

Quelqu'un la poussa brutalement et l'envoya bouler en direction de son chien ; en se retournant pour voir qui l'avait ainsi bousculée, Bryn comprit tout de suite qu'elle était dans de sales draps. Le type était grand, le regard vide dans un faciès dénué d'expression.

— Ton fric, lâcha-t-il. Aboule le fric, connasse.

Elle n'avait pas de sac et rien dans les poches.

— Je n'ai pas...

Il la frappa violemment au visage, et la douleur explosa par vagues sombres ponctuées d'étoiles rouges. Mister French se rua à son secours, surgissant des hautes herbes. Lui qui n'aboyait pourtant jamais se déchaînait à présent et poussait des jappements furieux mêlés de grognements. Il planta ses crocs dans le pantalon de l'homme, qui le fit dégager d'un coup de pied.

Bryn voulut sortir son arme.

Elle fut trop lente. Son agresseur l'empoigna par son chemisier et lui balança deux coups de poing supplémentaires en pleine face, plus violents que le premier, et un autre qui s'enfonça dans son ventre. Elle parvint à dégager en partie son pistolet de l'étui avant que l'homme la projette au sol, où elle tenta de rouler hors de sa portée pour finir de libérer son arme. Peine perdue. La main de son agresseur s'abattit sur la crosse. Elle se jeta sur lui pour le lui reprendre, mais le genou qu'il lui enfonçait dans l'estomac lui donnait la nausée et l'affaiblissait.

D'un violent mouvement de torsion, il lui arracha l'arme des mains.

Elle n'hésita pas une seule seconde ; elle lui balança un coup de poing dans les parties de toutes ses forces ; il tressaillit et vacilla. Elle réussit à le repousser mais il ne lâcha pas le pistolet.

Elle entendit le grondement hargneux de Mister French, puis un glapissement et les grognements redoublèrent comme il revenait à la charge.

L'homme dirigea alors l'arme vers elle et elle sut qu'il allait les tuer, elle et le chien... mais il regarda soudain autour de lui, recula, se débarrassa de Mister French d'un coup de pied et prit la fuite.

Bryn roula lentement sur le côté. Des bulles de sang rouge vif s'écoulèrent dans l'herbe, puis se vaporisèrent en une brume écarlate quand elle toussa. C'était étrangement beau et semblait très lointain. Tout comme la douleur. Bryn reconnaissait sa présence, mais un écran chimique la coupait de ses terminaisons nerveuses, et c'était une bonne chose. Une très bonne chose.

Mister French apparut soudain dans son champ de vision, gémissant d'inquiétude, et lui lécha le visage d'un air anxieux. Elle tenta de l'écarter mais elle n'en avait plus la force.

— Bryn.

Ce n'était pas sa voix, mais celle de quelqu'un d'autre. Oh, c'était McCallister, à genoux près du chien, et qui la regardait. Son éternelle réserve s'était évaporée, ainsi que sa froideur. Il paraissait inquiet.

— Vous pouvez vous lever ?

— Bien sûr, répondit-elle.

Elle essaya, mais sans succès. Il la remit debout, mais ses genoux se dérobèrent sous elle. Il la prit alors dans ses bras et se dirigea vers le bâtiment, Mister French grognant et gémissant de plus belle dans ses jambes.

— Tais-toi, mon chien. Ça va.

— Non, ça ne va pas, dit McCallister. Vous avez une pommette explosée, le nez fracturé et c'est juste ce qui est visible. Bryn, je vous ai laissée seule *une minute*.

— Pas ma faute, murmura-t-elle. On m'a agressée.

— Pourquoi ne vous êtes-vous pas servie de votre arme ?

— J'ai essayé. (Elle ravala le sang qui lui emplissait la bouche ; il avait un sale goût.) Il l'a prise.

— Il ne la gardera pas longtemps, déclara McCallister d'une voix sombre et assurée. Il faut que je vous lâche une seconde. Je vous soutiens.

— Ça va, répéta-t-elle comme si le simple fait de l'énoncer pouvait en faire une réalité.

Il la posa par terre et elle concentra ses efforts à raffermir ses genoux. Et à se raccrocher à lui, parce que pour les genoux, c'était complètement raté. À l'aide d'une clé suspendue à une grosse étiquette en plastique, McCallister ouvrit la porte devant eux, puis reprit Bryn dans ses bras pour lui faire franchir le seuil. Elle trouva cela extraordinairement drôle.

Quand elle éclata de rire dans une quinte de toux, il la dévisagea en fronçant les sourcils.

— Qu'est-ce qu'il y a ?

— On dirait des jeunes mariés.

— Est-ce qu'il vous a donné des coups de pied dans la tête ?

— Rien qu'un peu.

McCallister referma la porte du pied et la déposa sur le lit. Il le fit certainement aussi délicatement que possible, mais l'écran protecteur se désintégra soudain dans le cerveau de Bryn et les sensations de ses nerfs à vif s'abattirent sur elle de plein fouet. Elle ne put retenir un cri de douleur et McCallister posa une main chaude et apaisante sur son front.

— Doucement, dit-il. Restez tranquille. Je vais vous administrer une seconde injection, mais je dois attendre un peu. Il faut respecter un intervalle minimum de deux ou trois heures entre chaque piqûre. Vous avez subi assez de dommages pour que votre organisme consomme rapidement les nanites précédents. (Il lui caressa le front, repoussant ses cheveux, puis retira sa main. Elle reconnut la chaleur de Mister French qui s'étendait de tout son long sur ses jambes et entendit son gémissement inquiet.) Est-ce que la douleur est supportable ?

— Ça va, mentit-elle en déglutissant, comme un brave petit soldat.

— Il va falloir que vous révisiez le sens de cette expression. Bon, accrochez-vous, ça risque de faire mal.

Il posa ses doigts sur le nez de Bryn et tira d'un coup sec. Une douleur fulgurante se propagea dans son cerveau, lui arrachant un autre hurlement, et elle sentit ses muscles se tétaniser et son dos s'arc-bouter. McCallister lui prit la main et elle la serra très fort.

— Qu'est-ce que… ? hoqueta-t-elle.

— Je devais réduire la fracture pour que les nanites puissent faire leur boulot, expliqua-t-il. Ce sera également douloureux quand les os de votre visage commenceront à se ressouder. Ne bougez pas.

Il disparut pendant ce qui lui parut être une éternité et revint avec un verre d'eau tiède et un gant de toilette qu'il humecta pour essuyer délicatement le sang sur sa joue. Son nez saignait encore et des fleurs rose foncé s'épanouissaient sur le tissu-éponge, mais elle sentit bientôt l'hémorragie diminuer, puis enfin s'arrêter.

Une douleur lancinante apparut dans sa pommette, semblable à une rage de dents se diffusant dans l'os. Elle agrippa de nouveau la main de McCallister et s'y cramponna en tremblant alors que la vague s'intensifiait. Elle avait l'impression que sa tête allait exploser, et puis soudain, le même claquement sec de l'os qui se remet en place, et les élancements commencèrent à s'atténuer, la laissant faible et nauséeuse.

— Respirez, dit McCallister, le pire est derrière vous. La cicatrisation des tissus mous n'est pas aussi violente.

— C'est vous qui le dites, murmura-t-elle.

C'était comme si un camion lui avait roulé sur le corps au niveau de l'abdomen, broyant et déchirant tout sur son passage. Mais il avait raison, la douleur s'estompa rapidement. Cinq minutes plus tard, elle respirait plus facilement et le sang qui l'avait fait suffoquer ne fut bientôt plus qu'un mauvais souvenir.

McCallister remporta le gant souillé dans la salle de bains et Bryn se sentit suffisamment vaillante pour essayer de se redresser dans le lit. Cela s'avéra plus difficile que prévu. Mister French ne la quittait pas des yeux, et si les chiens avaient pu froncer les sourcils, il l'aurait fait. Elle ne savait pas trop si les efforts qu'elle faisait pour s'asseoir le contrariaient ou l'inquiétaient.

Lorsqu'il revint de la salle de bains, McCallister adopta une expression très similaire.

— Qu'est-ce que vous êtes en train de faire, exactement ? demanda-t-il.

— J'essaie de me redresser, répondit-elle.

Ça ne se voyait pas ?

— Restez tranquille. Laissez les nanites faire leur travail. Vous devrez patienter encore au moins une heure avant votre prochaine injection, et plus vous bougerez, moins ils seront efficaces pour soigner vos blessures, car ils seront sollicités pour maintenir cette activité additionnelle. Compris ?

Elle comprenait, mais elle venait enfin de parvenir à positionner le mince oreiller du motel exactement là où elle voulait et se rallonger impliquerait des efforts supplémentaires.

— Ça...

— Si vous me dites encore une fois que ça va, je vous jure devant Dieu, Bryn, que je vous ramène chez *Pharmadene* et que je vous abandonne sur leur paillasson en leur disant que vous êtes un cas désespéré. (Il n'était pas sérieux. Si ?) Ne vous levez pas. N'ouvrez cette porte à personne. C'est clair ?

— Oui, promit-elle. (Le voyant empoigner le loquet, elle comprit soudain qu'il était sur le point de la laisser toute seule.) Où allez-vous ?

McCallister la gratifia d'un de ses rares sourires complètement spontanés.

— Récupérer votre arme, répondit-il. Après tout, c'est moi qui vous l'ai fournie et j'en suis responsable.

Elle se rallongea sur son oreiller, le regard rivé sur la porte qui se referma derrière lui avec un petit clic, puis elle tourna les yeux vers Mister French. Il se coucha en travers de ses jambes, bien décidé à l'empêcher de bouger.

— Et toi, mon chien, comment ça va ?

Il se lécha les babines et posa sa tête entre ses pattes.

Elle lui gratta le crâne de ses doigts tremblants, et elle sut qu'il était aux anges.

Chapitre 8

Bryn n'avait pas eu l'intention de dormir, mais ce fut pourtant la piqûre d'une aiguille dans son bras qui la réveilla. Une bouffée de panique la submergea. Pendant une seconde, elle se crut de nouveau dans la chambre stérile, à cet affreux moment où elle était revenue à la vie en hurlant. Elle voulut se dégager, mais ce fut trop rapide ; l'aiguille était déjà ressortie et la main de McCallister se posa sur le sternum de Bryn pour l'empêcher de bouger.

— Vous êtes en sécurité, dit-il. Injection de rappel. Comment vous sentez-vous ?

Elle se sentait... étonnamment bien. Reposée. Régénérée, si le mot n'avait pas été si mal choisi.

— Bien, répondit-elle. Je me sens beaucoup mieux.

— Vous ne souffrez plus ?

— Non.

Il retira la main de son thorax. Bryn se redressa dans le lit, s'attendant à éprouver des élancements dans son abdomen malmené, mais ses muscles se contractèrent normalement comme si rien ne s'était jamais passé. Elle porta les doigts à son visage, qu'elle tâta prudemment, mais sa peau était lisse, sans ecchymoses ni zones sensibles. Même son nez était parfaitement droit.

— Waouh. C'est…

— Surprenant, acquiesça-t-il. Vous avez du sang dans les cheveux. Vous voudrez certainement prendre une douche.

Elle s'aperçut alors que McCallister, lui aussi, aurait bien eu besoin d'une douche, voire d'un long bain chaud… Une marque violacée balafrait sa joue gauche, qui se transformerait très vite en vilain hématome, et ses phalanges étaient couvertes de sang séché. Sa cravate était de travers, sa veste déchirée à l'épaule et maculée de boue. Son pantalon ne valait guère mieux.

— Que vous est-il arrivé ?

Pour toute réponse, il tendit la main vers la table de nuit où était posé un pistolet qu'il lui agita sous les yeux.

— Je l'ai récupéré.

Aïe.

— Il ne l'a pas rendu sans combattre, à ce qu'on dirait.

Il haussa les épaules.

— Rien de grave. (Ses lèvres s'étirèrent en un sourire mauvais.) Pour moi, en tout cas. Quant à lui, je me fiche de son état. (Son sourire disparut.) Désolé de ne pas avoir été là.

— Vous n'êtes pas mon garde du corps, McCallister. C'est moi qui suis censée être votre arme secrète, non ? Pas l'inverse.

— Disons que je n'aime pas que mon arme secrète soit endommagée sans que cela fasse avancer nos affaires.

— Trop mignon.

Elle n'y croyait pourtant pas une seconde. Elle commençait à entrevoir qui était le vrai McCallister, et l'homme qui l'avait portée dans cette chambre et s'était occupé d'elle lui semblait plus réel que son personnage de cadre modèle.

— Ainsi donc, votre alibi consiste à faire croire à Irene Harte que nous nous sommes éclipsés dans un motel miteux pour des raisons... euh... intimes ?

— Oui.

— Vous savez que ça ne tient pas debout ?

Il sourit de nouveau, avec un peu plus de chaleur cette fois-ci.

— Vous vous sous-estimez. Ou moi. En tout cas, personne chez *Pharmadene* n'en doutera.

— Laissez-moi deviner. Vous avez une réputation.

— Je me suis donné un mal de chien pour la bâtir. Cela m'offre la liberté de déjouer la surveillance sans qu'on en fasse toute une histoire. Il suffit d'entretenir suffisamment de liaisons pour que personne ne se pose de questions quand on disparaît pendant quelques heures avec une fille.

— Waouh, commenta Bryn. Vous êtes un chaud lapin.

— Je me considère davantage comme un *séducteur*.

Que répondre à ça ? Bryn imaginait sans mal McCallister en habitué de ce genre de motels de rase campagne, même si elle l'aurait plutôt vu fréquenter des établissements plus chics...

— Pourquoi ici ? voulut-elle savoir.

— Pas de Wi-fi ni autres technologies modernes autorisant une surveillance à distance, expliqua-t-il. C'est toujours plus long d'envoyer physiquement des gens sur le terrain. Quant à la caméra de la réception, elle doit dater des années 1980, et je crois même qu'elle est factice. Si nous avions choisi un établissement plus moderne, il leur aurait été beaucoup plus facile de retrouver notre trace.

Évidemment, il avait une bonne raison. McCallister ne faisait jamais rien sans une bonne raison, voire même deux ou trois tant qu'on y était.

— Ce n'est pas que je m'ennuie ici, mais je devrais être au funérarium, dit-elle.

Il consulta sa montre et répondit :

— Ne vous emballez pas. Il est déjà 16 heures. En ajoutant le temps du trajet, l'heure de la fermeture aura sonné depuis longtemps. Joe est au courant. Il vous couvrira. S'il y a bien un avantage avec les morts... c'est qu'ils peuvent attendre.

Son téléphone portable se mit soudain à vibrer comme un frelon furieux. McCallister s'interrompit, vérifia son écran, et l'éteignit.

— Harte, l'informa-t-il.

— Vous ne répondez pas ?

— Est-ce que je répondrais si nous étions en train de faire ce qu'ils croient que nous faisons ?

— Je n'en sais rien. À vous de me le dire.

Il haussa les sourcils en souriant.

— Peut-être bien.

Il ralluma son téléphone et pressa en même temps une touche de la télécommande de la télévision, où s'affichèrent les images d'une chaîne porno. *Pourquoi est-ce que ça ne m'étonne pas ?* songea Bryn, qui voulut zapper. Mais il secoua la tête pour l'en empêcher, et monta même le volume pour entendre les halètements et les gémissements de plaisir.

— McCallister, dit-il dans le micro d'une voix absente et contrariée. J'espère que c'est important. (Il écouta son interlocuteur pendant quelques secondes, puis changea subtilement de ton.) Madame Harte. Je suis navré. Je n'ai pas regardé d'où provenait l'appel. (*Là*, il baissa le son de la télé.) Oui. Oui, je suis au courant. (Une autre pause, plus longue.) Je vais demander à mon équipe de s'en occuper. Je ne suis pas en ville actuellement.

Regardant Bryn dans les yeux, il forma silencieusement les mots : « Dites quelque chose. »

« Quoi ? » demanda-t-elle de la même façon.

Il haussa les épaules.

Très bien, autant s'amuser, dans ce cas.

— Patrick, ce n'est pas le moment de parler au téléphone, susurra-t-elle d'une voix rauque et sexy.

Il la fit taire – suffisamment fort pour que Irene Harte puisse l'entendre – et leva le pouce à son intention.

Bryn s'approcha de lui et s'empara de sa cravate dont elle commença à défaire le nœud. Le froissement du tissu serait du plus bel effet.

McCallister se figea et la dévisagea, temporairement distrait de sa conversation. Il dut faire un effort visible pour reprendre le fil.

— Ah, oui. Oui, c'est parfait. Je passerai tout à l'heure. 20 heures.

Bryn s'amusait beaucoup. Elle desserra le col de sa chemise, puis défit le second bouton. Elle goûtait la confusion qu'elle voyait croître dans ses yeux. Dieu merci, c'était elle qui menait le jeu dans cette étrange relation, pour une fois. « Arrêtez », articula-t-il en silence. En souriant, elle s'attaqua au bouton suivant.

Il lui saisit la main, brutalement, et l'attira vers lui – si près qu'elle pouvait presque entendre ce que lui disait sa supérieure hiérarchique. Bryn s'immobilisa, et il ne fit plus un geste.

— Très bien. À tout à l'heure, dit-il dans le téléphone, et il raccrocha.

Mais il ne la lâcha pas.

— Qu'est-ce que vous aviez l'intention de faire, nom de Dieu ?

— De consolider votre alibi, répondit-elle. Lâchez-moi.

— Ce n'était absolument pas nécessaire, Bryn. Je pensais que nous étions d'accord pour ne pas compliquer les choses.

— Vous vouliez lui faire croire que nous avions une aventure torride. J'essayais seulement de vous aider.

— M'aider, répéta-t-il. Bryn... Vous pouvez me faire confiance, ce n'est pas comme ça que vous m'aiderez.

Elle planta ses yeux dans les siens et soutint son regard.

— Pourquoi avoir choisi cet alibi alors ?

Il se pencha soudain vers elle et l'embrassa. Un *vrai* baiser. Elle se crispa au contact de ses lèvres douces et chaudes qui se pressaient et glissaient contre les siennes, et songea à lui résister pendant un quart de seconde avant que ses muscles la trahissent. Elle n'avait pas eu l'intention de répondre à son baiser, mais ce fut plus fort qu'elle. Son corps chaud, vivant et puissant, la sensation intense de sa bouche s'ouvrant sous la sienne, de ses mains dans son dos, de sa langue...

Soudain, il la relâcha et se leva précipitamment. Il fit un grand pas en arrière pour s'éloigner du lit, lui tourna le dos, et entreprit de reboutonner sa chemise.

— Ça ne sert à rien de prétendre qu'il ne s'est rien passé, dit-elle.

Son cœur battait la chamade, et tout son corps vibrait de la violence de ce baiser. Lui également. Elle le voyait dans les mouvements saccadés de ses mains.

— Patrick. Dites quelque chose.

— Il ne s'est rien passé, répondit-il d'une voix sèche, empreinte de colère. Cela ne se reproduira plus. Je suis désolé.

— Je ne veux pas de vos excuses. Je veux que vous me disiez ce qu'il y a entre nous, parce qu'il y a quelque chose depuis un petit moment. Vous le savez aussi bien que moi.

— Je vous l'ai dit. Rien du tout. Réaction instinctive. (Ses lèvres se tordirent, et il se détourna pour refaire le nœud de sa cravate.) Hé, vous l'avez formulé vous-même : je suis un chaud lapin.

— Je ne le pensais pas. (Elle se leva à son tour et lui toucha l'épaule.) Vraiment pas. Et... merci.

— De quoi ?

— D'avoir... fait marche arrière.

Même si, à cet instant précis, ce n'était pas ce qu'elle voulait. Une part d'elle-même avait désespérément envie de ça, pour se sentir *vivante*, mais elle savait que ce serait sans doute une terrible erreur. Et c'était ce qu'il essayait de lui dire.

— Je vais prendre une douche.

Elle s'enferma à double tour dans la salle de bains et resta appuyée quelques instants contre la porte avant de retirer ses vêtements. La baignoire n'était pas très propre, mais l'eau était chaude et abondante, et la caresse rugueuse du savon bon marché lui fit du bien. Pas autant que les caresses dont elle rêvait, mais ça ferait l'affaire.

Elle se débarrassa du sang et du désir sur sa peau, et lorsqu'elle retourna dans la petite chambre minable (merde alors, elle n'avait pas remarqué jusqu'ici à quel point c'était sordide), elle trouva McCallister en tee-shirt et caleçon blancs en train de nettoyer la boue de son pantalon. Il avait gardé ses chaussettes et ses chaussures, ce que Bryn jugea hilarant sans trop savoir pourquoi.

Il releva les yeux, fronça les sourcils, et se remit à frotter. Mister French, assis à ses pieds, le regardait avec grand intérêt, la tête penchée sur le côté, mais s'arracha à sa fascination pour venir rejoindre Bryn de sa démarche dandinante. Elle s'adossa au chambranle de la porte, les bras croisés.

— C'est peine perdue, vous savez. Votre costume est fichu.

— Je me changerai en route.

— Ou vous direz à Mme Harte que j'aime l'amour sauvage.

— Ce n'est pas drôle.

Il reposa le gant de toilette – ce n'était pas le même qu'il avait utilisé pour elle, remarqua-t-elle, celui-là n'avait pas de sang – et renfila son pantalon. Sa chemise était froissée, mais encore propre, et il la boutonna rapidement. Même sa veste était présentable, si l'on faisait abstraction de la déchirure à l'épaule.

— Si je n'ai pas le temps de me changer, je lui dirai que nous avons rencontré des problèmes sur le terrain. Elle me croira sur parole.

Quelque chose n'allait pas. L'expression trop tendue de ses yeux et de sa bouche. Il avait presque l'air hagard.

Une intuition soudaine submergea Bryn.

— Votre rendez-vous de ce soir, ce n'est pas seulement pour le travail, n'est-ce pas ? Vous et Harte... ?

Il fit passer la boucle de sa cravate par-dessus sa tête, releva son col, resserra le nœud et rabattit les pointes du col.

— Nous avons une longue route à faire. Voulez-vous que je sorte le chien avant de partir ?

— Non, c'est bon. Et vous n'avez pas répondu à ma question.

— Je n'ai pas l'intention d'y répondre. (Il ouvrit la porte, tête baissée dans les rayons du soleil couchant.) Après vous.

Alors qu'ils roulaient en direction de chez elle, il y eut un nouveau changement de plan. McCallister reçut un coup de fil, auquel il répondit laconiquement, puis il lui dit :

— Des problèmes chez vous, Joe est certain que votre appartement a été mis sur écoute. Vous allez devoir passer la nuit à la maison.

C'était étrange d'entendre McCallister parler de l'immense demeure comme « la maison », parce que

Bryn ne se voyait pas la considérer un jour avec autant de familiarité.

— Pourquoi ?

— Parce que je n'ai pas le temps de vous trouver autre chose. Liam s'occupera de vous.

— Mais pourquoi sommes-nous restés tout l'après-midi dans un motel merdique alors que vous disposez d'un nid d'amour beaucoup plus chic et confortable pour vous tout seul ?

Il émit un rire bref au terme qu'elle avait choisi, puis répondit :

— Vous voulez vraiment le savoir ?

— Bien sûr.

— Notre alibi n'est pas tant notre partie de jambes en l'air dans un endroit minable et anonyme – c'était super, soit dit en passant – mais les drogues que j'y ai achetées.

— Les drogues, répéta-t-elle. Quel genre de drogues ?

Pour toute réponse, il fouilla dans la poche de son manteau dont il sortit deux petits sacs en plastique remplis de pilules.

— Le genre de drogues sur lesquelles les cadres administratifs de *Pharmadene* ferment les yeux. Je passe commande tous les mois, quoi qu'il arrive.

— Et vous les consommez ?

— Je n'en suis pas encore à pratiquer la méthode d'immersion totale de l'Actors Studio, répondit-il. Celles que je prends sous leurs yeux sont remplies de gélatine.

— Mais ils ne vont pas se demander pourquoi vous me ramenez chez vous ?

— Joe est en train de mettre en place le bâchage de votre appartement comme pour une désinsectisation par fumigation. C'est le mieux qu'on a trouvé dans un délai aussi bref. (Il sourit sombrement.) Et à défaut de mouches, il y a vraiment des mouchards.

Ils mangèrent le pique-nique que leur avait préparé Liam sur le chemin du retour. Et c'était bien des mini-sandwichs de pain de mie sans croûte. Délicieux. McCallister, quant à lui, était retombé dans son mutisme. Il répondait quand elle lui posait des questions, mais par des monosyllabes qui ne lui apprenaient rien. Le bon vieux Patrick était de retour.

Elle se demanda s'il était aussi gêné qu'elle.

Lorsque McCallister arrêta la voiture dans un crissement de pneus sur les graviers immaculés, ils trouvèrent Liam qui les attendait sur les marches du perron, une veste de costume suspendue sur le cintre qu'il tenait à la main. Le majordome ouvrit la portière de Bryn avant qu'elle ait eu le temps de réagir ; elle se tourna vers Patrick. Celui-ci l'ignora, les yeux fixés droit devant lui à travers le pare-brise, contemplant le halo de lumière blanche des phares dans l'obscurité croissante.

Liam récupéra leur sac de pique-nique ainsi que le panier de Mister French, suspendit la veste propre à l'arrière du véhicule, et referma la portière dès que Bryn fut descendue. Sans ajouter un mot, McCallister leva le pied de la pédale de frein et fit le tour de l'allée circulaire pour repartir vers l'entrée principale.

Bryn le suivit des yeux jusqu'à ce qu'il ait disparu. Lorsqu'elle se retourna, elle croisa le regard beaucoup trop perspicace de Liam, qui l'observait.

— Il commence à faire frais, mademoiselle Davis. Nous devrions rentrer, se contenta-t-il de dire.

Elle laissa Mister French monter les marches seul derrière eux ; un peu d'exercice ne lui ferait pas de mal. Le bouledogue émit un bref jappement de reconnaissance lorsqu'ils franchirent le seuil et chercha directement son panier, que Liam avait installé contre le mur.

— Je vois que vous avez eu une dure journée, dit le majordome – ou plutôt l'administrateur de la succession. Je vous ai gardé un repas au chaud pour le dîner.

M. Fideli vous attend dans le Petit Salon. Si vous préférez d'abord vous changer, il y a des vêtements dans l'armoire de votre chambre. J'ai pris la liberté de faire quelques achats pour vous.

Ce qui sous-entendait, bien sûr, que ce qu'elle avait apporté ne faisait pas l'affaire. Elle n'en fut pas blessée, parce que, somme toute, il n'avait pas tort, et elle n'avait aucune raison de s'offusquer que quelqu'un au goût exquis – ce qui était très certainement le cas de Liam – lui ait acheté des vêtements qu'elle n'aurait jamais pu s'offrir. Liam ne faisait que préserver la bonne réputation du trust de la famille McCallister. Si Patrick lui avait offert des habits, cela aurait été une autre affaire ; elle aurait trouvé ça... inconvenant.

— Oui, répondit-elle. Merci, Liam. Je vais d'abord me changer.

Mister French, le traître, resta dans son panier et se contenta de la suivre des yeux tandis qu'elle montait toute seule à l'étage. Il s'était très vite adapté à cette vie de confort. Son chien n'était qu'un parvenu, décida-t-elle. Elle n'était pas certaine d'être très différente, et elle en eut un peu honte.

Comme de bien entendu, les pièces pendues dans son armoire étaient superbes. Elle choisit un chemisier de soie rose pâle et un jean de créateur qu'elle revêtit hâtivement. Quand elle fit son entrée dans le Petit Salon, Joe Fideli leva la tête du plat débordant de crudités dont il se servait copieusement.

— Je devrais sûrement me lever pour vous accueillir. Vous êtes magnifique, Bryn. Une vraie Lady.

— Restez assis ; vous ne feriez qu'ajouter à ma gêne à propos de tout ça.

Elle prit une assiette et examina le contenu des chauffe-plats d'argent. Poulet, poisson, entrées, légumes, dessert. Tout avait l'air délicieux. Elle se servit des crudités et vint s'asseoir à table avec lui, plus affamée qu'elle ne l'aurait cru.

— Que vous a dit McCallister ?

— Que l'inhibiteur de protocoles de Glickman était opérationnel, répondit-il. (Quand elle fronça les sourcils, il agita sa fourchette, englobant l'espace autour d'eux.) Cette pièce est équipée d'un brouilleur. Vous pouvez dire tout ce que vous voulez ici. Alors, vous avez fait la connaissance du dingo. Votre impression ?

— C'est l'homme le plus paranoïaque que j'aie jamais rencontré hors d'un asile.

— Ouaip, c'est également mon opinion. Mais il sait ce qu'il fait.

— En effet. Est-ce que mon invité mystère nous a contactés aujourd'hui ?

— Non. Il a dit qu'il se laissait une semaine pour prendre ses renseignements sur vous, et je ne m'attendais pas à ce qu'il appelle de toute façon. Dès que votre appartement sera débarrassé de ses micros, vous quitterez cet endroit pour ne plus y revenir. En fait, vous allez rompre tous vos liens avec McCallister, du moins officiellement. Quant à moi, je serai comme votre ombre.

— Et vous ne craignez pas que notre aimable fournisseur vous repère et remonte jusqu'à vous ?

— Je ne suis pas dans les dossiers de *Pharmadene*, comme je vous l'ai dit. Je n'apparais nulle part et je suis payé en liquide. De plus, je pense qu'il va croire que nous sommes très, très proches. (Il leva deux doigts d'une main et les fit passer l'un par-dessus l'autre.) Si vous voyez ce que je veux dire.

— Vous ne pouvez pas faire ça. Vous avez une famille.

— Ouaip, et Kylie ne sera pas ravie que je me mette en ménage avec une belle fille comme vous, mais je me sacrifierai pour la bonne cause. (Il plaisantait, comprit Bryn.) Sérieux, il n'y a pas de problème avec Kylie. Elle est habituée. Ce n'est pas la première fois, et elle vous connaît. Il n'y a pas de souci.

— Alors, notre couverture, c'est que je suis votre maîtresse ? Bon Dieu. (Bryn se prit la tête entre les mains.) Si seulement ma vraie vie était aussi rocambolesque.

— Pardon ?

— C'était également l'alibi de McCallister pour son escapade d'aujourd'hui. Je suis en train de me faire une sale réputation sans profiter des bons côtés. J'imagine que *Pharmadene* saura aussi que vous avez découché.

— Ah. Eh bien, *Pharmadene* ne me connaît pas officiellement. Je ne suis pas sur la liste de leurs employés. Pat rémunère ses sous-traitants de la main à la main. Aucune piste administrative que notre invité mystère pourrait suivre.

— Mon appartement... (Bryn se mordit les lèvres.) McCallister a dit que vous alliez le sécuriser.

— Je ferai ce que je pourrai, en tout cas. C'est un cube de parpaings creux, je ne peux pas changer ça. Vous dormirez ici pour cette nuit ; vous y serez en sécurité. Et je ferai quelques travaux nocturnes chez vous. Je vais installer des capteurs, des détecteurs de mouvement, changer les portes et les fenêtres. Vos voisins se plaindront sans doute du bruit, mais je n'en aurai que pour quelques heures. Et Pat se chargera de la facture, pas de souci de ce côté-là.

— Je devrais peut-être vous accompagner.

— Croyez-moi, c'est une mauvaise idée. Je n'ai aucune envie de devoir m'inquiéter d'une attaque surprise pendant que j'installe les fenêtres. Parce que je vais faire ça tout seul, bien évidemment. (Fideli se tut pendant quelques secondes, puis reprit la parole avec une désinvolture feinte :) Qu'est-ce qui vous est arrivé aujourd'hui ?

— Moi ? Rien. Pourquoi ?

— Vous tremblez. (Il désigna sa main alors qu'elle s'emparait de son verre d'eau. Il avait raison. Elle vit les cercles concentriques se déployer à la surface du liquide et reposa promptement la boisson.) Je sais que Pat est parfois difficile à supporter, mais personne n'a jamais manifesté de stress post-traumatique après une journée avec lui.

McCallister lui raconterait de toute façon. Elle s'empara de sa fourchette et mangea quelques feuilles de salade verte baignée de vinaigrette balsamique avant de lui répondre.

— J'ai été agressée. Le type m'a passée à tabac. Fracture du nez et de la pommette, sans doute quelques côtes aussi. McCallister n'a rien à se reprocher. Il était en train de prendre une chambre pendant que je promenais mon chien.

Fideli encaissa ces informations sans un mot.

— Rien qu'une agression ordinaire, dit-il au bout d'un moment.

— Oui.

— Vous en êtes certaine ?

Le contraire ne lui avait pas traversé l'esprit, et cette idée ne lui plut guère. Elle enfourna une autre bouchée de salade le temps d'y réfléchir avant de répondre :

— Vous croyez que c'était un guet-apens ? Comment serait-ce possible ? Personne ne nous a suivis. Je ne savais même pas où nous allions.

— Patrick le savait.

Elle faillit avaler de travers et but une grande gorgée d'eau pour faire descendre la salade.

— Vous croyez qu'il…

— Non, non, mais il suffit qu'il soit venu reconnaître le terrain, ou qu'il soit un habitué de cet endroit. Ils ont pu anticiper ses mouvements et poster quelqu'un dans tous les lieux où il était susceptible de s'arrêter. Ce qui impliquerait une opération d'envergure, suffisamment pour me ficher les jetons, et il m'en faut beaucoup. Bien sûr, il se peut aussi que je sois paranoïaque, mais c'est pour ça qu'on me paie. (Il haussa les épaules et but la moitié de son verre d'eau.) C'était peut-être le hasard. Peut-être que vous avez le foutu mauvais œil, Bryn.

C'était bien l'impression qu'elle avait.

— Pourquoi faire ce genre de trucs ? Envoyer quelqu'un pour me tabasser ?

— Je ne conçois qu'une seule raison à ça, répondit Joe. Pour voir comment vous alliez vous en remettre.

— Oh, merde. Pour faire la preuve que je suis régénérée ?

— Écoutez, notre invité mystère l'a sans doute déjà deviné ; c'est lui qui vous a envoyé ce gars dans le bar pour invoquer les protocoles. Nous avons intercepté ce fils de pute avant qu'il puisse faire son rapport, et son employeur a dû trouver un autre moyen de confirmer ses soupçons. C'est une possibilité. Mais je peux aussi me tromper. (Joe termina sa salade et recula sa chaise.) Je vais avoir besoin des clés de votre appartement. Que je me monte le bourrichon ou pas, cet endroit doit être sécurisé. En l'état, vous êtes une proie à la merci de vos ennemis à l'intérieur.

— Finissez d'abord votre repas. La situation n'empirera pas d'ici à ce que vous arriviez sur place.

— Oui, madame. C'est vous le patron. À propos, j'ai testé votre technique de la montée en gamme aujourd'hui. J'ai vendu deux contrats premium, avec compositions florales de luxe. Ça devrait nous rapporter un bénéfice net d'environ dix mille dollars. (Il se leva pour se servir du poulet dans l'un des chauffe-plats, qu'il accompagna de riz et d'asperges.) Bon, la mauvaise nouvelle, c'est que j'ai dû en tuer un moi-même. Mais les affaires sont les affaires, c'est ce que je dis toujours.

C'était une blague d'un goût douteux, mais cela fit rire Bryn. Et le temps qu'ils finissent leur dîner, ponctué des allées et venues de Liam et de l'arrivée de Mister French en compagnie d'un carlin, la vie lui parut... temporairement normale.

Tout compte fait, cette journée ne s'achevait pas si mal.

— Alors, dit Joe, ceci est un bouton d'alarme. Il y en a un dans chaque pièce, et ils sont encastrés pour que vous ne puissiez pas les activer par mégarde. En cas de coupure de courant, des batteries de secours prennent le relais et ils s'éclairent de sorte à rester visibles. (Il montrait quelque chose qui ressemblait à un bouton de sonnette, encastré dans le chambranle de la porte d'entrée de son appartement.) Leur activation transmet un signal à la centrale d'alarme, qui alerte la police et envoie un message d'urgence comportant votre adresse sur le téléphone de Pat et sur le mien. J'ai installé hier soir des fenêtres résistantes au bris, munies de serrures à clé et d'un dispositif interne d'ouverture d'urgence au cas où vous auriez besoin d'évacuer rapidement. Voici la télécommande. Il vous suffit d'entrer le code pour armer les détecteurs d'infraction qui se trouvent à l'extérieur sur le mur sous chaque fenêtre et sur la porte. Pour activer les détecteurs de mouvement, vous n'avez qu'à ensuite appuyer sur cette touche. J'ai configuré le boîtier pour qu'il ignore tout ce qui est de la taille d'un chien.

Il pensait vraiment à tout et il avait fait de l'excellent travail. Bryn inspecta l'appartement et ne vit aucune trace de son intervention, à l'exception du boîtier à côté de la porte d'entrée et des boutons d'alarme. Et les vitres des fenêtres étaient un peu plus propres.

— Autre chose que je dois savoir ? demanda-t-elle.

— Voici le code de désactivation et le code secret d'alerte. (Il lui tendit une feuille.) Mémorisez-les puis détruisez ce papier ; vous connaissez le topo. Vous avez un écran de contrôle dans votre chambre, où vous pouvez visualiser ce que filment les caméras installées au-dessus de la porte et sur les murs extérieurs. Si quelque chose vous inquiète, vous pouvez voir ce qui se passe dehors sans avoir besoin de sortir. Tout est clair ?

— Comme de l'eau de roche. (Elle le regarda dans les yeux.) J'imagine que le vaisseau mère a également accès à mes écrans ?

Il éclata de rire.

— Oui. C'est inévitable. Quelqu'un vous garde à l'œil et on conserve les enregistrements. On finit par s'y faire.

Ou bien, soupira Bryn en son for intérieur, *on se construit une forteresse au fond de son jardin et on s'arme d'AK-47*.

— Vous avez compris le fonctionnement du système ?

— Oui.

— Il est temps de retourner bosser, alors. (Il bâilla presque à s'en décrocher la mâchoire, et Bryn fit la grimace en l'entendant craquer. Ça devait faire mal.) Ne vous en faites pas, je ne vais pas m'endormir. Quelques carafes de café bien corsé, et je serai d'attaque.

— Je suis désolée.

— Ce sont les risques du métier. Les nuits blanches font partie du boulot. (Il lui rendit les clés de son appartement et balaya une poussière sur le revers de sa veste.) De quoi j'ai l'air ?

— Vous êtes parfait. (C'était la vérité. Dans son costume, Fideli inspirait la confiance ; il était calme, aimable, attentionné – toutes les qualités qu'on attendait d'un conseiller funéraire.) Je crois que je vais prendre ma voiture… Oh, merde.

Sa voiture était restée dans le parking de ce foutu club où elle avait fait la connaissance de l'humiliant concept des protocoles.

— Je vous l'ai ramenée, dit Joe. Je ne voulais pas que les employés pensent que la patronne était trop bourrée pour conduire.

— Vous avez une idée des statistiques sur la consommation de drogues et d'alcool dans les métiers du funéraire ? Personne ne m'en voudrait d'avoir pris une cuite.

— C'est flippant de savoir que vous avez accepté le job en toute connaissance de cause.

— Pourquoi ? Quelles sont les statistiques sur les comportements autodestructeurs dans votre branche à vous ?

Il ne répondit pas tout de suite, puis haussa les épaules.

— Touché. (Il s'inclina devant elle. Il était tiré à quatre épingles dans son costume strict, mais cela ne l'empêchait pas de dégager une chaleur que Patrick McCallister n'aurait sans doute jamais.) Après vous, patron.

Les pompes funèbres Fairview appartenaient désormais à Bryn. C'était elle qui accueillait les clients dans l'élégante réception, qui commandait les fleurs, envoyait les livreurs déposer les compositions florales dans les chambres funéraires et dans les cimetières ; elle vérifiait les tenues de ses employés pour s'assurer que rien ne détonnait, et se désespérait parce qu'elle n'était pas du tout préparée à tout ça. Elle avait certes appris la théorie, elle avait réussi ses examens, elle avait été une excellente stagiaire, mais… c'était différent.

Ce n'était même pas la souffrance des clients qui la rebutait. Elle s'était très vite habituée à gérer les émotions brutes, à écouter toutes ces histoires de deuil terribles et déchirantes ; les conseillers funéraires apprenaient à prendre de la distance, comme les policiers et les médecins. Dès le troisième jour de ce qui était devenu sa vie ordinaire, elle avait déjà engagé deux conseillers supplémentaires ainsi que trois assistants. Deux de ces derniers n'avaient pas tenu une demi-journée avant de ficher le camp pour ne plus revenir. Lucy l'avait assurée que c'était normal.

— On n'arrête jamais de passer des annonces de recrutement dans ce métier, affirma Lucy qui l'aidait à remplir les certificats de décès et à biper les chauffeurs pour qu'ils aillent chercher les corps dans les maisons de retraite, les hôpitaux ou la morgue du comté. On ne garde jamais les assistants. On a de la chance quand ils restent quelques mois. Et même les conseillers funéraires, on dirait que ces gens-là ont la bougeotte. L'herbe est toujours plus verte ailleurs. Rien que l'année dernière, on en a eu trois différents.

Oui, pensa Bryn, *et je sais ce qui est arrivé à l'un d'entre eux*. Elle l'avait vu qui remuait encore faiblement dans sa housse mortuaire, le corps putréfié. Le souvenir de cette vision lui revint brutalement à l'esprit, accompagné des bruits et des odeurs, et elle se sentit défaillir. *Voilà ce qui m'attend.*

Non. Ce n'était pas son avenir. Il suffisait de s'en persuader.

C'était une chance d'avoir embauché Riley Block, parce que *personne* ne s'y entendait mieux qu'elle pour pratiquer l'art délicat de la thanatopraxie. Bryn fut étonnée la première fois qu'elle descendit au labo de trouver la salle de préparation aussi propre et méticuleusement tenue. Rien ne traînait en dehors de ce dont Riley était en train de se servir. Toutes les surfaces rutilaient. L'endroit donnait la chair de poule lorsque Freddy la Foudre était le maître des lieux, mais c'était à présent bizarrement douillet et chaleureux en dépit de la température plutôt fraîche. Riley avait accroché de jolis tableaux pour décorer les murs, avait ajouté des éclairages indirects, et un léger parfum de vanille et de jasmin flottait dans l'air, couvrant la senteur âcre des tissus en décomposition.

Bryn la salua et ouvrit un casier d'où elle déplia une blouse et un masque, qu'elle attacha sur son visage avec une dextérité toute professionnelle, puis enfila des gants avant de sortir Mme Jacoby de sa cellule réfrigérée. Les soins de conservation qu'il y avait à faire sur elle étaient trop simples pour gaspiller le temps précieux de Riley, et Bryn avait besoin de pratique. Au fil des jours, elle prenait la mesure des lacunes qu'il lui restait à combler malgré sa longue formation théorique.

Riley, découvrit-elle, n'était pas du genre causant quand elle travaillait, et Bryn respecta son silence. Il régnait une ambiance étrangement zen dans la salle de préparation, calme et feutrée comme dans une chapelle. Alors qu'elle incisait la chair pour dégager l'artère carotide dans le cou épais et pâle de Mme Jacoby, Bryn se concentrait sur les détails. *Ne pas percer la paroi artérielle* était la règle numéro un ; contrairement à la croyance populaire, les morts saignaient, surtout la carotide, ce qui souillait le champ opératoire et rendait le travail plus compliqué. Si elle foirait cette artère, elle devrait soulever la fémorale.

Mais tout se passa bien.

Les soins de conservation se déroulèrent sans histoires. Mme Jacoby était morte paisiblement dans son sommeil. Bryn n'avait qu'à drainer les fluides vitaux et injecter les fluides artériels, appliquer une crème hydratante sur tout le corps pour préserver la souplesse des tissus et lui fermer la bouche.

— Vous savez ce qu'il y a de pire dans ce métier ? demanda soudain Riley.

Elle fit un pas en arrière en soupirant, mit ses mains sur ses hanches et s'étira comme pour soulager son dos, qui devait être douloureux. Bryn éprouvait déjà des tiraillements, alors qu'elle était penchée sur sa table depuis beaucoup moins longtemps.

— On finit par s'habituer aux cadavres, à l'odeur, à la décomposition, poursuivit Riley. Il m'est arrivé d'aller chercher des corps qui étaient collés aux meubles tellement on avait attendu pour nous appeler. On finit aussi par s'habituer au chagrin des endeuillés.

Bryn acquiesça. Elle en avait fait elle-même l'expérience. Au bout de quelques jours, elle s'était rendu compte que toutes ces histoires déchirantes la touchaient encore, mais pas de façon profonde et personnelle. Elle avait érigé un mur pour se rendre moins vulnérable. Et c'était tout à fait gérable. Elle avait vu l'horreur (Melissa), la tristesse (tout le reste) et jusqu'ici une seule fois la folie, mais c'était devenu une sorte de routine. C'était dans l'ordre des choses.

— On finit par s'habituer à considérer les morts comme de la peau, des os et de la chair, une liste de tâches à accomplir, mais de temps en temps on trouve quelque chose qui nous rappelle qu'ils étaient comme nous. Exactement pareils.

Riley baissa les yeux sur l'homme sur lequel elle travaillait. Ce n'était pas un cas facile, une victime d'accident de la route fauché dans la trentaine. Joli garçon aussi, même si Bryn avait plutôt tendance à souscrire à la théorie de la beauté intérieure.

— Il avait des billets d'avion dans sa poche. Il devait s'envoler aujourd'hui pour Hawaï, vous imaginez ça ? Des billets de première classe. Il avait dû payer plein pot pour vraiment s'éclater et en ce moment même, au comptoir d'enregistrement, une hôtesse appelle son nom et quelqu'un d'autre sur la liste d'attente prendra sa place parce qu'il ne s'est pas présenté.

Riley avait raison. Ce genre de détails vous remettait désagréablement les pieds sur terre. Le monde ne se limitait pas à votre seule petite existence. La vie continuait malgré la mort ; la vie continuait malgré le chagrin, l'horreur et les tragédies.

Comme si elle lisait dans ses pensées, Riley poursuivit :

— Le pire dans tout ça, c'est que ça ne s'arrête jamais. La mort est toujours là. On vieillit, on se lasse ; on devient tristes et solitaires parce que personne ne comprend ce qu'on fait ni pourquoi on le fait. Les policiers et les pompiers sont des héros, mais nous, nous sommes des parias. Et chaque jour, de nouveaux cadavres.

Elle avait dit cela sans pathos, une simple observation prononcée avec calme, mais Bryn en fut glacée au plus profond de son être.

— Pourquoi faites-vous ce métier, alors ? demanda-t-elle.

Riley se tourna vers elle et la regarda dans les yeux. Elle ne souriait pas.

— Parce que je sais le faire, répondit-elle. Parce qu'il doit être fait. Et vous ?

Au départ, Bryn avait pris ce boulot parce qu'il payait bien et parce qu'il était stable, mais elle comprenait ce que Riley voulait dire. Il y avait un certain honneur à exercer cette profession, une dignité tacite. *Nous côtoyons le grand secret de la vie, le plus terrible*, songea Bryn, *l'ultime réalité qui sous-tend tout le reste*.

Et Riley avait raison. C'était un métier solitaire.

— Ne faites pas attention à ce que je raconte, lui dit Riley, dont les lèvres finirent par s'étirer dans un sourire sans joie. Ça fait un moment que je travaille dans le funéraire. Je deviens sentimentale. Certains boivent, d'autres dépriment ou couchent avec n'importe qui pourvu qu'ils soient vivants. Moi, je philosophe. Je trouve ça plus sain.

— Qu'est-ce que vous faites quand... euh... vous n'êtes pas ici ?

— Je me douche trois fois avant de partir, et puis je vais dîner avec des amis. Je regarde des films et je lis des livres. Je fais du sport. Je mène une vie très ordinaire. (Riley pencha la tête et dévisagea Bryn avec un regard inquisiteur.) Pas vous ?

— Eh bien, j'ai un chien. (C'était à peu près tout ce qui restait d'ordinaire dans sa vie.) Mister French.

— Les chiens sont de braves compagnons. Les animaux en général d'ailleurs. Les gens, eux, finissent toujours par vous laisser tomber. (Riley secoua la tête et repositionna son masque.) Ah, et sinon, vous faites du bon boulot sur Mme Jacoby.

— Ce n'est pas difficile.

— Rien n'est jamais facile dans ce métier. C'est toujours délicat.

Tout en réchauffant la cire teintée dans le creux de sa main pour l'appliquer méticuleusement sur les lèvres pâles et sans vie de Mme Jacoby, Bryn ne put qu'acquiescer.

C'était Joe Fideli qui lui administrait ses injections quotidiennes. Elle ne voyait plus du tout McCallister, même si elle savait que Fideli gardait le contact avec lui. Ils s'étaient arrangés pour faire du covoiturage ; Joe n'aimait pas la savoir toute seule sur la route sans protection. Elle disposait donc d'un garde du corps depuis l'instant où elle quittait la forteresse de son appartement jusqu'à ce qu'elle arrive au funérarium, qui grouillait toujours d'activité jusqu'à l'heure de la fermeture.

Pourtant, elle se sentit très seule quand le téléphone sonna dans son bureau et qu'elle reconnut la voix déformée.

— J'ai bien reçu votre ticket d'entrée, Bryn. C'est très bien.

C'était *lui*. Bryn se redressa dans son fauteuil de cuir. Elle eut soudain une conscience aiguë des dossiers posés devant elle, de l'angle incongru que formait le stylo à côté, du clair-obscur que diffusait sa lampe. Elle s'était enfermée pour remplir des papiers et son bureau était tellement silencieux qu'on aurait dit qu'elle se trouvait sur une autre planète.

Elle fit pivoter sa chaise pour regarder par la fenêtre. Beaucoup mieux. Elle contempla la vie ordinaire : le soleil, les arbres qui ondoyaient doucement dans la brise, les nuages qui filaient dans le ciel. Elle vit arriver Joe Fideli dans le fourgon mortuaire, qui s'engagea sur la rampe d'accès menant à la plate-forme de chargement du sous-sol pour déposer de nouveaux corps. Et elle se sentit obscurément heureuse de l'avoir à ses côtés.

— Bryn ?

— Je vous écoute, dit-elle. (Elle s'éclaircit la voix.) Êtes-vous prêt à reprendre les affaires ?

— Comment se portent vos clients Athanaxiés ?

— Ils sont morts, répondit-elle. À quoi vous attendiez-vous ? Vous savez que les effets du produit sont transitoires.

— Ils étaient déjà morts. Ils ne font que… revenir à une situation normale.

Bryn sentit sa main libre se crisper en un poing et elle s'efforça de rester calme. *Ne le prends pas personnellement.* Mais c'était difficile, quand tout ce qui vous séparait de cet horrible destin était une injection dont vous n'étiez pas maître.

— Comme vous me l'aviez fait remarquer la dernière fois, je peux toujours trouver de nouveaux clients.

— Mmm, des prospects ?

— J'ai un homme au sous-sol d'une trentaine d'années avec beaucoup d'argent, répondit-elle. Il ne devrait pas cracher sur un bonus de quelques mois.

— De la famille ?

— Il était célibataire, pas vraiment de parents proches.

— Excellent, vous n'aurez pas à vous soucier de vos problèmes de conscience parce que vous spoliez sa femme et ses enfants. Je sais ce que vous êtes, Bryn. Vous êtes une sentimentale.

— Je suis surtout pragmatique. On ne travaille pas dans le funéraire si l'on est sentimental.

— Sauf quand on en hérite. (C'était difficile à dire, mais Bryn eut l'impression qu'il venait de passer d'un ton vaguement amusé à autre chose.) Assez bavardé. Si vous voulez qu'on fasse affaire, vous allez déposer cent mille dollars de plus à une adresse que je vais vous indiquer par mail. Une fois que j'aurai l'argent, je vous donnerai par le même biais d'autres coordonnées où vous pourrez récupérer la marchandise.

— Hors de question que je laisse une somme pareille dans la nature. Vous me prenez pour une idiote ?

— Bryn, j'entretenais de bonnes relations d'affaires avec l'oncle Lincoln, mais je ne vous connais pas. Je n'ai pas confiance en vous.

— Pourquoi ?

Il éclata de rire. Un son affreux et mécanique à travers le filtre du modulateur de voix.

— Parce que je n'ai pas de prise sur vous. Toute bonne relation s'appuie sur la peur, et vous n'avez pas assez peur de moi. Pas encore.

Il raccrocha. Bryn regarda le combiné pendant un long moment avant de le reposer sur son socle. Elle compulsa machinalement ses dossiers pendant quelques minutes, puis se leva, sortit de son bureau et remonta le couloir. Une présentation était en cours dans la Suite Lincoln – le jeune homme qui avait été tué par balles dans un *drive-in*, Jake Hernandez. Elle se fraya un chemin parmi les invités qui parlaient à voix basse à l'extérieur ; certains grignotaient des gâteaux ; d'autres se tamponnaient les paupières avec des mouchoirs en papier. Quelques proches, famille et amis, avaient le visage fermé et le regard absent ; personne ne lui avait dit que Jake faisait partie d'un gang, mais c'était inutile. Bryn avait vu les tatouages et les cicatrices de blessures par balles et à l'arme blanche.

Quand elle franchit la porte donnant sur l'envers du décor, ce monde de Formica et d'acier inoxydable, elle éprouva un certain soulagement. Elle arriva en bas de l'escalier juste au moment où le rideau de fer de la plateforme de chargement se relevait. Depuis l'arrière du fourgon, debout près de deux brancards recouverts de draps blancs, Joe Fideli la dévisagea.

— Salut, lui lança-t-elle. Besoin d'un coup de main ?

Sans attendre sa réponse, elle positionna la passerelle métallique escamotable entre le fourgon et le quai de béton.

— Qu'est-ce qu'il y a ? demanda-t-il tout en faisant rouler le premier brancard pour l'aligner avec la passerelle.

— Notre ami vient d'appeler, répondit Bryn. Il veut cent mille de plus. Il va m'envoyer un mail contenant l'adresse où les déposer. Et puis un autre pour me dire où récupérer la marchandise.

— C'est malin. Peu de risques pour beaucoup de profit. À la moindre sortie de route de notre part, il n'a qu'à battre en retraite et rompre tout contact avec nous. (Il sortit le brancard du fourgon, Bryn s'empara de l'autre extrémité et lui fit franchir la passerelle jusqu'à la surface propre et lisse du quai.) Je vais expliquer tout ça à Pat, mais je crois que nous allons devoir jouer son jeu encore un moment. Une fois qu'il vous fera confiance, ce sera plus facile de le décider à accepter de vous rencontrer. Et dès qu'il se montre, on le tient.

— Vous ne pouvez pas l'intercepter quand il viendra récupérer l'argent ?

— Il n'est pas stupide. Il ne viendra pas en personne. On pourrait passer la journée à traquer des hommes de main.

Bryn se concentra sur la logistique tandis qu'ils roulaient les chariots dans le couloir jusqu'à la salle de préparation. Riley était en train de laver un corps et les salua d'un geste de la main pendant qu'ils plaçaient les nouveaux arrivants dans les cellules réfrigérées. Chaque cadavre portait un bracelet d'identification et un dossier dans une pochette plastifiée, que Bryn épingla au tableau des stations de travail où l'on s'occuperait d'eux.

— On dirait que vous avez vu un fantôme, dit Joe.

Elle éclata de rire.

— Je suis dans une chambre froide pleine de cadavres, Joe.

— Ça ne vous dérange pas d'habitude. C'est cet appel ?

Toute bonne relation s'appuie sur la peur.

— Non, mentit-elle sans conviction. (Elle savait qu'il ne serait pas dupe et changea son fusil d'épaule.) Oui. Il est... Il y a un truc qui me gêne chez ce type. Quelque chose qui m'effraie. Il ne fait pas ça que pour l'argent. Il prend son pied.

— Je connais ce genre d'énergumène, dit Fideli. Écoutez, nous faisons tout ce qui est en notre pouvoir pour assurer votre sécurité. Vous êtes armée, vous avez un garde du corps pour venir au travail et pour rentrer chez vous, tout est sécurisé ici et dans votre appartement. Vous avez des caméras de surveillance. Vous êtes couverte, vous ne croyez pas ?

— Vous avez raison, acquiesça-t-elle.

Elle n'avait en effet pas de motif d'avoir peur. C'était peut-être la température glaciale, ou l'odeur toujours légèrement fétide qui flottait dans la chambre froide.

C'était sans doute cette idée oppressante de sa propre fin inévitable. Elle eut soudain envie de soleil et de chaleur et repensa aux billets d'avion pour Hawaï que cet homme avait dans sa poche. *Voilà ce que je devrais faire. Partir quelque part…*

Mais elle ne le pouvait pas. Pas sans permission. Pas sans un garde-chiourme pour lui faire ses injections.

Elle n'était pas libre de ses mouvements, et ne le serait plus jamais. Elle était pieds et poings liés à *Pharmadene*, qui avait une technique de fidélisation imparable.

— Hé, fit Joe en prenant sa main dans les siennes. Regardez-moi.

Elle obtempéra, et l'inquiétude sincère qu'elle lut sur son visage lui tira un pauvre sourire.

— C'est juste un mauvais jour, dit-elle. Ça ne vous arrive jamais ?

— Tous les foutus jours que Dieu fait, répondit-il. Je m'implique trop, d'après Pat. Allez, venez. Allons prendre un café. Donnez-moi le temps de garer le fourgon et…

Le bipeur à sa ceinture émit un signal. Dix secondes plus tard, le téléphone portable de Bryn reçut un message d'alerte.

Ils consultèrent chacun leur appareil, puis se regardèrent.

— Mon appartement, dit Bryn. (Joe hocha la tête.) Quelqu'un a tenté de s'y introduire.

— Je prends le volant.

La police était déjà sur les lieux quand Joe gara le fourgon mortuaire devant chez elle, où ils découvrirent une camionnette, des flashs de gyrophares et un attroupement de badauds. Bryn jaillit de son siège et se rua dans l'escalier, Joe sur ses talons. La porte de son appartement était ouverte et le système d'alarme émettait des ululements stridents.

Un agent de police en uniforme les empêcha d'entrer d'un geste de la main.

— Désolé, mademoiselle...

— Je suis Bryn Davis, éructa-t-elle. J'habite ici. Est-ce que mon chien va bien ?

Les aboiements de Mister French lui parvenaient de l'appartement – des jappements indignés produits à pleine gorge.

— Il n'a rien, la rassura le policier d'un air résigné. Nous avons dû l'enfermer dans la salle de bains. Un bon petit chien de garde que vous avez là.

Le nœud qu'elle avait dans la gorge disparut.

— Dieu merci. Que s'est-il passé ?

Alors que le flic s'apprêtait à répondre, une main fine saisit la porte de l'intérieur et l'ouvrit en grand.

Annalie, la sœur de Bryn, se tenait sur le seuil. Elle avait l'air fatigué, stressé et ses cheveux étaient emmêlés. Plus petite que Bryn, avec des formes qui attiraient habituellement le regard des hommes, elle n'avait pourtant rien de sexy en cet instant précis. Elle semblait secouée et contrariée.

— Tu veux bien couper ce truc ? cria-t-elle pour se faire entendre dans le vacarme. Merde, tu aurais pu me dire que tu avais un système d'alarme !

— Annie ? (Bryn bouscula le policier et composa son code sur le boîtier. Les hurlements lancinants se turent, au grand soulagement des tympans de Bryn et sans doute de tout le monde dans un rayon de cinq pâtés d'immeubles.) Annie, pour l'amour de Dieu, qu'est-ce que tu fabriques ici ? (Une valise au motif fleuri était posée dans le vestibule à côté d'un sac à main bleu lagon. Tout ceci ne pouvait appartenir qu'à sa sœur.) Comment es-tu entrée ?

— J'ai eu du mal. Tu sais que la clé que tu m'avais donnée la dernière fois ne fonctionne pas ? Tu as changé les serrures ou quoi ?

— Annie… Comment es-tu entrée ? répéta Bryn.

Annie fit la grimace et haussa les épaules.

— J'ai appelé un serrurier et je lui ai demandé de m'ouvrir la porte. Triple tarif. Mais il n'a rien voulu faire pour l'alarme et il a décampé.

Bryn se massa le front. Sa sœur avait naturellement trouvé un moyen on ne peut plus simple de contourner son système hyper sophistiqué.

— Il aurait dû vérifier ton identité.

— Bah… Je lui ai filé un pourboire.

— Ne le prends pas mal, mais… qu'est-ce que tu fais ici ?

— Oui, bon… Je voulais te faire une surprise. Je t'ai apporté un cadeau pour fêter ton nouveau boulot, dit Annie en essayant de sourire. Pour la surprise, je crois que j'ai réussi mon coup, non ?

— On peut dire ça comme ça. (À présent que son cœur avait retrouvé un rythme normal, Bryn étreignit sa sœur avant de se tourner vers l'agent de police.) Euh… il n'y a pas de problème. Je suis désolée. Je ne savais pas qu'elle allait venir, c'est tout. C'est ma sœur. Tout va bien.

Une femme policier en uniforme avait rejoint son équipier. Elle semblait plus amusée qu'en colère.

— Ça arrive tout le temps, dit-elle. Vous devriez prévenir tous ceux qui ont une clé de chez vous que vous avez installé un système d'alarme.

— Personne d'autre n'a les clés de chez moi.

Enfin, McCallister devait en posséder un jeu, ainsi que Joe Fideli, ce serait bien leur genre, mais elle ne leur avait *pas donné* ses clés.

— Je suis vraiment navrée de vous avoir dérangés pour rien.

— Pas de problème, on vous enverra la facture, dit le premier policier, qui la salua de la tête en partant, imité par son équipière.

Joe Fideli entra, referma la porte derrière lui et s'y adossa nonchalamment. Il avait l'air de trouver ça *beaucoup* plus drôle que Bryn.

— Alors ? demanda-t-il. Vous ne me présentez pas ?

— J'espère bien que si, répondit Annie en lui souriant. Bryn, tu ne m'avais pas dit que tu sortais avec un canon. Petite cachottière.

Bryn leva les yeux au ciel.

— Annalie, je te présente Joe Fideli. Il travaille avec moi au funérarium. C'est un conseiller funéraire. Pas mon petit ami.

— Tu te fiches de moi. Sérieux ?

— Et surveille tes paroles. Je ne sors pas avec lui, mais il est pris.

— Pour de bon ?

— Pour le meilleur et pour le pire, ma belle, répondit Joe.

— Bryn n'a jamais eu de chance avec les hommes. (Annie poussa un soupir théâtral en se laissant tomber sur le canapé.) Et depuis quand tu as un système d'alarme, frangine ? Je viens de perdre dix ans d'espérance de vie !

— Depuis que j'ai été cambriolée, mentit Bryn. Tu sais qu'on vit dans un monde dangereux ?

— Ouaip. Je te rappelle que je bosse dans un bar.

— Je suis vraiment ravie de te voir, Annie, mais... pourquoi ? Qu'est-ce qu'il y a ?

Annalie haussa les épaules et baissa les yeux. Elle jouait très bien la désinvolture, mais Bryn ne s'en laissait pas compter. Il y avait une tension subtile dans la posture de sa petite sœur qu'on ne pouvait pas manquer de reconnaître quand on était comme elle experte en décryptage d'Annie.

— J'avais juste envie de prendre un peu l'air. Tu sais ce que c'est. Maman me rendait dingue.

C'était avec Annie que leur mère s'était toujours montrée la plus sévère, mais il faut dire qu'elle en avait besoin. Bryn, pour sa part, était passée entre les gouttes et représentait l'exemple à suivre que sa mère érigeait en modèle. C'était un miracle que ses frères et sœurs ne l'aient pas encore étripée. Annie se secoua et la gratifia d'un grand sourire lumineux.

— Tu veux ton cadeau maintenant ?

— Tu ne devrais pas dépenser ton argent pour moi.

— Ce n'est pas moi. Enfin, j'y ai contribué, mais Maman et Tate ont participé eux aussi. J'ai même réussi à faire payer Grace, crois-le ou non.

— Waouh. Comment tu as fait ça ?

Annie ouvrit sa valise et en sortit un petit paquet cadeau proprement emballé et décoré de rubans. On aurait dit que c'était Noël.

— J'ai tordu quelques bras, répondit-elle. Tu as bien le droit à un cadeau, Bryn. Tu fais tellement pour nous. Surtout pour moi. Je sais que je peux être un fardeau à l'occasion. (Un nuage assombrit son sourire.) Et j'aurais dû t'appeler avant de venir, j'en suis consciente. Je suis désolée.

C'était tout Annie. Inconsidérée et attentionnée à la fois. Bryn déballa son cadeau, c'était une jolie montre très délicate, sans doute hors de prix, qu'elle attacha à son poignet et adora immédiatement. Elle serra sa sœur dans ses bras, et Annalie lui rendit fougueusement son étreinte.

— Il y a aussi une carte, dit-elle. Tout le monde a signé. Même Kyle, si tu veux savoir.

— Kyle ?

— Je l'ai fait passer par son avocat. J'ai dû attendre une semaine pour la récupérer. Ce qui explique pourquoi je suis en retard, d'ailleurs. On comptait te l'offrir pour ton premier jour de boulot.

Il y avait donc un dieu pour les familles à problèmes. Si Annie avait été impliquée dans tout ça… Bryn ne voulait même pas y penser.

— Je suis surprise que Kyle se souvienne que j'existe.

Annie ouvrit de grands yeux.

— C'est ton *frère*. Évidemment qu'il se rappelle que tu existes !

Il y avait des moments où Annie pouvait être désespérément naïve, songea Bryn. C'était certainement très touchant, mais sa sœur avait tendance à oublier un peu vite quel genre d'homme était leur frère. La famille d'abord – telle était la devise d'Annie.

Bryn se sentit légèrement coupable de ne pas être capable de voir les choses aussi simplement.

— Tu veux un Coca ? demanda-t-elle pour masquer sa gêne. (C'était la boisson préférée d'Annie, même au bar. Sa sœur hocha la tête et Bryn se rendit à la cuisine pour lui en servir un verre.) Joe ? Vous voulez quelque chose ?

— Ça ira, répondit-il. Mais je prends un ticket pour un café plus tard.

Bryn rapporta donc deux verres, un pour Annie et un pour elle-même.

— Bon. Qu'est-ce que Maman t'a encore fait pour que tu te précipites chez moi ? Tu aurais pu te contenter de m'expédier mon cadeau par la poste, tu sais.

— Tu me manquais !

— D'accord, mais il n'y a pas que ça. Qu'est-ce qui s'est passé ?

— Elle… Bah, tu sais bien. C'est Maman, quoi. (Annie but une gorgée de Coca, et fit tourner son verre entre ses doigts.) Ça ne lui plaît pas que je travaille au bar. Elle n'arrête pas de me pousser à démissionner pour m'inscrire à l'université. J'en ai eu marre de ses sermons. J'avais besoin de respirer un peu.

— Vous ne vous êtes pas disputées à propos d'argent ?

— Quoi ? (Annie avala de travers.) Non. Non, ne me regarde pas comme ça ! Je te jure, je ne lui ai pas demandé un centime. (Elle paraissait blessée que Bryn ait pu le penser.) Je ne ferais jamais ça. Surtout que tu m'as déjà renflouée. Je n'ai pas oublié.

— Je ne comprendrai jamais comment tu te débrouilles pour dépenser autant. Tu ne bois pas ; tu ne, tu sais…

Bryn fit le geste de fumer.

— Tu veux dire me droguer ? Bon Dieu, Bryn, on n'a plus douze ans. Tu peux le prononcer tout haut. Non, je ne me drogue pas !

— Alors…

Annie soupira.

— C'est juste que j'aime acheter des trucs. J'essaie de faire attention, vraiment, mais je… ne fais pas mes comptes. Et puis après, la banque n'arrange pas les choses. Tu savais qu'ils encaissent les plus gros montants d'abord ? Du coup, la plupart de mes chèques sont sans provisions, et ils me font payer des agios plein pot. Ce n'est vraiment pas cool.

— Il y a un moyen très simple de régler ce problème. Il suffit de réduire ses dépenses.

— J'ai l'impression de l'entendre. (Elle voulait dire Maman, bien sûr.) Écoute, je le *sais*, d'accord ? Et je fais vraiment des efforts pour essayer de m'améliorer.

— Annie… (Bryn secoua la tête.) Tu dis ça, mais tu as dépensé trop d'argent pour ce cadeau, et ne viens pas me raconter que Tate, Maman et Grace se sont cotisés pour t'aider. Je sais que c'est toi qui as payé la plus grosse partie, je me trompe ? Et puis tu as pris l'avion pour me l'apporter. (L'autocollant de la compagnie aérienne était encore sur la valise d'Annie. Elle avait aussi dû prendre un taxi, et le trajet depuis l'aéroport coûtait une petite fortune.) Enfin, tu es là, maintenant, n'en parlons plus.

Annie sauta sur l'occasion.

— Oui ! J'avais trop envie de te voir, tu sais. On va pouvoir sortir un peu... Tu sais que je n'ai jamais vu le delphinarium ? Ni le zoo. Il paraît qu'il est génial. On pourrait y aller ensemble ! On va bien s'amuser. Comme quand on partageait notre chambre... Oh, ça ne te dérange pas que je dorme ici, hein ? Je n'ai pas réservé de motel.

Joe fit les gros yeux à Bryn. Une mise en garde très claire.

— Euh... je n'ai pas beaucoup de place. Si je te prenais plutôt une chambre d'hôtel ? On pourra sortir le soir, si tu veux. Pendant la journée, je dois travailler.

Visiblement, ça ne convenait toujours pas à Joe, qui secoua légèrement la tête. Elle le fusilla du regard, essayant de lui faire comprendre silencieusement que *merde, c'était quand même sa sœur !* Il finit par hausser les épaules. Capitulation.

— Oh, dit Annie, un peu refroidie. Je ne pensais pas... Bon, d'accord, j'irai à l'hôtel. Et je peux très bien m'occuper toute seule.

— Annie...

— Je ferais peut-être mieux de voir si je peux changer mon billet et rentrer plus tôt à la maison. Je ne veux pas te déranger. Je m'étais juste dit... J'avais envie de passer un peu de temps avec toi.

Annie n'avait même pas l'intention de la faire culpabiliser. Elle se sentait réellement triste et abandonnée et ne savait pas le cacher. Elle n'avait jamais su. Par certains côtés, Annalie était encore une petite fille, et Bryn avait tendance à l'oublier. Tout le monde avait toujours cédé à ses caprices. Tout le monde voulait la protéger.

Et Bryn ne dérogeait pas à la règle, car elle rendit les armes en voyant les yeux d'Annie s'emplir de larmes.

— Écoute, voilà ce qu'on va faire. Tu peux rester chez moi pendant la journée. Je vais te donner les codes d'activation et de désactivation du système d'alarme. Mister French sera ravi d'avoir de la compagnie, de toute façon…

Et merde. Bryn fut submergée par une nouvelle vague de culpabilité. Mister French… Il était toujours dans la salle de bains. Elle bondit sur ses pieds et se rua dans sa chambre, gênée de ne pas avoir fait son lit ni ramassé les vêtements qui traînaient par terre, et que les policiers aient vu tout ça. Mais c'était trop tard de toute façon. Elle ouvrit la porte de la salle de bains.

Mister French était couché sur un tas de neige, affichant un air à la fois suprêmement grognon et très content de lui. Il lui adressa un jappement de désapprobation quand elle entra, puis se leva et passa royalement à côté d'elle de sa démarche chaloupée.

Non… ce n'était pas un tas de *neige*.

C'était tout ce qui restait de son rouleau de papier toilette, qu'il avait réduit en charpie. Et il avait fait tomber toutes les serviettes, même si elle ne voyait pas comment il avait pu atteindre les étagères. Quant à la porte, elle était lacérée de marques de griffes.

— Waouh, s'exclama Annie derrière elle. On peut dire que ton chien sait faire la fête.

— Tu sais quoi ? dit Bryn en refermant la porte. C'est aussi bien que tu restes ici. Il a besoin de faire un tour dehors. Et quand tu reviendras, tu me ramasseras tout ça et tu feras le ménage.

— Moi ? Mais c'est *ton* chien !

— Mais c'est à cause de *tes* bêtises qu'on l'a enfermé dans la salle de bains. Et c'est toi qui vas nettoyer.

Sur ces mots, Bryn prit une feuille de papier, sur laquelle elle griffonna le code de l'alarme, et la fourra dans les mains de sa sœur sans laisser à Joe le temps de lui dire que c'était une très mauvaise idée.

— Mémorise ce code et détruis le papier, et je dis bien *détruis*-le. Ne te contente pas de le froisser, c'est compris ? Tu le déchires en morceaux, tu le jettes dans les toilettes et tu tires la chasse.

— Bryn, tu es sérieuse ? Tu es fâchée contre moi ? J'avais la clé, je ne pouvais pas deviner qu'il y aurait un problème. Je veux dire, je vois bien qu'il a tout saccagé, mais je ne croyais pas...

— Je sais, la coupa Bryn en soupirant très fort. (Annie ne faisait jamais exprès de semer le chaos, mais le chaos la suivait partout comme un gros nuage noir.) Pas de souci. Tu restes là aujourd'hui. Je te verrai ce soir et on décidera de ce qu'on fait.

Le visage d'Annie s'illumina aussitôt d'un grand sourire.

— Cool. À ce soir. Et je te promets que je vais tout ranger. Je ferai ton lit et je te préparerai à dîner.

Ça, c'était le bon côté. Annie savait effectivement cuisiner. Et Bryn qui venait de se lamenter sur la foutue solitude de sa vie. Rentrer chez elle pour retrouver un membre de sa famille serait sans doute une bénédiction... pour quelques jours.

Sur une impulsion, elle serra sa sœur dans ses bras, et Annie répondit à son étreinte, lissant tendrement les cheveux de Bryn.

— Tu sens la mort, lui dit-elle. Entre nous, c'est peut-être bien pour ça que tu n'as pas de petit ami.

— Tu es une vraie garce.

Annie sourit. Ses dents étaient parfaitement blanches, résultat d'années de consultations chez le dentiste, de brossages réguliers, de l'emploi de fil dentaire et de produits de blanchiment. Elle était aussi joliment bronzée.

— Je peux parler. Moi, je sens l'avion. Je vais prendre une douche et me reposer un peu au bord de la piscine.

— Après avoir tout nettoyé.

— Oui, bien sûr. Après.

Annie prit une expression de sainte-nitouche et posa une main sur son cœur. Bryn éclata de rire. Elle faisait toujours ça quand elle mentait. Elle serra une dernière fois sa sœur dans ses bras, et Annie leur fit au revoir depuis le seuil alors qu'elle redescendait les marches avec Joe.

— Ferme la porte à clé ! lui lança Bryn en se retournant. Et rebranche l'alarme !

— Oui, Maman.

Joe attendit qu'ils soient installés dans le fourgon, aient bouclé leur ceinture et soient engagés dans la circulation pour lui dire le fond de sa pensée :

— Ai-je besoin de préciser que c'est une très mauvaise idée ? demanda-t-il. Vous savez que McCallister sera très contrarié ?

— Oui, je le sais, répondit-elle.

Elle avait curieusement retrouvé tout son allant. Annie était peut-être une plaie quand elle voulait, mais elle représentait ses attaches à son passé, à sa famille, et c'était exactement ce dont Bryn avait besoin en ce moment.

Joe était un chic type, mais rien ne remplaçait les liens du sang.

Chapitre 9

La journée s'écoula, et Bryn garda la fenêtre de sa messagerie ouverte dans l'espoir d'avoir un signe de son mystérieux fournisseur. Rien. Elle reçut une douzaine d'appels téléphoniques, dont huit provenaient de plaisantins, trois de véritables clients et un de sa sœur à propos du dîner.

Joe Fideli partit prendre livraison d'un corps ; Bryn avait un rendez-vous avec un nouvel endeuillé. Tout était parfaitement... normal.

Elle était en train de vérifier un message qui lui semblait suspect quand la sonnerie du téléphone retentit à nouveau. Le drôle de mail se révéla parfaitement inoffensif, mais bon pour la poubelle.

L'appel téléphonique, en revanche, était très étrange.

Bryn crut tout d'abord à un canular. Elle s'était vite habituée à ces clients un peu particuliers que Lucy avait surnommés les nécros. Elle disait en plaisantant qu'elles pourraient arrondir leurs fins de mois en facturant la minute à neuf dollars quatre-vingt-quinze. Ces appels débutaient en général par des halètements et quelques bruits bizarres, très similaires à ce qu'elle entendait à l'autre bout du fil. Une respiration moite et laborieuse, accompagnée de sons indéterminés.

— Allô ? répondit Bryn, ne voulant pas commettre d'impair. Ce n'est pas drôle et je vais raccrocher.

À ce stade, les nécros proféraient le plus souvent des obscénités ou raccrochaient brutalement. Cette fois, pourtant, ce ne fut pas le cas. Au bout de la ligne, les bruits de respiration se poursuivirent. Des sons qui, à la réflexion, n'avaient rien de sexuel, mais lui paraissaient plutôt douloureux et torturés.

— Allô ? répéta Bryn.

Elle consulta l'écran du téléphone ; le nom de l'appelant était affiché, chose surprenante pour un nécro.

Et ce nom lui était familier.

Cette respiration sibilante lui inspira un sentiment d'angoisse. Elle tenta de relancer son interlocuteur, mais n'obtint aucune réponse à ses questions.

Elle mit fin à la communication et appela Lucy sur la ligne intérieure.

— Lucy, pourriez-vous me retrouver les coordonnées d'une cliente ?

— Bien sûr, de qui s'agit-il ?

— Sammons, le prénom commence par un « V ». Je crois que quelqu'un vient d'essayer de nous joindre depuis son numéro, et la ligne a été coupée.

— Il est fréquent que les gens s'y reprennent à plusieurs fois pour nous appeler, vous savez.

— Je sais. Mais faites tout de même une recherche, s'il vous plaît.

— Un instant. (Lucy posa le combiné et Bryn entendit le cliquetis du clavier.) Le système est très lent... Ah, j'y suis ! Sammons, Violetta. Mais, ce n'est pas une cliente. C'était une patiente.

Une patiente... Ce n'était pas la même chose dans la terminologie de la maison. Les clients remplissaient les chèques, les patients les cercueils.

— Vous en êtes certaine ?

— Le numéro est peut-être resté en mémoire ? Il pourrait aussi s'agir d'un membre de la famille... Elle avait un mari qui s'est occupé de toutes les formalités. Elle est décédée il y a un peu plus de deux semaines, juste avant votre arrivée. Parmi les derniers soins de conservation qu'a pratiqués personnellement ce pauvre M. Fairview.

Soins de conservation pratiqués personnellement. Il n'y avait apparemment que de ses clients spéciaux que Fairview s'occupait personnellement.

Ceux qui pouvaient continuer de payer.

Cette femme ne pouvait pas parler, comprit Bryn. L'état de Violetta Sammons était trop dégradé et son larynx n'était plus en état de fonctionner, mais elle essayait d'appeler au secours. *Mon Dieu.* À quand remontait sa dernière injection ? Pourquoi ce n'était pas son mari qui les avait contactés ?

Bryn se sentit nauséeuse et prête à tourner de l'œil au fur et à mesure qu'elle prenait conscience de ce que cela impliquait.

— Merci. Pouvez-vous me donner son adresse ?

— Tout de suite. (Lucy dicta les informations à Bryn, qui en prit note.) Autre chose ?

— Non, déclina Bryn, dont les phalanges étaient devenues blanches à force de serrer le combiné. Non, ce sera tout, Lucy. Merci.

Elle raccrocha et composa le numéro de la ligne directe de Joe. Il ne répondit pas immédiatement, et quand sa voix se fit entendre, la communication avait manifestement basculé sur son téléphone portable.

— Joe ? Où êtes-vous ?

— À l'hôpital Atlantic Memorial. On est venus prendre un corps, avec Doreen. (Doreen était la dernière recrue en date du défilé d'assistants de la semaine.) Elle est toujours avec nous, ajouta Joe.

— La défunte ?

— Doreen. Que se passe-t-il ?

Bryn sentit la panique lui nouer la gorge.

— J'ai reçu un coup de fil très bizarre. Je pense que c'est quelqu'un que Fairview a… vous savez. Elle va mal.

— Très bien, donnez-moi son adresse. Je vais envoyer quelqu'un.

— Non. Joe… Joe, c'est *moi* qu'elle a appelée au secours. Elle a besoin d'aide. Nous avons des stocks de produit, n'est-ce pas ? Je veux lui faire une injection.

— Bryn, ce n'est pas possible. Les seringues sont dotées d'un programme de sécurité. Vous le savez.

— Alors revenez et accompagnez-moi.

— Vous voulez que je laisse Doreen s'occuper toute seule de la prise en charge ? Même dans ce cas, je suis au moins à deux heures de route.

— Ça ne peut pas attendre, Joe. C'est urgent.

— Elle ne va pas s'envoler.

Les larmes qu'elle retenait lui brûlaient à présent les yeux. Elle était incapable d'expliquer la raison de la profonde angoisse qu'elle ressentait, et qu'elle-même ne comprenait pas.

— C'est tout de suite qu'elle a besoin d'aide. J'y vais.

— Donnez-moi d'abord l'adresse.

Bryn lui communiqua les coordonnées de Violetta Sammons.

— Sérieusement, attendez-moi. Je rentre au plus vite.

— Je ne peux pas la laisser comme ça.

Il hésita quelques instants avant de poursuivre :

— Vous êtes consciente de ce que vous aurez peut-être à faire ? Elle est sans doute trop dégradée pour que nous puissions la traiter.

— J'en suis consciente, répondit Bryn. Je ne peux pas la laisser souffrir, Joe. C'est pour ça que je dois y aller.

— Si vous savez ce que vous faites. Je vais demander à Pat de vous rejoindre sur place, il n'est pas très loin. Pas d'objections, patron. C'est comme ça et pas autrement.

Patron... Bryn était presque certaine que c'était ironique. Elle n'était le patron de personne, et surtout pas d'elle-même. Il raccrocha sans lui laisser le temps de tenter de le dissuader d'appeler McCallister – même si elle savait très bien que cela n'aurait servi à rien.

Elle n'avait pas reparlé à McCallister depuis qu'ils s'étaient quittés en froid devant le perron du manoir familial, et cela ne lui disait toujours rien qui vaille. Mais ce qu'elle redoutait par-dessus tout, c'était ce qu'elle allait découvrir chez Violetta Sammons. Où était son mari ? *McCallister aurait une dose de produit avec lui*, songea-t-elle. *On peut le faire. On peut réparer les dégâts et on avisera ensuite.*

Je lui dois réparation.

Bryn s'arrêta au vestiaire, où elle prit le sac contenant son matériel de levée de corps, auquel elle ajouta quelques articles supplémentaires, puis s'installa au volant de l'un des fourgons mortuaires. Le véhicule venait d'être nettoyé et une odeur âcre d'eau de Javel flottait dans l'air. *Je sens la mort ou le détergent.* Annie avait raison : les prétendants ne se bousculeraient pas au portillon. À supposer que des préoccupations aussi terre à terre lui soient encore autorisées.

Elle s'efforça de repousser ces idées, et carrément de ne plus penser à rien, tandis qu'elle suivait les instructions du GPS pour se rendre chez Violetta Sammons, dans les collines de La Jolla. C'était un quartier très chic, composé de grandes bâtisses cossues jouissant d'une vue exceptionnelle. Pas de la même classe que le manoir de Patrick McCallister, mais la plus modeste de ces demeures devait tout de même valoir deux ou trois millions de dollars au bas mot.

Rien d'étonnant à ce que Fairview ait pris Sammons pour cible de son ignoble trafic.

Bryn gara le fourgon et en descendit, son sac de toile noire à la main, au moment où la berline noire aux vitres fumées de Patrick McCallister fondait derrière elle tel un requin sur sa proie. Il sortit également de son véhicule et ils restèrent sur le trottoir à se dévisager pendant quelques secondes. L'ecchymose sur sa joue avait pratiquement disparu et il était vêtu comme toujours d'un costume impeccablement repassé qui ne faisait pas un pli.

Il portait lui aussi un sac de toile noire, mais Bryn doutait que son équipement soit identique au sien.

— Bryn, commença-t-il sur un ton des plus neutres. Quelle est l'urgence ?

— Je crois que c'est une des victimes de Fairview. Et je pense qu'elle n'a pas eu d'injection depuis qu'il est mort. Je ne pouvais pas... Je dois l'aider. C'est un devoir. Vous comprenez ?

Après une hésitation, McCallister acquiesça.

— Laissez-moi entrer le premier.

— Non, refusa-t-elle. C'est quelque chose que je dois faire.

— Pas toute seule. Nous le ferons ensemble, alors.

Cela lui convenait parfaitement, car elle était terrifiée, même si elle s'efforçait de n'en rien montrer. La maison semblait tout à fait normale, et Bryn ne nota aucun signe inquiétant. Elle sonna à la porte, puis essaya d'ouvrir, mais elle était fermée à clé.

— Qu'est-ce qu'on fait ? demanda-t-elle.

McCallister l'entraîna de l'autre côté jusqu'à la porte de derrière, celle de la cuisine. Bryn tenta de l'ouvrir. Sans succès.

McCallister s'approcha à son tour et fit usage d'un certain nombre d'outils longs et fins – sans doute des crochets à serrure. Elle s'attendait à ce qu'ils déclenchent une alarme, mais la porte s'ouvrit brusquement dans le silence complet. Dans ce genre de maisons, il y avait toujours un système d'alarme...

McCallister entra et inspecta le boîtier situé à côté du chambranle.

— Désactivé, dit-il. Venez.

Il referma à double tour derrière eux.

Elle reconnut immédiatement l'odeur si particulière d'un corps en décomposition : corrompue, douceâtre et écœurante, envahissante. Elle chancela et ils échangèrent un regard muet.

— Bryn. Laissez-moi m'en charger. Rien ne vous oblige à...

Elle secoua la tête, attendit que ses yeux s'accommodent à l'obscurité, puis traversa une cuisine aux carreaux blancs immaculés et longea le corridor. La puanteur s'intensifia. Elle avait une conscience aiguë de la présence de McCallister, qui marchait en silence à ses côtés.

Ils ne pouvaient plus faire demi-tour.

Elle s'était préparée à une scène d'horreur, mais il n'y avait rien dans le vaste salon élégant, hormis une télé grand écran qui était restée allumée, le son coupé. Sur la table basse, un verre contenant ce qui ressemblait à du whisky reposait sur un dessous de verre, près d'un livre ouvert et laissé à l'envers, comme si quelqu'un allait revenir d'un instant à l'autre.

McCallister lui toucha l'épaule et pointa une direction. Elle le suivit dans le hall d'entrée dallé de marbre. Un escalier en colimaçon menait à l'étage.

L'odeur était plus prégnante ici, et s'intensifia à mesure qu'ils gravissaient les marches. À mi-hauteur, Bryn perçut les premiers bourdonnements. Elle hésita sur le palier le temps d'une respiration, prit son courage à deux mains et enjamba la colonne de fourmis qui lui indiquait sa destination.

McCallister la talonnait, solide et silencieux. Sa présence lui donna la force de continuer.

La porte de la chambre était fermée. Bryn tendit la main vers le loquet, d'abord avec précaution, comme si elle risquait de s'y brûler. Comme si son instinct voulait l'empêcher de voir ce qu'il y avait derrière.

Elle respira un grand coup et tourna la poignée.

Un vrombissement furieux lui explosa au visage tandis que des nuées de mouches se précipitaient par l'ouverture. Elle se baissa pour les éviter. McCallister l'imita. Il toussa, une main plaquée sur la bouche ; c'était la première fois qu'il laissait transparaître un signe de faiblesse.

Bryn pénétra dans l'enfer.

Elle découvrit tout d'abord l'homme mort, assis dans un profond fauteuil au pied du lit. L'une de ses tempes était perforée d'une balle, et il y avait une plaie béante de l'autre côté, là où le projectile était ressorti. Le revolver était tombé à ses pieds sur le tapis.

Son décès remontait à plusieurs jours.

La femme étendue sur le lit n'avait plus grand-chose d'humain. Elle était recouverte d'une marée ondulante de mouches, de lambeaux de chair visqueux et décolorés grouillant d'asticots, tandis qu'un défilé de fourmis emportait leur butin pour le bien de la colonie.

Elle avait les yeux ouverts. Vitreux, sans couleur, décomposés mais… *elle était consciente.*

Nom de Dieu, elle était toujours vivante. Ses globes oculaires se tournèrent presque insensiblement vers Bryn. La bouche sans lèvres remua sans qu'aucun son en sorte. Le combiné téléphonique était posé à côté d'elle sur l'oreiller, un doigt desséché resté sur la touche de rappel.

— Sainte Mère de Dieu, murmura McCallister, derrière elle.

Il semblait bouleversé, pétrifié, soudain terriblement humain. À l'inverse, Bryn se sentait… distante. Détachée.

Sans doute le choc, pensa-t-elle. Une réaction très utile dans des moments pareils.

— Faites-lui une injection, commanda-t-elle.

— Bryn… ça ne marchera pas.

— *Faites-lui une injection.*

Secouant la tête, il ouvrit néanmoins son sac et sortit la seringue. Elle le vit hésiter, cherchant un muscle suffisamment conservé où piquer, puis il fit de son mieux.

Le liquide suinta à travers la peau et se répandit sur les draps.

Ils attendirent de longues minutes, puis Bryn finit par se tourner vers McCallister.

— C'est trop tard, murmura-t-il. (Il avait les larmes aux yeux.) Elle est en phase finale, le produit n'agit plus.

Il ne restait donc plus qu'une chose à faire.

Bryn posa au sol son sac de toile, l'ouvrit et en sortit une blouse, un masque et des gants chirurgicaux, qu'elle tendit à McCallister. Elle choisit les mêmes éléments pour elle. Ils s'équipèrent sans échanger un mot. Le masque n'arrêtait pas la puanteur qui leur brûlait les yeux. Des fourmis grouillaient sur ses pieds et remontaient le long de ses jambes, mais Bryn n'en avait cure. Elle avait d'autres soucis en tête.

Elle extirpa du sac une scie chirurgicale.

McCallister eut un mouvement de recul.

— Qu'est-ce que vous…

Bryn ne répondit rien, incapable de proférer un mot. Cela supposait des facultés cognitives dont elle se sentait dépourvue à cet instant précis. Une seule chose comptait, une chose qui devait être faite.

Elle devait mettre un terme aux souffrances de cette femme. Faire machine arrière n'était pas une option, cela devait être accompli.

Et c'était à elle de le faire.

— Je suis désolée, murmura-t-elle à ce qui restait de Violetta Sammons, fixant une dernière fois son regard voilé, désespéré, terrifié. Elle cala ensuite une main sous la mâchoire inférieure de la femme, qu'elle releva pour exposer son larynx putréfié.

Trois mouvements furent suffisants. La lame de la scie était très tranchante. Quand la tête se détacha du corps, Bryn découvrit la vie qui continuait désespérément dans les yeux vitreux de la femme, puis s'affaiblit... et enfin, Dieu soit loué, s'éteignit.

Bryn lâcha l'outil, tituba et s'adossa contre le mur.

C'est moi. C'est moi sur ce lit. C'est moi.

Pas encore, mais cela finirait par arriver, aussi sûrement que la mort elle-même.

Patrick McCallister la dévisageait depuis l'autre côté du lit, figé comme une statue. Il se baissa finalement pour ramasser le sac de toile dans lequel il rangea la scie. Puis, il prit Bryn par le bras.

— Sortons d'ici, dit-il. Venez.

Laisser cette pièce derrière elle lui fit l'impression de quitter un tombeau. Bryn arracha le masque qui lui couvrait le visage et inspira goulûment de grandes bouffées d'air. Cet air qui lui avait paru fétide quelques instants plus tôt lui semblait à présent délicieusement parfumé. Comme les pétales d'une rose.

Les jambes en coton, elle dut s'appuyer sur McCallister pour redescendre les marches, franchir la colonne de fourmis en sens inverse et traverser le salon silencieux avec la télévision allumée et le verre de whisky sur la table.

Dehors, enfin, le souffle frais de la brise, le soleil.

Bryn s'effondra contre McCallister, s'accrocha à son cou, et éclata en sanglots comme si elle avait le cœur brisé.

— Oh, mon Dieu, murmura-t-elle. Mon Dieu. Je devais le faire. Il le fallait. *Il le fallait*.

Patrick McCallister la serra dans ses bras avec la même urgence.

— Je sais, chuchota-t-il. Tout va bien. C'est fini.

— Non, hoqueta-t-elle, les poings agrippés aux revers de sa veste. C'était moi. Ce sera bientôt moi.

— Non. Bryn, vous êtes vivante, vous m'entendez ? Je ne laisserai jamais une telle chose vous arriver. Je ne le permettrai pas. Je vous le promets.

— Et si...

— Taisez-vous.

— Vous avez vu, elle était toujours consciente...

La voix de McCallister se durcit :

— Je ne permettrai pas que cela vous arrive. Je ne vous laisserai jamais souffrir, Bryn. Soyez-en persuadée, même si vous doutez de tout le reste à mon sujet.

Elle le crut sur parole. Elle se convainquit que, s'il le fallait, Patrick McCallister se servirait de cette scie pour mettre un terme définitif à son existence. Il en avait la force.

Elle n'avait jamais imaginé posséder elle-même cette force. Jusqu'au moment où il avait fallu faire un choix.

Elle se sentit glacée d'horreur à l'idée que quelque part en elle se dissimulait une telle capacité d'agir froidement. Elle aurait préféré que cette facette d'elle-même reste dans l'ombre.

Et aussi ne pas savoir à quoi ressemblerait sa fin. Elle avait eu un aperçu de son avenir dans les yeux dévastés et implorants de Violetta Sammons.

McCallister continua de la soutenir jusqu'à l'arrivée de ses hommes, venus nettoyer la scène de crime, et elle lui en fut reconnaissante.

Une quinzaine de minutes après le début des opérations de... levée de corps, McCallister ressortit de la maison. Il revêtit une combinaison qui se trouvait dans la sacoche d'intervention de Bryn, une casquette et un coupe-vent léger frappés du logo des pompes funèbres Fairview.

— Je vous raccompagne. Vous ne devez pas rester seule.

Ses hommes savaient quoi faire. Déguisés en ouvriers du bâtiment, équipés de bleus de travail et d'outils, ils étaient arrivés à bord de leur propre camionnette. Ils avaient même installé un panneau « travaux » à l'entrée du virage. Quiconque passerait par là ne verrait qu'une scène de la vie ordinaire, alors que ce qui se déroulait ici était très, très, loin de la normalité.

— Il faut évacuer le fourgon mortuaire. Les gens vont se poser des questions, continua-t-il.

Le logo Fairview était petit et discret, mais il avait raison ; quiconque y regarderait de plus près ne manquerait pas de le remarquer. Bryn, qui avait fini par retrouver l'usage de ses membres, fit mine de déverrouiller la portière côté conducteur, mais McCallister lui retira les clés des mains.

— Non. Je vais conduire.

Elle ne se sentait pas la force de protester. Elle appréciait de se reposer sur quelqu'un, du moins momentanément. *Peut-être que les inhibiteurs de protocoles ne sont plus opérationnels*. Mais elle n'y croyait pas. C'était simplement l'état de choc et d'épuisement nerveux consécutif à un stress émotionnel extrême.

— Vous ne prenez pas un risque en me raccompagnant ? demanda-t-elle d'une voix lasse, alors qu'il s'engageait dans la direction du funérarium pour ramener le fourgon. Et s'il nous surveillait ?

— C'est probablement le cas. Oui, je prends un risque. Mais vu le rythme auquel les assistants funéraires défilent chez vous en ce moment, un nouveau visage n'aura rien d'anormal. Je baisserai la tête. (Il la regarda.) Bryn, vous êtes toujours avec moi ?

— Oui.

Elle luttait pour garder les yeux ouverts, mais quand elle résolut de s'abandonner à les fermer, elle fut assaillie par une succession d'images insupportables. Les fourmis. Les asticots. La chair en décomposition. Les yeux.

— Je crois que j'ai besoin d'un verre.

Il rit doucement, mais sa voix tremblait légèrement.

— Vous avez le sens des euphémismes, mademoiselle Davis. De toute ma vie, je n'ai jamais eu autant besoin d'un verre, et ce n'était pas moi qui...

Tenais la scie, compléta Bryn en son for intérieur.

Il s'empressa de changer de sujet :

— J'ai entendu dire que votre sœur séjournait chez vous ?

— Je pensais que vous seriez en colère.

— Je l'étais, mais ce n'est plus aussi important, maintenant.

— Annie est une fille bien, murmura Bryn, à moitié abrutie. C'est encore une gamine. Et nous sommes trop durs avec elle.

— Nous ?

— La famille. En particulier, ma mère et ma sœur Grace. Grace est une sacrée garce. Mais pas aussi teigneuse que George.

— George est une fille ?

— George est une saloperie de mec, ce qui ne l'empêche pas d'être tout ce qu'il y a de plus garce. Il n'est pas homo, et c'est bien dommage, parce qu'il serait sans doute plus marrant. C'est un vrai connard. Il tient une pharmacie à... (Elle interrompit soudain son bavardage.) Mais vous savez déjà tout ça. Je vous ai tout raconté sur ma famille dans la voiture.

McCallister haussa les épaules.

— J'aime vous entendre parler d'eux.

— Vous vous souvenez de Kyle ?

— Celui qui purge la troisième des quinze années dont il a écopé pour vol à main armée ?

— Eh bien, même Kyle est plus marrant que George.

— Aïe.

Son cerveau sortait peu à peu de sa torpeur. Causer de tout et de rien pouvait faire des miracles, apparemment.

— Bref, Annie avait besoin de s'aérer la tête et je lui ai permis de rester quelques jours chez moi. Rien de bien méchant, et je ne lui dirai rien.

— C'est un manquement patent aux règles de sécurité et vous auriez dû me consulter. Mais ce qui est fait est fait. Je m'inquiète seulement pour vous.

— Vous croyez qu'*Annie* peut représenter une menace ? Elle a toujours rêvé d'être une princesse de contes de fées. J'ai du mal à voir en quoi elle pourrait être dangereuse.

— C'est bien ce qui m'ennuie.

Bryn était bien trop épuisée pour chercher à comprendre, et préféra en rester là.

— Vous me faites tout raconter sur ma famille, mais vous ne me parlez jamais de la vôtre.

Il lui lança un regard contrarié et secoua la tête.

— Ce n'est pas le moment, Bryn.

— S'il vous plaît, ça me changera les idées. (Elle avait besoin de s'occuper l'esprit pour en chasser... toute cette horreur. L'odeur, les mouches, le désespoir dans les yeux de Violetta. Le raclement de la scie.) Parlez-moi de votre frère.

— Je ne peux pas. (Il s'interrompit et émit un son plus proche du soupir que du rire.) Je n'y arrive pas. Ce n'est pas une bonne excuse après tout ce que... Oh, et puis ce ne sont que des mots, après tout. D'accord, si vous voulez vraiment savoir, Jamie était... n'était pas normal. Mes parents ne s'étaient aperçus de rien. C'était un grand charmeur mais, au fond de lui, il était froid comme la pierre. C'était un psychopathe, dépourvu d'empathie et de connexion aux autres, y compris moi. Et j'étais sa victime favorite.

— Vous.

Il haussa les épaules.

— J'ai dû faire avec. Je n'avais pas le choix. Les petits jeux de Jamie consistaient généralement à mutiler ou à tuer. Je ne pouvais pas me plaindre. J'ai essayé une fois, il a dit que c'était ma faute et m'a fait passer pour la brute. Et ils l'ont cru. Il était l'aîné.

— Mon Dieu.

— À dix-huit ans, j'ai décidé de ne plus me laisser faire. Je suis allé voir mon père, mais il n'a rien voulu entendre. Alors, je suis parti. Je me suis engagé dans les Marines dès que possible, et je suis parti loin de ma famille.

— Vous m'avez dit que Jamie était... mort.

— Lorsque je suis rentré, huit ans plus tard, il a été vraiment très surpris. Il était persuadé que je me ferais tuer au combat. (Le regard de McCallister était perdu dans des souvenirs douloureux.) Entre-temps, il avait quitté la maison familiale et s'était établi à la campagne. Je revenais de mission, et j'avais l'intention d'essayer de me réconcilier avec mon frère dans la mesure du possible. Mais lorsque je suis arrivé chez lui, il était... Il avait trouvé un nouveau jeu. Un jeu tout à fait en accord avec sa personnalité. (Il déglutit, la pomme d'Adam saillant au-dessus de son col. Ses mains se crispèrent sur le volant.) J'ai appris plus tard qu'il avait monté un business autour de ça, mais je l'ignorais à ce moment-là. Je l'ai trouvé dans l'une des chambres à l'étage avec des appareils photo et une victime. J'ai tiré. Je n'avais pas le choix si je voulais sauver la fille.

— Que faisait...

— Non, la coupa-t-il. Ne m'obligez pas à en dire davantage. Je vous en prie. Nous avons eu une journée assez éprouvante comme ça. (Il garda le silence pendant quelques instants avant de reprendre son récit.) Je ne regrette pas de l'avoir tué. Mais je regrette de l'avoir laissé s'en tirer quand j'avais dix-huit ans. Des vies auraient pu être sauvées si je n'avais pas été… faible. (Il sourit, mais son expression était douloureuse et contrainte.) Ma mère était déjà morte à l'époque. Mon père est décédé peu de temps après, convaincu que j'étais un meurtrier. Que j'avais tendu un piège à Jamie pour le tuer de sang-froid. Il m'a bien évidemment déshérité, mais je m'en fichais pas mal.

Bryn songea à sa propre famille, à tous leurs petits tracas et à leurs chamailleries. Elle n'était pas raide dingue de tous ses frères et sœurs, mais au moins, il n'y avait pas de psychopathe parmi eux. Pas d'assassin, même si McCallister n'avait pas explicitement employé le terme. Cette pensée raviva le souvenir lancinant de la disparition mystérieuse de Sharon, des années plus tôt. *Elle a peut-être croisé la route d'un McCallister, elle aussi. Du mauvais frère.*

— Je suis désolée, dit-elle. Pardonnez-moi de vous avoir obligé à en parler.

— Non. Non, il fallait que vous le sachiez. Et je suppose que j'avais également besoin de le dire à quelqu'un. Ne vous en faites pas. Au moins, c'est fait désormais.

McCallister ne dit plus un mot durant tout le reste du trajet. Il gara le fourgon et s'engouffra dans le funérarium par la porte de derrière avec Bryn. Le dos voûté et les mains enfoncées dans les poches. Il s'efforçait d'être aussi discret que possible, mais elle ne put s'empêcher d'éprouver un sentiment de malaise, de sentir le poids sans doute imaginaire d'yeux qui les observaient, jusqu'à ce qu'ils soient à l'abri à l'intérieur du bâtiment.

Joe et Doreen n'étaient pas encore rentrés de l'hôpital. Bryn entraîna McCallister directement dans son bureau, dont elle ferma la porte à clé. Elle déverrouilla un tiroir et aligna six mignonnettes sur la table : whisky pour lui, vodka pour elle.

— Vous avez fait une razzia sur le minibar d'une chambre d'hôtel ? s'étonna-t-il, sans refuser les petites bouteilles. (Il dévissa la première, qu'il avala en deux gorgées, puis en ouvrit une deuxième.) Sûrement pas au *Hallmark Motor Inn*, en tout cas.

Elle esquissa un vague sourire à ce souvenir. Il porta un toast en levant sa deuxième bouteille, qu'il vida d'un trait, puis il s'assit. Les pensées de Bryn étaient concentrées sur le feu bienfaisant de la vodka qu'elle sentait glisser sur sa langue et descendre dans son gosier, neutralisant le goût de la putréfaction et du désespoir. Elle avait éclusé sa troisième bouteille avant que McCallister ait entamé la sienne, mais c'était elle qui tenait la scie, comme il n'avait pas osé le dire.

— Alors, attaqua-t-elle en reposant la tête contre le dossier de son fauteuil en cuir, vous avez couché avec votre patronne ? (Silence. Elle entrouvrit les yeux. McCallister sirotait son whisky à petites gorgées, sans un mot.) Vous ne voulez vraiment pas me répondre.

— C'est la question qui vous vient à l'esprit en ce moment précis ?

— On dirait bien que oui.

Une torpeur commençait à l'envahir de nouveau, cette fois légèrement plus agréable.

— Est-ce que vous en avez d'autres ? demanda-t-il en montrant sa bouteille vide.

Elle ouvrit le tiroir, en sortit deux nouvelles mignonnettes et lui en lança une.

— C'est du bourbon, fit-il remarquer.

— Vous allez vous plaindre ?

Il posa sa bouteille sur la table tandis qu'elle descendait cul sec sa quatrième vodka. Celle-ci était aromatisée au citron. Pas mauvais.

— Si c'était le cas, qu'est-ce que ça pourrait bien vous faire ? demanda McCallister

— Rien du tout.

Ce qui était faux. Cela la dérangerait beaucoup et il le savait parfaitement, ce salopard. *Pour quelle raison*, cela restait un grand mystère qu'elle ne chercherait pas à élucider dans l'immédiat. Ses émotions étaient trop confuses, à vif, et terriblement embrouillées.

— Est-ce que c'était bien ?

— Avec *elle* ? Aucune chance.

Elle faillit s'étrangler.

— Donc, vous l'avez fait.

— Je n'ai pas dit ça. À supposer que cela se soit produit, et j'insiste bien sur l'aspect hypothétique de la chose, ce n'aurait certainement pas été pour le plaisir. Juste... pour entretenir de bonnes relations.

— Pour entretenir votre réputation de séducteur et assurer votre alibi.

McCallister plissa amèrement les lèvres l'espace d'un instant.

— Quelque chose comme ça.

McCallister s'appliqua à boire sa dernière bouteille avec une précision curieusement surfaite. À en juger par son propre état, Bryn supposa qu'il aurait dû être au moins un peu pompette. *Il surcompense*, pensa-t-elle.

— Mon job n'est pas un chemin semé de roses, reprit-il.

Un flash-back souleva brutalement le cœur de Bryn, et elle se rendit soudain compte qu'elle empestait la chair en décomposition. L'odeur avait imprégné ses vêtements, sa peau, ses cheveux. La pièce entière puait la mort.

Un chemin semé de roses.

La tête de Violetta Sammons qui se détachait de son corps.

Le vrombissement de la scie qui vibrait dans sa main.

La vodka reflua brusquement dans son gosier, et elle eut tout juste le temps d'atteindre sa poubelle pour y vomir. Secouée de spasmes, elle sanglotait et essayait de reprendre son souffle. McCallister contourna le bureau, lui tendit sans un mot des mouchoirs en papier puis l'aida à se rasseoir tandis qu'elle enfouissait son visage dans ses mains, tentant d'étouffer de violents haut-le-corps.

Il lui caressa les cheveux, avec douceur. Il ne disait toujours rien.

Elle finit par se ressaisir suffisamment pour articuler quelques mots :

— Il faut que j'aille me doucher. (Sa voix était rauque et hachée, mais il se contenta d'acquiescer en baissant les yeux sur elle.) Je suis désolée.

— Il n'y a pas de quoi. Je vous attendrai ici.

Elle prit des vêtements de rechange et se dirigea vers le vestiaire, au bout du couloir. Riley était encore là ; elle enfilait un jean et un sweat-shirt confortable, les cheveux encore humides collés au visage. Elle leva un regard étonné quand Bryn jeta ses affaires sur le banc.

— Est-ce que tout va bien ?

Bryn n'avait aucune envie de parler, mais elle devait faire un effort :

— Un cas difficile, réussit-elle à répondre. Décomposition avancée.

Riley ouvrit son casier en hochant la tête, et lança un flacon de savon liquide à Bryn.

— Essayez ça, je n'ai rien trouvé de mieux. Quatre lavages devraient suffire.

Bryn ne prit pas le temps de la remercier. L'urgence de se purifier était telle que, même sous le jet d'eau chaude, couverte de mousse des pieds à la tête, elle continuait de trembler et de respirer trop vite. Au deuxième lavage, elle avait toujours l'impression d'être aussi sale. Elle commença à se calmer après le troisième, et ne se sentit presque normale qu'après le quatrième. Sa peau piquait à force d'être frottée, mais c'était une bonne chose. Signe qu'elle s'était débarrassée de l'ignoble puanteur visqueuse.

Bryn jeta ses vêtements souillés dans le bac d'incinération des déchets infectieux, s'habilla de propre et se sécha les cheveux. Elle avait presque terminé lorsqu'on frappa à la porte du vestiaire ; McCallister l'entrebâilla et passa la tête.

Il était en piteux état, le teint livide, les yeux cernés de noir. Il avait retiré sa veste de costume et sa cravate et défait le premier bouton de sa chemise.

— Je peux entrer ? demanda-t-il à Bryn, qui se sentit soudain très égoïste d'avoir occupé la douche si longtemps.

— Je vous laisse la place.

Il la remercia d'un signe de tête et ouvrit un casier – celui de Joe Fideli – dont il sortit un jean et un tee-shirt blanc tout propre.

— Nous faisons à peu près la même taille. Au moins, je n'aurai plus l'air d'être déguisé en maffieux.

Elle lui tendit le savon de Riley.

— Quatre lavages, lui recommanda-t-elle. Ça marche.

Il eut un semblant de sourire.

— Tant mieux.

Il se dévêtait déjà avant qu'elle ait refermé la porte. Ses gestes brusques et hachés lui indiquèrent qu'il était lui aussi sur le point de craquer.

Elle quitta le vestiaire pour qu'il puisse le faire en privé.

De retour dans son bureau, Bryn mit de la musique, douce et relaxante, et grignota quelques crackers pour calmer son estomac toujours perturbé. Sa peau et ses vêtements sentaient à présent le propre et le frais, mais elle ne pouvait se défaire du spectre de la puanteur dans l'air qui l'entourait. Elle lava la poubelle, puis vaporisa du désinfectant autour de son fauteuil et sur ses chaussures. Sans doute trop.

Elle se laissa finalement tomber sur son siège et ferma les yeux.

Elle les rouvrit aussitôt au son d'un léger carillon.

Un mail venait d'arriver.

Et merde. Ça lui était sorti de la tête.

Sa boîte de réception affichait un nouveau message, envoyé via un compte de messagerie temporaire gratuite sous le pseudonyme évocateur de « revenant ». Le message était sans objet et ne comportait qu'une adresse et une heure de rendez-vous – 22 heures, le jour même.

Lorsque McCallister revint, la peau encore perlée de gouttes d'eau, il comprit aussitôt à l'expression de Bryn qu'il se passait quelque chose.

Sans un mot, elle fit pivoter l'écran de son ordinateur pour lui montrer le message. Il se pencha au-dessus de son bureau pour le lire.

— Vos petits génies de l'informatique pourront-ils le localiser ? demanda-t-elle.

— Ça m'étonnerait, mais on va essayer. Cette adresse mail équivaut à un numéro de téléphone jetable et, s'il a le moindre bon sens, le type se sera servi d'un générateur d'adresses IP aléatoires.

McCallister composait déjà un numéro sur son téléphone portable.

— Vous n'avez pas besoin de mon mot de passe ?

— Nous le possédons déjà, répondit-il en lui tournant le dos pour parler à son contact.

Preuve supplémentaire, s'il en était encore besoin, que sa vie n'avait pas de secrets pour lui. Plus rien n'était sacré. Elle aurait dû en éprouver un sentiment cuisant de trahison, mais elle se sentait seulement... lasse. Et, curieusement, un peu rassurée.

Alors que la conversation téléphonique de McCallister s'éternisait, Bryn envisagea l'idée d'ouvrir de nouvelles mignonnettes, mais à ce stade, ce ne serait plus une indispensable soupape de sécurité, mais plutôt une mauvaise idée. Elle referma le tiroir, le verrouilla et se tourna vers l'horloge murale.

Bientôt 18 heures.

Il leur restait quatre heures pour réunir l'argent et le livrer à l'adresse indiquée. Faute de quoi, ils risquaient de laisser passer leur chance de coincer le fournisseur.

Si jamais cela devait arriver, Bryn savait parfaitement qu'Irene Hart serait trop heureuse de mettre fin au projet et à sa vie. Plus que toute autre chose, c'était cette certitude qui l'avait amenée à renoncer au réconfort de l'alcool. *Je ne vais pas vous faciliter la tâche*, songea-t-elle. *Ce ne sera pas vous. Vous ne pourrez pas me tuer.*

Puis, elle songea soudain que Harte ne ferait pas le travail en personne. Quand ce serait le moment d'en finir, le coup viendrait de l'homme qui parlait à voix basse dans son téléphone portable en arpentant le bureau de long en large. On lui donnerait l'ordre de suspendre le traitement de Bryn et de la laisser se métamorphoser en enveloppe putréfiée. Dévorée vivante par les asticots. Elle implorerait qu'on la soulage, jusqu'à ce que les derniers nanites perdent de leur puissance et cessent de fonctionner...

Ou jusqu'à ce qu'il sépare sa tête de son corps par pure pitié devant cette horreur.

Non. Il a promis. Il a promis qu'il ne le permettrait pas. Les yeux clos, elle prit plusieurs profondes inspirations et s'efforça de penser à autre chose, n'importe quoi de moins douloureux. Il avait promis, et il tiendrait parole. Il ne la laisserait pas pourrir sur pied à petit feu.

McCallister avait terminé sa conversation.

— Un chauffeur et une voiture sont en route et je vais chercher l'argent, lui dit-il. Joe sera là dans cinq minutes, attendez-le et il vous reconduira chez vous. Je passerai vous prendre à votre appartement à 20 h 30 pour notre rendez-vous.

Elle acquiesça.

— Merci.

— De quoi ? s'étonna-t-il. (Elle le regarda dans les yeux jusqu'à ce qu'elle fût sûre d'y lire qu'il avait compris.) Je pensais ce que je vous ai dit, Bryn. Je ne laisserai pas une telle horreur se produire.

— Je sais, merci.

Elle se leva et se serra contre lui. Elle avait fait ça sur une impulsion, pour lui exprimer sa gratitude… jusqu'à ce qu'elle soit dans ses bras. Et là, ce fut tout autre chose.

— Dites-moi que vous n'avez pas couché avec elle, lui chuchota-t-elle à l'oreille.

Il ne lui demanda pas de quoi elle parlait.

— Je n'ai pas couché avec elle, répondit-il. (Quelque chose de doux et de furtif lui effleura le front. Peut-être un baiser.) Faites attention à vous.

Et il était parti.

Bryn arriva chez elle à 18 h 30, épuisée et incapable d'affronter la moindre scène familiale. Par chance, cela lui fut épargné.

Son appartement reluisait de propreté, Mister French lui fit la fête et une bonne odeur de nourriture italienne flottait dans l'air.

— Salut, la belle ! lança gaiement Annie de la cuisine. J'espère que tu as faim. Je crois que j'ai préparé assez de pâtes pour tout l'immeuble !

Je ne peux pas. Bryn se laissa choir sur le canapé et enfouit son visage entre ses mains. Annie vint immédiatement s'asseoir à côté d'elle et lui entoura les épaules. Bryn ne releva pas la tête.

— Hé, qu'est-ce que j'ai dit ? demanda Annie. Tu n'aimes plus la cuisine italienne ?

— C'est juste...

L'espace d'une folle seconde, Bryn crut que la digue intérieure qui retenait tout ça allait céder. Si elle commençait à parler, elle déballerait tout, tout ce qu'elle avait promis de garder secret. Elle serait certes soulagée d'un fardeau, mais signerait l'arrêt de mort de sa sœur. Les équipes de McCallister écoutaient tout ce qu'elles disaient, et ils étaient eux-mêmes fliqués.

— J'ai eu une très mauvaise journée. Vraiment affreuse.

— Je suis désolée, ma chérie. Hé, est-ce que ça a un lien quelconque avec le beau gosse qui était avec toi tout à l'heure ?

— Non ! Qu'est-ce qui peut bien te faire imaginer une chose pareille ? (Bryn finit par lever les yeux vers sa sœur. Annie arqua un sourcil dubitatif et haussa les épaules.) Le monde ne tourne pas autour de ma vie amoureuse. Ou plutôt de sa non-existence.

— J'ai juste dit qu'il était beau gosse.

— Qu'est-ce que tu ne comprends pas dans le concept d'homme marié ?

— Il y a marié et marié, crois-en mon avis d'experte.

— *Experte ?*

— Je te rappelle que je travaille dans un bar, sœurette. Je suis donc une experte.

Un point pour Annalie, Bryn n'insista pas.

— Ça n'a rien à voir avec Joe et rien à voir avec... C'est le boulot. J'ai passé une sale journée.

— Oh. Un truc... bien dégoûtant, c'est ça ?

— Un truc horrible.

— Je crois que je préfère parler de la non-existence de ta vie amoureuse, finalement. Sérieux, il n'y a vraiment *personne* qui te branche ? Allez, Bryn, fais-moi plaisir.

— Personne, affirma-t-elle, avant de finalement pousser un soupir en secouant la tête. Il n'en a rien à fiche de moi. Il ne me voit pas comme ça en tout cas.

— C'est un homme ?

— Je viens de te le dire.

— Hétéro ?

— D'après ce que j'en sais, oui.

— Alors tu l'intéresses, ma belle. Tu ne te rends pas compte à quel point tu es séduisante, pas vrai ?

Bryn éclata d'un rire qui lui sembla un peu sauvage et désespéré.

— Je suis si loin de la séduction en ce moment, Annie. Et comment on en est revenues à ce sujet ?

— Parce que tu ne voulais pas entendre parler du dîner.

— Parlons-en tout de suite, alors, mais je n'ai pas beaucoup de temps. Je suis désolée, je dois ressortir dans la soirée. Un rendez-vous. Je dois partir à 20 h 30.

— C'est cool. (Annie serra rapidement Bryn dans ses bras.) Nous ferons quelque chose ensemble demain. Je nous ai préparé des tartines et des pâtes aux légumes. Je suis allée faire des courses. Tu vas adorer ça.

Et Bryn, en effet, se régala. Pour la première fois depuis longtemps – depuis cet abominable instant où sa vie s'était arrêtée avant d'être réactivée –, elle goûta pleinement les saveurs de la vraie nourriture. Le croustillant du pain et son goût de noisette, la tomate fraîchement émincée, le basilic, l'ail, le vinaigre balsamique, l'huile... et les pâtes, cuites à la perfection, *al dente*. Annie lui proposa un verre de vin mais Bryn déclina, prétextant qu'elle devait conduire. Elles parlèrent de tout et de rien, partageant des fous rires, se moquèrent l'une de l'autre. Elles firent ensuite la vaisselle ensemble et s'éclaboussèrent, par espièglerie et de joie de se retrouver.

Comme des sœurs.

Bryn avait l'impression de repousser momentanément l'obscurité et l'horreur.

La soirée fila trop vite. À 20 heures, elles étaient revenues sur le canapé et Annie faisait défiler les chaînes sur la télévision de Bryn.

— À quelle heure penses-tu rentrer ? lui demanda-t-elle.

Elle rejeta sa longue crinière en arrière. Elle avait pris une douche et ses boucles châtain doré formaient naturellement de belles anglaises parfaitement enroulées. Quand elle avait dix ans et qu'Annie en avait huit, Bryn lui avait coupé les cheveux avec des ciseaux à bouts ronds par pure jalousie… Et pour tout dire, elle ne pouvait s'empêcher d'être toujours un peu envieuse des boucles de sa sœur.

— Pourquoi ? Tu as l'intention de m'attendre ?

— C'est un rendez-vous galant ?

— J'aimerais bien, mais non.

— Est-ce que tu vas drainer les fluides corporels d'un malheureux trépassé ?

— Non. Bon sang, ce que tu peux être morbide.

— Moi ? C'est toi qui bosses dans le funéraire, protesta Annie en formant des guillemets avec ses doigts. Excuse-moi, et sans vouloir te juger, je dois t'avouer que ça fait quand même un peu bizarre.

— Cela n'a rien de bizarre, c'est… (Bryn se rappela les paroles de Riley dans la salle de préparation.) C'est un acte sacré en quelque sorte. Nous sommes les dernières mains à toucher un être ici-bas, et c'est important. Nous y passerons tous, au bout du compte. Est-ce que tu ne voudrais pas qu'il y ait quelqu'un pour prendre soin de toi ?

Annie se tourna vers elle, les yeux écarquillés, sans rien dire. Elle finit par se caler dans les coussins et reporta son attention sur la télé.

— Donc, tu ne sais pas à quelle heure tu rentres.

— Bon Dieu, Annie, tu projettes d'organiser une fête en mon absence ou quoi ? Non, je ne sais pas. Dans deux ou trois heures, probablement. Arrête de me poser des questions.

— C'est pourtant ce que tu fais toujours quand c'est moi qui sors.

— C'est le rôle d'une sœur aînée.

— Bon, alors, qui vas-tu retrouver ? Ton homme mystérieux ?

Annie la poussa du coude pour l'encourager. Bryn lui rendit la pareille, plus fort.

— Ce ne sont pas tes oignons.

— Oh, allez. Puisque je ne le connais pas, où est le problème ?

— Avec lui, c'est... compliqué, commença Bryn lentement. Et puis aussi très... compliqué.

— Tu es incorrigible. D'accord, réponds au moins à une question : est-ce qu'il est beau ?

— Je ne sais pas, répondit Bryn. (Sa réponse était sincère. À certains moments, il lui semblait très beau. Puis, plus du tout. Elle ne savait pas très bien à quoi ressemblait objectivement Patrick McCallister.) Je crois que oui.

— Quel est son atout principal ?

Annie voulait sans doute parler de son petit cul, de ses abdos, de ses yeux ou autres attributs physiques, mais après une minute de réflexion, Bryn répondit :

— Sa certitude.

Annie s'esclaffa aussi sec.

— Tu es vraiment dingue, tu sais ? Ça ne m'étonne pas que personne ne veuille coucher avec toi.

Pour toute réponse, Bryn s'empara de la télécommande et zappa sur une émission de télé-réalité qu'elle savait que sa sœur détestait. Et tandis qu'une Annie hors d'haleine la poursuivait à travers la pièce pour lui reprendre l'objet du délit, elle éprouva au plus profond d'elle-même l'assurance que tout irait bien. D'une manière ou d'une autre, tout allait bien se passer.

Il ne pouvait en être autrement.

L'heure de partir arriva bien trop tôt.

À 21 h 30, assise aux côtés de Joe Fideli dans la berline noire, elle n'était plus aussi confiante. McCallister était installé à l'arrière, à l'abri des vitres fumées. Il avait troqué son tee-shirt blanc pour un polo noir mais gardé le même jean. Elle s'était attendue à un comportement... différent, mais dès qu'elle fut montée dans la voiture au funérarium, elle comprit que McCallister avait plus que jamais remis sa cuirasse. Il se montrait poli mais terriblement froid et sans aspérités.

— Je n'aime pas ça, déclara Bryn. Et s'il voulait que je vienne seule ?

Joe haussa les épaules.

— Je crois qu'il se méfierait davantage si vous veniez sans garde du corps. S'il avait désiré que vous soyez seule, il l'aurait spécifié. Après tout, vous êtes une femme – sans préjuger de vos facultés d'autodéfense – et c'est un quartier mal famé à une heure dangereuse de la nuit. Vous avez amené du renfort. Cela lui semblera parfaitement normal.

— On dirait que vous le connaissez bien.

Elle avait dit cela pour plaisanter, mais à peine les mots eurent-ils franchi ses lèvres que son cerveau s'engouffra dans des directions tortueuses parfaitement improbables, et elle en eut le souffle coupé.

Joe comprit aussitôt.

— Vous croyez que je suis la taupe de chez *Pharmadene* ? s'esclaffa-t-il, imité par McCallister depuis la banquette arrière. C'est bien d'envisager toutes les possibilités, Bryn, mais vous faites fausse route. Primo, je serais bien incapable d'organiser tout ça ; deuzio, je n'ai aucune estime pour les gens qui s'enrichissent aux dépens des autres. Patrick le sait parfaitement.

— Vous connaissez leur fonctionnement. Et vous pourriez matériellement voler le produit. N'essayez même pas de me dire le contraire, répliqua-t-elle, piquée au vif par leurs rires. Sans compter que vous prendriez un malin plaisir à donner une leçon à cette grande méchante entreprise immorale et corrompue.

Cela sembla doucher la bonne humeur de Joe.

— Qu'il y ait des pommes pourries chez *Pharmadene* ne fait aucun doute, mais il y a aussi beaucoup de gens intelligents qui croient en leurs idéaux. Des gens qui sauvent des vies, Bryn.

— J'ai eu l'occasion aujourd'hui de voir le résultat de leur travail. C'est monstrueux.

— Cette horreur, ce produit... ce n'est *pas* ce que fait *Pharmadene*. Ou ce qu'ils faisaient. L'Athanax a été découvert par hasard, au cours d'expérimentations cherchant à développer des techniques de destruction non chirurgicale de lésions cancéreuses. Aujourd'hui, ce produit est devenu lui-même un cancer qui ronge l'entreprise de l'intérieur. Et je...

Il s'interrompit, ou plus exactement, fut interrompu par la main de McCallister qui se referma comme un étau sur son épaule. Joe ravala le reste de sa phrase.

— Je pense seulement que tout n'est pas mauvais chez *Pharmadene*, conclut-il, ce qui, Bryn en était persuadée, n'était pas ce qu'il avait été sur le point de dire. Je crois que vous devriez leur laisser une chance, Bryn.

— Comme si j'avais le choix, siffla-t-elle entre ses dents. Bon, alors, j'y vais, oui ou non ?

— Oui, répondit McCallister depuis l'arrière. C'est l'heure. Vous sortez de la voiture, vous entrez dans le bâtiment, vous déposez le sac sur le premier bureau que vous trouverez et vous revenez ici directement. Je ne veux pas savoir ce que vous pourriez voir ou entendre, vous revenez ici aussi vite que vos jambes peuvent vous porter, Bryn. Si vous n'êtes pas de retour dans notre champ de vision au bout de deux minutes, Joe ira vérifier ce qui se passe.

— Et il y aura des échanges de coups de feu, précisa Joe. Ce à quoi personne ne tient. Il peut y avoir du grabuge. Mais l'avantage, c'est que je peux vous tirer dessus sans risque.

— Je croyais que nous étions du même bord.

Il lui fit un clin d'œil.

— Bonne chance.

Bryn prit une profonde inspiration, les salua d'un signe de tête et descendit de la voiture. Elle empoigna le sac de toile plein de billets et s'éloigna. En dépit de sa tenue de circonstance – pantalon et sweat-shirt sombres, baskets noires, cheveux retenus lâchement en queue-de-cheval sur la nuque –, Bryn se sentit tout à coup très exposée, très vulnérable. Son pistolet était caché sous son gilet, elle n'avait qu'à tirer une fermeture Éclair pour l'atteindre. Et, ainsi que Joe l'avait rappelé de manière peu courtoise, elle pouvait, en cas de besoin, encaisser une balle sans y laisser sa peau.

Alors, pourquoi était-elle si foutrement nerveuse ?

Parce que j'ai l'impression de tester une souricière... dans le rôle de la souris, pensa-t-elle.

San Diego ne comptait pas que des quartiers brillamment illuminés pour les touristes. Cette zone était plongée dans une obscurité presque totale à l'exception de quelques rares et faibles éclairages. La plupart provenaient des dispositifs de sécurité censés protéger l'investissement miteux d'une société immobilière mal avisée.

Les murs étaient couverts de graffitis, le sol envahi de mauvaises herbes et jonché de détritus et de tessons de bouteilles. Elle sentit des bris de verre crisser sous ses chaussures.

L'adresse indiquée dans le message se trouvait sur la droite, au-delà d'un grillage rouillé auquel était accrochée une pancarte « Entrée interdite ». Sous l'écriteau vandalisé et perforé de trois balles, quelqu'un avait découpé dans le maillage un passage suffisant pour un petit format qui ne craignait pas le tétanos. Bryn prit son courage à deux mains et se glissa dans l'ouverture. Le grillage se referma derrière elle avec un cliquetis métallique tandis qu'un coup de vent soudain amenait à ses pieds un amoncellement hétéroclite de gobelets, de bouteilles en plastique et d'emballages déchirés. Les déchets de la post-modernité.

Le bâtiment qui s'élevait devant elle ressemblait à une usine désaffectée dont l'ancienne production devait être aujourd'hui délocalisée quelque part en Asie. Les panonceaux d'information étaient devenus illisibles depuis belle lurette, et les murs décrépits étaient couverts d'épais graffitis colorés dont les couleurs fluorescentes commençaient elles-mêmes à faner.

Prenant soin de vérifier les coins comme elle l'avait appris lors de sa formation au combat en zone urbaine, Bryn poursuivit sa progression vers la bouche sombre de l'entrée. Une grille de sécurité avait, par le passé, protégé les portes, mais celles-ci avaient disparu et la grille accordéon avait été arrachée et pendouillait sur l'un de ses gonds.

Bryn entendit un mouvement à l'intérieur du bâtiment et s'immobilisa sur le seuil. Même des sans-abri ne voudraient pas d'un endroit pareil, mais elle était pétrifiée à l'idée d'y trouver quelqu'un. *Des rats*, supposa-t-elle. Cet endroit devait en être infesté.

Maintenant qu'elle avait pénétré dans la gueule de la bête, elle n'avait plus de raisons de se dissimuler. Elle alluma la lampe tactique qu'elle avait emportée, mais le faisceau étroit de lumière blanche et crue ne suffit pas à la rassurer. Pire encore, il renforçait sa frayeur de ce qui pouvait se cacher dans l'ombre en périphérie de son champ de vision. *Tu rentres et tu ressors*, se répéta-t-elle comme un mantra. *Tu rentres et tu ressors.*

L'heure tournait.

Le hall principal était vaste et comptait quatre cadres de porte donnant sur l'extérieur. Vissé au sol au milieu de la pièce, un bureau métallique avait été abandonné. Il était incliné, comme dans un bateau en train de couler, encombré de déjections de rats, de détritus, de bouteilles vides, de seringues cassées... Bref, les trésors habituels de ce genre d'édifice déserté. Tout empestait l'égout croupi.

Bryn déposa le sac sur la table et s'apprêtait à décamper.

— Hé, murmura une voix dans l'ombre.

Elle se retourna, perçant l'obscurité du faisceau de sa torche, mais la pièce vide renvoyait un écho étrange qui empêchait de repérer l'origine du son.

— Hé, répéta la voix, cette fois plus proche.

Bordel de merde. Bryn ouvrit la fermeture Éclair de son sweat et dégaina son arme. Le poids du métal dans sa main la rééquilibra et elle se sentit moins vulnérable, même si elle savait que c'était illusoire. Elle avait vu certains de ses camarades se faire déchiqueter par de petites armes de poing en dépit de leur gilet pare-balles. Les êtres humains sont toujours vulnérables.

Mais elle n'appartenait plus officiellement à l'espèce humaine.

La voix semblait venir de derrière elle cette fois, dangereusement près.

— Hé, chérie, où tu vas ?

Bryn pivota sur elle-même, en position de tir, au moment où une silhouette jaillissait de l'ombre sur sa gauche pour se jeter sur elle. L'homme s'arrêta dans un dérapage maladroit, le canon de l'arme de Bryn collé sur le visage.

— Je partais, *chéri*, répondit-elle. Pose ton cul sur le sol, pieds croisés, mains derrière la tête. Tout de suite.

Il se laissa tomber par terre et obtempéra sans broncher. Un squatteur, pensa-t-elle, et visiblement sous l'effet d'une drogue quelconque à en juger par ses pupilles dilatées qui ne se contractaient pas dans le faisceau de sa lampe. Il portait un vieux treillis provenant d'un surplus militaire sous plusieurs couches de manteaux et d'écharpes raides de crasse.

— Ben quoi ? marmonna-t-il. J'essayais juste d'être amical.

— Ouais, je vois à la bosse de ton pantalon à quel point tu as envie d'être amical. C'est ta façon de dire bonjour, somme toute ? Reste à terre.

Bryn recula de trois grands pas, puis s'immobilisa. Elle s'apprêtait à laisser cent mille dollars en liquide à un squatteur qui avait eu l'intention de la violer. Dès qu'elle aurait tourné le dos, il filerait certainement avec le sac.

— Bon, maintenant tu te relèves. Nous allons faire une petite promenade.

— Une promenade ? (D'agressif, il était devenu implorant en l'espace d'une seconde. Il leva les mains au-dessus de sa tête.) Pitié, ne me tuez pas. Je ne voulais pas vous faire de mal.

— Je n'ai pas l'intention de te tuer. Debout. Je ne peux pas te laisser ici.

— C'est chez moi, ici. J'ai toutes mes affaires. Si je m'en vais, on va tout me piquer.

— Lève-toi, *et tout de suite,* ou je te promets que tu n'auras plus jamais besoin de tes affaires.

Il obtempéra gauchement, tétanisé par la peur, et Bryn devina que ce n'était pas la première fois qu'on le menaçait d'une arme. Tête baissée, mains tremblantes, posture de soumission totale.

— Avance, ordonna-t-elle en décrivant des cercles autour de lui pour s'assurer que la voie était libre tout en se maintenant hors de sa portée.

Le prisonnier se dirigea vers la sortie en traînant les pieds, mains levées, tandis qu'elle le suivait, attentive à ne pas laisser se réduire la distance quand il ralentissait l'allure.

— Avance. Jusqu'à la clôture.

Il se retourna vers elle et quelque chose lui parut étrange.

Ses yeux. Quelque chose ne collait pas. Les pupilles étaient toujours dilatées, mais…

Des verres de contact. Il portait des lentilles pour se travestir.

C'était lui. Celui qui venait collecter l'argent. Peut-être même son mystérieux correspondant. Son déguisement était remarquable, et elle avait bien failli tomber dans le panneau.

— Attendez, s'écria-t-elle.

Il comprit tout de suite qu'il était démasqué et prit la poudre d'escampette à la vitesse de l'éclair, sortant du pinceau lumineux.

Bryn le perdit de vue.

Elle éteignit sa torche pour pouvoir profiter de la lueur des étoiles. Ses yeux ne mirent que quelques secondes pour accommoder sa vision, mais cela laissa à l'homme le temps de se volatiliser.

Bryn fit demi-tour en direction de l'usine désaffectée, s'engouffra à l'intérieur et pointa le faisceau de sa lampe sur le bureau.

Le sac avait disparu.

La voix susurra de nouveau. Elle était incisive et semblait amusée.

— Je crois que tu me plais bien, chérie. Tu n'as pas froid aux yeux.

— Montrez-vous ! hurla Bryn. Je ne fais pas de business avec des crétins maquillés en clown !

Seul l'écho lui répondit, mais elle perçut un frôlement en provenance d'un couloir latéral. Le sang lui battait aux tempes et elle connaissait sur le bout des doigts la procédure : se replier, se regrouper et attendre les renforts... Mais si elle s'y conformait, il allait s'en tirer. *Quand je pense que je l'avais à ma merci*, songea-t-elle. *Au bout du canon de mon arme.*

Elle savait aussi qu'elle serait incapable de l'identifier. Elle n'avait vu que ce qu'il avait voulu montrer – la crasse, les cheveux en bataille, les vêtements, les lentilles qui cachaient la véritable couleur de ses yeux. La règle d'or d'un bon déguisement est de détourner l'attention. Il en avait fait une brillante démonstration, jusqu'à la soumission dans son langage corporel.

Elle entendit un autre bruit derrière elle et pivota sur ses talons, en position de tir, le doigt sur la détente. Elle ne commettrait pas deux fois la même erreur...

Elle s'arrêta juste à temps alors qu'elle s'apprêtait à loger une balle dans la poitrine de Joe Fideli.

Il écarta les bras, arme tournée vers le ciel, jusqu'à ce qu'elle abandonne sa position. Elle voulut lui dire quelque chose, mais il la fit taire en secouant la tête et elle revint au langage des signes militaires pour lui indiquer la direction où avait filé leur suspect. Il désigna le faisceau de sa torche tactique et elle l'éteignit. Pendant quelques instants, elle eut l'impression d'étouffer, cernée par l'obscurité, jusqu'à ce que sa vision s'ajuste et lui permette de distinguer les ombres et les formes.

Fideli s'engouffra dans la direction qu'elle avait désignée. Il se déplaçait comme les meilleurs fantassins avec lesquels elle avait travaillé, ou qu'elle avait eu l'occasion de voir en action. Des mouvements fluides, posés, sans gestes inutiles. Il avait dû recevoir un entraînement de très haut niveau dans les forces spéciales, soit dans une unité de Rangers, un commando du SEAL ou le corps de reconnaissance des Marines... À côté de lui, Bryn ne pouvait manquer de se sentir empotée, mais elle ne se laissa pas distancer, enjambant et contournant du mieux qu'elle le pouvait les obstacles et les débris, tandis qu'il se déplaçait sans à-coups. Un léger tintement devant eux, sur la droite... une bouteille qui roule ? Fideli leva son poing fermé et elle s'arrêta, les nerfs à vif. Au bout de quelques secondes, il lui fit signe de l'attendre ici et reprit sa progression en vérifiant la zone exposée de la jonction du couloir avec la pièce suivante.

Des coups de feu déchirèrent le silence glacé. Fideli s'aplatit au sol et riposta en position couchée. Bryn se baissa également pour éviter les ricochets. L'échange ne dura que quelques secondes. Les oreilles de Bryn sifflaient encore de la détonation des tirs, mais elle reconnut le bruit de pas qui s'enfuyaient.

Toujours en position de tir, Fideli enfonça une touche de son laryngophone.

— Il se dirige vers la clôture nord, déclara-t-il. (Puis il roula sur le dos dans une quinte de toux.) Je suis touché. Bryn, appelez les secours.

Elle avisa la tache de sang sombre qui se formait sur le sol souillé et demeura interdite pendant un bref instant. Puis son esprit se remit à fonctionner comme une mécanique qui se dégrippe. Elle se précipita sur Joe, écarta les pans de sa veste et déchira sa chemise.

— Allez-y mollo, dit-il. Il faudra... (une toux grasse qui n'augurait rien de bon l'obligea à s'interrompre)... expliquer tout ça à Kylie plus tard...

— Taisez-vous.

Bryn chercha son téléphone à tâtons et pressa la touche de raccourci pour appeler McCallister. Il décrocha à la première sonnerie.

— Fideli est blessé. Il a reçu une balle dans l'épaule mais je crois qu'elle a été déviée ; le poumon est atteint.

C'était un cas d'urgence vitale, elle ne l'ignorait pas. Selon l'étendue et la localisation de la perforation, le pneumothorax se produirait plus ou moins vite, mais ce n'était qu'une question de temps.

— Venez, reprit-elle.

— Impossible, répondit-il d'un ton qui lui parut beaucoup trop calme. Je fiche en l'air notre couverture si je rentre dans ce bâtiment. J'appelle immédiatement le 911.

— Mais...

— À vous de jouer, Bryn. Gardez-le en vie jusqu'à l'arrivée des secours.

— Attendez !

McCallister avait raccroché, maudit soit-il.

Elle lâcha le téléphone et entreprit de déchirer la partie encore intacte de la chemise de Fideli de façon à en faire un tampon de compression pour sa blessure à l'épaule. Le sang coulait à flot, mais régulièrement, ce qui indiquait que l'artère n'avait pas été touchée. Quant aux dommages internes... la balle avait pu faire de sacrés dégâts en pénétrant en profondeur. Impossible à dire.

Joe commençait à pâlir mais c'était une réaction de choc normale. Elle appliqua la compresse de fortune sur la blessure et le vit grimacer, tourner la tête pour cracher du sang. Pas beaucoup, cependant. Pas autant qu'elle l'avait craint.

— Pat a appelé les secours ? demanda-t-il.

Sa respiration était laborieuse et présentait un râle gras, mais elle ne semblait pas encore critique.

— Oui. Je pensais que c'était votre ami.

— Il l'est. Mais il a aussi un boulot à faire.

Un spasme respiratoire lui secoua la poitrine, mais ce n'était peut-être qu'une réaction à la douleur. Elle le sentit se raidir, puis se détendre un peu.

— J'aurais dû porter un gilet.

— Oui, et c'est valable pour nous deux.

— La prochaine fois, hein ? (Dans une quinte de toux, il tendit la main pour tapoter celle de Bryn, là où elle compressait sa blessure.) Bon boulot, Bryn.

— Quoi, de vous avoir fait tirer dessus ? (Son cœur s'était emballé et la peur la gagnait.) Ne me laissez pas tomber, Joe. Je ne veux pas avoir à annoncer le pire à vos gosses.

— C'est plutôt de Kylie que vous devriez vous méfier, répliqua-t-il, toussant toujours.

Il expectora cette fois une grande quantité de sang – oh, non – et elle entendit des bruits anormaux dans son poumon droit quand elle plaqua l'oreille sur sa poitrine.

— Je suis bon pour un de ces foutus pneumo-trucs sous tension. Fouillez la poche de ma veste.

Elle s'exécuta, explorant rapidement le vêtement dont elle sortit… un tube métallique hermétiquement clos. C'était son injection, qu'il gardait toujours sur lui au cas où *elle* aurait un problème.

— Joe ? Vous voulez que je vous injecte ça ? Vous pensez que cela vous aidera ?

— Non, murmura-t-il. (Ses lèvres viraient au bleu là où elles n'étaient pas couvertes de sang et sa respiration se faisait de plus en plus spasmodique et difficile.) Videz-la. Elle servira de drain.

— Vous croyez que c'est sûr ?

— Certainement plus sûr que de mourir… ah, nom de Dieu…

Son dos se cambra légèrement, et lorsqu'elle colla son oreille sur la poitrine de Fideli, il n'y avait plus de murmures vésiculaires du côté droit. Le poumon s'était affaissé. Sa respiration était à présent courte et rapide.

Elle brisa les scellés du tube, fit glisser la seringue dont elle expulsa le contenu, traînée argentée sur le sol crasseux. *Quelques milliers de dollars foutus en l'air*, pensa-t-elle stupidement pendant qu'elle aspirait de l'air et la vidait une seconde fois, par précaution. Une dernière goutte fut chassée avec un sifflement et la seringue était aussi propre qu'elle pouvait l'être. Elle la débarrassa de son piston pour que l'air puisse circuler à l'intérieur. Fouillant dans l'autre poche de Joe, elle y trouva un gant en caoutchouc. Elle perça un trou dans l'un des doigts et l'enfila sur l'aiguille.

Calant sa torche entre ses dents, Bryn entreprit de compter les espaces intercostaux, espérant ne pas avoir oublié les gestes médicaux d'urgence qu'elle avait appris de nombreuses années plus tôt. Elle plaça ses doigts sur la zone qu'elle avait localisée, respira un grand coup pour se donner du courage et enfonça l'aiguille. Elle traversa les tissus conjonctifs avec un « pop » suivi d'un bruit d'aspiration tandis que l'air s'échappait du thorax et gonflait le doigt du gant. Fideli inspira brutalement, et le gant se dégonfla, empêchant ainsi l'air extérieur de venir comprimer le poumon. Elle ne pouvait rien faire à propos de la présence de sang, mais ce problème paraissait moins urgent.

Une demi-minute plus tard, elle entendit le mugissement d'une sirène à l'approche et prit la main de Joe.

— Hé, lui dit-elle. On dirait bien que je vais échapper à la colère de votre femme. Au plus gros, en tout cas.

Les lèvres décolorées de Joe formèrent un sourire et il leva le pouce, trop épuisé pour prononcer un mot.

Elle l'abandonna peu après pour aller à la rencontre des secours qui appelaient de l'extérieur. Les forces de police entrèrent d'abord pour sécuriser les lieux, puis les ambulanciers suivirent. Ils débarrassèrent immédiatement

Fideli de son drain de fortune, posèrent un cathéter, le chargèrent sur un brancard et l'embarquèrent à toute allure, la laissant seule pour expliquer à la police… tout ce qu'il s'était passé.

Bryn fut bien évidemment mise en état d'arrestation. Il faut dire qu'avec deux protagonistes armés, dont l'un était à terre, les apparences étaient contre elle. McCallister se garda d'intervenir pour la tirer de ce mauvais pas. Elle raconta à la police une histoire ridicule comme quoi elle était en visite de reconnaissance avec son garde du corps en vue d'un investissement immobilier quand un mystérieux agresseur leur avait tiré dessus. Les éléments de preuve corroboreraient sa déclaration, et aucune balle n'avait été tirée avec son arme. Bien sûr, les enquêteurs n'en crurent pas un mot, mais ne purent contester les indices matériels qui allaient dans son sens. Après six heures d'interrogatoire suivies de quatre heures de garde à vue interminable, elle fut enfin remise en liberté entre les mains de son avocate, une femme impatiente et stressée qu'elle voyait pour la première fois. Celle-ci lui donna une liasse de documents et la poussa dans un taxi jaune qui attendait devant le trottoir.

Patrick McCallister, arborant un début de barbe et difficilement reconnaissable sous une casquette et des lunettes de soleil, était au volant. Il salua d'un signe de tête l'avocate restée sur le macadam, qui lui tendit une enveloppe par la fenêtre.

— C'est ma facture, dit-elle. Je ne veux plus jamais entendre parler de toi.

Il ne répondit rien et s'engagea dans la circulation. Bryn n'était pas le moins du monde surprise de le trouver là, mais son déguisement l'intriguait un peu.

— Qui était-ce ?

— Une ex, l'informa-t-il. C'est tout ce que j'ai eu le temps de trouver pour ne pas éveiller les soupçons.

Elle ne releva pas.

— Comment va Joe ?

— Il est sorti du bloc. Vous lui avez sauvé la vie. Le rebond de la balle avait endommagé la paroi thoracique. Il serait mort par asphyxie avant l'arrivée des secours sans votre intervention. Cela dit, il ne reprendra pas du service avant plusieurs semaines.

— Ce n'est pas ce qui m'inquiète le plus.

— Vous avez tort.

Il paraissait harassé et blafard sous la barbe qui lui dévorait le visage.

— Notre ami a remporté la première manche et il a montré à quel point il était redoutable. Il ne s'agit pas d'un comptable véreux qui ferait des extras. Il est beaucoup trop fort pour ça. Nous passons en revue chaque employé de la société, mais il a su se dissimuler pendant tout ce temps et il risque de nous échapper encore longtemps à moins d'un coup de bol. Vous demeurez notre meilleure chance de le démasquer.

— Vous croyez vraiment qu'il va me recontacter ? Après ce qui s'est passé ?

— Ça ne s'est plutôt pas mal passé pour lui. Il s'en est tiré sans encombre avec un butin de cent mille dollars en liquide *et* il vous a privée de votre protection. Vous êtes maintenant seule et vulnérable. Ça devrait lui plaire. (McCallister pinça les lèvres et ses yeux s'assombrirent.) Je suis obligé de vous laisser seule à votre poste. Si je vous assignais un autre garde du corps, ce serait la preuve que vous êtes un appât. Il le soupçonne déjà, et c'est pour ça qu'il a tiré sur Joe, histoire de voir si *Pharmadene* enverrait des renforts. Il nous surveille. De très près.

C'était pour les mêmes raisons qu'elle se trouvait assise à l'arrière d'un taxi, devina Bryn. Leur rencontre devait rester secrète. Les événements avaient pris une tournure trop critique pour qu'il endosse le risque d'être associé directement à elle.

— Pensez-vous être capable de l'identifier si vous le croisez de nouveau ?

— Ça m'étonnerait, mais je peux toujours essayer. Il était très bon. Sans les verres de contact, je n'aurais pas eu le moindre soupçon et ça n'a été qu'une question d'angle et de lumière.

— Nous possédons au moins sa taille, qu'il n'a pas pu dissimuler sous son déguisement.

— Cela ne nous mènera pas très loin.

— C'est vrai, mais nous devrons faire avec tant que nous n'aurons pas mieux. (McCallister hésita quelques secondes.) Bryn, reprit-il, nous approchons de la date butoir que nous a accordée Harte. À ce jour, tout ce que j'ai à produire, ce sont deux cent mille dollars volatilisés et un blessé. Elle ne va pas aimer ça. Je ferai mon possible, mais le temps nous est compté.

Ce qu'il voulait réellement dire, c'est que le temps était compté pour *elle*. Bryn en était parfaitement consciente. Elle le ressentait dans chacun de ses muscles douloureux.

— Je ne laisserai pas tomber, répondit-elle. Vous le savez bien. Je veux vivre.

Se rangeant sur le bas-côté, il plongea la main dans la poche de son manteau dont il extirpa un tube argenté.

— Votre épaule, dit-il tout en brisant les scellés de la seringue.

Elle se pencha en avant et lui présenta sa peau nue, grimaçant à peine à la piqûre de l'aiguille et à la brûlure qui s'ensuivit. On finissait vraiment par s'habituer à tout.

— Demain, vous quitterez le bureau à l'heure du déjeuner et vous vous rendrez dans un restaurant appelé *La Scala*. Soyez-y à 13 heures. Il y a un parking à l'arrière. Tout de suite après la porte, vous trouverez les toilettes des hommes. Entrez-y. Je vous attendrai dans la dernière cabine. Je vous ferai votre piqûre et puis vous irez déjeuner.

— Les toilettes des hommes.

— C'est plus discret que si j'entrais dans celles des femmes. Vous pourrez toujours dire que vous vous êtes trompée ; une expression embarrassée et n'importe qui s'y laissera prendre. Oh, ça aura l'air plus vrai si vous êtes pendue au téléphone. La signalétique n'est pas très claire et cela passera pour une simple erreur.

— Vous pensez vraiment à tout. (Elle soupira et ferma les yeux ; elle se sentait vidée.) Je dois retourner au funérarium.

Les mots de Riley lui revinrent en mémoire. *Les gens continuent de mourir*. Pas de congés dans ce métier, la mort frappait à tout moment. Chaque jour était un jour de deuil pour quelqu'un.

— Rentrez chez vous vous reposer, lui conseilla-t-il. Essayez d'économiser vos forces.

Au bout de plusieurs bifurcations, Bryn reconnut le voisinage comme ils approchaient de chez elle. Son téléphone, réglé sur le mode silencieux, se mit de nouveau à vibrer. Annie, sans doute folle d'inquiétude, qui cherchait à la joindre.

— J'aimerais tellement avoir une vie normale, soupira-t-elle. Ou au moins, faire *comme si*.

McCallister réfléchit un instant, puis déclara :

— Liam vous fait dire qu'il souhaiterait vous avoir à dîner jeudi soir. Il a prévu un bœuf Wellington.

Il avait réussi à présenter cette invitation comme si l'idée venait de son majordome et non de lui.

— Je vois. Et je dînerai avec Liam ?

— Bien sûr, si je parviens à le garder assis suffisamment longtemps. Sinon, il faudra vous contenter de moi. (Il se détourna en prononçant ces mots, vérifiant par-dessus son épaule que la voie était libre.) Je lui dirai qu'il peut compter sur votre présence.

— Vous avez sans doute remarqué que je n'ai rien affirmé de tel.

Il se tourna vers elle, la regarda dans les yeux et... cessa son petit jeu.

— Acceptez de dîner avec moi, dit-il. Vous venez de dire que vous aimeriez faire comme si vous aviez une vie normale.

— Avez-vous formulé votre phrase à l'impératif pour vérifier que l'inhibiteur de protocoles était toujours actif ?

Sa question lui tira un léger sourire.

— En partie.

— C'est d'accord. Est-ce que je peux apporter quelque chose ?

— Tout ce que vous voudrez sauf votre sœur, répondit-il.

C'était un cri du cœur et elle ne put s'empêcher de sourire.

— Waouh, on jurerait que vous la connaissez.

— Je serais ravi de faire sa connaissance, mais vous avez déjà beaucoup de choses à lui expliquer. Inutile d'en rajouter avec un petit ami aussi riche que Bruce Wayne dont elle n'a jamais entendu parler. Tout cela étant, bien entendu, imaginaire.

— Votre manoir me paraît plutôt concret.

— Je parlais du côté petit ami. De notre relation.

— Je croyais que nous n'en avions pas.

Il détourna de nouveau les yeux.

— Il existe une relation entre nous. Je suis votre officier traitant.

— Pas très sexy.

Il laissa échapper un grognement qui rappela étrangement à Bryn ceux que poussait son chien, puis il arrêta le taxi.

— Vous êtes arrivée.

Bryn ne fit même pas mine de descendre, se contentant de poser la main sur la poignée de la portière.

— Vous auriez pu intervenir pour sauver Joe. Vous avez choisi de ne pas le faire. Je sais que vous aviez vos raisons, mais je ne peux que m'interroger : que se passera-t-il si c'est moi, la prochaine fois ? Vous avez dit que vous ne me laisseriez pas souffrir. Je veux pouvoir compter sur vous.

— Vous pouvez compter sur moi. En toutes circonstances.

Bryn descendit alors de voiture et regarda le taxi s'éloigner. Son téléphone vibra une nouvelle fois et elle poussa un soupir las. Elle enfonça ses poings dans les poches de son gilet à capuche et grimpa l'escalier d'une démarche décidée, prête à affronter Annalie.

Ce qui ne fut pas une partie de plaisir.

Chapitre 10

Après la nuit terrible qu'elle venait de passer, Bryn n'avait plus la force d'affronter les questions d'Annalie – qui étaient pourtant légitimes. Elle déclara forfait, fila sous la douche, s'habilla en toute hâte et fonça au bureau, habitée d'une énergie nouvelle – principalement due à l'adrénaline. Cela lui permit de tenir jusqu'à la fin du premier rendez-vous avec un homme qui avait perdu sa femme, décédée d'une crise cardiaque quinze jours après avoir fêté son soixante-quinzième anniversaire. Le mari endeuillé était stoïque mais fragile et Bryn le guida dans les formalités, tristement consciente qu'il serait sans doute l'un de ses prochains clients. Elle lisait la résignation dans ses yeux. Il avait tout perdu et lâchait prise. Il aurait pu s'en remettre avec le temps, mais vu son âge, elle en doutait.

Dès qu'elle eut un moment à elle après son départ, elle se rendit compte qu'elle avait mal à la tête et la gorge sèche. Une pause à la machine à café lui fit du bien. Lucy voulut lui raconter qu'on avait tiré sur Joe, mais Bryn était trop épuisée pour feindre la surprise. De plus, avec tous ses contacts, Lucy ne tarderait pas à apprendre que Bryn se trouvait également sur les lieux.

— J'étais avec lui, l'informa-t-elle tout en sirotant son café. (Lucy cessa de pianoter sur son clavier d'ordinateur et releva sur elle de grands yeux étonnés.) Il était là pour me rendre service, et tout ce qu'il a gagné c'est de se faire tirer dessus. Je dois aller voir sa femme et ses enfants.

— Je crois qu'ils sont tous à l'hôpital, la renseigna Lucy. En tout cas, c'est ce qu'on m'a affirmé. Les infirmières disent qu'il est hors de danger, grâce à Dieu. On lui a tiré dessus... Seigneur. Et vous étiez avec lui ?

— Oui, répéta Bryn, j'étais là.

— Mais qu'est-ce que vous... (Lucy s'interrompit et décida de ne pas poursuivre.) Vous savez quoi ? Ce ne sont pas mes affaires, ça ne me concerne absolument pas. Je suis juste heureuse que vous alliez bien.

Bryn n'allait pas bien du tout, et ce à plus d'un titre, mais elle se contenta d'un hochement de tête et retourna dans son bureau. Elle sentait le regard curieux de Lucy dans son dos. À la fin de la journée, tout le monde – y compris Riley Block dans son sanctuaire souterrain – serait intimement persuadé qu'elle couchait avec Joe Fideli.

Merde.

Lorsque son téléphone sonna, elle en fut presque soulagée. Ce n'était pas sa ligne privée, mais le standard, aussi répondit-elle avec la formule de bienvenue habituelle – ou du moins essaya.

— Bryn, il faut qu'on parle de ce qui s'est passé, la coupa Annalie.

— Non, crois-moi, il n'y a rien à dire.

— Tu as été *arrêtée* ! Tu ne crois pas que Maman va en entendre parler ?

— Seulement si tu le lui racontes.

— Je ne ferais jamais ça ! s'offusqua Annie, très peu convaincante. Écoute, ce n'est visiblement pas le bon moment pour que je traîne dans tes pattes... avec tous... ces trucs dans lesquels tu trempes...

— Bon Dieu, Annie, tu crois que je suis impliquée dans un *trafic de drogue* ?

Tout bien considéré, ce serait carrément ironique...

— Je crois que tu as peut-être un problème que tu ne veux pas avouer, répondit Annie en choisissant ses mots. Je veux dire, merde, tu travailles avec les morts ; ça ne serait pas étonnant que tu... recherches une sorte de...

— Ah bon, alors je ne suis pas un dealer mais simplement une droguée.

— Ce n'est pas ce que j'ai *dit* ! (Annie respira un grand coup.) Écoute, je vais prendre le prochain vol pour rentrer à la maison. Je laisserai tes clés au gardien. J'ai déchiré les codes de ton système d'alarme et les ai jetés dans les toilettes. Que veux-tu que je fasse de plus ?

— Tu n'as qu'à sortir Mister French avant de filer raconter à Maman que je suis une vilaine fille, répliqua Bryn.

— Enfin Bryn, tu as été *arrêtée* ! Il n'y a pas de fumée sans feu !

— J'étais innocente.

— Tu rôdais dehors en pleine nuit avec un *homme marié* et tu as failli te faire tirer dessus. Je ne sais pas ce que tu fabriques, Bryn, mais c'est complètement dingue. *Tu es* complètement dingue. Je le pensais déjà quand tu t'es sauvée en courant pour t'enrôler dans l'armée, mais maintenant...

— Dit la fille qui est incapable de faire une addition et qui est toujours dans le rouge, riposta Bryn sèchement. Ce n'est plus la peine de me demander de l'argent. Va pleurnicher dans les jupes de Maman ; va lui dire que je ne suis plus sa petite fille chérie ! Tu deviendras peut-être sa chouchoute.

— Peut-être bien que oui !

— Vas-y, cours !

Bryn lui raccrocha au nez et mit toute son énergie à contrôler sa respiration. Saloperie de famille – surtout les sales petites pestes de sœurs – qui savaient appuyer là où ça fait mal. Comment Annie *osait*-elle jouer les vierges effarouchées, alors que Bryn devait la tirer de la mouise où elle s'empêtrait six mois sur douze ?

Le mauvais côté, c'est que je vais devoir me faire à dîner, pensa Bryn. Elle faillit en rire, mais redoutait que ça ne ressemble trop à des sanglots. Elle se sentait mal à l'aise et fébrile, mortellement effrayée que quelque chose ne tourne pas rond. Un problème de nanites. *Tu auras bientôt ton injection*, se rappela-t-elle. *Pas de panique.*

Elle avala trois verres d'eau, signa des documents, remplit des chèques, et il fut vite midi et demi. Elle informa Lucy de sa destination et prit la route de *La Scala*.

— Quand je pense que ma sœur me soupçonne de me droguer, dit Bryn alors que l'aiguille s'enfonçait dans son bras. Si elle me voyait maintenant, elle en serait tout à fait sûre. Je me shoote dans les toilettes. Dans les toilettes des hommes, par-dessus le marché.

Elle ferma les yeux et se focalisa sur la douce et chaude pression des doigts de McCallister qui lui immobilisait l'épaule. La brûlure du produit faillit la déconcentrer, mais elle tint bon et ne broncha pas.

McCallister replaça la seringue usagée dans son tube, qu'il rangea dans sa poche.

— Voilà, dit-il alors qu'elle remettait sa manche en place. Bon déjeuner !

— Attendez...

— Je ne peux pas, Bryn.

Mais il hésita, une main posée sur le loquet de la porte du minuscule réduit. Il y avait à peine suffisamment d'espace pour eux deux et la cuvette décolorée.

— Quoi ?

— Je voulais juste savoir...

Elle se tut en entendant grincer les gonds de la porte des toilettes. Ils se regardèrent en silence, presque collés l'un à l'autre, tandis que le nouveau venu ouvrait sa braguette avec un grognement et arrosait l'urinoir. Bryn se plaqua une main sur la bouche, redoutant un fou rire nerveux. Même McCallister ne put réprimer un sourire.

Surtout lorsque l'homme se mit à chanter à tue-tête la mélodie italienne diffusée dans les haut-parleurs, complètement faux. Dieu du ciel, c'était juste atroce.

McCallister rapprocha sa bouche de l'oreille de Bryn.

— Je crois qu'il a une chance à la Nouvelle Star, chuchota-t-il. Dans les inoubliables du casting.

Bryn fut secouée d'un rire silencieux, et se mordit si fort les lèvres qu'elle en eut les larmes aux yeux. Son extrême fatigue et toutes ces émotions fortes prenaient probablement le dessus. L'homme finit par tirer la chasse, se lava les mains, et la porte se referma derrière lui dans un claquement sourd.

Bryn se retrouva lovée contre McCallister, paupières closes. Pendant ces quelques secondes, elle était parvenue à se détendre un peu. *J'ai confiance en lui*, pensa-t-elle, mais elle s'en voulut aussitôt d'éprouver de tels sentiments.

— Qu'est-ce que vous alliez me demander, Bryn, l'interrogea-t-il sans élever la voix.

— Il est parti. Plus besoin de murmurer.

— Je sais.

Il y avait tant d'interprétations possibles à ces mots, trop pour que le cerveau épuisé de Bryn les décode toutes.

— Vous êtes inquiète pour Joe, poursuivit-il. Il va bien. Kylie est à l'hôpital avec lui. Il rentrera chez lui dans quelques jours pour se reposer et récupérer.

— Elle doit me détester.

— Elle me déteste bien plus encore. C'est moi le responsable de tout ça, répondit McCallister. (Sa barbe naissante râpait la joue de Bryn, provoquant toutes sortes de frissons sur sa peau.) Je dois partir. Tout va bien se passer, Bryn. À jeudi, on se voit pour dîner.

Jeudi. C'était *après* la date butoir fixée par Irene Harte et il le savait. Il essayait de lui donner des raisons d'espérer.

Elle lui en fut reconnaissante, mais n'y croyait plus tout à fait.

Bryn recula, il déverrouilla la porte, s'effaça devant elle et lui fit signe de filer. Elle s'empressa de quitter la cabine et l'entendit tirer le verrou derrière lui alors qu'elle posait la main sur la poignée de la porte des sanitaires.

Un homme entra au même moment, et elle se précipita dehors, le visage empourpré par un accès de panique.

— Oh, mon Dieu, balbutia-t-elle, je me suis trompée. Désolée.

Elle le dépassa pour s'engouffrer dans les toilettes des dames, qui se trouvaient juste en face ; elle s'y attarda un instant pour inspecter sa coiffure, son maquillage et se laver les mains. Elle aurait dû mettre davantage d'anticerne pour camoufler les cercles noirs sous ses yeux. *Dormir. Je manque de sommeil.*

Mais d'abord, elle avait besoin de se nourrir.

Le repas se déroula sans incident, jusqu'au moment où le carillon de la porte d'entrée du restaurant annonça l'arrivée de deux hommes en costumes sombres, qui se dirigèrent droit sur elle d'un air menaçant. Elle les dévisagea, haussant des sourcils interrogateurs, et l'un d'eux produisit un badge frappé du logo de *Pharmadene* dans un bel étui à rabat comme les enquêteurs de police.

— Vous avez un rendez-vous, dit-il. Nous sommes chargés de vous escorter.

— Je ne sais pas de quoi vous parlez, répondit-elle. (Le restaurant battait son plein, des serveurs s'agitaient dans tous les sens au milieu des clients, des cuisiniers et d'un maître d'hôtel qui accueillait avec un large sourire un groupe de femmes.) Je ne vais nulle part.

— Mme Harte désire vous voir, madame. Immédiatement. Je vous demanderai de ne pas faire d'esclandre.

— Je pourrais crier...

— Si vous criez, l'interrompit-il en se penchant vers elle, nous partirons, mais vous ne serez plus approvisionnée. Vous comprenez ? Plus de produit. Personne ne pourra vous aider. Le temps vous semblera très long avant que vous cessiez d'être consciente de tout ce qui va vous arriver, Bryn.

— Allez vous faire foutre !

Le regard de l'homme se fit encore plus glacial.

— Vous préférez que nous partions ? Nous pouvons très bien le faire. Ça ne me pose aucun problème, beauté.

Ah, cette sensation de dépendance qui vous prend à la gorge ! Il tirait sur sa laisse pour la rappeler à l'ordre. Bryn le toisa pendant quelques secondes, puis sortit son portefeuille pour payer.

L'homme de main de *Pharmadene* se fendit d'un sourire.

— Permettez, c'est pour moi, dit-il en déposant un billet de vingt dollars sur la table. Allons-y.

À peine sortis, ils lui confisquèrent son arme. Bryn n'opposa pas de résistance parce que le plus balèze des deux types avait dégainé le premier et la tenait en joue pendant que son collègue la palpait. Bryn fulminait, mais ça ne servirait à rien d'en venir aux mains avec des hommes qui prenaient visiblement leur boulot très au sérieux.

Ils la firent monter dans une voiture de même marque et de même couleur que celle de McCallister, mais elle ne vit aucun signe de ce dernier.

— Ce n'est pas une façon de me traiter, protesta Bryn une fois sur la route. Je suis une employée de *Pharmadene* et je travaille pour McCallister. Appelez-le.

Silence. Aucun des deux gorilles ne daigna la regarder.

— Hé, lança-t-elle sèchement. Vous l'appelez ou je le fais moi-même. À vous de choisir.

— Essayez donc, répondit l'un d'eux d'un ton suffisant.

Elle vérifia son téléphone. Désactivé.

— Votre ligne sera rétablie lorsque nous le déciderons. Maintenant, bouclez-la. Vous n'êtes pas une personne. Vous n'êtes qu'un rat de laboratoire qui appartient à l'entreprise.

Une cloison de plastique se releva, la coupant des deux types à l'avant. Bryn tenta d'ouvrir les portières sans trop y croire, et elles restèrent effectivement fermées : ils contrôlaient le verrouillage centralisé. Elle aurait pu fracasser les fenêtres à coups de pied, mais elle n'était pas sûre d'être à ce point désespérée. Par ailleurs, ils avaient raison : où pourrait-elle aller ? Elle n'avait pas beaucoup d'options à sa disposition.

Le trajet jusqu'à *Pharmadene* lui laissa le temps de réfléchir à une stratégie, mais elle possédait en vérité très peu d'atouts dans son jeu. Comme le lui avaient rappelé les gorilles à l'avant, elle avait cessé d'être une personne en tombant entre leurs mains.

— J'aimerais appeler Mme Harte, dit-elle en se penchant contre la paroi de séparation.

— Pas la peine, répondit celui des deux qui semblait chargé des communications. Vous allez la voir très bientôt.

— Je dois lui dire...

— Peu importe ce que vous avez à lui dire, tous les documents sont signés. C'est fini pour vous, ma chérie.

Bryn sentit une boule de panique glacée se former dans son estomac. Elle allait disparaître et personne ne la reverrait jamais. *Comme Sharon*. Elle ne voulait pas s'évanouir dans la nature comme sa sœur, sans un mot ; elle ne voulait pas que ses derniers moments avec Annalie aient été un échange plein d'animosité. Elle ne voulait pas que sa mère passe le reste de sa vie dans le désespoir de ne pas savoir ce qui était arrivé à une autre de ses filles.

Elle avait fourni à Annie une explication parfaite. *Bryn se droguait. Elle a sûrement eu des problèmes à cause de ça.*

Elles seraient tristes, elles seraient désolées pour elle, mais Bryn ne serait plus là. Elle serait morte pour de bon.

Je dois m'échapper d'ici. Elle préférait être en cavale plutôt que de se laisser enfermer chez *Pharmadene* pour y mourir à petit feu. Manny Glickman pourrait peut-être l'aider. Ou Joe Fideli. La fuite était son seul espoir.

Bryn prit son élan et balança son pied. Son talon entra violemment en contact avec la vitre de la portière la plus proche, et l'impact remonta vriller son cerveau, sans résultat apparent, pas la moindre fissure sur la surface de la fenêtre. Elle continua de donner des coups de pied jusqu'à ce que la cloison de séparation s'abaisse et que l'un des deux gorilles pointe une arme sur elle.

— On se calme, ma p'tite dame, dit-il. Vous allez finir par casser quelque chose, mais ce ne sera pas cette vitre. Tout est blindé. C'est notre voiture VIP.

— Vous me faites trop d'honneur, répliqua Bryn, dégoûtée.

Elle tira sur sa jupe qui était remontée sur ses cuisses et se mura dans le silence jusqu'à ce qu'ils aient franchi les grilles des *Laboratoires Pharmadene*.

Et que tout espoir de fuite se soit évanoui.

Merde, McCallister, qu'est-ce qui se passe ? Où êtes-vous ? Elle commençait à croire que Joe Fideli n'était pas la seule victime des vingt-quatre heures qui venaient de s'écouler – ni la dernière.

Le bureau d'Irene Harte faisait bien huit fois la taille de celui de Bryn ; il était tellement vaste qu'il contenait deux tables de conférence en deux zones différentes, un coin salon meublé de canapés et de fauteuils, un bar bien fourni... Il était plus spacieux que beaucoup d'appartements, cuisine incluse. Bryn fut traînée de force sur le coûteux tapis persan, mais la maîtresse des lieux demeurait invisible. Rien n'encombrait son très impressionnant bureau à l'esthétique dépouillée, hormis deux minces dossiers posés dans une corbeille à lettres et un stylo Montblanc placé sur le côté. Le fauteuil en cuir inoccupé aurait pu servir de trône dans un film d'époque sur la reine Élisabeth Ire. Les gigantesques baies vitrées donnaient sur une vue époustouflante, de la verdure à perte de vue.

— Asseyez-vous, lui intima le molosse en la poussant dans l'un des deux sièges destinés aux visiteurs.

Il se plaça derrière elle, légèrement en retrait, prêt à intervenir si elle tentait quelque chose de stupide.

Ce qu'elle envisagea effectivement, mais il lui parut impossible d'infliger des blessures sérieuses avec la pointe d'un Montblanc. La forme du stylo était trop arrondie.

Une porte dérobée s'ouvrit et Irene Harte fit son entrée, talonnée par une autre belle femme dans le genre actrice de cinéma qui portait une tasse fumante dans une main et un bloc-notes dans l'autre. La tasse fut déposée sur le bureau sur un sous-verre de cristal. Le bloc-notes et la femme quittèrent la pièce sans même un regard pour Bryn ou son gorille.

— Vous pouvez sortir, dit Harte avec un mouvement de tête à l'intention du garde.

— Madame, je vous le déconseille. Elle est...

— Je sais exactement de quoi Mlle Davis est capable, l'interrompit Harte, les yeux fixés sur le visage de Bryn. Sortez. Si j'ai besoin de vous, j'appellerai le bureau de Mareen. Vous pouvez attendre là-bas.

— À vos ordres, madame, répondit-il en portant une main à un képi imaginaire, et il tourna les talons.

Il mit une éternité à traverser l'immense pièce, même en marchant à vive allure, mais Harte ne bougea ni ne reprit la parole avant que la porte ne se soit refermée derrière lui.

Elle s'assit alors à son tour, tout sourire.

— Comment allez-vous, Bryn ? Tout se passe comme vous voulez ?

Ce n'était pas *du tout* l'accueil auquel Bryn s'était attendue. Elle ne répondit rien. Harte jeta un coup d'œil sur sa tasse de café fumant, haussa ses fins sourcils, puis les laissa retomber. Elle appuya sur une touche de son téléphone.

— Mareen, voulez-vous apporter une tasse de café pour Mlle Davis... (Elle s'interrompit pour consulter Bryn.) Lait ? Sucre ?

— Les deux, répondit Bryn.

Si elle devait mourir, pourquoi se priver d'un dernier café ? La situation – déjà surréaliste – tournait à la mascarade.

— Vous allez me bander les yeux et m'offrir une dernière cigarette, ou seulement un dernier repas ?

— Ne soyez pas mélodramatique, répondit Harte. Mareen, lait et sucre, je vous prie.

Elle relâcha le bouton de l'interphone et se laissa aller contre le dossier de son siège. Elle tapota le bureau de l'ongle de son index, très lentement. L'unique bruit de toute la pièce feutrée.

— Vous m'avez enlevée pour m'offrir un café et me demander comment j'allais, dit Bryn. La plupart des gens se contentent de téléphoner pour ça.

— Je ne suis pas la plupart des gens.

Manifestement.

— Qu'est-ce que vous voulez ?

— Je veux que vous me disiez tout ce que vous savez sur Patrick McCallister.

Curieuse requête de la part d'une femme qui avait certainement accès à la moindre parcelle d'information concernant cet homme.

— Je ne sais pas grand-chose de lui, honnêtement. Il est très mystérieux. Vous le connaissez sans doute mieux que moi. Vous êtes sa patronne.

— Sa patronne, répéta Harte doucement, un étrange sourire aux lèvres. En effet, je le suis. Mais comme vous le dites, il est très mystérieux. Vous avez récemment travaillé en lien étroit avec lui.

Bryn haussa les épaules.

— Si par « lien étroit » vous voulez dire qu'il me dicte ce que je dois faire, la réponse est oui.

Calme, s'ordonna-t-elle intérieurement. *Reste calme*.

— J'ai été informée que M. McCallister pourrait être impliqué dans... des activités douteuses. Savez-vous quelque chose à ce sujet ?

— Non.

C'était encore la vérité. Bryn n'avait pas la moindre idée de ce que Harte pouvait considérer comme « douteux » à l'aune de ce qu'elle cautionnait chez *Pharmadene*.

Le regard de Harte se durcit, immobile et glacé comme celui d'un requin.

— Vous allez m'écouter très attentivement. Condition Saphir, Bryn. Vous m'entendez ?

— Oui, répondit Bryn.

Elle ne ressentit rien. Elle espérait que l'inhibiteur fonctionnait toujours ; dans le cas contraire, cet entretien serait extrêmement stressant pour elle et très instructif pour Harte.

— Vous et McCallister vous êtes rapprochés, n'est-ce pas ? Dites-moi la vérité.

— Oui, répéta Bryn.

Contente de savoir que je peux encore mentir. Elle ne s'était certainement pas rapprochée de Patrick McCallister. Une barrière émotionnelle de la taille de la Grande Muraille de Chine les séparait. Et c'était en partie sa faute.

Harte poursuivit son interrogatoire.

— Vous avez été logée dans sa maison de famille.

— Oui, le temps que mon appartement soit sécurisé.

— Et récemment, vous et McCallister avez quitté la ville ensemble – une escapade plutôt bien organisée, je dois dire, pour laquelle il a pris le plus grand soin à déjouer notre surveillance. Où êtes-vous allés ?

Bryn n'osa pas hésiter une seule seconde ; elle se rappela ce qu'elle avait ressenti quand elle avait perdu tout contrôle de sa volonté dans ce club. Le moindre flottement la trahirait et lui serait fatal.

— Dans un motel, répondit-elle. Le *Hallmark Motor Court Inn.* Je ne sais pas exactement où ça se trouve.

Harte ouvrit un dossier, s'empara du stylo Montblanc et nota quelque chose sans la regarder.

— Et qu'avez-vous fait pendant tout ce temps au motel, Bryn ?

En dépit de l'action des inhibiteurs, Bryn avait presque envie de tout déballer : le labo, Manny Glickman, la perfusion, Pansy, l'agression au motel, la douceur de la main de McCallister sur son front. Elle refoula cette impulsion et s'agrippa aux accoudoirs de son fauteuil pour répondre.

— Nous avons fait l'amour. Trois fois. La première sur le lit...

Harte la regarda, sourcils arqués, puis l'arrêta d'une main.

— Je ne veux pas les détails. Enfin... pas encore. Pas avant d'avoir la version de Patrick McCallister pour la confronter à la vôtre. (Son sourire était glacial, les lèvres tellement étrécies qu'elles en devenaient tranchantes.) Vous avez donc fait tout ce chemin pour vous rendre dans un *motel* et assouvir voracement votre désir sexuel. Mais vous savez qu'il a une *maison*.

— Il a dit que nous étions surveillés. Et puis, il avait une autre raison de se rendre dans ce motel.

— Il vous a dit ce que c'était ?

— Non, répondit Bryn.

Harte marqua une légère pause avant de continuer.

— Avez-vous fait autre chose pendant votre petite escapade ?

— Non.

Bryn éprouva de nouveau cette pulsion intérieure – cette pulsion qui tambourinait contre une porte close pour se libérer. *Dis-lui. Raconte-lui tout*. Elle frissonna et se reprit. Qu'avait dit Manny ? Pendant combien de temps les inhibiteurs seraient-ils encore actifs ? Est-ce qu'elle se rapprochait du moment où ils cesseraient d'agir ? Et s'il s'était trompé sur le dosage ?

— McCallister vous a-t-il payée ?

Bryn cligna les yeux, un peu décontenancée.

— Me *payer* ?

— Est-ce que McCallister vous a donné de l'argent en échange de faveurs sexuelles ? Ou de votre silence ?

— Non.

— Vous ne seriez pourtant pas la première, bien que vous soyez certainement son choix le plus... inhabituel, reprit Harte avec un gracieux haussement d'épaules. Il doit avoir des goûts pervers, si l'on considère votre... état. (Elle s'interrompit, inclina la tête et dévisagea Bryn pendant quelques instants.) Comprenez-vous ce qui vous arrive, Bryn ? Pourquoi vous ne pouvez pas vous empêcher de me raconter toutes ces choses très personnelles ?

— Non.

Bryn tenta de se remémorer la panique qu'elle avait éprouvée la première fois, son combat intérieur. Il fallait que Harte puisse voir cette lutte, à laquelle elle *s'attendait*.

Mareen pénétra dans la pièce par la même porte latérale que tout à l'heure, déposa une seconde tasse de café additionné de lait sur la table à côté de Bryn, et repartit sans dire un mot.

— Buvez votre café, Bryn. Je ne voudrais pas qu'il refroidisse.

Bryn obéit ; elle souleva la tasse et but une gorgée de café. Il était délicieux. Le liquide brûlant affûta son esprit, mais la laissa également plus nerveuse. La tasse oscilla légèrement dans sa soucoupe quand elle la reposa. *Nous sommes là comme deux femmes du monde, nous prenons le café, alors qu'elle est en train de violenter mon esprit. C'est en tout cas ce qu'elle croit.*

— Dès que j'ai vu votre profil de régénération, j'ai tout de suite su que McCallister avait d'autres projets pour vous au-delà des objectifs qu'il avait déclarés. Il a tenté de vous soustraire à certaines caractéristiques de contrôle intégrées à l'Athanax pour la sécurité de la compagnie. J'ai court-circuité sa demande dans l'espoir que vous puissiez m'en apprendre davantage sur ses activités. Ce n'est pas votre faute, Bryn. Vous avez sans doute l'impression de le trahir, mais je vous assure qu'il n'en est rien. Vous n'êtes qu'une sorte d'enregistreur que j'ai placé à ses côtés. (Elle pianota de nouveau sur la table du bout des ongles, pensive, puis continua.) Est-il à votre connaissance entré en contact avec des personnes extérieures à *Pharmadene* ?

— Liam, répondit Bryn.

— L'administrateur de la succession. Non, en dehors de Liam, quelqu'un d'autre ?

— Non. Seulement Joe Fideli et son équipe de sécurité. Personne d'autre.

— Hum… (Irene Harte avait les yeux mi-clos, ce qui la faisait paraître faussement détendue.) Et l'avez-vous entendu parler de choses qui n'avaient rien à voir avec *Pharmadene* ?

— Non.

— C'est très fâcheux. J'espérais vraiment que vous pourriez… m'éclairer à ce sujet.

Harte but son café en silence pendant quelques instants et puis, juste au moment où Bryn commençait à se relâcher, elle passa de nouveau à l'attaque :

— Êtes-vous amoureuse de Patrick McCallister ?

— Non ! se défendit Bryn. (Trop vite. Avec trop de force. C'était un cri du cœur, pas une réponse raisonnée. Harte la transperça de son regard glacial.) Je n'éprouve aucun sentiment pour lui, se reprit-elle, en déglutissant.

— Ce qui veut dire, mademoiselle Davis, qu'il vous a entraînée dans ce motel sans votre consentement. J'imagine qu'il vous a obligée à lui obéir en utilisant la même commande que celle que je viens d'employer. C'est bien ça ? Vous n'éprouvez pas de sentiments pour lui, mais vous avez pourtant passé toute une journée à vous adonner à des activités sexuelles avec lui, sous la contrainte ?

— Je...

Bryn était coincée ; soit elle reconnaissait qu'elle venait de mentir et fournissait la preuve qu'elle n'était pas « conditionnée » conformément aux souhaits de Harte, soit elle entraînait McCallister dans ce qui était, à tout le moins, une accusation de viol.

— Il ne s'agissait pas d'amour, seulement d'assouvir un besoin.

C'était le meilleur compromis qu'elle avait pu trouver, mais elle se rendit compte avec l'impression de sombrer que Harte n'en croyait pas un mot.

— Vous auriez mieux fait de me dire tout simplement la vérité. (Irene Harte se redressa, posa sa tasse de café et appuya sur la touche de l'interphone.) Mareen, vous pouvez envoyer l'escorte de Mlle Davis, s'il vous plaît. J'en ai terminé avec elle.

Elle reprit sa tasse, sirotant son café à petites gorgées délicates.

— Je n'ai pas mis fin à la condition Saphir, Bryn. Vous ne deviez pas être en mesure de me mentir. Votre mensonge me prouve que j'ai un très gros problème. Avec vous. Avec McCallister. Si vous m'aviez dit qu'il avait fait usage des protocoles, je vous aurais crue sur parole : c'est un sale fils de pute sans pitié, et c'est pourquoi il m'est utile. Si vous m'aviez dit que vous l'aimiez, je vous aurais crue aussi ; il a cet effet sur les femmes. Mais ce compromis ridicule... non. Ce n'est pas son genre.

— Je...

— Ne perdez pas votre temps. Je sais maintenant que vous m'avez menti, qu'il m'a menti et qu'il y a autre chose que je ne sais pas. Une chose qui me menace et qui menace la compagnie. Et je vais découvrir ce que c'est. Pas plus tard que maintenant.

L'estomac de Bryn se serra. Harte la fixait avec le regard d'un faucon fondant sur sa proie : aucune pitié, aucun sentiment. Elle n'était pas jalouse comme Bryn l'avait plus ou moins cru ; c'était une pure et froide calculatrice, et Bryn s'y était laissé prendre.

Le garde qui l'avait escortée à l'aller entra dans le bureau.

— À vos ordres, madame.

— Emmenez Mlle Davis au niveau trois, commanda Harte. Occupez-vous des formalités d'admission. Je donnerai mes instructions dans un moment.

— Oui, madame.

— Et trouvez-moi Patrick McCallister. Tout de suite. Pas la peine de prendre des gants s'il résiste.

Le garde hocha la tête et s'empara du bras de Bryn.

— Un instant, dit Harte. Laissez-la finir son café.

Il était temps de mettre un terme à ces fausses civilités. Bryn ramassa sa tasse et la lui jeta au visage. Le projectile manqua sa cible, mais le café, lui, l'atteignit, et le liquide poisseux coula sur la tête de Harte, puis dans son décolleté, tachant son tailleur de soie tilleul.

Cette dernière sursauta sous le choc en s'essuyant les yeux. Dommage que ça n'ait pas été assez chaud pour la brûler, songea Bryn, qui aurait adoré voir ça. Elle devrait se contenter de l'expression d'horreur hautement comique que Harte arborait en cet instant.

Et qui se transforma très vite en un masque figé de dépit.

— Bon, nous voilà fixés, dit-elle. Vous êtes son petit espion personnel, n'est-ce pas ? Sa chose. Il vous a retournée contre nous.

— Pas besoin de lui pour ça. C'est *vous* qui avez fait de moi ce que je suis. Ni morte ni vivante. Vous voudriez que je vous remercie, peut-être ? (Bryn tremblait de toute la fureur contenue depuis si longtemps, depuis qu'elle s'était réveillée en poussant ce cri primal.) J'ai vu comment cela se termine. Et *vous* ?

— Pas encore, répondit Harte. (Elle avait retrouvé son calme et sorti une serviette d'un tiroir, avec laquelle elle essuyait le café sur son visage et ses cheveux. Son tailleur hors de prix était fichu.) Mais je vais faire en sorte que l'on enregistre toutes les étapes de votre dégradation afin de les visionner plus tard. Adieu, mademoiselle Davis, j'espère que vous profiterez de votre... retraite. Je transmettrai votre souvenir à Patrick. Vous ne le reverrez jamais.

Bryn eut beau se débattre comme une forcenée, le garde savait faire usage de ses muscles et avait l'habitude de maîtriser les gens rétifs ; elle réussit à placer une ou deux frappes, mais il les encaissa stoïquement sans lui laisser la moindre chance de s'échapper. Au bout du deuxième coup de coude dans les côtes, il la projeta face contre terre par un balayage des jambes et lui tira brutalement les deux bras à l'arrière. Elle sentit qu'il lui passait des menottes et les serrait trop fort. Puis il l'attrapa par le col pour la relever.

— Avancez, dit-il. Et si vous m'emmerdez, je vous fiche une raclée que vous ne serez pas près d'oublier.

— Je m'en remettrai, répondit-elle.

Elle ne s'en était pas rendu compte avant de voir son reflet dans un panneau vitré, mais elle souriait. Un rictus un peu dérangé, comme si elle montrait les dents. Elle avait l'impression d'être un animal traqué et c'était exactement à ça qu'elle ressemblait.

— En effet, admit-il. Vous vous en remettrez.

Et sans prévenir, il lui balança un uppercut de toute la puissance de son bras musculeux et elle perdit instantanément connaissance.

Le réveil fut douloureux. D'abord, sa tête ; des élancements nauséeux comme des éclairs rouges. Ensuite, sa mâchoire ; elle reconnaissait cette horrible sensation de grincement. Elle était disloquée. Bryn la manipula avec précaution jusqu'à ce que les os se remboîtent avec un claquement sec et une douleur fulgurante qui lui abrutit l'esprit. Tout comme le mal de tête, cela ne dura que quelques minutes avant de s'estomper. *Les petits nanites font leur boulot, brûlant plus d'énergie que je ne peux me le permettre.*

Bryn se redressa en position assise.

Elle se trouvait dans une cellule immaculée entièrement vide. Pas de meuble, pas même une couchette – rien que des parois blanches et lisses, brillantes comme des tableaux effaçables.

Une section de la pièce s'ouvrait sur une épaisseur de verre blindé. Derrière la vitre, une caméra portable avait été installée et un clignotant rouge indiquait qu'elle enregistrait. *Je vais faire en sorte que l'on enregistre toutes les étapes de votre dégradation afin de les visionner plus tard*, avait dit Harte. C'était une femme de parole.

Les seuls éléments dignes d'intérêt dans cette pièce étaient les tuyaux et les buses de pulvérisation qui quadrillaient le plafond et le trou d'évacuation au sol. Bryn considéra l'ensemble, les murs lisses et brillants.

Cet endroit était conçu pour un nettoyage facile.

Pas de panique, s'ordonna-t-elle. Ils lui avaient pris ses vêtements. Elle portait une combinaison en intissé trop grande pour elle fermée sur le devant par des boutons-pressions, et qui bruissait à chacun de ses mouvements. C'était un vêtement jetable. Comme elle. Un numéro était inscrit sur la poitrine : 00061.

Les jambes de Bryn se dérobèrent sous elle quand la réalité la submergea.

Ils allaient la laisser se dissoudre sous l'œil impitoyable de la caméra. Personne ne viendrait à son secours.

Personne ne se souciait de son sort. Elle était le numéro 00061, et non une personne. Un rat de laboratoire condamné à mourir. Dès que la vie aurait quitté ses restes pourrissants, ils laveraient la pièce à grande eau, la désinfecteraient et jetteraient ses os dans un incinérateur quelconque.

Elle disparaîtrait sans laisser de traces.

Lève-toi, se dit-elle, *lève-toi et bats-toi*.

Mais il n'y avait rien ni personne en face d'elle. Elle ne pouvait pas se battre pour sauver sa vie. Elle n'avait pas non plus de vie à sauver, d'ailleurs. Privée de ses injections, elle n'avait aucune chance.

McCallister…

Elle ne pouvait plus compter sur lui, plus maintenant. Fideli était hors jeu. McCallister porté disparu, peut-être en fuite. Elle n'avait plus d'alliés dans l'entreprise, aucun recours, aucun espoir.

Ils ne t'ont pas enfermée ici uniquement pour t'éliminer. Harte veut savoir ce que trame McCallister. Ils viendront t'interroger. Quand ils le feront, tu auras une chance.

Tout cela n'avait plus vraiment d'importance. L'horreur de la situation l'avait privée de ses forces.

Debout !

Et elle se leva, juste pour faire quelque chose plutôt que de rester au sol et attendre la mort.

Une inspection minutieuse de la pièce ne lui apporta aucun réconfort. Il y avait une porte, mais elle ne s'ouvrait que de l'extérieur ; ni charnières ni poignées n'étaient même visibles depuis l'intérieur. Bryn testa le trou d'évacuation, mais il n'était pas assez large pour y passer la tête, ce qui l'éliminait des issues possibles, en supposant qu'il ne s'étrécissait pas plus bas. Qui plus est, l'idée cauchemardesque de devoir se faufiler au milieu des débris en décomposition des rats de laboratoires 1 à 60… Non. Ce serait vraiment en dernier recours.

Le verre était prévu pour résister aux balles, et Bryn ne possédait aucun outil lui permettant de le fracasser dans tous les cas. Utiliser ses poings ne servirait qu'à lui briser les os.

En regardant à travers la vitre, elle se rendit compte qu'elle donnait sur une cellule identique à la sienne, au détail près qu'elle contenait une table métallique fixée au sol et munie de sangles. *J'imagine que je ne me suis pas assez débattue pour mériter ça*, pensa Bryn. Elle ne savait pas trop si elle devait s'en réjouir ou le déplorer, mais toutes ces questions s'évanouirent lorsqu'une silhouette pressée entra dans son champ de vision.

— Hé, hurla Bryn en tapant à la vitre. Hé !

Ce n'était pas un mais trois hommes – deux types de la sécurité en blazer bleu qui en escortaient un troisième. Ce dernier semblait nerveux. *Très* nerveux. Grand et joli garçon, dans le style aseptisé des magazines, il était vêtu d'un pantalon de costume, d'une impeccable chemise blanche, d'une jolie cravate, de bretelles, mais pas de veste. Elle ne pouvait pas entendre ce qu'il disait, mais il invectivait ses gardes, et tentait en vain de leur échapper. Il portait un badge *Pharmadene* à la ceinture, orné d'une bande verte. L'un des gardes le lui retira, le fit passer dans un lecteur puis le mit dans sa poche.

Ils déverrouillèrent ensuite la cellule en face de celle où se trouvait Bryn et traînèrent le malheureux à l'intérieur.

Il hurla et se débattit lorsqu'il aperçut la table, mais c'était inutile, et il s'y prenait plutôt mal. Il criait si fort à présent qu'un faible écho parvenait jusqu'à Bryn à travers la vitre blindée. En pressant son oreille contre le verre, elle réussit à comprendre partiellement ce qu'il disait.

— ... ne pouvez pas faire ça ! Je ne suis pas un sans-grade que vous pouvez faire disparaître ; je suis un homme important. Vous m'entendez ? Bon sang, je fais partie du comité de direction ! Bas les pattes !

Les gardes se concertèrent d'un hochement de tête et hissèrent le type sans peine sur la table. Ils formaient un duo parfaitement coordonné. Ils lui immobilisèrent les bras et les jambes avec des gestes sûrs et rapides. L'homme vociférait toujours, mais Bryn ne l'écoutait plus, parce que quelqu'un d'autre venait d'arriver.

Irene Harte.

Elle avait changé de tailleur et sa coiffure ainsi que son maquillage avaient retrouvé leur perfection. Rien ne subsistait de l'affront que Bryn lui avait infligé – et Harte ne prit même pas la peine de jeter un regard de son côté. Son attention était entièrement consacrée au type sanglé sur la table.

Bryn n'eut pas besoin de l'entendre pour comprendre ce que l'homme dit ensuite ; il était facile de lire sur ses lèvres. *Espèce de salope !* Le reste consistait certainement en des menaces, ce qui n'améliora pas le moins du monde sa situation. Il tenterait sans doute après de la soudoyer si l'intimidation ne donnait rien. Et en dernier recours il se mettrait à supplier.

Les choses n'allèrent pas aussi loin.

Bryn s'attendait à assister à une sorte d'interrogatoire ; Monsieur le cadre exécutif avait commis une grave erreur de sécurité, ou c'était carrément la taupe qu'ils recherchaient... Mais au lieu de sortir des sérums de vérité ou même un plateau d'instruments de torture dignes de ce nom, l'un des gardes s'empara...

D'un sac en plastique transparent.

Bryn eut un haut-le-cœur et s'éloigna de la fenêtre.

— Non...

Le garde enfila prestement le sac sur la tête du directeur et le serra adroitement d'une torsion du poignet.

— Non...

Comme dans un cauchemar, elle était témoin de la scène sous deux angles différents… De l'extérieur, les yeux terrorisés de l'homme s'ouvrant comme des soucoupes avant que sa respiration n'embue le plastique ; mais aussi de l'intérieur du sac. Sensation de déjà-vu. La panique commença à monter en elle, la privant de tous ses moyens. Elle pressa ses deux mains contre la vitre, désespérée de ne rien pouvoir faire, de ne pas pouvoir l'aider, parce qu'elle savait exactement ce qu'il ressentait ; elle connaissait la terreur effroyable qui le poussait à aspirer tout l'air disponible jusqu'à ce que le plastique épouse sa peau.

Elle connaissait le goût vénéneux de cette peur, la sensation d'absorber une ultime et minuscule bouffée d'oxygène ; de voir la lumière s'éteindre progressivement.

Et c'était douloureux, Dieu que ça faisait mal, et le temps sembla s'étirer tandis que l'homme se débattait, se convulsait et se battait contre la mort.

Personne ne lui vint en aide.

Quand ses muscles se relâchèrent enfin, Harte regarda sa montre. Les gardes ne firent pas un geste pendant de longues minutes, attendant ses ordres. Lorsqu'elle hocha finalement la tête, ils retirèrent le sac, dévoilant le visage nu et moite de l'homme, les yeux dilatés injectés de sang, les lèvres bleuies. Un filet de sang coulait du coin de sa bouche. Dans sa panique, il avait dû se mordre la langue.

Les gardes quittèrent la pièce, emportant le sac en plastique, et se postèrent à l'extérieur de chaque côté de la porte. Une équipe médicale entra bientôt, trois personnes masquées et revêtues de blouses qui installèrent des moniteurs, de l'oxygène et tout le matériel nécessaire à une réanimation.

Mais il n'y avait plus de vie à sauver. C'était trop tard.

Jusqu'au moment où ils lui administrèrent une dose d'Athanax.

Son cri de régénération était assez puissant pour traverser la vitre blindée.

Elle le regarda revenir à la vie avec horreur, pleine de colère et de pitié, et ce fut le moment que choisit Irene Harte pour enfin se tourner vers elle.

Elle appuya sur le bouton d'un interphone à l'extérieur de la cellule de Bryn.

— On dirait que vous souhaitez vous exprimer.

— Vous avez de drôles de méthodes pour recycler vos cadres dans cette entreprise.

Irene Harte éclata de rire – un vrai rire amusé et quelque peu admiratif.

— Je consolide ma position, voilà tout. À partir de maintenant, nous ne pouvons plus nous permettre la moindre déloyauté. Nous ne pouvons pas prendre le plus petit risque d'héberger des traîtres et des délateurs. Comme Patrick McCallister, à ce qu'il semblerait.

— Vous tuez vos propres gens !

— Je m'assure de leur fidélité, répondit Harte. Dès l'instant où nos chercheurs ont découvert que ce produit pouvait régénérer et maintenir en vie des tissus morts, il n'était plus question de faire machine arrière. Il ne s'agit plus de parts de marché, mais de pouvoir. Quelqu'un va devoir l'assumer. Quelqu'un qui contrôlera la fabrication et l'usage de ce produit. Cela changera *la face du monde*. Il y aura des guerres. Des civilisations entières seront détruites, parce que, ici, dans nos laboratoires, nous avons vaincu la seule chose que l'homme n'avait jamais pu conquérir : la mort.

Son visage irradiait à présent d'une extase quasi mystique qui épouvanta Bryn bien davantage que toutes les fredaines institutionnelles qu'on lui avait servies jusqu'ici.

— Tant que *Pharmadene* contrôle le circuit de l'Athanax, nous avons une chance de rationaliser ce bouleversement. En fournissant le produit à ceux qui le méritent. Et c'est ce que nous allons faire. Sélectionner ceux qui continueront à vivre et nous assurer de leur loyauté.

Seigneur. Le raisonnement de Harte était étrangement logique, sous l'angle mégalo. Qu'un seul puissant laboratoire – au hasard, *Pharmadene* – contrôle la distribution du produit, et il serait à même de choisir des hommes et femmes d'influence dans tous les domaines : élus, banquiers, scientifiques, le gratin de la politique et de la finance. Il pourrait manipuler les marchés, renverser des gouvernements – ou en faire de simples pantins. Pervertir tout le jeu de la vie et de la mort en sa faveur.

Et Harte avait également raison à propos d'autre chose. Si l'Athanax déboulait sans contrôle sur le monde, c'était le chaos assuré – chaque parent endeuillé voudrait faire revenir son enfant, chaque mari, chaque père, chaque épouse, chaque sœur, chaque fille. Les politiques l'utiliseraient à des fins électorales. Les armées deviendraient invincibles.

C'était la vision d'un futur dans lequel tout le monde mourait, tout le monde vivait et personne ne survivait vraiment. C'était un jeu de dupes.

— *Pharmadene* est encore en position de contrôler ce pouvoir, dit Harte, d'une voix radoucie, très sûre d'elle. Et nous allons le faire. D'abord ici, en interne, puis nous élargirons nos objectifs aux leaders politiques et financiers, qui seront l'étape suivante. Nous lançons le programme aujourd'hui même en commençant par nos cadres exécutifs. Puis nous redescendrons l'organigramme et tout le monde sera sur le même bateau dans les jours qui viennent.

L'homme de l'autre côté du couloir avait enfin cessé de hurler, mais il était secoué de longs sanglots déchirants de solitude et de désolation. Irene Harte se rapprocha pour éteindre l'interphone.

— Je ne crèverai pas ici, lui lança Bryn. (Harte hésita, sourit, puis appuya sur le bouton en secouant la tête.) Vous m'entendez ? *Je ne crèverai pas ici* ! Je vais vous arrêter !

Harte lui tourna le dos tandis qu'on emmenait le directeur nouvellement régénéré et qu'un autre cadre du comité de direction prenait sa place sur la table.

Pendant les deux jours qui suivirent, ce fut un défilé incessant dans la pièce de l'autre côté du couloir, et le même scénario se déroulait à chaque fois : l'indignation, les *vous ne savez pas qui je suis*, la peur, la terreur, la mort, le cri. Bryn ne regardait plus. Elle n'écoutait plus, hormis les cris qu'elle comptabilisait pour connaître le nombre des personnes... traitées. Cela semblait ne jamais vouloir s'arrêter, et Bryn finit par s'endormir. Elle trouvait cela obscène alors que des gens étaient en train de mourir à côté d'elle, mais tout le dégoût du monde n'aurait pu la maintenir éveillée.

Elle commença par avoir soif, puis faim.

Personne ne vint. On ne lui donna rien.

Au matin du deuxième jour, sa peau se desséchait. C'était peut-être dû au manque d'humidité de la pièce, mais c'était peu probable. Les nanites étaient incapables de produire l'eau et l'énergie nécessaires à ses muscles ; la déshydratation serait son premier ennemi.

Mais ce qui l'effrayait bien davantage, plus que la sécheresse de ses lèvres gercées et de sa bouche parcheminée, c'était les inquiétantes ecchymoses qui se formaient sous son épiderme. Au réveil d'une sieste agitée l'après-midi du deuxième jour, elle remarqua une décoloration sur le côté de sa paume qui était en contact avec le sol. La tache se résorba lorsqu'elle la massa ; elle déboutonna sa blouse pour inspecter la peau au niveau de la hanche sur laquelle elle était allongée, et découvrit, là aussi, la présence d'un bleu.

Lividités cadavériques.

— Non, refusa-t-elle. (Elle fit disparaître la tache de ses doigts tremblants.) Non, non, non. Ça n'arrivera pas. Jamais.

Il me l'a promis.

Mais force lui était de constater qu'elle ne pouvait plus compter sur McCallister. Il était en cavale, dans le meilleur des cas. Elle se trouvait dans les locaux de *Pharmadene*, prisonnière d'une forteresse où une opération de mise à mort systématique était en cours. McCallister serait fou d'y remettre les pieds de son plein gré. Il ferait mieux de tout abandonner pour prendre ses jambes à son cou et aller demander de l'aide au gouvernement, à l'armée ou au FBI, ou même à l'OMS si ça lui chantait. *N'importe qui*, pour arrêter tout ça avant qu'il ne soit trop tard.

Le plan de Harte se déroulait sans accroc ; quelqu'un avait affiché sur le mur un organigramme de la société que Bryn arrivait tout juste à déchiffrer, et il lui semblait que l'ensemble du bureau exécutif avait été « traité ». Ils utilisaient à présent deux cellules – dont l'une était à peine visible dans un angle au bout du couloir – où Bryn voyait entrer des vivants et ressortir des morts régénérés. Elle n'était plus en état de s'en soucier, même lorsqu'une des femmes – une jolie fille, à peine plus âgée qu'elle – tenta de s'enfuir en hurlant et se retrouva à tambouriner vainement contre sa vitre en la regardant droit dans les yeux. Paniquée, la femme avait activé l'interphone, et pendant trente interminables secondes Bryn avait dû écouter ses appels au secours, à la pitié, ses lamentations au nom de ses enfants.

Elle finit par hurler en appelant sa mère comme une gosse terrifiée. C'était effroyable.

Après ça, Bryn cessa de s'approcher de la fenêtre. Elle se recroquevilla dans un coin, tête baissée, tournant le dos à ce qu'il se passait à l'extérieur.

Elle attendait.

Au troisième jour, pour autant que ses calculs étaient justes, ses muscles commencèrent à trembler et sa peau devint visqueuse – ce qui n'avait rien de sain. Et il y avait les douleurs. Ses nerfs s'embrasaient et brûlaient, d'abord à petit feu puis de plus en plus vivement à chaque inspiration, à chaque instant.

Il lui faudrait encore endurer ces souffrances pendant deux jours, peut-être trois. Et peut-être même *quatre*.

Je ne crèverai pas ici, se répéta-t-elle.

Mais elle était bel et bien en train de crever ici, chaque seconde un peu plus.

Et l'interrogatoire qu'elle s'attendait à subir n'arrivait pas.

Bryn perdit le compte du temps. Elle sombra bientôt dans une sorte de torpeur qui remplaçait le sommeil ; lorsqu'elle en émergeait, elle constatait que des décolorations rougeâtres marbraient sa peau à l'endroit où son poids reposait sur le sol. Le supplice de ses nerfs à vif était comme la flamme d'un chalumeau qui balaierait son corps sans répit. Elle ne pouvait plus s'arrêter de pleurer.

Elle préférait marcher plutôt que de rester assise. Elle commençait à perdre sa coordination ; elle se déplaçait à présent d'une démarche vacillante, se retenant au mur de ses doigts agités de violents tremblements pendant qu'elle faisait le tour de la pièce, et encore et encore, dans une ronde incessante. Les cris des condamnés et les hurlements des régénérés, elle devenait folle, elle perdait la raison, et bon Dieu, elle avait si mal. Ça ne devait pas se passer comme ça.

Patrick avait promis. *Promis*.

Elle en était à la moitié de son dixième tour méthodique, lorsque soudain quelque chose... se modifia dans l'atmosphère. Un changement de pression, une *brise*. De l'air frais et léger qui caressait sa peau et faisait voler ses cheveux.

Elle poussa un soupir, chancela, puis entreprit de se retourner tant bien que mal pour voir ce qu'il se passait.

La porte était ouverte et deux membres de l'équipe médicale se tenaient sur le seuil. Peut-être que Harte avait décidé de faire preuve de commisération. Et qu'elle allait mettre un terme à tout ça. Bryn préférait être décapitée comme une volaille plutôt que de supporter ça – et bien pire encore – pendant trois ou quatre jours.

Bryn voulut aller à leur rencontre, mais ses jambes se dérobèrent sous elle et elle s'effondra. Deux gardes surgirent de derrière les médecins pour la soulever stoïquement et l'emporter hors de la pièce dans un couloir d'un blanc immaculé. La tête de Bryn pendouillait mollement en arrière. Elle voyait défiler les lampes du plafond sans comprendre vraiment ce qui lui arrivait. On l'installa dans un fauteuil, on la débarrassa de sa combinaison suintante et souillée que l'on remplaça par une propre, et une femme masquée et gantée revêtue d'une blouse blanche lui administra une injection.

Bryn n'eut pas la sensation d'une simple piqûre d'aiguille, mais plutôt d'une sorte de fer chauffé au rouge qui empalait ses chairs. Elle hurla et pleura de douleur, tenta de se dégager. Ils la maintinrent en place. Encore une injection, puis une troisième.

La femme retira son masque avec un soupir.

— Ça devrait suffire, dit-elle. Mais elle va avoir besoin de temps pour revenir. Je ne suis pas certaine qu'elle soit très rationnelle en ce moment. Vous devrez attendre le rétablissement de ses fonctions cognitives.

Bryn ne l'avait pas vue entrer, mais il y avait une autre femme dans la pièce, qui ne portait ni masque ni blouse. Elle était en tailleur. Elle s'appelait… elle s'appelait…

Harte.

— Maintenez-la attachée, on ne sait jamais, ordonna Irene Harte. Je vais aller vérifier l'avancement de notre programme. Je reviendrai dans une heure pour l'interroger. Ne lui en donnez pas trop ; inutile de faire durer le plaisir une semaine de plus. Je n'ai besoin que de quelques heures de lucidité pour la questionner, puis vous la ramènerez dans la cellule jusqu'à la fin.

— À vos ordres, madame.

La femme hocha la tête.

C'était une jolie femme, avec des cheveux noirs brillants coupés à la Jeanne d'Arc qui encadraient un visage mobile en forme de cœur.

Ce visage lui était *familier*. Bryn la regarda en clignant les yeux, s'efforçant de remettre sa mémoire défaillante en marche. La femme entreprit de rattacher les Velcro des sangles en travers de ses bras et de ses jambes, tout en gardant à l'œil Irene Harte, qui avait sorti son téléphone et composait un numéro en quittant la pièce.

Dès que la porte se referma dans un clic, la femme défit rageusement les sangles.

— Bryn ? Bryn, vous êtes avec nous ? Est-ce que vous me comprenez ?

Oh. Elle la connaissait. Un prénom de fleur. C'était la petite amie de Manny…

— Pansy, murmura Bryn. Pansy Taylor. Vous ne devriez pas être ici.

— Ça, vous pouvez le dire. Personne ne devrait être ici. Je sais que c'est douloureux. (À voir la tête horrifiée de Pansy, Bryn devina qu'elle devait avoir une mine affreuse.) Ça va aller, je vous ai administré des doses de rappel. Vous vous sentirez bientôt mieux.

— On ne peut pas attendre, dit l'homme qui l'accompagnait en jetant un regard vers la porte.

Il abaissa également son masque. Il était pâle, ses traits étaient tirés, mais elle le reconnut aussi. Joe. Joe Fideli.

— On vous a tiré dessus, dit Bryn.

Joe éclata de rire, mais son rire sonnait faux. Il croisa brièvement son regard, puis détourna les yeux, et elle vit tressaillir les muscles de sa mâchoire.

— J'ai quitté l'hôpital contre l'avis des docteurs dès que Pat m'a informé que vous aviez disparu. (Il remua un peu son épaule en faisant la grimace.) Je suis normalement interdit de combat. Ordre des médecins, alors n'essayez pas de m'y pousser comme vous faites d'habitude.

C'était bien l'humour de ce bon vieux Joe, mais son expression était anxieuse. Ce n'était pas pour lui qu'il s'inquiétait, comprit Bryn. C'était pour elle. Putain, ça ne devait pas être beau à voir.

C'était pire qu'elle ne l'imaginait. Le chalumeau avait un peu baissé d'intensité, mais quand elle regarda ses mains, elle vit à quel point elles étaient grises et... inhumaines.

— Il faut bouger d'ici, dit Pansy. Nous n'avons plus beaucoup de temps.

Pansy avisa les deux gardes qui étaient toujours dans la pièce avec eux, et le cerveau encore trop lent de Bryn enregistra que Joe ne semblait pas troublé de parler devant eux.

— Messieurs, leur dit Pansy, c'est une situation de condition Diamant, et j'invoque vos protocoles. Protégez notre fuite à tout prix ; vous avez compris ? Répétez les ordres. Vous d'abord.

— À vos ordres, madame. Condition Diamant reconnue. Je protégerai votre fuite à tout prix, déclara le premier homme.

Son visage était également familier à Bryn ; c'était le gorille qui l'avait amenée dans le bureau de Harte, puis dans la cellule blanche. Son collègue répéta les mêmes mots, et ils sortirent groupés dans le couloir ; Pansy prit le bras de Bryn pour l'aider à tenir debout.

— Accrochez-vous à moi, dit-elle. Je sais que ce n'est pas facile pour vous de marcher vite. Faites de votre mieux, d'accord ?

— Une arme, articula Bryn en tentant d'humecter ses lèvres desséchées. Il me faut une arme.

Sa voix était faible et éraillée, mais elle ne tremblait pas. Joe sortit deux pistolets de sous sa blouse chirurgicale. Il inséra une nouvelle cartouche dans la chambre du premier, qu'il tendit à Bryn.

— Pointez et tirez, lui recommanda-t-il. Tâchez de ne pas nous toucher, moi ou Pansy. On ne se relève pas aussi facilement que vous autres.

Les gardes. Le cerveau de Bryn tourna autour de la question jusqu'à ce qu'elle finisse par comprendre. Ils avaient été tués et régénérés, sans doute dans le cadre du programme de fidélisation d'Irene Harte ; on pouvait donc invoquer leurs protocoles, si on en connaissait le fonctionnement.

Ce que Joe et Pansy maîtrisaient manifestement. La condition Saphir vous obligeait à obéir aux ordres et même à avouer tout ce que vous saviez.

— Qu'est-ce que la condition Diamant, demanda-t-elle ?

— Pas vraiment le moment, Bryn.

— Je veux savoir.

— Très bien. (Joe échangea un regard rapide avec Pansy, à présent armée elle aussi.) La condition Diamant est une commande de verrouillage. Une fois déclenchée, on ne peut plus l'annuler et le régénéré exécutera le dernier ordre reçu, quoi qu'il arrive. Nous avons implanté ce protocole sur quelques types de la sécurité au fur et à mesure, au cas où nous aurions besoin d'une sortie de secours. C'est une application normalement réservée à un usage militaire. Vous n'avez pas ce protocole, au cas où vous vous poseriez la question.

— Je ne me la posais pas, dit-elle.

Mais elle mentait ; elle s'était inquiétée.

À ce moment précis, un homme de la sécurité de *Pharmadene* posté dans le couloir remarqua leur groupe et les deux gardes qui les accompagnaient.

— Charlie, je croyais que tu devais la garder enfermée dans la cellule…

Il n'alla pas plus loin, parce que le Charlie en question – un de leurs deux gardes – lui tira dans le visage à bout portant à plusieurs reprises. Bryn compta trois coups de feu successifs puis Charlie fit un signe de tête à son acolyte et ils se mirent à arroser systématiquement tous ceux qui se trouvaient dans le corridor, avec une précision froide et méthodique.

Condition Diamant. Quelles qu'aient été leurs allégeances antérieures, ces hommes appartenaient dorénavant à Pansy.

Joe prit la tête du groupe, se déplaçant aussi rapidement que possible pour leur ouvrir la voie. Il abattit trois gardes qui sortaient au coude à coude d'un couloir latéral, vérifia les coins, et fit signe à Bryn et Pansy qu'elles pouvaient avancer. Derrière eux, la fusillade se poursuivait ; leur arrière-garde tenait bon. D'après ce qu'on en entendait, ils étaient en train de se faire copieusement canarder.

— Vous… les avez utilisés… comme des armes, haleta Bryn.

— Je sais. Je n'avais pas le choix, répondit Pansy, le souffle court, vacillant sous le poids presque inerte de Bryn. Croyez-moi, j'aurais préféré ne pas le faire. Harte a prévu des protocoles d'annulation pour tous les statuts sauf pour la condition Diamant. Pour avoir une chance de sortir d'ici, nous devions semer le chaos. Tous les moyens étaient bons, y compris transformer ces gardes en kamikazes. Allez, Bryn, il faut continuer d'avancer !

— J'ai mal, murmura Bryn.

Et c'était peu dire. Elle avait l'impression d'avoir été jetée vivante dans de l'eau bouillante.

— Par ici, appela Joe en ouvrant une porte d'un coup de pied.

C'était une espèce de laboratoire occupé par deux scientifiques ; sous la menace de l'arme de Joe, ils levèrent les mains et reculèrent contre le mur.

— Condition Saphir ! À terre. Allongez-vous au sol et ne bougez plus !

Ils s'exécutèrent sans broncher. Joe les dépassa et se dirigea vers une porte équipée d'une serrure magnétique. Il se tourna vers Pansy.

— Vous avez la carte ?

— La voilà, répondit Pansy en tirant de sous sa blouse un badge *Pharmadene* traversé d'une bande dorée. (Bryn eut à peine le temps de l'apercevoir mais elle était presque certaine que c'était la clé d'Irene Harte.) Vite, ils la désactiveront dès qu'elle se rendra compte que je la lui ai subtilisée.

Joe fit glisser la carte dans le lecteur, une lumière verte clignota et il ouvrit la porte d'un seul coup.

Une rafale de balles cribla le métal à quelques centimètres de sa tête et il plongea au sol.

Bryn se dégagea des bras de Pansy, cala ses deux mains sur la crosse de son arme qu'elle pointa au-dessus de Joe et tira à trois reprises sur le garde à l'autre bout de la pièce. Trois balles en pleine tête.

L'homme s'effondra. Bryn également, réduite à un tas de chairs douloureuses et haletantes par le recul de l'arme.

— Merde, dit Fideli en l'aidant à se relever. Beau tir !

— Il bouge encore, souffla Pansy, à deux doigts de se sentir mal. Il a le cerveau explosé, mais il bouge encore.

— Il lui faudra quelques heures pour se remettre. Dans l'immédiat, il est hors circuit.

Fideli désarma l'homme d'un coup de pied par précaution, puis le fit rouler pour dégager l'accès qu'il gardait.

C'était une petite porte menant à une plate-forme de chargement.

Cette fois-ci, quand Fideli glissa la carte dans le lecteur, la lumière clignota en rouge et une sirène se déclencha.

— Elle a compris que nous l'avions, dit Pansy. Si on n'ouvre pas ce sas, on est coincés. Il faut sortir d'ici. *Maintenant*. (Elle se débarrassa de sa blouse, de son masque et de sa charlotte, dégaina une arme et se plaça en position de tir.) Quelqu'un a une idée ?

Fideli mitrailla le lecteur de carte, qu'il réduisit en miettes, mais la porte demeura inébranlablement fermée. Il lança le badge à Pansy qui le remit dans sa poche.

— J'en avais une, mais elle n'était pas bonne, répondit-il. On se replie ?

— Ils arrivent, dit Bryn.

Elle boitilla vers une table qu'elle entoura de ses bras. Elle avait besoin de s'appuyer sur quelque chose. La fusillade l'avait vidée et elle se sentait aussi faible qu'une petite fille. *De l'eau. Il me faut de l'eau*.

Mais ce n'était pas le moment.

Son regard tomba sur une série de bocaux, de vases à bec et de boîtes soigneusement rangés et étiquetés sur des étagères.

— Pansy, appela-t-elle. De l'acide !

Il y en avait pour tous les goûts et sous toutes les formes. Pansy poussa un petit cri de surprise et se précipita pour inspecter les étiquettes. Elle choisit deux grandes bonbonnes, un écran facial de sécurité et d'épais gants de protection qui lui montaient jusqu'aux aisselles.

— Reculez, ordonna-t-elle à Joe. Et retenez votre respiration.

Elle dévissa le premier récipient et aspergea à grands mouvements circulaires la porte métallique qui refusait de s'ouvrir. Elle continua méthodiquement tandis que l'acide commençait à ronger le métal en grésillant. La première bouteille vidée, elle en ouvrit une seconde. Une fumée épaisse et toxique avait envahi la pièce ; Joe et Pansy toussaient et hoquetaient.

Bryn également, mais ça ne comptait pas. Pour elle, à l'instar de l'homme qu'elle avait abattu de trois balles dans la tête, tout était transitoire. Même si ses poumons étaient perforés de trous noirs, les choses seraient rentrées dans l'ordre le lendemain.

Elle s'empara des gants de Pansy, qui s'était allongée au sol pour respirer de l'air plus frais, et se mit à frapper le métal affaibli. Il commençait à se déformer et à fondre, et les coups de Bryn le repoussèrent vers l'extérieur.

Dès qu'elle eut réussi à y percer un trou, elle tira Pansy pour la faire passer au travers, puis revint chercher Joe qui titubait, aveuglé par l'air corrosif.

— Ne respirez pas ! Gardez les yeux fermés ! lui cria Bryn, et il acquiesça en serrant les paupières.

Elle le poussa à travers l'étroite ouverture et plongea derrière lui.

Les gardes grouillaient de toute part, mais la chance était avec eux. Un fourgon de *Pharmadene* était garé devant la plate-forme, portes grandes ouvertes. Le chauffeur s'enfuit sans demander son reste en laissant les clés sur le contact quand Bryn pointa son arme sur lui.

— Montez ! hurla-t-elle.

Elle grimpa derrière le volant et entendit les deux autres se hisser tant bien que mal à l'arrière ; elle jeta un coup d'œil dans le rétroviseur à travers la grille de séparation pour s'assurer qu'ils étaient bien à bord. Joe referma les portes et donna un grand coup dans la carrosserie.

— Foncez ! cria-t-il.

Elle enclencha une vitesse et démarra. Elle n'eut pas d'autre choix que de foncer dans le tas. Certains des gardes bondirent pour l'éviter ; deux d'entre eux restèrent fermement campés sur leurs positions et ouvrirent le feu, fracassant le pare-brise. Deux balles atteignirent Bryn, l'une à l'épaule, l'autre à la gorge, et la douleur la submergea par vagues aveuglantes et paralysantes.

Je ne vais pas mourir. Pas ici. Pas maintenant. Je ne peux pas.

Elle tint bon, pied au plancher, et percuta la grille à vive allure. Le choc faillit l'éjecter de son siège, mais le portail céda.

— Il y a une herse rétractable ! dit Joe d'une voix râpeuse en se glissant à côté d'elle. Quittez la route, Bryn. Contournez-la !

Elle vit l'asphalte se hérisser devant elle d'une rangée d'éperons noirs et acérés. Mécanisme de défense automatisé, conçu pour stopper tout véhicule parvenu à franchir la grille. Des tirs d'armes automatiques criblèrent de balles l'arrière du fourgon ; dans le rétroviseur lézardé, Bryn aperçut trois berlines qui se lançaient à leur poursuite.

À la dernière seconde, elle donna un grand coup de volant sur la droite et le fourgon quitta la route. Un petit muret de pierre servait de garde-fou, mais elle se fichait pas mal des dégâts, et le muret n'était pas renforcé. Les pierres cédèrent sous la violence du choc et Bryn put éviter la herse de seulement quelques centimètres.

La première berline à leurs trousses s'empala sur les éperons à pleine vitesse ; ses quatre pneus éclatèrent et le pilote perdit le contrôle de son véhicule, qui se retourna dans un fracas de verre brisé, réduisant son passager à l'état de pantin désarticulé. Les deux autres voitures réussirent à contourner la herse et repartirent de plus belle.

— Ils sont toujours là ! dit Joe. Foncez ! Prenez à droite à l'intersection !

Elle négocia le virage sans ralentir ou presque, s'agrippant au volant pour empêcher le véhicule de faire un tonneau. À l'arrière du fourgon, Pansy ouvrit une des portes, puis une caisse marquée de pictogrammes de produits toxiques, dont elle lança un à un les bocaux sur la voiture qui les talonnait. Sans doute encore de l'acide, car le capot de leur poursuivant se mit à fumer et à fondre, des vapeurs corrosives occultant le pare-brise.

La berline quitta la route et percuta de plein fouet un pylône, qui oscilla puis s'abattit, entraînant dans sa chute des câbles électriques qui s'écrasèrent au sol en gerbes bleues et blanches.

Le troisième véhicule s'immobilisa, empêtré dans les câbles à haute tension.

Bryn ne ralentit pas pour autant. Joe la guidait et elle finit par lever le pied quand ils gagnèrent un secteur où la circulation était plus dense.

— Bon Dieu, murmura-t-elle. On est sauvés.

— Non, la détrompa Joe. Ils nous suivent à la trace. (Il se tourna vers elle, une grimace étrangement peinée sur le visage.) Ils *vous* suivent à la trace. Et nous allons devoir nous occuper de ce problème tout de suite.

Bryn respira un grand coup.

— Et j'imagine que ce ne sera pas sans douleur ?

— Non, répondit Joe, qui détourna les yeux pour regarder la route. Ça va même faire très mal.

Chapitre 11

La douleur reflua lentement dans l'organisme de Bryn jusqu'à ne plus être qu'un élancement sourd à la limite du supportable. Elle eut beau s'appliquer à ne pas regarder ses mains ni le moindre reflet de son image, elle ne pouvait empêcher ses yeux de chercher des signes de régénération.

Quand ils changèrent de véhicule, abandonnant le fourgon *Pharmadene*, ses doigts commençaient à retrouver forme humaine. Abîmés et contusionnés, certes, mais c'était les doigts d'un être *vivant*.

Elle en fut tellement soulagée qu'elle faillit se remettre à sangloter, mais elle ne voulait pas pleurer. Pas maintenant. Pas quand Pansy et Joe avaient pris tant de risques et étaient encore en danger.

Joe Fideli possédait toutes sortes de talents criminels inattendus ; il savait par exemple démarrer une voiture sans les clés (un fourgon dans le parking d'une agence de location parmi les véhicules « en état » de la zone de réparation, ruse qui ne manquerait pas de retarder leurs poursuivants) ; il savait désactiver un système d'alarme (comme celui de la clinique vétérinaire où il subtilisa du matériel chirurgical et des tranquillisants) ; et il disposait surtout d'un scanneur de puces RFID et de cartes bancaires vierges.

Il envoya Pansy faire un tour dans le centre commercial de Westfield Horton, le scanneur bien caché dans son sac à main, et lui montra comment procéder.

— C'est plus facile avec les hommes, expliqua-t-il tandis que Bryn reprenait des forces dans le siège passager de leur nouveau fourgon en descendant l'une après l'autre les bouteilles d'un pack d'eau minérale également volé chez le vétérinaire. Ils rangent leurs cartes de crédit dans la poche arrière de leur pantalon. Il suffit de leur frôler les fesses avec le scanneur et d'attendre le signal sonore dans le casque. Une numérisation correcte produit un carillon. Copiez autant d'empreintes que vous pourrez en un quart d'heure, puis rejoignez-nous ici.

Pansy hésita, les dévisageant tous les deux.

— Vous en êtes sûr ? Vous n'avez pas besoin d'aide ?

— Ça ne sera pas beau à voir, répondit Joe. Laissez-moi faire. Filez. Allez chercher du fric ; c'est de ça qu'on a besoin.

Pansy quitta le fourgon par l'arrière et Joe la suivit du regard tandis qu'elle traversait le parking et pénétrait dans les galeries du centre commercial.

— Bryn ? Vous êtes prête ?

— Je suppose que oui. (Elle vida sa bouteille d'eau et la reposa à côté d'elle. Elle se sentait mieux. Plus solide. Elle était presque redevenue elle-même.) Où voulez-vous que je me mette ?

— Ici. (Actionnant les leviers, il rabattit l'une des banquettes.) Allongez-vous.

Bryn obéit, s'efforçant de rester stoïque, et le regarda dans les yeux quand il se pencha sur elle.

— Est-ce que ce sera très douloureux ?

— Pas autant que ce que vous venez de subir, répondit-il. Comment va votre gorge ?

Elle toussa pour tester ses muqueuses.

— Pas trop mal. Mais j'ai une voix d'accro au whisky.

— Plutôt sexy. Bon, je vais vous faire une piqûre d'anesthésiant. Je ne sais pas combien de temps les produits seront actifs ; Patrick dit que la durée de vie des antidouleurs est plus courte chez vous parce que les nanites les évacuent de votre organisme, mais nous allons tout de même tenter le coup. Je ferai le plus vite possible.

Elle acquiesça et essaya de ne plus y penser. Elle était habituée aux injections, à la douleur de l'aiguille suivie d'un afflux de chaleur qui se diffusa cette fois en une douce et tiède torpeur.

— Oh. C'est agréable…, murmura-t-elle avant de ne plus pouvoir parler du tout.

— Oui, je vous ai administré une dose d'éléphant, dit Joe. C'est parti.

Il souleva le genou droit de Bryn, qui ressentait ses manipulations avec une certaine distance, comme dans un rêve, et la fit rouler à plat ventre. Elle était bien dans cette position. Elle sourit et voulut l'en informer, mais ses lèvres ne formaient plus de mots, seulement des bulles sonores.

Le scalpel incisa la peau à l'arrière de sa cuisse.

Bryn émit un borborygme de surprise et de douleur, éprouvant l'impression d'une trahison. Même à travers la brume et la douce chaleur induites par les drogues, elle sentit la lame s'enfoncer, trancher les fibres musculaires, fouiller sa chair. Elle se tortilla pour essayer de s'en libérer, mais la main puissante de Joe la maintint en place.

— Ne bougez pas, dit-il. (Sa voix sonnait étrangement faux.) J'y suis presque. Il est enfoui profondément, et je vais devoir creuser dans l'os.

Elle eut la sensation d'une autre piqûre. Un flux de chaleur se déversa en elle. Cette fois, le réconfort ne culmina pas très haut, et reflua beaucoup plus vite, la laissant froide et horriblement consciente de la lame qui la charcutait, qui lui *curait* les os. Elle gémissait et haletait, s'efforçant de retenir ses hurlements, et puis soudain une douleur atroce et fulgurante lui arracha un cri, étouffé par la main de Joe, et elle ne put plus s'arrêter jusqu'à ce qu'elle soit à bout de souffle.

— Bien, dit-il. (Il parlait d'une voix basse et apaisante.) Vous avez été très courageuse, Bryn. C'est terminé. La blessure est déjà en train de cicatriser. Détendez-vous, maintenant ; détendez-vous.

Elle tremblait et geignait toujours quand quelque chose de lourd et de chaud la recouvrit – une couverture, qui sentait le cigare et le chien mouillé. Elle se moquait bien de l'odeur. Tout était bon à prendre.

Pansy revint environ dix minutes plus tard. Sa silhouette à contre-jour marqua un temps d'arrêt à l'arrière du fourgon, puis elle grimpa et s'empressa de refermer la porte.

— Seigneur, ça ressemble à un abattoir ici, dit-elle. Est-ce qu'elle va bien ?

— Ça va aller. Tenez. (Joe lui remit un objet enveloppé dans un morceau de tissu.) Emportez ça ; débarrassez-vous-en sur le plateau d'un camion prêt à partir. Allez.

Elle lui laissa son sac et repartit sans poser de questions. Joe récupéra le scanneur et regarda ce que Pansy avait enregistré.

— Hé, murmura Bryn. Est-ce que ça a marché ?

— Les cartes ? Ouais. J'ai six empreintes dont je peux faire quelque chose. C'est suffisant pour ce qu'il nous faut.

— Ils peuvent nous pister avec ça, non ?

— Évidemment, mais on ne les utilisera pas. On fabrique les fausses cartes, on les vend et on se sert de l'argent liquide que cela nous a rapporté. Personne ne pourra remonter jusqu'à nous. (Il se tourna vers elle.) Vous tenez le coup ?

— Oui. (Elle déglutit et essaya de ne pas penser à l'état de sa jambe.) J'ai toujours mal.

— Ça ne m'étonne pas. J'ai dû retirer un sacré gros bout d'os. Il va se reconstituer, mais c'est très douloureux. Le mieux, en attendant, c'est de rester en position horizontale.

Il ouvrit une autre bouteille d'eau, qu'il lui donna, puis l'aida à s'asseoir pour boire. Elle faillit vomir, mais la nausée passa bientôt.

Elle était en train de cicatriser. Encore une demi-heure, peut-être, et elle serait redevenue presque normale. McCallister serait impressionné par la vitesse à laquelle...

McCallister. Bryn se souvint soudain avec effroi qu'elle n'avait pas informé Fideli des ordres de Harte... et McCallister n'était pas avec eux.

— Joe, où est-il ? demanda-t-elle d'une voix tremblante.

— Pat est dans la nature, comme nous. Je prendrai contact avec lui pour lui faire savoir que vous êtes saine et sauve.

— Il est vivant ?

— Oui. Harte lui a envoyé une escouade de ses régénérés. Je crois que ça a mal tourné pour eux. Pat les lui a renvoyés en plusieurs paquets. (Il glissa une carte de crédit vierge dans le scanneur et appuya sur plusieurs touches.) Il nous rejoindra quand les choses se seront tassées.

— Mais elles ne se tasseront pas. Vous savez ce qu'ils étaient en train de faire, là-dedans ?

— De mettre un coup d'accélérateur à leur programme, répondit sombrement Joe. Harte était bousculée par le P.-D.G. de *Pharmadene* qui la pressait de vendre le produit aux militaires, et il était sur le point d'obtenir gain de cause. Il fallait qu'elle agisse vite si elle voulait rester aux manettes. Et c'est ce qu'elle a fait. Cet endroit est devenu une usine à morts vivants. Quand ils seront tous dépendants à l'Athanax, plus personne ne se mettra en travers de son chemin.

— C'est encore pire que ça, dit Bryn. Ils ont prévu de s'attaquer aux politiciens. Aux banquiers. Aux leaders d'opinion de toutes sortes. Elle est en route pour prendre le pouvoir, Joe. Le *vrai* pouvoir. Et il faut l'arrêter.

— Super idée, bébé, mais vous avez vu l'artillerie qu'on a dû rassembler rien que pour sortir de ce trou à rats. Je ne crois pas qu'une croisade à trois nous mènera bien loin. Quatre, si on met la main sur Pat. Cinq, si vous comptez Manny, ce qui n'est pas mon cas. (Il secoua la tête.) Tout ce qu'on peut faire, c'est tirer la sonnette d'alarme, maintenant que nous vous avons récupérée.

— Récupérée ?

— Sans vous, nous ne sommes que des schizos en plein délire paranoïaque sur l'invasion des zombies. Avec vous, on arrivera peut-être à se faire entendre.

— C'est pour ça que vous...

— Non, l'interrompit Joe. McCallister voulait venir vous chercher lui-même. Il disait qu'il avait promis. Ça aurait été un vrai massacre ; il n'aurait jamais pu pénétrer dans le laboratoire sans se faire prendre, et encore moins vous sortir de là. Pansy et moi ne sommes pas vraiment dans leur collimateur. Enfin, jusqu'à présent. Je vais vous dire un truc, Pat et moi, on n'en vient pas souvent aux mains, mais c'est ce qui s'est passé. Ce foutu crétin était prêt à mourir pour vous. (Il la couva d'un long regard entendu.) Vous savez ce que ça signifie, n'est-ce pas ? (Elle secoua la tête, mais c'était un grossier mensonge, et il sourit.) Hé, ce n'est pas moi qui jetterai la première pierre à ceux qui se rapprochent sur le plan personnel. J'ai rencontré une fille au cours d'une mission, un jour. Regardez où ça m'a mené.

— Vous parlez de Kylie ?

— Exactement. C'est très bien d'être un pro au boulot, mais il ne faut pas oublier qu'on est aussi humains.

Bryn fut envahie par l'horreur dès qu'il eut prononcé ces mots.

— Joe... Votre famille...

— Ils sont à l'abri, la rassura-t-il. Patrick les a fait déplacer dans un lieu sécurisé dès qu'il a compris où tout ça mènerait. Personne ne touchera un cheveu de mes gosses ou de Kylie.

— Je suis désolée.

— Ouais, ça va me coûter un bouquet de la taille de la Parade des roses de Pasadena pour me faire pardonner, mais ma femme savait ce que serait sa vie quand elle m'a épousé. Et pour mes gamins, c'est une sorte d'aventure très cool. (Fideli haussa les épaules.) Ils n'ont pas vraiment tort, vous ne trouvez pas ?

Il était incroyable.

— On vous a tiré dessus.

— Bah, je me suis fait canarder pour bien moins que ça. On a monté un commando pour aller vous chercher, on a tiré dans le tas pour sortir, on a eu droit à une poursuite en voiture. Sans oublier tout le truc de revenir d'entre les morts. Mes gosses seraient *très* impressionnés.

— Je le suis aussi.

— Disons que c'était une opération à l'arrache, mais ça s'est bien passé. Au moins, vous êtes sortie d'affaire.

Pour l'instant. Bryn déglutit de nouveau, tristement consciente de sa vulnérabilité.

— Joe... Il me faudra bientôt une injection, dit-elle. Et une autre demain. Et après-demain. Qu'est-ce qu'on va faire exactement à ce sujet ?

Fideli gardait les yeux rivés sur la carte de crédit dans la machine.

— Vous voulez que je vous mente en vous racontant que j'ai tout prévu et que j'ai un plan génial ?

— Vous allez en trouver un ?

— Sans doute pas. Je compte sur Patrick pour ça.

Pansy fit coulisser la portière arrière, s'engouffra dans le fourgon et referma derrière elle.

— C'est fait. J'ai mis ce que vous m'avez donné sur le plateau d'un camion immatriculé au Texas. Ils le suivront jusqu'à San Antonio, dit-elle. (Elle prit le temps de poser une main douce sur la tête de Bryn.) Ça va ?

— Je pète la forme, murmura Bryn. J'ai un énorme trou dans la jambe, et on était en train de parler des doses d'Athanax que nous n'avons pas.

Les lèvres de Pansy s'étirèrent lentement en un sourire ravi.

— Vous ne croyiez quand même pas que j'allais vous laisser tomber, les gars ?

Même Fideli se tourna vers elle à ces mots en haussant les sourcils. Pansy ramassa une petite caisse sur le sol.

— Abracadabra, et voilà, dit-elle en l'ouvrant.

À l'intérieur, sept fioles emplies d'un liquide transparent.

— Comment...

La voix de Bryn lui fit défaut.

— Où croyez-vous que j'ai trouvé les doses qu'on vous a injectées ? Je me suis arrangée pour que Harte fasse appel à moi pour prendre livraison des stocks. Il y en avait deux boîtes sur le chariot, puisqu'ils étaient en train de traiter le personnel à la chaîne. Je me suis servie. Nous aurons seulement besoin de nous procurer des seringues. Oh, et tant que j'y songe... (Pansy lui tendit un badge *Pharmadene* porteur d'une bande dorée.) C'est la clé d'Irene Harte. Elle est sans doute désactivée, mais si vous avez envie de garder un souvenir, vous ne trouverez pas mieux. Manny ne voudra pas que je conserve ce badge. Il penserait qu'il contient un mouchard.

— C'est le cas ?

— Plus maintenant, répondit Pansy avec un sourire joyeux.

— Si je pouvais me lever, je vous embrasserais, dit Bryn. Bon Dieu, merci.

— C'est gratuit. Enfin, ça ne vous coûte pas plus cher. Joe me paie déjà pour ce que je fais.

— Il vous paie...

— Et vous pouvez me croire, ma chérie, je ne suis pas donnée. Manny déteste que je le laisse seul. Il a d'ailleurs préparé un nouveau lot d'inhibiteurs, et vous pourrez avoir votre perfusion quand vous me ramènerez chez moi.

Sept jours. Une pleine et entière *semaine* de vie, qui lui était garantie.

Et après ? Pour la première fois, la boule d'anxiété qui étreignait la poitrine de Bryn se desserra un peu, et tandis que Fideli et Pansy échangeaient à voix basse, et que le fourgon se frayait un passage dans la circulation, elle s'abandonna finalement au besoin impérieux de dormir.

Lorsqu'ils arrivèrent enfin au laboratoire de Manny Glickman plusieurs heures plus tard, c'était le chaos. Même Pansy eut l'air choqué quand elle buta dans une palette géante chargée de cartons proprement entassés.

— Génial, s'exclama-t-elle en foudroyant les caisses du regard. Il ne manquait plus que ça.

— Qu'est-ce qui se passe ? s'étonna Fideli derrière elle.

— Entrez et restez où vous êtes, lui ordonna Pansy. Quoi qu'il arrive, évitez de jouer les Rambo avec moi, c'est clair ?

Cela n'augurait rien de bon. Pas plus que la tension dans la voix de Pansy. Jetant un coup d'œil entre les palettes, Bryn comprit pourquoi. Il y avait des caisses empilées partout. Plus d'équipement de laboratoire visible, tout était empaqueté. Des chariots élévateurs chargés de palettes sécurisées étaient prêts à partir. Les rideaux au fond de la grande pièce étaient ouverts, et il y avait encore des piles entières de cartons.

— Personne ne bouge ! tonna une voix au-dessus d'eux.

Levant la tête, Bryn distingua une silhouette perchée sur une étroite passerelle. Elle plissa les yeux pour atténuer les lumières qui l'aveuglaient et reconnut Manny Glickman.

Il arma un fusil à pompe et le « clic-clac » caractéristique les incita tous à obéir. Même Fideli. Bryn leva les mains en signe de capitulation.

— Bon sang, Manny, c'est moi, soupira Pansy. Qu'est-ce que tu fabriques encore ?

— On déménage, dit-il. Tu as quatre heures de retard.

— Je t'avais dit que je ne pouvais rien te promettre pour l'heure, bébé.

— *Quatre heures de retard.*

— Tu n'as pas pu tout mettre en cartons en seulement quatre heures.

Manny ne répondit rien pendant quelques secondes, puis demanda :

— Tu te portes garante pour eux, Pansy ?

— Évidemment, ou je ne les aurais pas amenés jusqu'ici, tu ne crois pas ? (Elle parlait d'une voix douce, mais quand Bryn la regarda, elle la trouva inquiète.) Tout va bien. Fais-moi confiance. On s'est débarrassés de son mouchard et personne ne nous a suivis.

— J'ai failli faire sauter votre fourgon. Tu le sais, n'est-ce pas ? Tu n'es pas revenue dans le bon véhicule. Tu avais dit que tu serais dans une berline rouge.

— Pansy, c'est quoi ce… ? chuchota Fideli.

Elle le fit taire avant de répondre à Manny :
— Nous avons dû improviser. C'était le bordel. Mais nous sommes sortis et tout va bien. Je t'ai même rapporté un cadeau. (Elle brandissait un flacon d'Athanax.) Il y en a assez pour conduire tes tests pendant plusieurs mois.
C'était une belle prise, mais Manny ne mordit pas à l'hameçon.
— Fais-les agenouiller par terre, maintenant. Mains sur la tête.
— Manny...
— *Tout de suite !*
L'écho de son hurlement se répercuta contre les poutres. Pansy se retourna en soupirant vers Bryn et Joe.
— S'il vous plaît, faites ce qu'il dit. Je vais devoir aller le chercher pour qu'il descende de cette passerelle.
Bryn eut du mal à s'agenouiller avec sa jambe raide encore en train de cicatriser, mais cela valait toujours mieux que de risquer de se faire canarder par Manny. Elle s'inquiétait surtout pour Joe, qui avait eu une rude journée pour quelqu'un qui se remettait tout juste d'un pneumothorax. Il balaya ses questions muettes d'un haussement d'épaules et se mit à genoux beaucoup plus agilement qu'elle. D'un accord tacite, ils gardèrent les mains levées.
— OK, ils sont à genoux, dit Pansy. Est-ce que je peux venir te parler, maintenant ?
— S'ils bougent...
— Ils ne bougeront pas. Je peux monter ?
Après une longue hésitation, il finit par répondre :
— Je descends. Reste où tu es.
Les pas lourds de Manny résonnèrent au-dessus de leur tête, puis dans un escalier quelque part dans l'ombre sur leur droite. Lorsqu'il apparut enfin dans la lumière des spots du plafond, ils découvrirent un homme entièrement vêtu de noir – col roulé noir, pantalon noir, veste

tactique aux poches bourrées de munitions. Il portait son fusil à pompe dans une position neutre, mais il était prêt à tirer.

Et son regard était vraiment illuminé. Il ne quittait pas des yeux Bryn et Fideli, sauf un très bref instant pour se tourner vers Pansy.

Il lui tendit une seringue.

— Pour quoi faire ? demanda-t-elle.

— Test sanguin, répondit-il.

— Je te dis qu'elle est OK…

— Pas elle. Toi.

— Seigneur, Manny !

Il la considéra cette fois un peu plus longuement, s'excusant à moitié. Mais toujours aussi allumé.

— Il faut que je sois sûr que tu es bien toi-même. Ils pourraient t'avoir régénérée. Tu pourrais agir sous l'effet des protocoles.

Pansy n'essaya pas de l'en dissuader, et Bryn songea à quel point c'était triste que la paranoïa de Manny soit en réalité si justifiée. Elle pensait différemment deux semaines plus tôt, mais désormais cela lui paraissait très rationnel. Pansy se contenta de se diriger vers la surface plane la plus proche, préleva un échantillon de son sang (Bryn n'aurait jamais pu faire la même chose avec autant d'aplomb) et rendit à Manny sa seringue pleine. Manny s'éloigna à reculons, sans les quitter des yeux une seule seconde et ouvrit une boîte dont il sortit ce qui ressemblait à une feuille de papier buvard. Il versa une petite quantité de sang dessus, qui fut rapidement absorbée. Un cercle bleu apparut bientôt dans la tache écarlate.

Manny se détendit visiblement.

— C'est bien toi, dit-il. (Il semblait secoué.) C'est vraiment toi.

— Bien sûr que c'est moi, pauvre idiot. (Pansy s'empara du fusil à pompe, dont elle désengagea le chargeur avant de le poser. Puis elle serra Manny dans ses bras et l'embrassa.) Merci de t'être inquiété pour moi.

— Je m'inquiète toujours.

— C'est vrai. De t'être inquiété plus que d'habitude alors.

Manny tourna la tête pour les dévisager, d'abord Bryn, puis Fideli.

— Pour elle, je suis au courant. Et lui ?

— Tout va bien.

— Teste-le. Prouve-moi qu'on peut lui faire confiance.

— D'accord, mais nous n'avons pas besoin de tout ce sang, on est d'accord ?

Prenant la seringue encore pleine des mains de Manny, elle la jeta dans une poubelle pour matières toxiques qui se trouvait sur le côté, puis préleva une feuille de test dans la boîte et s'approcha de Fideli.

— Vous avez une lame ?

— Ouaip, répondit-il, et il tira un couteau de sa ceinture.

Une lame de belle dimension qui semblait assez affûtée pour trancher un rayon de lumière. Pansy la pressa légèrement sur le pouce de Joe et récupéra le filet de sang qui coulait de l'estafilade sur le papier buvard.

Un cercle bleu apparut.

— Tu vois ? dit Pansy en rendant son poignard à Fideli. Vous pouvez vous relever, maintenant. C'est bon.

Manny n'était visiblement pas d'accord avec ça, mais ne s'y opposa pas.

— Vous ne pouvez pas rester ici, dit-il. J'ai déjà appelé les déménageurs. Tout aura été transporté à notre nouvelle adresse d'ici à la fin de la journée.

— Manny, nous n'avons aucune raison de faire ça. Nous pouvons demeurer ici.

— Non. Je dois changer d'endroit. Trop de va-et-vient. C'est trop risqué.

Pansy leva les yeux au ciel.

— Exactement ce qu'il me fallait aujourd'hui. D'accord, on déménage. Mais avant ça, Bryn a besoin d'une perfusion d'inhibiteurs. Après, ils décamperont.

— Très bien. (Manny montra une pile de caisses à l'autre bout du labo.) Troisième carton en partant du bas. Sous le sérum physiologique.

Les cartons n'étaient pas marqués, s'aperçut Bryn – pas un seul d'entre eux.

— Vous savez ce qu'il y a dans chacun d'eux ? s'étonna-t-elle.

Manny se tourna vers elle.

— Vous pouvez baisser les mains, dit-il. Je ne vais pas vous tirer dessus.

— Ouais, lâcha Pansy en se dirigeant vers l'endroit indiqué. Seulement parce que je lui ai confisqué son arme.

— Vous vous rappelez réellement le contenu de ces caisses. Il doit y en avoir plus de deux cents !

— Deux cent trente-six exactement, répondit-il. Sans compter les chariots. Oui. Je sais ce qu'il y a dedans.

— Que se passe-t-il quand ils sont déplacés dans les camions de transport ?

— Je paie les déménageurs pour être sûr qu'ils les chargent et les déchargent dans le bon ordre. (Ses yeux verts avaient perdu un peu de leur folie, à présent, et il fronça les sourcils en l'examinant.) Vous n'avez pas l'air au mieux de votre forme.

Bryn émit un faible rire.

— Ça n'a pas été... de tout repos, en effet.

— Ils l'ont laissée pourrir, dit Fideli. Pour l'étudier.

— Vraiment ? (Les yeux verts se mirent soudain à briller de convoitise.) Avez-vous des enregistrements ? Des vidéos ? Cela nous serait très utile.

— Seigneur. (Fideli haussa le ton.) Pansy, vous couchez vraiment avec ce type ?

— Je ne dors que d'un œil, répondit-elle tout en remplant les cartons – exactement dans le même ordre, remarqua Bryn. Je l'ai ! (Elle brandit une poche d'intraveineuse et un cathéter.) Manny, ne sois pas morbide. C'était terrible pour elle. Vraiment atroce.

Ça n'avait pas l'air de le gêner plus que ça.

— Je n'en doute pas une seconde, mais tout de même, l'opportunité d'étudier un tel phénomène...

— Eh bien, j'espère que ce sera sur quelqu'un d'autre que moi, dit Bryn. Où je me mets ?

— Ici, répondit Pansy.

Elle installa la poche sur un pied à perfusion qui n'avait pas encore été emballé, et approcha une chaise à dossier droit. Bryn s'assit et laissa Pansy lui insensibiliser le dos de la main avant de poser le cathéter. Comme toujours, ce n'était pas agréable, mais l'afflux de liquide frais dans ses veines lui apporta un certain réconfort.

— Il devrait y en avoir pour une heure. Je vais vous chercher de l'eau. Vous avez faim ?

Manger. L'estomac de Bryn gargouilla à ces mots et elle se rappela qu'elle n'avait pas absorbé de nourriture solide depuis tellement longtemps que c'était devenu un concept abstrait.

— Euh, oui, répondit-elle. Ce que vous avez qui n'est pas emballé fera l'affaire, je suppose.

— Je vais vous trouver quelque chose. Joe ?

— Pareil qu'elle. Sauf la perf.

Fideli se rapprocha du mur, contre lequel il s'adossa. À présent que tout danger mortel était écarté, il s'autorisait à montrer sa fatigue. Il se tourna vers Manny.

— Alors, c'est vous le type du FBI, c'est ça ? Le pote de McCallister.

— Vous connaissez McCallister ?

— Ouais, nous sommes de vieux amis. Je travaille plus ou moins pour lui.

— Alors, j'imagine que vous êtes réglo, reconnut Manny à contrecœur. Et il l'aurait sûrement très mal pris si je vous avais tiré dessus.

Contre toute attente, Fideli lui sourit de toutes ses dents blanches et bien alignées.

— J'aime à le croire. Et je suis heureux de ne pas vous avoir pris pour cible non plus.

Manny haussa ses sourcils broussailleux.

— Vous croyez que vous en auriez eu le temps avant que j'appuie sur la détente ?

Fideli le regarda droit dans les yeux, sans répondre. Ce n'était pas vraiment la peine. Manny hocha la tête et s'assit au bord d'une des palettes en bois.

— Intéressant.

— Je vous retourne le compliment, si vous êtes vraiment capable d'accomplir la moitié de ce qu'il prétend.

— Intéressant, le fait qu'il vous ait parlé de moi, mais qu'il ne m'ait pas parlé de vous.

— Je le connais depuis plus longtemps, répliqua Fideli. Il voulait qu'on se rencontre, mais l'occasion ne s'est jamais présentée.

Le silence retomba entre eux un moment. L'angoisse nouait le ventre de Bryn à la pensée de McCallister, dont ils étaient toujours sans nouvelles, et elle savait que Joe la partageait. Peut-être même Manny aussi.

Pansy revint avec des tasses de soupe lyophilisée qu'elle distribua à tout le monde. Ils les burent tous ensemble, petit groupe soudé par la confiance fragile qu'ils pouvaient placer les uns dans les autres.

Jusqu'à nouvel ordre.

Manny les mit dehors à l'instant où la perfusion de Bryn fut terminée. Voilà pour la confiance.

Pansy les raccompagna jusqu'au fourgon.

— Désolée pour tout ça, s'excusa-t-elle. Quand il est dans cet état, je ne peux plus rien faire. Nous déménagerons le labo, il se calmera, et les choses rentreront dans l'ordre. Mais je ne peux pas vous garder avec nous. Je ne peux même pas vous dire où nous allons, parce que je ne le sais pas moi-même. Je vous recontacterai plus tard. (Elle donna à Bryn une pile de vêtements.) Tenez. Je crois que c'est votre taille. Si vous comptez passer inaperçue, vous ne pouvez pas continuer à vous trimbaler en combinaison jetable.

— Merci.

Fideli lui adressa, lui aussi, un signe de tête.

— Merci, Pansy, dit-il. C'était sympa de bosser avec vous.

— Pareillement, Joe. Et ça m'a fait du bien de me dégourdir un peu les jambes. (Pansy prit Bryn dans ses bras. Agréablement surprise, celle-ci lui rendit son étreinte.) Prenez bien soin de vous, jeune fille. On se revoit dans une semaine pour votre prochaine perf.

— Promis ?

Pansy posa sans un mot une main sur son cœur.

— Faut que je file. Les déménageurs ne vont pas tarder à arriver, et il va me faire une crise de paranoïa, même si on a déjà fait des enquêtes sur tout le monde.

— Comment diable faites-vous pour supporter ça ? demanda Joe en s'installant au volant du fourgon.

— Je l'aime, répondit-elle. Et il n'est pas seulement paranoïaque. Il y a vraiment des gens qui lui en veulent. Et on dirait bien qu'on est tous dans le même bateau, maintenant, non ? (Elle se pencha pour embrasser Joe sur la joue.) Prenez soin de vous, beau gosse. Et n'hésitez pas à m'appeler si vous avez de nouveau besoin d'un complice.

Bryn boucla sa ceinture et baissa sa vitre tandis qu'ils quittaient l'ombre et la sécurité du hangar pour laisser la brise aérer l'habitacle. C'est que ça puait vraiment là-dedans. L'odeur de son propre sang lui fit tourner la tête, à moins que ce ne soit l'effet des inhibiteurs. Elle avait enfin l'impression de se retrouver. La douleur avait reflué dans sa jambe, et ses doigts ne rencontrèrent qu'une légère cicatrice en train de se résorber lorsqu'elle les passa sur sa cuisse.

— Vous pouvez vous changer à l'arrière, lui indiqua Fideli. Je ne regarderai pas.

— Vous avez déjà tout vu de toute façon, soupira-t-elle. Je suis contente d'abandonner ces tenues d'intissé.

Et les vêtements étaient effectivement très confortables, depuis les dessous de coton jusqu'au jean et au tee-shirt à manches longues en Thermolactyl. Pansy y avait ajouté une paire de ballerines qui devraient faire l'affaire pour l'instant. Au moins, la température était clémente à l'extérieur.

Bryn revint s'asseoir devant en escaladant les banquettes.

— Où allons-nous ? demanda-t-elle.

— Une planque dans les collines, répliqua Fideli. Attachez-vous. Pas question de se faire verbaliser avec l'arrière du fourgon qui ressemble à l'étal d'un boucher.

— Est-ce que McCallister est… ?

— Je n'ai pas de nouvelles de Pat, répondit Fideli. Quand il sera prêt à nous contacter, il sait où m'appeler. Nous avons tous les deux des numéros jetables grâce à l'application Burner. C'est le mieux qu'on puisse faire pour l'instant.

Il se tut un moment, observant la circulation, vérifiant ses rétroviseurs.

Le bruit de la route emplissait la cabine.

— Je dois vous dire quelque chose, ajouta-t-il.

— Quoi ?

— McCallister m'avait fait promettre un truc. Si je ne pouvais pas vous sortir de là, ou si… votre dégradation était trop avancée, il m'avait fait promettre de…

— … de mettre fin à mes souffrances, termina Bryn pour lui.

— Oui. J'ai pensé que vous aimeriez le savoir. (Il prit une profonde inspiration qu'il relâcha tout doucement.) Où va se loger le romantisme par ces temps troublés, Bryn.

Cette dernière réflexion lui arracha un sourire et lui fit monter les larmes aux yeux en même temps. Elle détourna la tête et offrit son visage au vent pour sécher ses joues.

— Merci, dit-elle. J'avais vraiment besoin de le savoir.

Il mit ensuite la radio, et surprit Bryn en chantant par-dessus. Il avait une belle voix de baryton, et interpréta une super version de cette chanson de Harry Nilsson qui parle de citron vert et de noix de coco. Elle avait l'impression que les choses étaient presque… normales.

Car c'était cela qui lui manquait le plus, comprit Bryn. La normalité. Savoir que sa réalité était la même que celle que partageaient tous ces gens, ceux qui roulaient sur l'autoroute à côté d'eux. Ils allaient travailler, ou ils rentraient chez eux en passant par le centre commercial. Ces gens qui avaient des vies, des objectifs, des plans et des défis qui ne consistaient pas à se laisser pourrir dans la coquille vide d'un corps.

Elle les enviait tous tellement que ça lui faisait mal. D'une certaine façon, sans l'avoir désiré, elle était devenue une étrangère perdue dans un monde inhospitalier et douloureusement familier.

— Bryn ?

— Oui.

— Cessez de vous lamenter sur votre sort, dit Joe. Ma famille est obligée de se terrer quelque part à l'autre bout du pays, ou peut-être en dehors de nos frontières et je ne sais pas quand je les reverrai, ni même si je les reverrai un jour. Vous devez gérer vos problèmes, pas vous complaire dedans.

— Vous… (Elle ravala la réplique acerbe qui lui montait aux lèvres et respira un grand coup.) C'est ce que je fais. Ce que je vais faire. Je me sens juste…

— Ouais. Je sais, ajouta-t-il plus doucement. Paumée. C'est un peu ce qu'on ressent tous en ce moment.

Un téléphone retentit quelque part, une sonnerie crue et brutale dans le lointain qui tira Bryn d'un sommeil agité dans un lit qu'elle ne connaissait pas. Elle ouvrit les yeux d'un seul coup, sans se rappeler tout de suite où elle était – une chambre sombre dans laquelle l'éclairage urbain dessinait des bandes plus claires à travers les lamelles d'un store. Une odeur de renfermé comme si personne n'habitait là, et elle se souvint soudain qu'ils s'étaient réfugiés dans une planque sécurisée, une maison de plain-pied sans signe particulier dotée d'un étroit jardin couvert de pelouse et dont les pièces mal entretenues étaient garnies de mobilier d'occasion.

Le téléphone qui sonnait se trouvait au bout du couloir, dans la chambre de Joe Fideli. Elle l'entendit répondre, mais ne put distinguer ce qu'il disait.

L'épuisement la cloua dans son lit jusqu'à ce qu'on frappe légèrement à sa porte. Elle se leva alors pour aller ouvrir.

— Vous dormez tout habillée, s'étonna Joe.

Cela avait l'air de le surprendre, alors qu'il portait lui aussi ses vêtements.

— Oui, j'ai pensé que je devais me tenir prête à tout. (Et puis elle se sentait moins vulnérable ainsi. Elle avait passé bien trop de temps dans ces combinaisons jetables.) Vous avez reçu un appel.

— C'était McCallister. (Fideli n'était guère enthousiaste, et Bryn se crispa, anticipant de mauvaises nouvelles.) Écoutez, je crois que vous feriez mieux de vous asseoir, Bryn. (Ce n'était vraiment pas bon signe. Elle recula sans même réfléchir et se laissa retomber sur son lit. Joe resta sur le seuil.) Il était à la recherche de notre mystérieux fournisseur, et il dit qu'il l'a trouvé.

— Alors... ce sont de bonnes nouvelles, non ?

— Oui, j'imagine.

— Qui est-ce ?

— Un certain Mercer, Jonathan Mercer. Ça vous dit quelque chose ?

Rien du tout... quoique si. Elle se souvint qu'au tout début de ce cauchemar, McCallister avait prononcé ce nom...

— Mercer et Sams, souffla-t-elle. Ce sont les... créateurs du produit. Non ?

— Sams s'est suicidé quand *Pharmadene* a débuté les essais cliniques de l'Athanax. Il ne pouvait plus supporter la culpabilité. Mercer a tranquillement continué de bosser pour eux, jusqu'à la semaine dernière où il est opportunément parti en *vacances*. (Il prononça le mot en dessinant des guillemets avec ses doigts.) *Pharmadene* ne sait pas où il est. Traduction : il a appris que Harte allait déclencher un programme massif de conversions et il n'a pas voulu finir sanglé sur une table, un sac en plastique sur la tête. Il a donc pris la tangente et *Pharmadene* met la ville sens dessus dessous pour le retrouver. Ce qui a fait remonter pas mal d'infos, dont celle que Mercer aurait tranquillement établi sa propre ligne de production pour l'Athanax.

— Il pourrait foutre en l'air tous leurs plans.

— La seule raison pour laquelle il n'est pas encore passé à l'action, c'est qu'il préfère que ça reste un marché noir. Ils doivent l'empêcher de nuire, et vite. Mercer représente pour eux une menace plus grande que nous tous réunis, mais il est très malin. Tout le monde a enquêté sur lui et personne n'a rien trouvé jusqu'à ce qu'il se tire.

— Joe, reprit Bryn en serrant ses poings sur ses cuisses. Pourquoi m'avez-vous demandé de m'asseoir ? Qu'est-ce que vous ne me dites pas ?

— Mercer veut passer un marché, poursuivit Joe. Le financement et la protection de McCallister pour sa chaîne de production encore fragile en échange d'un stock d'Athanax pour vous.

Pas si mal. Pas pour McCallister, évidemment, mais…

— Quoi d'autre ?

Joe cessa de tourner autour du pot, cette fois-ci, et cracha le morceau.

— Il a un moyen de pression. Il tient votre sœur Annie. Elle n'est jamais arrivée à l'aéroport après avoir quitté votre appartement, et il menace de la tuer si nous n'acceptons pas de le rencontrer pour passer un marché. Il veut que vous soyez présente.

Annie. Bryn demeura immobile ; elle s'était attendue… Bah, elle ne savait pas trop à quoi. Mais pas à ce qu'ils s'en prennent aux membres de sa famille. Elle les considérait comme à l'abri loin de tout ça dans leur campagne… mais Annalie avait débarqué. Elle était devenue une cible.

Et Bryn ne l'avait pas anticipé.

— Bryn ? Vous êtes toujours là ?

— Oui.

Elle se leva, étrangement calme et concentrée.

— Quand partons-nous ?

Joe s'éclaircit la voix.

— C'est justement le truc. On ne part pas. McCallister a dit qu'il valait mieux vous tenir à l'écart de…

— Passez-moi votre téléphone, Joe.

— Je ne peux pas faire ça.

— Joe. (Elle tendit la main, le regardant droit dans les yeux.) C'est ma *sœur*. Donnez-moi ce téléphone.

Il secoua la tête, mais le lui remit.

— Le numéro est enregistré dans le répertoire.

Bryn appela, écouta la sonnerie retentir à l'autre bout de la ligne, puis McCallister décrocha.

— Bryn. J'attendais votre appel.

Il paraissait tendu, mais elle éprouva un réconfort presque animal à entendre sa voix, à l'écouter prononcer son nom. Elle repoussa ces sensations.

— Je vais à ce rendez-vous, dit-elle.

— Vous ne pouvez pas faire ça. Il a déjà beaucoup trop d'atouts dans sa manche...

— Il a réclamé ma présence. Vous le connaissez ; vous savez de quoi il est capable. Si je ne viens pas, je signe l'arrêt de mort d'Annie. Je ne sais pas encore comment, mais je la tirerai de là.

— Vous êtes impliquée émotionnellement. Laissez-moi m'en occuper. Il acceptera de travailler avec moi. Il n'a pas le choix. (Il s'interrompit une fraction de seconde avant de poursuivre.) Vous devez me faire confiance et me laisser gérer ça pour vous. Ce pourrait être un piège, et je ne veux pas que votre présence complique les choses.

— J'ai confiance en vous, répondit Bryn. Mais je viens quand même. Soit vous demandez à Joe de m'y conduire, soit je trouverai un moyen de contacter Mercer moi-même. Pas question que vous fassiez écran pour me protéger, McCallister. Pas pour ça.

S'ensuivit un silence, puis il capitula.

— Passez-moi Joe.

— Non. Vous allez me donner les coordonnées du lieu de rendez-vous. Si je vous passe Joe, vous lui ordonnerez de me balader un moment et de m'assommer quand je ne m'y attendrai pas.

Le rire de McCallister était amer et sans joie.

— Vous me connaissez déjà trop bien. Parfait. Voici l'adresse. (Il la lui dicta et Bryn la grava dans sa mémoire pour ne pas l'oublier.) Laissez Joe en dehors de ça. Il fait bonne figure, mais je sais qu'il souffre encore beaucoup et je ne veux pas le renvoyer à l'hôpital. Ni à la morgue.

— Juste vous et moi, alors, dit-elle. Ça me paraît une chouette idée.

— Bryn ?

— Oui ?

Il resta silencieux pendant si longtemps qu'elle crut que la communication avait été interrompue, mais il finit par parler :

— Je voulais vous sortir de là moi-même. Vous le savez, n'est-ce pas ?

— Oui, je le sais. (Toute sa colère l'abandonna et elle se cramponna au téléphone, regrettant de ne pas voir son visage.) Vous lui aviez dit de m'achever si les choses tournaient mal. Merci.

— Je tiens toujours parole, Bryn. Toujours. Et je vous promets qu'on va ramener votre sœur.

Elle raccrocha et glissa l'appareil dans sa poche, puis elle tendit la main vers Joe.

— Les clés, s'il vous plaît. Vous restez ici. Si vous ne me croyez pas, appelez-le.

Fideli la dévisagea pendant quelques secondes, cherchant visiblement à savoir si elle n'avait pas perdu la tête, avant de fouiller dans sa veste et de lui remettre les clés.

— Foncez dans le tas et pas de quartier, dit-il. Compris ?

Elle se souvint d'une conversation similaire par un après-midi torride où elle suait sous le gilet et le casque de protection balistique, le poids de son armement et celui du regard de son commandant. *On fonce dans le tas.* Les choses s'étaient mal terminées ce jour-là. Trop de bombes artisanales, trop de snipers sur les toits qui avaient décimé leur convoi d'approvisionnement. Elle sentait presque dans sa bouche le goût du sable qui gicle sous les tirs.

— Compris, répondit-elle. Reposez-vous. Je reviens bientôt.

Il sortit de sa poche un cylindre de métal argenté.

— Prenez ça, lui recommanda-t-il. Cette seringue n'est pas codée pour reconnaître l'ADN d'un administrateur. Vous pourrez vous l'injecter vous-même en cas de besoin.

— Merci.

Bryn l'aperçut une dernière fois à la fenêtre alors qu'elle s'éloignait dans la nuit au volant du fourgon. Elle se demanda si elle reverrait jamais Joe Fideli. Et si lui reverrait un jour sa famille.

Tant de choses avaient déjà explosé en plein vol, et il lui restait tant de chemin à parcourir.

Foncer dans le tas et pas de quartier.

À la réflexion, cela résumait assez bien la relation qu'elle entretenait jusqu'ici avec Patrick McCallister.

Chapitre 12

Bryn patrouilla le quartier autour de l'adresse que lui avait donnée McCallister ; c'était une zone résidentielle, ce qui n'était pas fait pour la rassurer. Elle aurait préféré que ce genre d'entrevue potentiellement explosive se déroule dans un bâtiment désert, un entrepôt désaffecté, un parking à ciel ouvert… mais pas dans une rue où il y avait des cabanes colorées et des tricycles garés dans les jardins.

Elle ne vit aucun signe de McCallister et une pensée horrifiée lui traversa l'esprit… Et s'il lui avait délibérément donné une fausse adresse ? Et qu'elle ait été assez stupide pour se laisser berner ? *Non, il n'a pas fait ça. Il savait que j'étais sérieuse. Et que j'avais besoin de venir.*

Elle trouva une supérette fermée à deux rues de distance et gara le fourgon dans le parking. C'était sa meilleure option. Elle verrouilla les portières et s'engouffra dans les ténèbres glacées du plus profond de la nuit, juste avant l'aube. Il bruinait et la pluie menaçait, mais le gilet à capuche fourni par Pansy la protégeait suffisamment. Les chaussures étaient plus gênantes. Comment avoir l'air d'une dure à cuire en ballerines détrempées ?

Mais elle avait au moins le pistolet que Joe lui avait donné chez *Pharmadene* et un stock de munitions. Elle ne disposait pas du même arsenal que Manny Glickman dans sa forteresse, où qu'il soit à présent, mais elle ferait avec...

Elle s'arrêta net au bout de quelques pas ; quelqu'un était debout dans la lumière d'un réverbère à quelques mètres d'elle et l'observait.

Patrick McCallister.

Le crachin lui avait plaqué les cheveux en arrière, mais elle l'aurait reconnu n'importe où. Elle n'avait jamais rencontré personne dont la posture lui évoquait ainsi celle d'un serpent immobile prêt à frapper. Il était tout de noir vêtu, et portait un blouson au dos duquel les initiales réfléchissantes d'une agence gouvernementale n'auraient pas déparé.

— Comment le saviez-vous ? lui demanda-t-elle, conservant prudemment ses distances.

Il haussa les épaules et enfonça les mains dans les poches de son jean.

— Où vous vous gareriez ? Tactiquement, c'était le meilleur endroit, répondit-il. J'ai pensé que vous le trouveriez.

Cela en disait long sur ce qu'il pensait d'elle... et lui inspira une question.

— Et vous alors ? Où vous êtes ?

— Dans un endroit moins stratégique, mais plus inattendu, répondit-il. (Il quitta le halo de lumière et s'avança vers elle sans se presser.) Vous avez l'air en pleine forme.

— Vous auriez dû me voir il y a quelques heures.

Sans l'avoir consciemment décidé, elle se dirigea également à sa rencontre. *Je ferais mieux de sortir mon arme*, songea-t-elle. *Je dois m'attendre à tout avec lui.* Il allait peut-être l'assommer, l'enfermer dans le fourgon et se rendre seul à ce rendez-vous. Ce serait tout à fait le genre de McCallister.

— C'était moche ?

— Vous avez vu *La Nuit des morts vivants* ? Aussi moche que ça, dit-elle. Mais vous aviez raison. Aucune envie subite de dévorer des cervelles humaines.

— Il y a au moins un bon côté.

Et soudain il était là, à quelques centimètres ; seul le rideau de crachin les séparait. Ses yeux sombres étaient dilatés, et elle pensa : *C'est maintenant qu'il va frapper*, et elle était prête, prête à parer à un coup...

... mais pas à ce qu'il la prenne dans ses bras.

Elle se raidit une seconde, puis s'abandonna à son étreinte.

— Je suis désolé, dit-il. Quand j'ai découvert qu'ils vous avaient enlevée, ils vous avaient déjà emmenée dans les locaux de *Pharmadene*. Je n'ai pas pu vous intercepter. Lorsque j'ai vu que vous ne ressortiez pas, j'ai su qu'ils allaient vous laisser...

— ... pourrir, acheva-t-elle pour lui à voix basse. Je dois regarder les choses en face. Je suis morte. Et je le resterai. Tout cela, cette sensation d'exister, n'est que l'effet d'un produit qui maintient l'apparence de la vie. (Elle recula pour plonger ses yeux dans les siens.) Vous ne pouvez pas éprouver de sentiments pour moi, n'est-ce pas ? Parce que je ne suis pas vraiment *là*. En réalité, je suis... *cette chose*.

— Nous sommes tous pareils, répliqua McCallister. Nous sommes tous des morts en sursis, Bryn. Vous êtes seulement bien mieux lotie que la plupart des gens de ce point de vue.

— Vous ne pensez pas ce que vous dites.

— Si, je le pense. Je l'ai pensé dès l'instant où vous vous êtes réveillée. J'ai su que vous étiez une guerrière. J'ai su que vous alliez me briser le cœur.

Il s'avança d'un pas, lui prit le visage entre ses paumes, et l'embrassa. Ses lèvres étaient douces et fraîches, humides et pressantes sur les siennes, et Bryn eut soudain l'impression que tout contrôle lui échappait, mais elle se sentait en sécurité. En *sécurité*. Elle en éprouva un soulagement immense.

— Je suis désolé, répéta-t-il en l'attirant contre lui. J'avais dit que je ne permettrais pas que cela vous arrive, et je n'ai rien... Je suis désolé.

— Vous avez envoyé Joe.

— J'aurais dû venir moi-même.

— Il a fait du bon boulot. Il m'a sortie de là. Je suis... remise à neuf.

Elle se retrouva brutalement projetée en pensée dans cette horrible cellule blanche où elle se décomposait inexorablement sous l'œil d'une caméra, au rythme des cris primaux des régénérés.

— Je vais bien.

Il savait qu'elle mentait ; elle s'en rendait compte à la façon dont ses doigts traçaient des sillons humides sur sa joue, dont ses lèvres caressaient les siennes.

— Je sais ce que vous ressentez, dit-il. C'est inscrit dans vos yeux. Ils sont plus sombres.

Il ne parlait pas de leur couleur, elle en était consciente. Elle avait vu son regard dans le miroir lézardé de la planque alors qu'elle s'efforçait en vain de se débarrasser sous le jet de la douche de la puanteur persistante de sa propre mort. Elle se sentait toujours souillée. Elle se souvenait à quel point elle s'était approchée de la dissolution finale.

— Je ne veux pas y penser maintenant, répondit-elle. Je suis désolée, c'est au-dessus de mes forces. Je dois me concentrer sur Annie. Je dois m'assurer qu'elle est saine et sauve.

Il hésita un instant, les yeux rivés aux siens, puis il hocha la tête et recula d'un pas.

— C'est ce que nous allons faire. Mais, Bryn, je vous en prie, laissez-moi conduire les négociations, d'accord ?

Sans répondre, elle se contenta de le suivre dans le noir.

La maison se trouvait au milieu de la rue et était plongée dans l'obscurité comme toutes les autres. Bryn distingua un portique de jeux dans la cour de derrière à travers le grillage, et aussi une niche, mais aucun aboiement ne les accueillit tandis qu'ils approchaient.

Tout le voisinage semblait étrangement silencieux. Bryn s'était attendue à voir au moins une lumière quelque part en dépit de l'heure matinale... Il y avait toujours des lève-tôt, non ?

On aurait presque dit un décor de carton-pâte pour un film... Tout était là, sauf les habitants.

McCallister grimpa les marches du perron et la fit se ranger sur le trottoir d'un geste. La porte de devant était entrouverte ; elle apercevait la brèche noire depuis sa position. Elle ne l'avait pas vu dégainer, mais l'arme de McCallister était à présent dans sa main, amorcée et en position de tir.

Elle sortit son propre pistolet de son étui alors qu'il repoussait la porte du pied et pénétrait dans la maison.

Bryn le suivit. Elle n'allait pas rester comme une foutue gourde sur le trottoir, et il le comprit sans doute, car il ne prit pas la peine de protester.

— Refermez derrière vous, dit une voix masculine surgie de l'ombre.

Une ampoule flageolante s'alluma, révélant une moquette usée bleu pâle, des jouets de couleurs vives empilés en désordre dans un coin, un tas de magazines sur une chaise, un vieux canapé à motifs floraux...

Sur lequel était assis un homme au visage rond des plus ordinaires, aux cheveux gris coupés court et au regard bleu glacial.

— Monsieur Mercer, le salua McCallister.

Bryn referma la porte à double tour pour couvrir leurs arrières. Mercer ne semblait pas armé et ils avaient deux pistolets. Personne ne rentrerait dans cette maison pour renverser le rapport de forces.

— Monsieur McCallister, répondit Mercer avec une parfaite assurance. J'aurais cru que vous seriez dans les locaux de votre chère entreprise pour recevoir votre injection, à l'heure qu'il est. Je suis certain que votre absence rend Irene folle d'inquiétude. Vous savez combien elle compte sur la pleine coopération de ses troupes.

— C'est par vous qu'elle aurait dû commencer, répliqua McCallister. Si j'avais établi l'organigramme, je vous aurais placé tout en haut de la liste.

— Je suis heureux qu'on ne vous ait pas confié cette tâche, alors. J'ai à peine eu le temps de mettre mes affaires en ordre et de poser mes vacances avant que Harte ne songe à me neutraliser. Mon comportement d'employé modèle m'aura au moins rapporté ça. Et aussi d'excellents donuts gratuits aux réunions hebdomadaires du personnel. Mais en réalité, Harte hésitait à mon sujet. Elle redoutait que je n'aie développé un vaccin ou un antidote capable d'enrayer le processus de régénération que j'aurais employé sur moi-même ; je lui serais alors devenu inutile. Elle ne voulait pas jouer à quitte ou double sur mes chances de me réveiller ; elle ne pouvait pas se permettre de prendre un tel risque avant d'être certaine de ne plus dépendre de moi.

Mercer posa son regard glacial sur Bryn.

— Vous avez réussi à leur échapper. J'ai entendu dire qu'ils vous avaient fait admettre en… comment appellent-ils ça, déjà ? En observation. Irene conserve tous les enregistrements, comme preuve que les ratés de la phase expérimentale ont été proprement épurés. Je me demande même si elle n'en garde pas des copies pour elle. Pour son usage privé.

— Vous êtes réellement fou, dit McCallister, presque admiratif. Vous avez cette réputation.

— Non, je ne suis pas fou. Les fous se collent un canon dans la bouche et se font exploser la cervelle, comme feu mon partenaire. J'ai simplement cessé de penser aux conséquences de notre découverte autrement qu'en termes de profit. Une réaction sainement rationnelle. Merci, d'ailleurs, pour vos deux cent mille dollars. Ils ont été bien utilisés pour installer ma nouvelle chaîne de production en lieu sûr. Je peux fabriquer assez d'Athanax pour me procurer des revenus réguliers, et je n'en demande pas davantage. (Il sourit.) À part, bien sûr, la destruction de la compagnie, et tout particulièrement d'Irene Harte. Voilà ce que j'attends de vous, McCallister. En retour, je vous garantis un stock à vie d'Athanax pour votre amie, Mlle Davis, tant qu'elle continuera à me mettre en contact avec la riche clientèle de son entreprise de pompes funèbres, comme le faisait M. Fairview. Je dois être prévoyant.

— Je ne serai pas votre tueur à gages, répondit McCallister. Et elle ne sera pas votre dealeuse.

— Attendez, on va recommencer. Vous êtes un tueur, comme nous le savons très bien tous les deux ; Mlle Davis se trouve en très fâcheuse posture du fait du tarissement de sa source d'approvisionnement chez *Pharmadene*, et même si elle a pu s'en procurer un stock avant de quitter les lieux, il ne peut pas être important. Le produit se conserve mal, le saviez-vous ? Le contenu des flacons a une durée d'activité d'environ une semaine. Il est donc vital de pouvoir fabriquer constamment de nouveaux lots. Il n'y a vraiment pas de marge de négociation. Vous allez faire ce que je vous demande, et elle aussi. Parce que tout autre choix est inconcevable.

— Où sont-ils ? questionna Bryn en pointant son arme sur le visage de Mercer.

Il pencha la tête sur le côté, surpris.

— Qui ça ?

— Les gens qui habitent cette maison. Les gosses.

— Oh, ils sont derrière, répondit-il. Vous pouvez aller vérifier si ça vous chante, mais je vous jure que leurs petits cœurs battent toujours. Ils sont seulement plongés dans un profond sommeil.

— Et où est Annie ?

— Votre sœur. Ah, oui.

Mercer se retourna vers une ouverture arrondie qui menait vers une cuisine ; depuis l'angle où elle se trouvait, Bryn distinguait un réfrigérateur gris et un évier.

— Elle est là-dedans. Allez-y. Je vous attendrai ici. Pour votre information, la porte de derrière est verrouillée.

McCallister fit mine de l'accompagner, mais elle l'arrêta à son tour d'un geste de la main. Il obéit à contrecœur... en grande partie, sans doute, parce que Mercer était beaucoup trop dangereux pour être laissé sans surveillance.

Bryn se dirigea vers la cuisine et pénétra à l'intérieur.

Elle ne vit d'abord rien, puis elle perçut un grattement provenant de sa gauche. Il y avait là un coin déjeuner avec une table et des chaises. Une de ces dernières était retournée et lui faisait face.

Et sur cette chaise Annie était assise, les mains liées dans le dos, les jambes attachées aux pieds de bois. Elle respirait vite, et chacune de ses expirations soulevait les cheveux qui lui tombaient dans les yeux.

— Bryn, au secours, eut-elle le temps de murmurer avant que l'homme qui était derrière elle ne lui enfile un sac en plastique sur la tête, qu'il resserra autour de son cou.

Annie paniqua instantanément, se contorsionnant dans ses liens, et le sac vint se coller étroitement contre sa bouche ouverte.

— Non ! hurla Bryn, qui leva son arme.

— Du calme, dit le type qui était en train de tuer sa sœur. C'est seulement pour te montrer que je blague pas. Regarde. (Il relâcha la base du sac et le souleva juste assez pour qu'Annie puisse aspirer une grande bouffée d'air.) Baisse ton arme, Double Peine. Je ne te le dirai pas deux fois.

Double Peine. Oh, merde.

L'homme qui torturait sa sœur était *Freddy Watson, dit Freddy la Foudre*. Son sourire aussi effilé qu'un rasoir affichait une sorte de triomphe amer.

— Espèce de putain de taré, gronda Bryn. Retirez ce sac de sa tête. *Tout de suite !*

— Nan, je ne crois pas que je vais faire ça ; j'adore te voir angoisser, répondit-il en remettant le sac en place sur la tête d'Annie. (Impuissante, Bryn regarda sa sœur se cambrer dans ses liens et aspirer le plastique en essayant de respirer.) Comment ça va, la vie après la mort ?

Elle visa et tira. Il s'était abrité derrière Annie, et elle rata son coup.

— Laissez-la tranquille. C'est votre moyen de pression, espèce de connard !

— Ne t'en fais pas, Double Peine. Elle ne va pas mourir. Juste flipper un peu.

— Je jure devant Dieu que je vais vous descendre.

— Pour ça, il faudra la tuer d'abord !

Derrière elle, Bryn entendit McCallister entrer dans la cuisine. Elle se retourna et constata qu'il avait amené Mercer avec lui et lui avait collé le canon de son arme sur la tempe.

— Disons que c'est match nul, dit McCallister. Si je presse la détente, vous n'aurez plus de médicament contre la pourriture, Freddy. Ce n'est pas ce que vous voulez, n'est-ce pas ? Relâchez-la.

Annie était en train de s'étouffer sous le sac en plastique, qui était couvert de la buée de sa respiration. Bryn expérimenta une nouvelle fois cette double vision de cauchemar. Elle croisa sans ciller le regard de Freddy juste au-dessus de la tête de sa sœur.

— Je vais vous descendre, Freddy. Ne croyez pas que j'hésiterai.

— Je sais que tu n'hésiteras pas, répondit-il. Mais nous savons tous les deux que je m'en relèverai. (Il haussa les épaules et retira le sac de la tête d'Annie.) Bah, de toute façon...

Annie toussa et hoqueta, aspirant l'air. Des larmes roulaient sur ses joues et Bryn s'avança vers Freddy qu'elle empoigna et jeta face contre terre.

— Vous l'avez ? demanda-t-elle à McCallister.

— Je l'ai.

Il posa un pied sur la nuque de Freddy, sans faire dévier son arme de la véritable menace. Mercer.

Bryn fouilla dans la cuisine et trouva des ciseaux avec lesquels elle coupa les liens qui entravaient les poignets et les chevilles d'Annie. Sa sœur se jeta dans ses bras, secouée de sanglots.

— Chut, dit Bryn en caressant ses cheveux aplatis. Chut, bébé, c'est fini. Tout va bien.

— Non, hoqueta Annie. Rien n'ira jamais bien. Plus jamais.

— Elle a raison, dit Freddy. (Sa voix étouffée par le plancher était toujours sinistrement assurée.) Pauvre petite Annie. Ce n'est pas la première fois qu'elle en passe par là. Pas vrai, Annie ?

— Que... (Bryn se tourna vers sa sœur, repoussa ses cheveux en arrière et plongea ses yeux dans les siens.) Annie ?

— Non, ce n'est pas la première fois, murmura Annie. Le sac. Le réveil. Encore le sac.

Elle tremblait de tous ses membres, le visage blanc comme de la craie.

Si le regard de Bryn était hanté, les yeux d'Annie étaient des miroirs aveugles, ne reflétant plus rien que la panique et l'horreur.

— Il aime ça, murmura-t-elle.

Mercer soupira.

— Je t'avais dit de ne pas jouer avec elle, Freddy.

— Je m'ennuyais, rétorqua Freddy. Elle va très bien.

— Elle ne nous sert à rien si elle a perdu l'esprit.

— Annie ! Annie, regarde-moi. Tu es en sécurité maintenant. Tout va bien. Tu comprends ?

Bryn la prit de nouveau dans ses bras et la fit lever avec elle. La peau d'Annie était froide et visqueuse. Là où les liens avaient été serrés, il y avait des...

... décolorations.

— Annie ?

Ses yeux n'étaient pas seulement aveugles ; ils étaient aussi légèrement vitreux. Et le blanc avait jauni.

Sa peau présentait une coloration rouge violacée là où elle avait été en contact avec les bras du fauteuil.

— Annie, oh, mon Dieu...

Bryn fut soudain prise d'un violent haut-le-cœur qu'elle dut réprimer pour ne pas vomir. Hurlant de fureur, elle se retourna vers Freddy et braqua son arme sur sa tête.

— Tu l'as tuée, dit-elle. Espèce de fils de pute ! Tu as tué ma sœur ! Tu l'as tuée et tu l'as ramenée trop de fois !

Des larmes brûlantes l'aveuglaient, et Bryn était toute proche de faire feu.

C'est ce qui expliquait les lividités cadavériques. Les yeux vitreux d'Annie malgré sa régénération de fraîche date.

Il avait épuisé le pouvoir des nanites en la torturant.

Mercer prit alors la parole :

— J'avais besoin d'un moyen de pression, Bryn. Quelque chose qui comptait davantage pour vous que votre propre survie. Je me méfiais de votre sens ridicule du sacrifice, qui vous vient de l'armée. Vous avez à présent une bonne raison de coopérer avec moi. Oh, et je vous en prie, ne butez pas Freddy. Il faudra plusieurs heures avant qu'il ne me soit de nouveau utile à quelque chose.

McCallister le poussa brutalement tête la première contre le mur et l'y maintint en collant son arme sur sa nuque. Il fulminait, et le regard qu'il lança à Bryn brûlait de rage.

— Vous voulez que je presse la détente ? demanda-t-il. Vous n'avez qu'un mot à dire.

Mercer leva un doigt.

— Comme le soupçonnait si bien Harte, sachez que j'ai pris mes précautions, déclara-t-il. Voyez-vous, je n'ai aucune envie de devenir un de ces zombies. Mon organisme contient des anticorps qui détruiront tous les nanites qui seraient introduits dans mon système sanguin. Si vous appuyez sur la détente, c'est terminé. Pas de régénération. Plus de produit pour votre petite amie et sa sœur.

Bryn rêvait d'en finir avec lui ; bon Dieu, elle le désirait de toutes les cellules meurtries de son corps, mais sa mort ne résoudrait rien.

Pas maintenant.

— Ne faites pas ça, dit-elle à McCallister. Nous avons besoin de lui. Bordel de merde, on a besoin de lui. *J'ai* besoin de lui.

Sur le plancher, Freddy la Foudre roula sur le dos pour regarder Bryn puis éclata de rire.

— Mais pas de *toi*, dit-elle en lui tirant dans le front à bout portant.

Elle y logea deux balles.

Annie se mit à hurler et enfouit son visage entre ses mains. Elle se précipita d'une démarche vacillante pour aller vomir dans l'évier. Son short laissait à nu les lividités cadavériques qui marquaient tout l'arrière de ses cuisses.

Bryn s'éloigna à reculons de la flaque du sang de Freddy qui s'élargissait, et de ses doigts qui bougeaient encore et tentaient de la saisir, avant de baisser son arme. Sans quitter des yeux le visage explosé de Freddy, elle dit :

— Monsieur Mercer. Ma sœur a besoin d'une injection. Faites-lui une piqûre.

— Vous savez que vous ne l'avez pas réellement tué.

— Je pensais qu'une blessure au cerveau empêchait la régénération.

— Seulement pour la mort initiale. Une fois que les nanites ont eu accès au modèle du cerveau en bonne santé, ils peuvent toujours le recréer. Il leur faut seulement du temps. Sommes-nous d'accord sur les termes du marché ? demanda Mercer. La destruction d'Irene Harte et de *Pharmadene*. Vous devenez mon distributeur officiel. Tope là ?

Le regard de McCallister croisa celui de Bryn le temps d'une demi-seconde, puis il fit un pas en arrière et rengaina son arme.

— Tope là, accepta-t-il. Mais c'est vous qui nettoyez le bordel de Freddy.

Il retourna au salon, dont il revint avec un plaid léger dont il enveloppa Annie.

— Faites-lui l'injection, Mercer.

Mercer ouvrit sa veste et préleva un mince tube argenté de sa poche intérieure. Il sortit la seringue et injecta le produit dans le bras d'Annalie, qui le regarda faire d'un air abattu.

— Je vais devoir également faire une autre piqûre à Freddy. C'est une blessure importante ; les nanites épuiseront leur action plus vite qu'en temps normal.

— Je peux aussi le découper en plusieurs morceaux et les enfouir dans une décharge pour déchets toxiques, intervint McCallister d'une voix froide. Je penche davantage pour cette seconde option.

— Il fait du bon boulot.

— C'est un putain d'enculé de psychopathe sadique.

— Personne n'est parfait. J'ai besoin de quelqu'un de confiance pour faire tourner mon labo, et Freddy est tout indiqué. Il est sous mon contrôle. Laissez-moi m'occuper de lui. Votre problème à vous, c'est Irene Harte. Cette femme est dévorée d'ambition.

— Je m'occuperai d'elle très bientôt.

— Vous devez agir immédiatement, dit Mercer. (Pour la première fois, l'éclat de ses yeux était sincère et sa voix se fit pressante.) Avant qu'il ne soit trop tard. Si vous n'arrêtez pas *Pharmadene* maintenant, on ne l'arrêtera plus jamais. Vous comprenez ? C'est déjà allé beaucoup trop loin.

— De quoi parlez-vous ?

— Je parle de la conférence au sommet qu'Irene Harte a programmée pour demain, répondit Mercer. Au Grand Auditorium. Les invitations ont été discrètement envoyées le mois dernier par voie diplomatique. *Pharmadene* organise la réception et règle tous les frais, mais la liste des invités inclut des membres de la Chambre des représentants, des gouverneurs, des juges, l'exécutif du FBI et de la CIA. Le secrétaire d'État en personne est sur la liste en tant que conférencier. Vous comprenez ce que je suis en train de vous dire ? S'ils atteignent leur but, c'est le début de la fin.

McCallister s'était tu et dévisageait Mercer en silence. Bryn entoura les épaules de sa sœur de ses bras pour essayer de l'empêcher de trembler. Au mur, une horloge égrenait les secondes.

— Elle va passer à l'action ici même, reprit Mercer. Elle en tuera le plus possible. Et les régénérera. Les grands de ce monde seront à sa botte. Pas d'autre source d'approvisionnement.

— Sa création lui échappera une fois que tout aura commencé.

— Elle surfera sur le maelström, et c'est tout ce qu'elle veut. C'est le début de la fin, McCallister. C'est ainsi que notre monde va connaître son terme. Demain. Ce n'est qu'une extrapolation, mais le meilleur moyen serait de diffuser des gaz mortels dans l'amphithéâtre. Extermination massive, régénération massive. La première ligne des forces de l'ordre nouveau. Elle dispose à présent de tout le personnel nécessaire pour mettre son plan à exécution. Tout le monde chez *Pharmadene*, du P.-D.G. aux secrétaires, peut être soumis à l'action des protocoles. Tous seront prêts à mourir pour elle. C'est pourquoi il faut agir tout de suite, avant qu'il ne soit trop tard. (Mercer consulta l'horloge.) Dans deux heures, ils investiront le théâtre pour y faire leurs préparatifs. Vous aurez jusqu'à l'arrivée des invités pour mettre Harte hors d'état de nuire et arrêter le massacre.

— Bon Dieu, souffla McCallister. (Il ne semblait pas surpris, mais résigné ; il s'était attendu à cette situation, comprit Bryn. Mais pas à ce que Harte passe si vite à l'attaque, ni qu'elle frappe aussi fort.) Il a raison. Harte ne m'a pas informé de cette conférence parce qu'elle se méfiait de moi. Dans le cas contraire, c'est moi qui serais chargé de la sécurité de cette manifestation.

Mercer haussa les épaules.

— Je pourrais la tuer moi-même, mais je préfère employer des professionnels pour ce genre de choses. Et vous êtes un professionnel, n'est-ce pas, Patrick ?

N'est-ce pas ce que vous faisiez au bon vieux temps des Marines ?

McCallister ne répondit pas. Il se tourna vers Bryn, croisa brièvement son regard comme pour s'excuser, puis consulta l'horloge.

— Il a raison pour la conférence, dit-il. Il faut que j'y aille. C'est quelque chose que je dois faire. Occupez-vous d'Annie.

Cette idée la révulsait instinctivement, de l'envoyer là-bas... et de rester ici en compagnie d'un Freddy pas vraiment mort et d'un Jonathan Mercer pas vraiment sain d'esprit. Mais elle ne pouvait pas laisser Annie. Sa sœur avait besoin d'aide, de ses injections, et surtout de se sentir en sécurité.

— Prenez Joe avec vous, dit-elle à McCallister. N'y allez pas seul.

Il acquiesça, les yeux au fond des siens. Il se tourna ensuite vers Mercer.

— S'il arrive quoi que ce soit à l'une de ces deux jeunes femmes, je trouverai un moyen de vous garder en vie pendant que je vous découperai en morceaux. C'est clair ?

— Il ne leur arrivera rien, répondit Mercer. Pourquoi tuerais-je mes propres employées ?

— Demandez à Irene Harte, répliqua McCallister.

Un dernier regard à Bryn, et il était parti.

Bryn resserra la couverture autour des épaules d'Annie.

— Je l'emmène, dit-elle à Mercer.

— Bien, il est également temps pour nous de retourner à nos occupations, acquiesça-t-il. J'imagine que je vais devoir nettoyer la cervelle de Freddy. Je n'aime pas laisser des saletés derrière moi pour les propriétaires. Passez-moi ce sac en plastique, je vais le lui enfiler sur la tête pour protéger le sol. Oh, ne t'en fais pas, Freddy. Je percerai un trou pour que tu puisses respirer.

Bryn se tourna pour attraper le sac.

Elle ne vit pas venir l'attaque de Mercer, ne sut jamais comment il l'avait frappée ni avec quoi, mais ça devait être gros et lourd. Elle perçut un bruit qui aurait pu être un cri étouffé par Annalie, et se retrouva étalée sur le sol froid, sans savoir ce qu'il s'était passé ni pourquoi, *pourquoi* au nom de Dieu, il avait fait ça...

Mercer la pensait inconsciente, comprit Bryn. Elle aurait dû perdre connaissance sous la violence du choc, mais elle avait sans doute la tête plus dure que ce qu'il avait escompté. Son corps ne lui était d'aucune utilité, mais elle l'entendit composer un numéro de téléphone et s'adresser à son interlocuteur :

— Je voudrais parler à Irene Harte. Oui, je patiente... Ah, Irene, heureux de vous entendre. Patrick McCallister sera au Grand Auditorium dans environ vingt minutes, trente tout au plus s'il s'arrête acheter du café et des donuts. Je pense qu'il a prévu de neutraliser votre équipe sur place, puis de s'en prendre à vous pour faire bonne mesure. Ainsi s'achève notre marché. Vous avez ce que vous vouliez et vous me laisserez tranquille. Adieu, Irene.

— Vous avez menti, dit Annalie d'une voix tremblante. Vous étiez de mèche avec elle.

— Je suis un homme d'affaires, et Irene n'a plus vraiment besoin de moi. Ce n'est pas plus compliqué pour elle de me payer que de m'éliminer. Elle pourra toujours me tuer plus tard. McCallister, en revanche, est beaucoup plus difficile à intercepter et elle a accepté de me laisser la vie sauve contre la sienne. Et pour vous dire la vérité, Annie, ma vie est tout ce qui m'importe. Maintenant, vous allez être une bonne fille et frapper votre sœur avec cette poêle à frire, de toutes vos forces, à l'arrière du crâne, et je vous promets de ne plus jamais autoriser Freddy à vous enfiler un sac sur la tête.

— Je ne peux pas faire ça, sanglota Annie. Je ne peux pas. Bryn…

— Faites-le si vous voulez vivre, dit Mercer. Je vais compter jusqu'à dix. Un, deux, trois, quatre… Oh, parfait, je suppose que les liens du sang sont trop forts. Ne pleurez pas, Annie ; écoutez ma voix. *Condition Saphir*.

Annie se calma instantanément. Un silence sinistre s'ensuivit. *Debout*, songeait sombrement Bryn. Elle essaya bien de se relever, mais ne parvint qu'à rouler sur le côté. Ses nerfs anesthésiés commençaient à se réveiller et à hurler.

Annalie regarda Mercer et battit lentement des paupières, les yeux aussi vides que ceux d'une poupée.

— Maintenant, dit-il, prenez cette poêle et frappez votre sœur à la tête, aussi fort que vous le pourrez, jusqu'à ce qu'elle ne bouge plus du tout.

— Annie…, chuchota Bryn.

Annalie n'hésita pas une seconde. Elle s'empara de la poêle, prit son élan et la balança brutalement.

Elle dut s'y reprendre à trois fois pour briser le crâne de Bryn.

La dernière chose qu'entendit Bryn avant de sombrer fut l'écho lointain de la voix de Mercer : « Brave petite. »

Chapitre 13

Bryn fut réveillée par des hurlements et l'espace d'une seconde elle se crut revenue dans la cellule blanche où lui parvenaient les cris primaux des régénérés à travers la vitre…

… Puis elle réalisa que ce cri-là arrivait à pleine puissance et que sa source se trouvait à quelques centimètres. Bryn cligna les yeux et roula sur le côté. Elle avait l'impression que des pointes de métal étaient profondément enfoncées dans son crâne. *Les os qui transpercent mon cerveau*, songea-t-elle. Non, c'était impossible. L'arrière de son crâne était encore souple, mais les os étaient en place.

Braves petits nanites. Elle savait que sa boîte crânienne avait été réduite en miettes.

Elle était allongée sur le sol de la cuisine maculé de sang, toute seule, et il y avait une femme en robe de chambre rose sur le pas de la porte qui poussait des piaillements hystériques et horrifiés.

Debout, s'exhorta-t-elle. *Tu dois te lever.*

Bryn se mit maladroitement à genoux, puis se leva. La femme cessa de hurler et s'enfuit en courant. Prochain arrêt, les secours. Le temps lui était compté.

Annie. Mercer avait emmené Freddy avec lui, et sans doute Annie également. *Bon sang, Annie m'a tuée.* Elle en avait eu l'intention en tout cas. Pas sa faute ; quelqu'un d'autre la contrôlait. Elle n'aurait jamais fait une chose pareille de sa propre volonté, même sous l'emprise de la peur.

Bryn devait s'accrocher à cette certitude. Elle n'avait plus grand-chose à quoi s'accrocher.

Mon Dieu, McCallister. Il allait se jeter dans la gueule du loup, et parce qu'elle avait insisté, Joe Fideli était certainement avec lui. Il fallait qu'elle arrête tout ça. Elle devait le prévenir.

Et qu'elle retrouve Annie.

Haletante, Bryn prit la direction du salon en titubant, passa le canapé et les jouets. Elle trébucha, et se heurta à la porte. Verrouillée. Sympa de la part de Mercer de penser à fermer en partant – sauf qu'il avait laissé un cadavre dans la cuisine. La femme en peignoir était à présent au téléphone, et hurlait son adresse.

Faut que je sorte d'ici.

Bryn tordit le verrou et parvint à ouvrir la porte ; elle descendit les marches en vacillant et se mit à courir clopin-clopant dès qu'elle fut sur le trottoir. Le quartier était toujours endormi, mais des lumières s'étaient allumées un peu partout en réaction aux cris de la femme.

Il fallait qu'elle parte d'ici, et vite. Si on la trouvait dans les parages, elle serait au moins arrêtée pour effraction ; et même si aucune charge n'était retenue contre elle, ils la retarderaient suffisamment longtemps pour que McCallister…

Il fallait qu'elle accélère l'allure. N'importe comment, elle devait trouver un moyen.

Ironiquement, le soleil se levait sur une matinée radieuse ; les oiseaux lançaient leurs trilles depuis les arbres. Les belles-de-jour s'épanouissaient dans les haies. Bryn laissait derrière elle un sillage de grosses gouttes écarlates qui s'étalaient sur le trottoir, mais de moins en moins à chaque pas, à mesure que sa blessure cicatrisait. Les élancements dans sa tête étaient insupportables, mais elle fit abstraction de la douleur, s'appliquant uniquement à mettre un pied devant l'autre.

Pendant combien de temps était-elle restée allongée dans la cuisine ? Combien de temps avait-il fallu aux nanites pour régénérer les os de sa boîte crânienne ?

Deux rues plus loin, elle trouva la supérette où elle s'était garée. Elle s'empara des clés et se jeta derrière le volant du fourgon, démarra et fila à toute allure sans se préoccuper des radars et autres caméras de surveillance. Tant mieux si elle entraînait avec elle une nuée de flics jusqu'à l'Auditorium. Plus on était de fous...

L'horloge du tableau de bord lui indiqua qu'il était déjà trop tard pour rejoindre McCallister à temps pour le prévenir. Plusieurs heures s'étaient écoulées depuis son départ, mais elle devait quand même essayer.

Elle possédait toujours le téléphone jetable de Joe, et composa le numéro de McCallister. *Décroche, décroche...*

Quelqu'un prit la communication.

— Patrick ! Patrick, écoutez...

— C'est Joe, l'interrompit son interlocuteur à l'autre bout. Bryn ?

— Si vous êtes à l'Auditorium, dégagez de là ! hurla-t-elle. Mercer nous a trahis, vous comprenez ? Harte est au courant ! Elle vous attend ; évacuez !

— C'est trop tard ; nous sommes déjà dans... (Sa voix fut couverte par le son d'une fusillade, terriblement proche.) Il faut qu'on mette la main sur Harte et qu'on stoppe le programme ou on aura fait tout ça pour rien. Restez à l'écart, Bryn. Restez à l'écart.

— Non ! Je suis en route !

Elle raccrocha et jeta le téléphone sur la banquette, puis appuya sur l'accélérateur.

Les abords de l'amphithéâtre étaient étrangement calmes, mais l'entrée du parking était gardée par des hommes et des femmes en costume et lunettes de soleil qui scrutaient la zone sans relâche. Bryn bifurqua sur la droite et se contenta de passer devant le bâtiment, consciente que les sentinelles observaient le fourgon qui se rapprochait de leur périmètre. *Je ne pourrai jamais rentrer. Je ne fais pas le poids contre les robots de Pharmadene.*

Tous les gens qui étaient là travaillaient pour la compagnie, comprit-elle au premier coup d'œil. Tous n'étaient pas des personnels de sécurité entraînés, mais chacun était en alerte, et Bryn ne doutait pas une seconde qu'ils avaient ordre de défendre le périmètre contre toute intrusion. Et c'est ce qu'ils feraient. C'était tous des régénérés. Difficiles à tuer.

Comme elle.

Qu'est-il arrivé à l'équipe de sécurité officielle ? Les services secrets devraient être présents ; il y avait forcément des agences fédérales quelque part, mais elle était incapable de distinguer les régénérés de ceux qui ne l'étaient pas. Il était fort possible aussi que *Pharmadene* ait d'ores et déjà neutralisé les services secrets. Et le FBI. Et quiconque pouvait représenter une menace.

Vu de l'extérieur, le bâtiment semblait parfaitement paisible ; personne n'aurait deviné qu'il était le théâtre d'une fusillade. Personne n'avait appelé les secours, ou il y aurait des signes de présence de la police, des ambulances. *Quelque chose.*

Bryn poursuivit son chemin, cherchant désespérément un moyen de s'introduire à l'intérieur. Si elle restait dehors, elle ne pourrait pas les aider. Si Harte s'était emparée de McCallister et l'avait transformé en… elle pouvait lui ordonner de faire tout ce qu'elle voulait. Et il était redoutable, Bryn le savait. Il était capable de tout.

Si quelqu'un d'aussi doux et inoffensif qu'Annie pouvait assassiner sa sœur sans se poser de questions, McCallister serait une arme létale entre les mains de Harte. Rien d'étonnant à ce qu'elle tienne autant à le récupérer.

Et Joe. Déjà séparé de sa famille, il risquait bien pire désormais, il risquait de basculer de l'autre côté d'un gouffre que même l'amour ne saurait franchir. En admettant qu'ils le régénèrent. Harte pouvait considérer qu'il n'en valait pas la peine.

Il fallait à tout prix que Bryn parvienne à entrer. Faute de mieux, elle pourrait au moins tuer Harte. Elle ne demandait que ça. Elle en avait besoin, après la petite cellule blanche, après toutes les horreurs dont elle avait été témoin dans ce couloir chez *Pharmadene*.

Harte devait être stoppée à tout prix, et Bryn, tout comme le personnel de *Pharmadene*, était coriace.

Je pourrais alerter la police à propos de l'échange de coups de feu. Mais si elle faisait ça, elle signerait sans doute l'arrêt de mort de ceux qui répondraient à l'appel. Harte pourrait les tuer, les régénérer et leur rapport d'intervention ferait état d'une fausse alerte.

Que faire ? se lamentait-elle, au comble du désespoir. *Je ne suis pas une espionne. Je ne suis pas une experte des forces spéciales, comme McCallister. Je ne suis que...*

Que la directrice d'une entreprise de pompes funèbres. Que pouvait faire une entreprise de pompes funèbres dans une situation pareille...

Bon sang.

C'était complètement dingue... mais ça pouvait marcher.

Bryn quitta la route à l'intersection suivante et fila à vive allure vers les pompes funèbres Fairview.

Elle essaya de rappeler Joe Fideli, mais n'obtint qu'une voix désincarnée lui demandant de laisser un message. Soit le téléphone était déconnecté, soit ils étaient trop occupés pour répondre, soit McCallister et Fideli étaient tombés aux mains de l'ennemi.

Ce n'était même pas que le temps lui était compté, il était entièrement écoulé. Elle n'avait plus de solution. Sauf ce qu'elle s'apprêtait à faire en désespoir de cause.

La seule voiture qui se trouvait déjà dans le parking des pompes funèbres Fairview était celle de Riley Block. Qu'à cela ne tienne ; Bryn ferait en sorte de l'éviter. Elle n'en aurait pas pour longtemps.

Elle pénétra en trombe dans les locaux, fila à son casier et en sortit la tenue de rechange qu'elle y conservait – un tailleur très professionnel, sombre et discret. De belles chaussures confortables. Elle s'habilla rapidement, rinça le sang dans ses cheveux, qu'elle tira en arrière en une queue-de-cheval sévère. Pas le temps de se maquiller. Elle appliqua seulement un peu de rouge à lèvres rose pâle.

Elle épingla alors sur sa poitrine le badge doré d'Irene Harte et se dirigea vers la limousine Fairview dans le parking. Comme tous les véhicules réservés au transport des familles, c'était une voiture banalisée, sans logo de l'entreprise. Elle fourra une housse mortuaire sur la banquette arrière et s'apprêtait à manœuvrer quand on frappa à la fenêtre de sa portière.

C'était Riley Block, toujours vêtue de sa blouse de laboratoire immaculée.

Bryn abaissa la vitre.

— Riley, je dois aller chercher un corps de toute urgence…

Sans un mot, Riley exhiba un étui de cuir noir qu'elle ouvrit d'un seul geste. À l'intérieur, un insigne en métal doré et une carte d'identité.

Le FBI.

— Je suis désolée, dit Riley. J'espérais vous l'apprendre plus en douceur. (Elle leva l'autre bras, au bout duquel se trouvait une arme, qu'elle pointa sur la tête de Bryn.) Je sais que ça ne vous tuerait pas, mais cela vous ralentirait. N'essayez pas de fuir. Dégagez vos mains du volant, je vous prie.

Bryn leva lentement les mains.

— Restez comme ça, dit Riley, qui fit le tour du long capot rutilant jusqu'au siège passager, où elle s'installa et attacha sa ceinture, sans quitter Bryn des yeux une seule seconde. Vous alliez à l'Auditorium.

Bryn ne put dissimuler sa surprise.

— Comment…

— Croyez-le ou non, mais les laboratoires *Pharmadene* sont dans le collimateur du FBI depuis déjà un bout de temps. Nous sommes remontés jusqu'aux pompes funèbres Fairview en surveillant McCallister, même s'il cachait très bien son jeu. Nous n'étions pas certains qu'il s'agisse d'une porte d'entrée vers *Pharmadene*, mais j'ai été envoyée en mission d'infiltration pour étudier cette piste. Il se trouve que j'ai eu une expérience professionnelle dans la thanatopraxie.

— C'est Joe qui vous a sélectionnée, murmura Bryn.

Oh, Joe, bon Dieu, non. Elle ne pouvait pas y croire – ne *voulait* pas y croire.

— C'est McCallister qui lui a communiqué mon nom, expliqua Riley. À qui j'ai été recommandée par un ancien agent du FBI avec qui j'ai travaillé dans le passé, un ami commun.

— Manny Glickman. (Les dernières pièces du puzzle se mettaient en place, et Bryn vit briller un éclat de compréhension dans les yeux sombres de Riley.) McCallister lui faisait confiance.

— Et Manny a agi en toute bonne conscience. Il était sûr que les choses tourneraient mal ; il a essayé d'en avertir Patrick McCallister dès le départ. Il voulait simplement se couvrir. Mais c'est Manny, et personne ne l'a pris au sérieux. Pas au début. (Riley secoua lentement la tête.) Je ne sais pas trop si je dois être impressionnée ou avoir envie de vomir quand je vois ce qu'ils ont fait. Ce que vous êtes. C'est un progrès technique incroyable, mais… si monstrueux.

— Je ne suis pas un des robots de *Pharmadene*, précisa Bryn.

— J'en connais suffisamment sur les possibilités du produit qu'ils vous ont administré pour savoir que je ne peux pas vous faire confiance à ce sujet. Ni à aucun autre.

— Mais vous savez ce qu'ils ont l'intention de faire à l'Auditorium, n'est-ce pas ?

Riley hocha la tête.

— Le secrétaire d'État ne sera bien évidemment pas présent. Ni aucun officiel du gouvernement. Nous les avons mis à l'abri.

— Vous auriez dû les arrêter dès que vous avez été au courant. Vous auriez pu faire fermer *Pharmadene*.

— Oh, nous l'avons fait, dit Riley. Les locaux ont été évacués, et des gens à nous sont restés sur place pour répondre au téléphone et donner le change. Harte nous a facilité la tâche en affectant la plus grosse partie de ses effectifs à la mise en œuvre de son programme à l'Auditorium. En ce moment précis, tous les cadres les plus influents se trouvent réunis en un lieu vulnérable.

Les lèvres de Bryn s'ouvrirent d'horreur, et les mots se précipitèrent :

— Vous allez les tuer. Tous à la fois.

— Nous allons frapper un grand coup, confirma Riley. (Un éclat de tristesse alluma son regard, balayé en un clignement d'œil.) Nous devons les arrêter. Vous feriez la même chose. Et c'est plus charitable de procéder ainsi, une seule frappe chirurgicale qui règle le problème une fois pour toutes.

— Combien sont-ils ?

— Qui ?

— Combien y a-t-il de gens dans l'amphithéâtre ?

— Nous estimons qu'il y a environ trois cents employés de *Pharmadene*, dit Riley. Techniquement, ce ne sont que des cadavres, pas des êtres vivants.

— Ce n'est pas la vérité. Ils sont comme moi. Ils pensent. Ils ont des sentiments. Ils sont vivants. Ils ne méritent pas ça. (Bryn ravala la boule dans sa gorge.) Riley, je les ai vus mourir. Je les ai entendus crier. La plupart n'étaient pas volontaires. Ce sont des victimes. Vous devez m'aider à stopper cette horreur. Si nous coinçons Irene Harte, tout peut s'arrêter. Les choses seront sous contrôle.

— C'était également ce que je pensais, dit Riley. Et c'est ce que j'ai fait valoir à mes supérieurs hiérarchiques. Mais il est trop tard à présent, et je n'ai plus mon mot à dire. Dans plus ou moins une demi-heure, ce bâtiment sera victime d'une terrible catastrophe et tous ceux qui sont à l'intérieur périront.

— Patrick McCallister est à l'intérieur. Joe Fideli aussi.

Riley ne broncha pas.

— Démarrez, ordonna-t-elle à Bryn.

— Où allons-nous ?

— Là où vous vouliez vous rendre. À l'Auditorium.

— Mais...

— Bryn, expliqua Riley d'un ton patient. Vous comprenez que c'est une opération de nettoyage. Et vous êtes gênante. Je suis vraiment navrée, mais il s'agit d'une situation de sécurité nationale, et nous devons prendre des mesures drastiques. Ça ne me plaît pas, mais je dois accomplir mon devoir.

— Vous voulez dire que vous allez me tuer aussi.

Riley ne démentit pas. Elle avait vraiment l'air un peu triste, songea Bryn.

— Pour ce que ça vaut, je vous aime bien. Je suis désolée de ce qui se passe. Je suis désolée que vous soyez prise au milieu de cette histoire. Ce n'était pas votre faute, mais ce sont des choses qui arrivent.

Bryn décida d'en rester là et de se taire. Il n'y avait pas de place pour le doute ni pour la pitié sur le visage de Riley Block. À l'instar d'Irene Harte, elle était dédiée corps et âme à sa cause… même si elle combattait dans le camp opposé. On ne faisait pas d'omelette sans casser des œufs, tant que c'était pour le bien général.

Bryn partageait presque sa vision, et de toute façon, elle se rendait au moins là où elle désirait aller.

Là où il lui fallait parvenir à tout prix. Parce que si ce devait être la fin, elle voulait se trouver au côté de McCallister, qu'elle reconnaissait – enfin – comme son âme sœur.

Les abords de l'Auditorium étaient déserts lorsqu'elles arrivèrent. Dans le parking, il y avait des bus qui n'étaient pas là lors du dernier passage de Bryn. Tandis qu'elle se garait à côté, elle s'aperçut qu'ils étaient pleins de gens assis, étrangement immobiles.

Des employés de *Pharmadene*. Ceux qui gardaient le périmètre tout à l'heure.

— Comment avez-vous fait ça ? demanda Bryn.

La scène faisait froid dans le dos, comme s'ils étaient tous déjà morts.

— Les protocoles intégrés, répondit Riley. Manny nous a informés de leur existence. (Elle était un peu pâle à présent, mais toujours maîtresse d'elle-même.) Vous ne devez pas lui en vouloir, Bryn. Il n'a fait que son devoir. Ce n'était pas un problème qui pouvait être réglé par une bande d'indépendants, si bien intentionnés soient-ils.

— McCallister s'inquiétait également de l'opération de Mercer ; c'est un élément incontrôlable.

— Il n'a pas tort sur ce point. Mercer est un psychopathe. Il n'a jamais eu le moindre sursaut de conscience à propos de ce qu'il faisait ; la seule chose qui l'intéresse, c'est de faire du profit. Nous avons tenté d'entrer en contact avec lui et de le rallier à notre cause. Il a refusé.

Oui, songea Bryn. Parce qu'il avait déjà sa propre idée sur la façon d'exploiter le produit au mieux de ses intérêts.

— Bryn, dit Riley très doucement. Je suis vraiment navrée à propos de tout ça, mais j'ai des ordres. Êtes-vous prête ?

— Prête pour quoi ?

— Je veux que vous descendiez de cette voiture et que vous pénétriez dans le bâtiment.

Bryn éclata d'un rire brusque et amer.

— Vous essayez d'invoquer les protocoles sur moi ? Parce que ça ne marche pas. Manny a dû vous parler de ses inhibiteurs.

— En effet, dit Riley. Mais je commence à vous connaître. Vous ne vous déroberez pas. Vous ne vous dérobez jamais, n'est-ce pas ? Vous êtes venue ici pour achever une tâche. Allez faire ce que vous avez à faire. (Elle hésita et détourna les yeux.) On m'avait demandé de vous neutraliser et de vous mettre dans l'un des bus. Mais je ne peux pas faire ça. Peu importe où vous serez de toute façon. Alors, allez-y. Trouvez McCallister si c'est ce qui compte pour vous. C'est le mieux que je puisse faire.

— Merci, répondit Bryn.

Elle descendit de la limousine, grimpa les marches et s'engouffra dans le Grand Auditorium.

Quand elle se retourna, Riley lui sourit tristement avant de remonter sa vitre fumée.

Le hall richement décoré était pratiquement désert. Regardant autour d'elle, Bryn repéra des hommes postés devant les entrées de l'amphithéâtre. Elle se dirigea d'un pas assuré vers l'un d'eux.

— J'ai une voiture pour Mme Harte, annonça-t-elle. Elle m'attend. Je suis son chauffeur personnel et son escorte. Elle a un rendez-vous urgent dans vingt minutes.

— Je vais vérifier, répondit l'homme.

Bryn avait vu juste : la présence imposante de sa limousine devant les portes vitrées valait le meilleur des baratins.

Elle consulta impatiemment sa montre et se mit à taper du pied tandis qu'il sortait sa radio.

— Oh, waouh, vous pouvez me montrer ça ? demanda-t-elle en la lui arrachant des mains.

L'homme battit des paupières, interloqué, mais elle avait déjà tiré son arme de son étui et pressait le canon sous le menton du garde.

— Reculez de trois pas, je vous prie.

Il obtempéra, toujours sous le coup de la surprise, et ils se retrouvèrent dans une alcôve à l'abri des regards des autres membres de l'équipe de sécurité.

— Condition Diamant, m'entendez-vous ? prononça Bryn, et les yeux de l'homme s'écarquillèrent. Bon, vous allez prendre cette radio, vous brancher sur le réseau général et diffuser une alerte à la bombe. Vous avez reçu un appel vous signalant la présence d'un engin explosif. Le bâtiment doit être évacué. Vous m'avez comprise ? C'est ce que vous allez dire et vous devez vous montrer convaincant. Je compte sur vous pour sauver la vie de tous ces gens. Dites-moi que vous avez compris.

— Condition Diamant reconnue, dit l'homme. Alerte à la bombe sur le circuit radio général, et évacuation des locaux. Le protocole commande l'évacuation prioritaire du comité de direction.

— Parfait, dit Bryn. Une fois que vous aurez donné l'alerte, contactez les gens d'Irene Harte et informez-les que sa voiture l'attend devant la porte. Des questions ?

Les yeux du garde plongèrent dans ceux de Bryn, parfaitement indifférents, mais elle savait que tout au fond de lui cet homme hurlait. Elle avait ressenti la même aliénation. Elle connaissait ce sentiment... d'intrusion que provoquait l'invocation d'un protocole.

— Où se trouve la bombe ? demanda-t-il.

— Au sous-sol, répondit-elle. (C'est ce qui lui ferait gagner le plus de temps ; le sous-sol était forcément encombré de machineries de toutes sortes et de pièces fermées à clé.) Débutez la mission.

Elle recula d'un pas et dégagea son arme de sous le menton de l'homme. Si tout son plan devait s'écrouler, autant que ce soit tout de suite et en Technicolor. Il avait pu feindre la soumission tout en guettant le bon moment pour passer à l'attaque.

Mais il se contenta de la regarder.

— J'ai besoin de ma radio, madame, dit-il.

Elle la lui rendit.

— Ici Ledbetter, sécurité de l'amphithéâtre. Alerte à la bombe de niveau un. L'engin se trouve au sous-sol. Débutez l'évacuation du comité de direction. (Il se tourna vers Bryn.) Une voiture privée attend Mme Harte devant la porte, évacuez-la immédiatement.

Il coupa la communication. Bryn approuva de la tête et rengaina son arme.

— Monsieur Ledbetter, je veux maintenant que vous alliez rejoindre vos collègues et que vous les preniez avec vous pour localiser l'engin explosif, vous avez compris ?

— Oui. Au sous-sol. (Il hésita.) Est-ce en rapport avec les deux hommes que nous avons acculés ?

Le sang de Bryn ne fit qu'un tour, emporté par l'adrénaline.

— Acculés où ça ?

— Couloir de gauche, répondit-il. La salle de bal.

— Allez, exécution !

Ledbetter rameuta ses collègues, aussi persuasif que s'il croyait vraiment à la présence d'une bombe... ce qui était sans doute le cas d'une certaine façon, puisqu'il n'était pas maître de lui-même. Bryn frissonna. Les protocoles étaient peut-être efficaces pour créer des kamikazes, mais ils n'avaient aucune chance de produire de brillants stratèges.

Le message radio de Ledbetter avait eu l'effet d'un coup de pied dans une fourmilière, et les personnels de *Pharmadene* grouillaient de toute part. Bryn intercepta un agent de sécurité qui se dirigeait en toute hâte vers le sous-sol et réquisitionna sa radio, puis elle alla se placer près des portes vitrées. Les cadres commencèrent à arriver dans leurs costumes impeccablement coupés et leurs chaussures de luxe, entourés d'une horde d'assistants et de gardes du corps armés. Elle reconnut en l'un d'entre eux le premier converti au programme de fidélisation des ressources humaines d'Irene Harte.

Il se souvenait également d'elle et ouvrit de grands yeux.

— Vous, dit-il en se libérant de ses gardes du corps pour se rapprocher. Vous étiez là. De l'autre côté du couloir.

— Je suis désolée de ne pas avoir pu vous aider, s'excusa Bryn.

Elle le regrettait sincèrement, mais l'homme se contenta de sourire.

— Vous n'avez aucune raison d'être désolée. C'est la meilleure chose qui me soit arrivée, à moi ou à cette compagnie. C'est la première fois depuis des années que nous sommes tous d'accord sur ce qui doit être fait dans cette entreprise. (Ses yeux glissèrent sur son badge, puis revinrent sur son visage, tandis qu'il fronçait les sourcils.) Vous n'êtes pas Irene Harte.

— Mme Harte m'a confié son badge pour que je puisse passer le cordon de sécurité, mentit-elle. Je suis son chauffeur.

Il n'était pas dupe, et en tant que membre du bureau exécutif, il avait le pouvoir et les connaissances nécessaires pour invoquer les protocoles de la condition Diamant. Il pouvait lancer une armée d'hommes de main sur elle en quelques secondes.

La radio qu'elle tenait à la main crachota soudain des parasites, et la voix de Ledbetter retentit : « Alerte de niveau un, évacuation immédiate de tous les cadres exécutifs ! Alerte à la bombe confirmée ! »

Les gardes du corps du directeur récalcitrant le saisirent par les bras pour l'entraîner dehors. Elle l'entendit protester : « Mais je ne crois pas qu'elle ait le statut nécessaire… » Personne ne l'écoutait.

La condition Diamant. Elle commençait à l'adorer.

Sauf qu'au cours des cinq minutes suivantes, elle vit passer des dizaines de directeurs qui fuyaient le théâtre, mais pas d'Irene Harte parmi eux.

Elle ouvrit alors la radio.

— Localisation de Mme Harte, je répète, Mme Harte n'a pas été évacuée. Où est-elle ?

Une voix féminine, calme et nette, répondit :

— Qui la demande ?

— Son chauffeur.

La voix se fit glaciale.

— Son chauffeur, c'est moi.

— Madame, mes ordres sont de vous évacuer toutes les deux, c'est une situation d'urgence, improvisa Bryn, qui comprit qu'elle parlait sans doute à la secrétaire personnelle de Harte. Il y a une bombe dans le bâtiment.

— Non, il n'y en a pas. Nous l'avons passé au détecteur il y a déjà plusieurs heures.

— Madame, par mesure de précaution…

— Harte ne quittera pas sa position actuelle avant que les deux hommes armés actuellement barricadés dans le bâtiment ne soient maîtrisés.

Bryn entendit un déclic comme la femme raccrochait et sut qu'elle avait perdu son pari. Il n'y avait à présent plus un instant à gaspiller si elle voulait mettre un terme à tout ça. Elle abandonna les portes vitrées et se précipita dans les couloirs, à la recherche de la première personne vêtue du blazer bleu de l'équipe de sécurité. Elle repéra un homme qui se dirigeait vers le sous-sol.

— Harte ! lui hurla-t-elle. Où est Harte ? Je suis son chauffeur personnel pour l'évacuation.

— Salon privé au rez-de-chaussée, dit-il tout en continuant de courir dans la direction opposée, d'où parvenaient les bruits étouffés d'une fusillade.

Deux hommes armés. Barricadés. McCallister et Fideli. Mais elle ne pouvait rien pour eux dans l'immédiat.

Bryn se hâta le long du couloir silencieux, celui qui était désert, le parcourut jusqu'au bout et ouvrit d'un coup de pied la porte donnant sur l'escalier. Son cœur tambourinait dans sa poitrine et elle avait les mains moites, consciente qu'un comité d'accueil l'attendrait certainement. Sans doute une horde de régénérés, tous déterminés à repousser les intrus.

Elle était capable d'encaisser la douleur et quelques blessures, mais cela l'effrayait toujours.

Cela doit être fait. Et tu es la seule qui reste.

Une équipe de sécurité était positionnée en bas des marches, de part et d'autre de la porte. Les deux hommes étaient armés et l'avaient dans leur ligne de mire dès qu'elle déboula de la cage d'escalier. Ils ne s'embarrassèrent pas de préambules et tirèrent sans sommation.

Les balles atteignirent Bryn au thorax et au bras gauche, et elle fut projetée contre le mur. La douleur s'épanouit puis reflua presque immédiatement, trop vite pour que ce soit l'effet des nanites. Le choc, devina-t-elle. Elle était dans les vapes et se sentait bizarre, mais suffisamment calme pour lever son arme et leur loger chacun une balle dans la tête.

Les deux hommes s'écroulèrent. Bryn également, mais elle réussit à se remettre debout tant bien que mal en maintenant son bras gauche contre elle, et elle écarta leurs armes d'un coup de pied. Ils finiraient par se relever, mais elle avait gagné du temps.

Un temps dont elle avait cruellement besoin.

La fusillade avait attiré les autres équipes de sécurité, qui quittèrent leur position aux entrées du salon privé, et Bryn prit les devants cette fois-ci. Elle ouvrit le feu, des tirs rapides et précis qui atteignaient leur cible. Elle en descendit quatre et en toucha un cinquième avant d'être frappée violemment par-derrière. Mais ce n'était pas une balle.

Bryn pivota sur ses talons et intercepta de son bras blessé la chaise de bois qui allait s'abattre de nouveau sur elle. Elle ne l'arrêta pas, mais réduisit significativement la puissance de l'impact. Elle balança ensuite un coup de pied et son assaillant bascula en arrière, lâchant la chaise dans la foulée.

Mareen, l'assistante de direction de Harte. Elle leva les mains en signe de reddition tandis que Bryn la tenait en joue.

— Je ne suis pas régénérée ! hoqueta-t-elle. Je n'ai pas encore eu l'injection. Vous ne pouvez pas faire ça !

— Si, je peux parfaitement le faire, répondit Bryn, qui modifia cependant son angle de tir et visa le genou de Mareen.

La femme s'écroula en hurlant. Quelque part au fond d'elle, la gentille Bryn fit la grimace et compatit, mais le temps n'était pas à la pitié. L'heure était au combat.

Le salon privé était fermé à clé. Bryn attaqua la porte à coups de pied, de toutes ses forces, et celle-ci céda au bout de trois charges.

Bryn s'aplatit au sol pour éviter la pluie de balles qui l'accueillit, et n'y réussit qu'en partie. Elle encaissa plusieurs impacts, et le choc ne la protégea pas cette fois-ci. Une douleur acérée et fulgurante l'assaillit et faillit la clouer au sol, mais Bryn la repoussa. Elle roula sur le côté et se remit debout en titubant, puis descendit trois hommes en blazers bleus l'un après l'autre. Le dernier riposta et l'atteignit d'une balle, qui ne fit que traverser les muscles de son bras. Malgré tout, sa vision s'obscurcit un court instant.

Suffisamment longtemps pour qu'Irene Harte surgisse du salon et lui tire deux balles dans la poitrine à bout portant. Cette fois, Bryn fut stoppée net. Elle se retrouva sur le dos, incapable de respirer, incapable de penser. Une vague de souffrance la paralysa. Elle avait l'impression que son cerveau baignait dans un orage rouge et argent – rouge pour la douleur, argent pour les nanites qui tentaient désespérément de la neutraliser.

— J'étais sûre que c'était vous, dit la voix d'Irene Harte, à présent très lointaine. Pas McCallister. *Vous*. Parce que vous n'avez jamais compris le bien que nous allions faire.

Bryn cligna les yeux, et le monde lui parut légèrement plus stable et plus net. Irene Harte la surplombait derrière le canon de son arme. Sans ajouter un mot, elle réarma le chien de son revolver qu'elle braqua au milieu du front de Bryn.

Bryn ne pouvait plus respirer ni penser, mais elle sentait encore le poids du pistolet dans sa main. Rassemblant ce qui lui restait de forces, elle pressa la détente.

La balle cueillit Irene Harte au menton et ressortit au sommet de son crâne dans une explosion de sang, d'os et de cervelle.

Harte la contempla de son regard vide et tenta de riposter – ou c'est du moins ainsi que Bryn interpréta cette fraction de seconde où le temps se figea. Puis les yeux de Harte se révulsèrent, elle s'effondra comme une poupée de chiffon et le projectile s'enfonça dans le sol à quelques centimètres de la tête de Bryn.

Une autre équipe de sécurité fit irruption dans le couloir, avisa le corps de Harte et s'immobilisa sous le coup de la confusion. Bryn se mit à genoux. Elle respirait péniblement ; les nanites faisaient des heures sup pour maintenir ses fonctions vitales, mais cela serait suffisant.

Harte avait invoqué leurs protocoles et ordonné à ses gardes de se consacrer à sa protection. Maintenant qu'elle était morte, ils ne savaient plus quoi faire. Plus personne à qui obéir. Plus rien à accomplir.

Aucun d'eux ne prêta attention à Bryn jusqu'à ce qu'elle prenne le commandement :

— Évacuation du bâtiment. Faites sortir tout le monde. En cas de résistance, assommez-les. Ne tuez personne. Allez-y.

Cinq gardes se hâtèrent d'obtempérer, alors qu'elle n'avait même pas essayé d'invoquer leurs protocoles. La tête lui tourna tandis qu'elle tentait de se relever, et elle demeura immobile pendant quelques instants, se demandant combien de temps il lui restait et si elle aurait la force de rejoindre McCallister. Elle n'en avait pas terminé. Elle voulait les sortir de là, lui et Joe, avant qu'il soit trop tard. Le FBI les laisserait partir. Ils n'étaient pas… infectés. Ils étaient toujours vivants.

Harte était définitivement éliminée. Bryn vérifia qu'elle était bien morte. Aucun signe de régénération de ses blessures. Ses yeux restaient ouverts, sans expression, les pupilles inégalement dilatées. Comme Mareen, elle n'avait pas eu recours à l'injection. Elle voulait tirer les ficelles, pas être une marionnette.

Dieu merci.

Bryn eut besoin de cinq bonnes minutes pour se mettre debout, et trois supplémentaires avant de ramper dans l'escalier. Elle laissait derrière elle un sillon rouge vif. Les couloirs étaient à présent en proie au chaos ; les gens de *Pharmadene* avaient des ordres contradictoires et tâchaient de les mener à bien tous en même temps.

On entendait toujours des échanges de tirs provenant de la zone où était retranché McCallister. Quelqu'un avait donné l'ordre à ses assaillants de neutraliser les intrus coûte que coûte, et l'alerte à la bombe ne les avait pas détournés de leur objectif.

Bryn parvint jusqu'à la porte, s'adossa au chambranle et logea méthodiquement six balles dans le dos des six gardes qui faisaient feu sur la barricade de McCallister. Le dernier se retourna pour riposter, mais il hésita. Elle le reconnut. C'était l'homme qui l'avait escortée le premier jour dans les couloirs de *Pharmadene*.

— Partez, lui dit-elle. Évacuez. Partez tout de suite, ce n'est pas encore trop tard.

Il parut réfléchir, leva son arme, puis la rabaissa. Son regard était confus, et empli de terreur.

Puis soudain, il s'enfuit en courant.

Et Bryn s'effondra.

McCallister contourna la barricade et se précipita pour la retenir juste avant qu'elle ne touche le sol.

— Elle est morte, dit Bryn. Harte est morte. Vous devez partir maintenant. Sortez d'ici tant qu'il en est encore temps. Le gouvernement va faire table rase ; je vous en prie, quittez les lieux ; il faut partir tant que vous le pouvez encore…

— Merde, cracha McCallister. (Il la prit dans ses bras et se retourna pour crier.) Joe ! On dégage !

— Putain, il était temps, répondit Joe. Harte ?

Il sauta par-dessus la barricade, un fusil d'assaut à la main.

— Bryn dit qu'elle a son compte. Bouge ton cul.

— Hé, c'est toi qui as grossi, pas moi.

McCallister le gratifia d'un sourire carnassier, et Bryn s'abandonna contre son torse. *Si nous mourons maintenant, tout est bien. Tout est pour le mieux.*

Ils atteignirent une sortie de secours. Les alarmes se déchaînèrent. Bryn avisa vaguement les bus dans le parking, toujours pleins des régénérés de *Pharmadene* réduits au silence qui attendaient la fin. *Je devrais les sauver*, songea-t-elle. *Autant d'entre eux qu'il est possible.*

Mais avant qu'elle puisse faire quoi que ce soit, une limousine noire pila devant McCallister, et Riley Block les regarda dans les yeux. Son pistolet semi-automatique était dirigé vers la tête de McCallister, et elle maintint la position pendant de longues secondes, puis poussa un soupir.

— Et puis merde. Montez.

McCallister jeta Bryn à l'intérieur et plongea derrière elle, Fideli sur ses talons. La voiture prit de la vitesse avant même qu'il ait refermé la portière.

Bryn détourna la tête à l'instant où un sifflement retentissait dans le ciel, qu'une onde de choc soufflait l'arrière du véhicule et que le monde explosait en flammes autour d'eux.

— … plus grave explosion accidentelle de l'histoire de la ville, disait une voix métallique lorsque Bryn émergea. Les dirigeants de la compagnie de gaz ont annoncé qu'ils examinaient toujours les causes de l'accident, mais des sources gouvernementales affirment qu'ils étaient avertis depuis plus d'un an de l'état d'usure des canalisations sous l'Auditorium. Heureusement que l'amphithéâtre n'abritait pas un événement d'envergure, ou le bilan des pertes humaines aurait été beaucoup plus lourd...

Bryn plissa les yeux, les écarquilla, puis battit des paupières pour essayer d'éclaircir sa vision. Elle était allongée dans un lit d'hôpital, raccordée à divers moniteurs, et la télévision était allumée. Le mince écran plat était posé sur un petit chariot à roulettes à l'autre bout de la pièce. L'image montrait une boule de feu montant dans un ciel bleu sans nuages. Des bus en flammes. La carcasse d'une limousine.

La carcasse de *sa* limousine.

Elle se sentait étonnamment bien, mais plus rien ne la surprenait. Foutus nanites. Elle avait sans doute été réduite en charpie par l'explosion, et ils l'avaient entièrement régénérée, une fois de plus.

Peut-être.

Une alarme se déclencha sur l'un des moniteurs, et elle s'efforça de déchiffrer quelle urgence il signalait. Avant qu'elle ait pu voir quoi que ce soit, la porte s'ouvrit et un médecin passa la tête.

Non, pas un médecin. Une femme en blouse de laboratoire. Riley Block, la moitié du visage rouge et contusionnée, un bandeau sur un œil.

— J'attendais votre réveil, dit-elle en éteignant l'alarme. (Elle versa de l'eau dans un verre, qu'elle tendit à Bryn.) Buvez.

Bryn obéit et le vida en manquant s'étouffer.

— Encore, toussa-t-elle.

Riley le remplit à nouveau.

— McCallister ?

— Il va bien. C'est vous qui avez pris le plus gros – des éclats d'obus à travers la portière. Il a des contusions et des coupures, et Fideli a une jambe cassée, ce qui le rend très ronchon. (Riley porta la main au bandeau sur son œil.) Voilà ce que j'ai récolté. Du verre. Mais ce n'est que superficiel.

— Désolée.

— Toujours mieux que de perdre la vie. (Elle dévisagea Bryn en silence pendant une seconde, puis s'assit près d'elle sur le lit.) Une partie des gens de *Pharmadene* ont péri dans l'explosion, mais certains ont pu s'échapper. Vous les avez prévenus, n'est-ce pas ?

— Oui. Je ne pouvais pas faire autrement.

Riley hocha lentement la tête.

— Je peux comprendre ça, mais nous sommes coincés. Le gouvernement ne reconnaîtra pas officiellement ce qui s'est passé. Les membres du bureau exécutif de *Pharmadene* ont été placés en détention. Ils ne représentent plus une menace. Ceux qui ont réussi à s'enfuir ont été filmés et enregistrés ; leur identité est connue. S'ils disparaissaient maintenant, ça ferait mauvais genre.

— Les relations publiques. Une vraie plaie.

— Pour l'instant, on les a mis en quarantaine suite à leur exposition à des produits chimiques toxiques. Comme vous. (Elle souriait en coin, un peu tristement.) Vous avez tout compliqué, Bryn. Mais je ne peux pas vous blâmer. Vous vouliez bien faire. Bordel, on voulait *tous* bien faire. Même Harte, à sa façon mégalomaniaque.

— Que vont-ils devenir ? Et moi ?

— Nous avons saisi les stocks et la chaîne de production de l'Athanax, et pour être franche avec vous, nous sommes en train de nous demander s'il ne vaudrait pas mieux tout détruire et laisser l'affaire se tasser. J'imagine que la plupart des survivants resteront employés par ce qui était *Pharmadene*. On leur expliquera que la société a été rachetée… ce qui n'est pas si loin de la vérité, en un sens. S'ils parlent, plus d'Athanax. Cette disposition ramènera à peu près tout le monde à la raison, et les autres… disparaîtront. (Riley pencha la tête sur le côté.) Et certains seront relâchés sous condition.

— Quelles conditions ? demanda Bryn.

— De travailler pour nous, répondit Riley Block. Nous avons encore à gérer un fabricant indépendant. M. Mercer n'a pas l'air d'être du genre à vouloir se faire oublier.

— Il tient toujours Annie, dit Bryn. Il faut que je la retrouve. Vous m'entendez ? C'est ma sœur, et je dois…

— Je sais. Fort heureusement, la proposition que l'on m'a autorisée à vous faire nous servira toutes les deux, déclara Riley. Vous retournez vous occuper des pompes funèbres Fairview et trouvez un moyen d'entrer de nouveau en contact avec Mercer. Vous récupérez votre sœur et vous nous livrez Mercer.

— Ce n'est pas suffisant, intervint McCallister.

Il venait d'apparaître sur le seuil, plutôt mal en point. Riley avait minimisé l'importance de ses blessures. On aurait dit qu'il sortait d'un combat de boxe particulièrement spectaculaire *et* qu'il était passé à travers une fenêtre.

— Il faut que les plus hautes autorités lui garantissent dans un contrat écrit un stock permanent du produit. À elle et à sa sœur.

— Je ne vais pas vous raconter d'histoires. Un stock permanent, ça n'existe pas. En théorie, les nanites sont capables de la maintenir en vie indéfiniment, après tout. Nous devons fixer un terme à notre arrangement.

McCallister se tourna vers Bryn et haussa des sourcils interrogateurs. Elle hocha la tête.

— Une garantie pour cinquante ans, dit-elle. Sauf révocation anticipée de ma part. Et je conserve le droit de ne pas utiliser le produit.

— Vous voulez dire de pouvoir vous suicider.

— Quelque chose comme ça. C'est moi qui serai aux commandes. Pas vous. (Bryn prit une profonde inspiration.) Et mon entreprise de pompes funèbres ne deviendra pas la propriété du gouvernement, tant qu'on y est. Je la garde.

Riley sourit.

— Et comment avez-vous l'intention de vous y prendre, exactement ? Vous étiez financée par *Pharmadene*. J'ai vu vos comptes en banque, Bryn. Vous ne possédez pas le capital nécessaire.

Bryn éprouva une bouffée de colère et un soupçon de honte. Bien sûr qu'elle ne possédait pas le capital. Ce n'était pas la peine de lui mettre le nez dedans.

— Vous pouvez acquérir l'entreprise et me la céder. Le gouvernement a les moyens.

— Ce n'est pas la peine, intervint McCallister. J'ai été informé que le trust McCallister avait fait l'acquisition des pompes funèbres Fairview dans le cadre d'un très large et très varié portefeuille d'investissements.

— Vous avez racheté l'entreprise de pompes funèbres ? s'étonna Riley, sourcils froncés.

— Pas moi. Je n'ai pas mon mot à dire sur les investissements réalisés par le trust. C'est une autre personne qui prend ce genre de décisions. C'est à lui qu'il faut demander les raisons de cette acquisition.

McCallister avait dit ça très sérieusement, mais Bryn savait exactement qui était l'administrateur de la succession. Liam.

Riley avait toujours les sourcils froncés, et n'avait manifestement pas envie de rire.

— Qu'est-ce que vous êtes encore en train de mijoter, McCallister ? Je vous préviens...

— Du calme, Riley. Je ne suis pas en position de mijoter grand-chose en ce moment, pas plus que vous. (Il soupira.) On vient tous de passer quelques dures semaines. Je ne ferai pas la guerre au gouvernement à propos de tout ça, je vous le promets. Je n'aspire qu'à un peu de repos – pour moi, pour Bryn. Même pour vous.

Riley n'était visiblement pas convaincue.

— Vous voulez offrir à Bryn un filet de sécurité pour qu'elle ne soit pas dépendante de nous.

— Parfaitement exact. Les coupes budgétaires sont fréquentes, surtout en ce qui concerne les opérations clandestines. Elle ne peut pas compter sur vous sur le long terme, et nous le savons tous les deux. Après tout, vous la considérez comme un bien, pas comme une personne. Laissez-lui une chance de décider de sa vie.

Riley secoua la tête en souriant.

— Je vous croyais plus intelligent que ça, Patrick. Aucun de nous ne décide de sa vie. Cette époque est révolue. Et surtout pas quelqu'un qui possède ses… spécificités. (Elle regarda Bryn dans les yeux.) Je peux vous garantir un approvisionnement en Athanax pendant cinquante ans à la condition que vous remplissiez toutes les missions qui vous seront confiées – la première étant de retrouver Mercer et de démanteler son opération. Acceptez-vous ?

— Ai-je vraiment le choix ? demanda Bryn.

— Vous pouvez toujours voir si Mercer vous offre de meilleures conditions, répliqua Riley avec un haussement d'épaules.

Bryn croisa le regard de McCallister quelques instants, puis répondit :

— J'accepte. Mais j'ai une dernière exigence.

— Laquelle ?

— Vous êtes virée des pompes funèbres Fairview.

Riley éclata de rire – elle paraissait sincère cette fois-ci – avant de s'éclipser.

McCallister boitilla jusqu'à Bryn et s'assit au bord de son lit avec un soupir de soulagement. Elle posa sa main sur la sienne et leurs doigts se mêlèrent.

— Nous devons retrouver Annie, dit-elle. Je ferai tout pour la ramener. Je dois tout arranger.

— Je sais, répondit-il. Et nous savons aussi que, quoi qu'affirme Riley, le temps vous est compté. Ils n'honoreront pas leurs engagements. Vous avez vu la condition qu'elle a glissée dans votre accord ?

— À propos des missions ? (Bryn hocha lentement la tête.) Ils se serviront de moi.

— Jusqu'à ce que vous leur soyez devenue inutile. Alors, ils vous couperont les vivres. (Il s'éclaircit la voix et baissa les yeux.) Je sais que Manny nous a trahis, mais il reste notre meilleure chance à ce stade de pouvoir reconstituer une version de l'Athanax à partir de l'analyse de ses composants. Il est près du but.

— Je ne lui fais pas confiance.

— Moi non plus, mais c'est le seul joueur qui ne soit pas lié au gouvernement en dehors de Mercer et nous avons besoin de lui.

— Nous, répéta-t-elle. (Elle ferma les yeux, submergée par une vague sombre de désespoir qui montait en elle.) Pourquoi êtes-vous encore là ? *Pharmadene* n'existe plus. C'est terminé. Vous pouvez partir à présent. C'est ce que vous devriez faire.

— Le trust de ma famille a réalisé un investissement conséquent en rachetant les pompes funèbres Fairview, répondit-il. Et il a misé sur vous.

Des paroles en apparence froides et cliniques, mais il n'y avait rien de clinique dans la façon dont il lui caressait doucement le visage, et lorsqu'elle rouvrit les yeux, elle s'aperçut qu'il avait baissé la garde et fendu son armure.

Elle vit le regard dont il la couvait, et le cœur de Bryn se brisa en mille morceaux, se régénéra, et éclata de nouveau.

— On ne peut pas faire ça, dit-elle. Par quel miracle pourrais-tu vouloir de moi ? Je…

Il la fit taire en lui posant un doigt sur les lèvres.

— Tu as cessé d'avancer vers la mort, contrairement à moi. Et la question serait plutôt inversée, par quel miracle *toi* tu voudrais de *moi* ? Si telle est bien ton intention, bien sûr.

Elle le dévisagea avidement, clouée sur place par l'éclat de ses yeux, par l'émotion qui se déversait de lui, d'autant plus tangible qu'elle restait informulée.

— Je crois que oui, répondit-elle. Je veux de toi. J'ai cinquante années à tuer, pas vrai ?

— Eh bien, je suis doué pour la conversation.

— Vraiment. Tu n'as rien de mieux à proposer ?

Sa bouche vint se coller sur la sienne, douce et chaude, et sa langue titilla lentement ses lèvres jusqu'à ce qu'elles s'entrouvrent dans l'exhalaison de son souffle.

— Peut-être que si, murmura-t-il. Je possède des talents cachés.

— Oh, chuchota-t-elle sur le même ton. Je crois que je saurai très bien à quoi vous employer, monsieur McCallister.

Ses lèvres, contre les siennes, s'incurvèrent en un sourire.

— C'est un entretien d'embauche ?

— Pourquoi, tu cherches un job ?

Il souriait maintenant à pleines dents.

— Le fait est que je suis temporairement au chômage.

Il reprit sa bouche, avec plus d'exigence cette fois-ci, et le cœur de Bryn se mit à battre la chamade.

— Qu'est-ce que tu en dis ?

— Je ne sais pas, répondit-elle en l'attirant contre elle sur le lit, sa chaleur tout contre son corps. Que penses-tu des métiers du funéraire ?

Il l'embrassa encore une fois, et leur baiser se prolongea.

— Pour tout te dire, ajouta-t-il, je commence à leur trouver des charmes que je n'aurais jamais soupçonnés.

— À propos de Mercer…

— Demain, la coupa-t-il. Nous nous occuperons de Mercer demain.

— Et ce soir ?

Parce que la nuit était tombée et qu'il faisait sombre dehors ; Bryn distinguait le halo des lampadaires à travers les lamelles des stores.

McCallister tendit le bras, s'empara de la télécommande sur la table de chevet et baissa la lumière.

— Ce soir, déclara-t-il, c'est entre toi et moi.

Comme toujours, je me suis constitué une playlist d'inspiration pour l'écriture de ce livre. J'espère que certains morceaux vous plairont. Si c'est le cas, je compte sur vous pour ne pas oublier de soutenir les artistes en achetant leurs singles ou leurs albums.

Bad Man's World	Jenny Lewis
Watch Her Move	Peter Wolf
I Don't Care	Fall Out Boy
Red Machine	Sugar Red Drive
Please Remain Calm	Cloud Cult
Where U At ?!?	Von Iva
Favorite Disease	Rev Theory
Familiar Taste of Poison	Halestorm
Gorgeous Nightmare	Escape the Fate
Save Yourself	Stabbing Westward
Come On Over (Turn Me On)	Isobel Campbell & Mark Lanegan
Cross the Line	Copperview
#1 Crush	Garbage
Love is Gone	Dommin
Loaded	Seal
Go (Go Your Way)	The Kin
Criminal	Fiona Apple
True Love (Hell Yeah)	Charm City Devils
Hero	Godhead
Still in the Dark	Aranda
Breaking News	Jack Savoretti

10646

Composition
FACOMPO

Achevé d'imprimer en Espagne (Barcelone)
par BLACK PRINT CPI
le 9 mars 2014

Dépôt légal : mars 2014
EAN 9782290058121
L21EPGN000450N001

ÉDITIONS J'AI LU
87, quai Panhard-et-Levassor, 75013 Paris
Diffusion France et étranger : Flammarion